MICKEE MADDEN

Highland-Fieber

Buch

Als Detective Winston Ian Connery in einer bitterkalten Nacht bei dichtem Schneetreiben vor den Toren des berüchtigten schottischen Herrenhauses ankommt, fühlt er sich schlagartig erleichtert. An diesem Ort, so hofft er, wird er endlich Frieden finden. Mit der Gabe der Telepathie gesegnet – oder besser: verflucht –, hat er zuviel gesehen und zuviel gelitten. Seine Seele ist verwundet, da er über Jahre hinweg einen grausamen Verbrecher gejagt hat. Doch er ist nicht allein in Baird House, und die eigenartigen Bewohner des Schlosses wollen nichts von seiner Todessehnsucht wissen. Im Gegenteil. Mit allen Mitteln versuchen sie, ihm wieder Kraft und Lebensfreude einzuhauchen. Vor allem Deliah, eine betörende Schönheit, lockt ihn mit allen Künsten der Verführung. Gelingt es ihr, sein Herz und seine Seele zu wärmen – und damit sein Leben zu retten?

Autorin

Mickee Madden wurde zu ihren historischen Romanen durch einen Schottlandbesuch angeregt. Als begeisterte Leserin, die, wie sie selbst zugibt, von romantischer Literatur bis hin zu den Gruselromanen Stephen Kings einfach alles verschlingt, versucht sie mit großem Erfolg, in ihren Romanen Herzlichkeit, Spannung und Humor zu vereinen. Mickee Madden lebt in Washington/USA.

Von Mickee Madden ist bereits als Taschenbuch erschienen:

Schottische Nächte (43791)

MICKEE MADDEN

Highland-Fieber

Roman

Aus dem Amerikanischen
von Elke Iheukumere

BLANVALET

Die Originalausgabe erschien unter dem Titel
»Love Everlastin'« bei Zebra Books,
Kensington Publishing Corp., New York.

Umwelthinweis:
Alle bedruckten Materialien dieses Taschenbuches
sind chlorfrei und umweltschonend.
Das Papier enthält Recycling-Anteile.

Blanvalet Taschenbücher erscheinen im Goldmann Verlag,
einem Unternehmen der Verlagsgruppe Bertelsmann.

Deutsche Erstveröffentlichung März 2000

Umschlaggestaltung: Design Team München
Umschlagillustration: Ennis/Schlück, Garbsen
Satz: deutsch-türkischer fotosatz, Berlin
Druck: Elsnerdruck, Berlin
Verlagsnummer: 35234
Lektorat: SK
Redaktion: Petra Zimmermann
Herstellung: Heidrun Nawrot
Made in Germany
ISBN 3-442-35234-7

1 3 5 7 9 10 8 6 4 2

1

Milchiger Nebel stieg aus den stillen Gewässern des Loch Ken und waberte über das in tiefe Nacht gehüllte Land. Der dichte, eisige Nebel legte sich über den aufgetürmten Schnee der letzten drei Monate. In wenig mehr als drei Wochen würde der Frühling anbrechen. Eine Zeit der Wiedergeburt und der Frische. Eine Zeit der Neubelebung. Der Winter in diesem Jahr war besonders hart gewesen, ein Sturm nach dem anderen hatte großes Unheil angerichtet. Viele erwarteten voller Spannung die neue Jahreszeit, doch für einen Mann war es egal, ob es schneite, regnete oder die Sonne schien. Nie wieder würde er etwas anderes fühlen als Benommenheit. Benommenheit des Körpers und der Gefühle.

Halb erfroren saß er in seinem geparkten dunkelblauen Audi. Nur vage bemerkte er das todesähnliche Nichts, das ihn zu verschlingen drohte. Er ballte die Hände in seinem Schoß zu Fäusten. Zerzaustes schwarzes Haar und ein ungepflegter Bart und Schnurrbart umrahmten sein leichenblasses Gesicht. Dunkle Schatten unterstrichen die Leere in seinen hellen, graugrünen Augen. Zusammengesunken auf dem Fahrersitz seines Wagens, mit dem Rücken zur Tür, schaute er blicklos auf das zugefrorene Fenster auf der Beifahrerseite. Irgendwann hatte sich Eis auf der Scheibe gebildet, das ihm den größten Teil der Sicht auf das Haus genommen hatte, das auf einem Hügel auf der anderen Seite der Straße emporragte. Er hatte einige Stunden darauf gestarrt, hatte versucht, den Mut aufzubringen, sich den Bewohnern des Hauses zu nähern. Zwei Monate hatte er gebraucht, um so weit zu kommen. Die letzte Hürde, sich wirklich dazu zu zwingen, aus dem Audi auszusteigen, die Einfahrt hinaufzugehen und an die Haustür zu klopfen, schien über seine Fähigkeiten hinauszugehen. Es war, als wäre er gestorben, kurz nachdem er den Wagen an der Seite der Straße geparkt hatte. Seine tiefe innerliche Furcht, sich noch mehr zu verlieren, war verschwunden und war durch diese Benommenheit ersetzt worden. Seine Verzweiflung, Trost für seine Gefühle zu finden, war unter dem erstickenden Leichentuch der Benommenheit verschwunden. Sein Wille hatte ihn verlassen. Benommenheit. Selbst sein Zorn war verschwunden. Nach einer so langen Zeit ... *verschwunden.* Die Benommenheit war alles, sie war die Allgegenwart seiner Existenz. Da die Kälte durch seine dünne Kleidung gedrungen war und durch seine Haut bis in seine Knochen, konnte er nicht länger fühlen, was er mit seiner linken Hand umklammert hielt. Seit dem letzten Weihnachtsfest waren diese Reste für ihn so wichtig gewesen. Sie waren seine einzige Verbindung zu dem Rest seines gesunden Menschenverstands.

Seine schweren Lider senkten sich und bedeckten jetzt die Hälfte seiner blutunterlaufenen Augen. Es war ihm klar, daß er langsam erfror, doch konnte er darüber nicht einmal ein Mindestmaß an Besorgnis oder Bedauern aufbringen. Er ließ alles hinter sich. Verlor alles, was er besessen hatte, einschließlich nicht nur des Respektes seiner Mitmenschen, sondern auch seines Selbstwertgefühls. Da das Phantom nicht länger eine Bedrohung der Gesellschaft war, sollte er Jubel fühlen, *Triumph*, doch der Tod von Rose hatte ihm sein Herz genommen. Seine Seele, die wirkliche Substanz des Mannes, der er gewesen war, war aus dieser Hülle aus Haut und Knochen gezerrt worden, die jetzt nur noch seine mitleiderregenden Überreste beherbergte. Es gab kein Zurück mehr. Nicht zu der Agentur, zu seiner Wohnung oder seiner unsympathischen Familie. Er wußte jetzt, daß ihn seine übersinnlichen Fähigkeiten schon seit vielen Jahren auf diesen Punkt hingeführt hatten.

Winston Ian Connery würde in dieser Nacht aufhören zu existieren.

Man würde ihn erfroren in seinem Auto finden, in seinem offenen schwarzen Trenchcoat, der um seine Schultern hing. Schließlich, wenn man seine Identität herausgefunden hätte, würde man sagen, daß ein vielversprechender junger Mann unglücklicherweise in seinem Wagen erfroren war, nachdem er dort eingeschlafen war. Die Höhepunkte seiner Karriere würden erwähnt werden. Seine *Familie* würde ihre große Trauer beklagen, wo sie doch insgeheim dankbar war, daß das schwarze Schaf aus ihrer Mitte gestorben war, ohne ihnen weitere Schwierigkeiten zu machen.

Kein Bedauern. Bis auf Rose.

Er hätte mit Freuden sein eigenes Leben geopfert, um ihr die Möglichkeit zu geben, zu ihrem Mann und ihren beiden kleinen Söhnen zurückzukehren. Sie hatten geweint, als sie gestorben war. Und ihren Kummer körperlich in sich aufzunehmen war die dunkelste, erschütterndste Erfahrung seines ganzen Daseins gewesen.

Winstons Existenz war die meiste Zeit mit dem Leben von Fremden verstrickt gewesen. Nur durch sie hatte er ehrliche Gefühle erfahren. Durch andere hatte er geliebt, gehaßt, gefürchtet und sich gefreut. Allein war er nicht mehr als nur eine Schale. Sein Los im Leben war es, eine übersinnliche Leitung zu sein, doch jetzt war ihm sogar auch das noch versagt worden.

Er war zum Baird Haus gekommen, mit der schwachen Hoffnung, daß die Magie dort ihn retten könnte oder ihm wenigstens die Möglichkeit geben würde, *etwas* Eigenes zu fühlen. Doch er konnte es nicht über sich bringen, dort einzudringen. Die Bewohner dieses Hauses hatten schon genug erdulden müssen. Er hatte nicht das Recht, sie um etwas zu bitten, irgend jemanden zu bitten, ihm zu helfen. Nicht, wenn er sich nicht selbst helfen konnte.

Er holte schwach Atem und sah dann benommen zu, wie Dampf vor seinem Gesicht aufstieg. Er versuchte, mit seinem Willen seine Faust zu steuern und die Struktur der Rose an seiner Haut zu fühlen, doch er konnte nicht einmal mehr seine Hand fühlen. Seine Gliedmaßen hatten schon vor einer Weile jegliches Gefühl verloren.

Rose, *Rose.*

Sie hatte es nicht verdient, so zu leiden, wie sie gelitten hatte. Hätte er sie doch nur hierherbringen können, in dieses Haus, damit sie von dem gleichen Wunder berührt worden wäre, das er am Weihnachtsabend gefühlt hatte …

Oder war das nur ein Traum gewesen?

Ein Funke der alten Furcht stellte sich wieder ein.

Nein! Kein Traum! Keine Halluzination!

Als er versuchte, seinen Protest in Worte zu fassen, kam nur ein Krächzen über seine Lippen.

Ich muß es wissen! schrie alles in ihm, und ein Ausdruck von Panik trat in seine Augen. *Es mußte wirklich gewesen sein! Laura Bennett. Sie hätte sterben sollen, aber ich habe gesehen …*

Er rang nach Luft, trotz der schmerzenden Rauheit in seinem Hals.

Ich weiß, was ich gesehen habe. Ich weiß, was ich gesehen habe, wiederholte er insgeheim immer wieder, und ein wildes, beinahe wahnsinniges Feuer brannte in seinen Augen.

Rosen im Schnee.

Rose ist gestorben. Der blutige Symbolismus dabei!

Warum kann ich nicht klar denken?

Rose?

Ihr verdammten Bürokraten! Ihr habt sie sterben lassen, anstatt mir zu vertrauen und ihr zu helfen!

Ich habe sie gefunden, nicht wahr? Es hätte mir überlassen werden sollen, ihr verdammten Heuchler!

Papierkrieg.

Ein bitteres, ätzendes Lächeln dröhnte in seinem Kopf.

Die Welt wird von Zahlen und vom Papierkrieg zerrissen?

Die Zeit wird kommen, wo wir keine Namen haben werden. »Wie nett, Sie zu sehen, Mr. 10583-67-991472. Was kann ich für Sie tun an diesem schönen ... strahlenden ... Morgen ...?«

Das Wunder muß wirklich sein! Gütiger Jesus, nimm mir das nicht auch noch!

Der Zorn machte einen schwachen Versuch, sein Blut zu erhitzen.

Er mußte sichergehen, ob er sich den letzten Weihnachtsabend nur eingebildet hatte, an dem Lachlan Baird die Winternacht verwandelt hatte in etwas, das aus einem Märchen zu kommen schien. Alles andere in Winstons Leben konnte sich in diesem Augenblick als falsch herausstellen, doch nicht die Bedeutung der Rose, die er seitdem wie das »Wunder« eines Geistes mit sich getragen hatte.

Entschlossen, seine Zweifel zu vertreiben, ehe es zu spät war, drehte er sich in dem Sitz um.

Er hatte geglaubt, er hätte sich umgedreht, doch in Wirklichkeit hatte er sich gar nicht bewegt. Und plötzlich begriff er, daß er seine Glieder nicht mehr bewegen konnte. Sie waren wie Eisblöcke. Tot. Nutzlos.

Unvermittelt traten Tränen in seine Augen.

All die Fehler, die er in den sechsunddreißig Jahren seines Lebens gemacht hatte, stiegen wieder vor seinem inneren Auge auf. Er zuckte zusammen. Die Fälle, die er gelöst hatte, die Leben, die er gerettet hatte, alles verblaßte vor der Bedeutung des Lebens der Selbstverleugnung, das er geführt hatte. Niemand hatte je begriffen, daß seine »Gaben« ihn verletzlich gemacht hatten. Daß sie ihm gezeigt hatten, daß er *kein* normales Leben führen konnte. Sie hatten ihm auch gezeigt, daß er *niemals* die Hoffnung hegen konnte, mehr zu haben als das, was er bereits besaß. Es würde niemals eine Frau geben, mit der er sein Leben würde teilen können. Welche Frau konnte einen Mann ertragen, der all ihre Gedanken und jedes ihrer Geheimnisse kannte? Und welche Frau würde einen Mann lieben können, der unfähig war, eigene Gefühle zu haben?

Er würde nie erfahren, wie es war, Vater zu sein. Selbst diese biologische Gunst war etwas, das er nur durch die Hintertür erfahren hatte, indem er mit seinen übersinnlichen Fähigkeiten die Gefühle von wirklichen Vätern, denen er begegnet war, angezapft hatte.

Seitdem er drei Jahre alt war, war er nicht viel mehr gewesen als eine atmende übersinnliche Maschine – eine hochentwickelte, komplizierte Leitung, mit der man die menschlichen Zustände entziffern konnte. Sein einziges Ziel drehte sich um das Leid des gemeinen Mannes. Die große Ironie war: Ohne Mörder, Kidnapper, Räuber und Drogendealer hätte die Natur ihn wahrscheinlich schon vor vielen Jahren beiseite geschoben – genau wie seine Eltern es getan hatten, wegen des Rufes der Familie.

»Anonymität«, hatte sein Vater immer gesagt, »hat ihren Preis.« Und dieser Preis war gewesen, seinen einzigen Sohn zu opfern.

Um zu verhindern, daß Freunde und Kollegen von Winstons besonderen Gaben erfuhren, hatten seine Eltern ihn von seinem vierten bis zu seinem einundzwanzigsten Lebensjahr in einer Privatschule nach der anderen untergebracht. Wäre er nicht auf die Agentur Shields gestoßen – ein Job, in dem seine Gaben nicht nur nützlich waren, sondern als unbezahlbar angesehen wurden –, so wäre es gut möglich, daß er heute noch immer in einem Klassenzimmer säße.

Doch jetzt lernte er eine ganz andere Lektion.

Ein Schauer lief durch seinen Körper, als er sich sagte, daß es nicht richtig war, auf diese Art zu sterben. Nicht an diesem Ort. Nicht zu dieser Zeit.

Ist es so für jemanden, der einen Selbstmord plant? Schwankt auch er über einem Abgrund voller Unsicherheit? Fragt er sich, ob seine Verzweiflung wohl zu noch etwas anderem führen könnte? Zu etwas ... Schmerzlosem. Etwas, das sich vielleicht sogar ... gut fühlte?

Ein gequältes Stöhnen entrang sich seiner Kehle. Es steigerte sich zu einem heiseren Aufschrei, als die Tür, gegen die er mit dem Rücken lehnte, plötzlich nachgab. Er fiel nach hinten. In einem Wirbel von Bewegung und Verwirrung drehte sich die ganze Welt um ihn, nach rechts und nach oben, und gab ihm den Eindruck, daß er in einen wirbelnden Tunnel gezogen wurde. Er bemerkte nur vage, daß jemand versuchte, ihn auf die Füße zu stellen, doch seine Beine versagten ihm den Dienst. Sie baumelten kraftlos herab. Steif. Ohne jegliches Gefühl. Die Knie waren gebeugt, wie bei den Plastikbeinen von Babypuppen. Worte wollten durch die Benommenheit dringen, die seinen Verstand eingehüllt hatte. Doch kein Wort kam über seine rauhen, aufgesprungenen Lippen. Er sank tiefer und tiefer in eine Leere des gnädigen Vergessens, bis er schließlich in der tiefblauen Schwärze der Bewußtlosigkeit von seinen Schmerzen erlöst wurde.

Er wußte nicht, wieviel Zeit vergangen war, bis ihn Geräusche aus seiner sicheren Zuflucht rissen. Sanfte Stimmen, die sprachen, als wollten sie ihn nicht stören. Das Knistern und Flackern von Flammen, in denen Holz zu Asche verbrannte. Und dann gab es da noch das Schweigen, das so erfüllt war, daß es ihm wie etwas Geisterhaftes erschien, das sich über seine Schulter beugte und dessen eisiger Atem über die angespannten Muskeln in seinem Nacken und seinem Gesicht strich. Ein Gefühl, als würden Nadeln in seine Hände und Füße gestochen, überkam ihn, doch die Pein war nicht genug, um sie mit den

Qualen in seinem Kopf zu vergleichen. Er wußte, daß er sicher und geborgen war, in einem Haus, doch ihm war nicht klar, ob er sich in diesem Moment beschützt fühlen wollte. Er war auf dem direkten Weg zur Selbstzerstörung gewesen. So nahe, daß er schon geglaubt hatte, den Tod näherkommen zu hören, am Rand seines Bewußtseins.

Gegen seinen Willen öffneten sich seine Augen. Ein loderndes Feuer, ein Stück von ihm entfernt, füllte sein gesamtes Gesichtsfeld aus. Wellen von Hitze wogten über ihn, und er war erstaunt, als er feststellte, daß kleine Schweißtropfen über sein Gesicht rannen. Er bemerkte seine Hände, die wie Klauen in seinem Schoß lagen, die Haut war rot und aufgerissen und sah weitaus älter aus, als er den Jahren nach war.

Schließlich wurden die Stiche in seinen Händen und Füßen unerträglich. Er biß die Zähne zusammen, um nicht aufzustöhnen und atmete nur schwach durch die Nase.

»Das gefällt mir nicht, Roan«, flüsterte eine Frauenstimme, gerade laut genug, daß Winston die Worte verstand.

Mit einer ebenso leisen Stimme antwortete ein Mann. »Laß ihm etwas Zeit. Wenn er nicht bald aufwacht, werde ich den Arzt holen.«

Die Frau seufzte tief auf, ungeduldig. Winston fühlte ihren Blick in seinem Rücken, und er spürte auch ihr Zögern, einen völlig Fremden in ihrem Haus zu beherbergen.

Winston runzelte die Stirn, als er das helle Blau und das tiefe Purpur der Decke betrachtete, die über seinen Beinen lag. Das Karo der MacLachlans war rot und blau, das Clanabzeichen zeigte ein Schloß. Sosehr er sich auch anstrengte, er konnte sich nicht mehr daran erinnern, für welchen Clan Blau und Purpur standen, und die Bruchstücke seiner verlorenen Erinnerung ärgerten ihn.

Nein, nicht MacLachlan. Nicht dieser Clan. Baird. Lachlan Baird …

»Wie fühlen Sie sich?«

Der sanfte Ton der Frauenstimme ließ ihn nach rechts sehen. Er starrte in lebhafte grüne Augen, die ihm nicht nur die Sorge der Frau um ihn verrieten, sondern auch ihre Vorsicht. Er versuchte zu sprechen, doch stellte er fest, daß sein Hals so rauh war, daß nicht mehr als nur ein Krächzen aus seinem Mund kam.

»Liebling, hol ihm etwas Scotch.«

Die Frau, von der Winston wußte, daß es Laura Bennett war, richtete sich aus ihrer gebückten Haltung auf und schaute nach links. »Ich denke, etwas heißer Tee ...«

»Laura, Mädchen«, sagte Roan Ingliss mit einem Anflug von Ungeduld in seiner Stimme. »Ein Schotte weiß, wie er für einen anderen Schotten sorgen muß.«

»Schön. Dann hol *du* den Scotch.«

Ihr störrisches Verhalten zauberte den Anflug eines Lächelns auf Winstons schmerzende Lippen. Aus den Augenwinkeln sah er, wie Roan Ingliss – der neue Herr von Baird Haus – den Raum verließ. Laura zog einen weiteren Lehnstuhl heran und setzte sich rechts neben Winston. Er betrachtete sie stumm, während sie eine Weile mit ausdruckslosem Gesicht in die Flammen starrte. Winston begriff, daß seine Anwesenheit einen Riß in die Beziehung des Paares gebracht hatte. Es war nie seine Absicht gewesen, jemandem Probleme zu bereiten. Ganz im Gegenteil. Er war aus seinem früheren Leben verschwunden und hatte jedem, der ihn auch nur entfernt kannte, die Verlegenheit erspart, mitanzusehen, wie er sich von der Welt zurückzog. Ganz sicher hatte er nicht gegenüber von Baird Haus geparkt, um dem Paar, das in dem Haus lebte, Probleme zu bereiten. Er hatte sie nicht nur nicht um ihre Hilfe gebeten, sondern er war erstaunt, daß sie ihn irgendwie vor seiner eigenen Dummheit gerettet hatten.

Als er merkte, daß Lauras Blick auf ihm ruhte, zuckte er zusammen. Eine heiße Röte der Verlegenheit stieg in sein Gesicht, und er senkte den Kopf.

»Finden Sie nicht, daß es hier schon genug Tote gegeben hat, daß es für ein ganzes Leben genügt?« fragte sie, und ihre Stimme klang so scharf, daß er innerlich davor zurückzuckte. Nach einem Moment fügte sie hinzu: »Es reicht schon, wenn Sie nur nicken, danke.« Auch diese Worte hatte sie mit scharfer Stimme gesprochen.

Er nickte verlegen und schluckte trotz der peinigenden Rauhheit in seinem Hals.

Sie seufzte, und in ihrem Seufzer lag ein Anflug von Bestürzung. »Ich erinnere mich an Sie. Sie waren am Weihnachtsabend hier.«

Wieder nickte er, doch diesmal zwang er sich, sie anzusehen. Sie beobachtete ihn noch immer, mit einem prüfenden Schimmer in den Augen, einem mütterlichen Ausdruck, der ihn an seine Großmutter erinnerte, die vor zwanzig Jahren gestorben war. Er stellte fest, daß er sich nach diesen Tagen sehnte, wenn auch nur kurz. Katherine Theresa Connery war der einzige Mensch in seinem Leben gewesen, der ihn verstanden hatte, der ihn akzeptiert hatte, mit all seinen eigenartigen Gaben. Die Briefe, die sie ihm über die Jahre geschrieben hatte, lagen im Kofferraum seines Wagens. Sie waren seine einzigen Schätze geblieben. Sie und die Rosenblätter.

»Hier.«

Beim Klang von Roans tiefer Stimme zuckten sowohl Winston als auch Laura zusammen. Während sie dem Gutsherren einen verärgerten Blick zuwarf, musterte Winston durstig den Cognacschwenker. *Scotch in einem Cognacschwenker?* Es war gleichgültig. Der goldene Whiskey, der das halbe Glas füllte, schien ihm zuzublinzeln. Er fühlte, wie er ihn lockte, seine vielversprechende Wärme zu fühlen, das Versprechen der flüssigen Kraft zu schmecken. Er versuchte, die rechte Hand zu heben, doch das schmerzhafte, prickelnde Gefühl hatte alle Glieder ergriffen.

»Ich werde es tun«, sagte Laura. Sie nahm Roan den Schwenker aus der Hand und hielt ihn an Winstons Lippen. Er versuchte einen zu großen Schluck. Der Scotch rann durch seine Kehle, brannte, und er mußte husten. Hinter ihm hörte er den Gutsherren leise lachen, und Winston verlor die Beherrschung. Aber als er zu sprechen versuchte, kam wieder nur ein Krächzen aus seinem Hals.

»Nippen Sie nur daran«, schalt Laura ihn. Sie hielt das Glas noch einmal an seine Lippen. Diesmal nahm Winston nur einen kleinen Schluck. Das Brennen in seinem Hals hielt noch einige Sekunden an, dann ebbte der Schmerz ab, und er fühlte nur noch ein wenig Kratzen in seinem Hals. Er nippte und nippte, dabei bewegte er unbewußt die Finger und die Zehen. Der Scotch tat seinem Magen nicht gerade gut, doch wenigstens behielt er ihn bei sich, bis er auch den letzten Tropfen getrunken hatte. Als Laura das leere Glas auf ihrem Schoß hielt, war Winston aufmerksam und fühlte, wie das Blut wieder durch seine Hände und Füße floß.

»Glauben Sie, Sie könnten etwas essen?«

Winston schüttelte den Kopf, doch dann nickte er, als ihm klar wurde, daß er sich schon nicht mehr daran erinnern konnte, wann er zum letzten Mal etwas gegessen hatte. Er durfte seine Schwäche nicht noch durch einen Kater verschlimmern.

»Ich werde das Stew auf den Herd stellen«, informierte Laura ihn und stand auf. »Roan, möchtest du auch etwas?«

»Nein. Danke.«

Winston starrte auf seine Hände, als der Gutsherr sich auf den Stuhl setzte, auf dem Laura gesessen hatte. Eine Zeitlang herrschte Schweigen zwischen den beiden.

Roan räusperte sich und stützte dann die Unterarme auf die Knie. »Ich wollte nicht so grob mit Ihnen umgehen, aber ich habe verdammt geglaubt, Sie seien tot – erfroren auf dem Vordersitz Ihres Wagens!«

Winston machte eine entschuldigende Geste.

»Hören Sie ..., Mr. Connery, ich habe Sie zuerst gar nicht erkannt. Ich habe in Ihrer Brieftasche nachgesehen, nachdem ich Sie ins Haus gebracht hatte.« Roans hellbraune Augen, die im Licht des Feuers wie Bernstein leuchteten, zogen sich nachdenklich zusammen. Er streckte die Hand aus und nahm etwas von Winstons Schoß. In der nächsten Sekunde starrte Winston auf die zerknüllten, vertrockneten Rosenblätter, die er am Weihnachtsabend gepflückt hatte, die Blätter, die er so viele Stunden lang in seiner Hand gehalten hatte. »Natürlich«, sprach Roan weiter, »habe ich mich an Ihren Namen gleich erinnert, aber ich muß Ihnen sagen, Sie bieten einen ziemlich elenden Anblick des Mannes, der Sie vor ein paar Monaten waren. Also, wenn ich mich recht entsinne: Hatte Lannie Ihnen nicht gesagt, Sie sollten eine Frau mitbringen?«

Ein scheußlicher, brennender Geschmack stieg Winston vom Magen in den Hals. Einen entsetzlichen Moment lang glaubte er, er würde sich übergeben müssen, doch das Brennen stellte sich als psychologisch heraus. Er nickte steif. Tränen traten in seine graugrünen Augen. Wut tobte durch seine Adern.

Roan senkte die Augen auf seine offene Hand, mit abwesendem Ausdruck berührte er die Rosenblätter, die darin lagen. »Mir ist aufgefallen, daß Ihr goldener Schild fehlt.« Er warf seinem Gast einen eindringlichen, abschätzenden Blick zu. »Sie sind aus einem bestimmten Grund hierhergekommen, Mr. Connery. Und ich möchte den Grund gern erfahren.«

Auch wenn seine Stimme nicht mehr als nur ein Flüstern war, so sprach Winston doch seinen Vornamen aus.

»Also gut«, meinte Roan. »Winston, worum geht es hier?«

»Sie ist gestorben.«

»Das tut mir leid, es tut mir wirklich leid. Aber das ist doch kein Grund, zu versuchen zu erfrieren, so verdammt nahe vor meinem Anwesen?« Roans Stimme wurde vor Ärger ganz dunkel. »Wenn Sie so sehr darauf aus sind, sich umzubringen, Mann, dann sollten Sie wenigstens genug Anstand besitzen, es weit weg von Laura und den Jungen zu tun. Oder haben Sie ... *Winston* ... etwa die Absicht, sich selbst mit auf die Liste der wandelnden Toten von Baird Haus zu setzen?«

»Ihr Sarkasmus ist nicht angebracht«, röchelte Winston.

Roan legte die freie Hand an seine breite Brust. »Ich bitte um Entschuldigung, Mr. Detective, Sir, aber ich widerstehe momentan dem starken Wunsch, Sie zu schütteln, bis Sie wieder zu Verstand kommen! Wenn Sie hier sind, um Hilfe zu erbitten, Mann, dann wird dieses Haus Sie willkommen heißen. Aber *ich* werde nicht noch einen Selbstmord dulden, weder *auf* noch in der *Nähe* meines Anwesens. Haben Sie mich verstanden?«

»Roan.«

Lauras sanft ermahnende Stimme ließ den Gutsherren aus seinem Stuhl auffahren. Er trat sofort zur Seite, erlaubte ihr, sich neben ihren Gast zu setzen. Sie stellte das silberne Tablett, das sie in der Hand gehalten hatte, auf ihren Schoß. »Roan hat heute morgen eine Schüssel Lammstew gemacht. Es schmeckt recht gut.«

»*Recht* gut?« forderte Roan sie empört heraus.

Sie rollte mit den Augen und lobte grienend: »Es ist absolut das *beste* Lammstew, das je auf einem Gasherd gekocht wurde.«

Roan grinste. »Ich würde sagen, du weißt den Koch zu würdigen.«

Ein Lächeln umspielte ihre Lippen, als sie fragte: »Können Sie allein essen? Ich habe nichts dagegen, Sie zu füttern ...«

»Ich schaffe es schon«, krächzte Winston.

Laura nickte und stellte das Tablett auf seinen Schoß, dann stand sie auf, trat aus seinem Gesichtsfeld und erlaubte Winston, in Ruhe zu essen.

Trotz seiner stechenden, zitternden Hände gelang es ihm, das meiste des Stews zu essen und die Hälfte des Maiskuchens. Er trank die Tasse Tee aus und fühlte sich gesättigt und beinahe wieder menschlich, als er sich den Mund mit der weißen Leinenserviette abwischte. Kurz darauf nahm Laura ihm das Tablett ab und verschwand damit in das Eßzimmer, das links von Winston lag. Erst als er aufsah, entdeckte er den zurückhaltenden Gutsherrn, der etwa drei Meter von ihm entfernt stand und die Arme vor der Brust verschränkt hatte.

»Danke.«

»Gern geschehen«, murmelte Roan und hob den Stuhl hoch. Als er ihn neben eines der mit rosa und goldenem Stoff bezogenen Sofas gestellt hatte, die mitten im Raum auf einem Perserteppich standen, kam er zurück und plazierte sich neben Winston.

»Sie müssen einmal ordentlich ausschlafen. Können Sie es die Treppe hinauf schaffen?«

Ein Schauer der Angst floß durch Winstons Körper, doch er unterdrückte ihn. Er zog rasselnd die Luft ein und stellte sich dann auf die Füße. Zuerst schwankte er, war unsicher auf den Beinen wie ein Betrunkener. Sekunden später fühlte er sich jedoch stark genug, den ersten Schritt zu tun. Dann noch einen. Und noch einen.

Laura kam zurück. Sie trat an Roans Seite, hakte ihn unter und musterte Winston mitleidig. »Ich denke, er sollte heute nacht in der Bibliothek schlafen. Er sieht nicht gerade sehr kräftig aus.«

»Ich möchte Ihnen keine Mühe machen.«

Roans vorherige Grobheit verschwand. Er trat an Winstons Seite und legte ihm besorgt eine Hand unter den Ellbogen. »Meine Tante Aggie hat für Sie ein Zimmer im ersten Stock fertiggemacht.« Er warf Laura einen Blick zu und erklärte dann: »Das Sofa in der Bibliothek ist zu hart.« Zu Winston gewandt, sprach er weiter: »Das Zimmer hat ein eigenes Bad. Meine Tante würde sich freuen, sich um Sie zu kümmern, aber die Jungs haben sie erschöpft. Ich fürchte, sie ist jetzt eine Zeitlang in ihrer Grauzone.«

»Grauzone?«

»Fragen Sie lieber nicht«, meinte Roan humorvoll.

»Danke, Mr ...«

»Roan.«

Winston nickte. »Roan, dürfte ich Sie vielleicht um noch etwas bitten?«

»Sicher.«

»Meine Rose. Ich hätte sie gern zurück, bitte.«

»Laura, sie liegt auf dem Couchtisch.«

»Okay, ich werde sie holen«, sagte sie.

Winston schloß kurz die Augen. Als er sie wieder öffnete, bemerkte er, daß der Gutsherr ihn beobachtete. »Sie bedeutet mir sehr viel«, murmelte er.

»Wir werden uns morgen früh unterhalten, wenn Sie sich ausgeruht haben. Haben Sie einen Koffer bei sich?«

Winston schüttelte den Kopf.

Ein amüsiertes Leuchten trat in Roans Augen, und er grinste. »Nun ja, Sie sind viel leichter gebaut als ich. Lannies Kleidung sollte Ihnen allerdings recht gut passen.«

»O Gott«, stöhnte Laura.

Winston zog fragend eine Augenbraue hoch. Als Roan lachte, entschied er, daß er lieber nicht wissen wollte, was der Mann so komisch fand. Als er es bis zur Treppe geschafft hatte, erinnerte er sich an die Kleidung Lachlan Bairds am Abend des Weihnachtstages, die aus der Mitte des neunzehnten Jahrhunderts stammte.

Ein Bild von sich selbst, in schwarzen, eng anliegenden Hosen, schwarzen kniehohen Stiefeln und einem langärmeligen Hemd, wie es die Piraten in den Kinofilmen trugen, erstand vor seinem inneren Auge, und er lachte auf. Seine Laune hatte sich gebessert, und zum ersten Mal seit sehr langer Zeit beugten sich seine Schultern nicht mehr so schwer unter der Last der Probleme der ganzen Welt.

»Kleidung habe ich genug«, erklärte Roan freundlich, dann zwinkerte er Laura neckend zu.

Das einzige, was Winston darauf antworten konnte, war ein weiteres: »Danke.«

Mit Roan zu seiner Rechten und Laura gleich hinter ihm, begann Winston die Treppe hinaufzugehen. Ein Schritt. Langsam. Zwei Schritte. Bei der dritten Stufe fühlte er sich erschöpft. Er streckte die Hand nach dem polierten Mahagonigeländer aus, um sich festzuhalten. In derselben Sekunde, als er das Geländer berührte, fuhr eine eisige Woge eines übersinnlichen Gefühls durch seinen Körper. Er ächzte laut auf, als hätte er statt einer Lunge einen riesigen Blasebalg in seiner Brust. Er merkte nicht, daß Laura zurückwich und Roans Gesicht blaß wurde. Er konnte sich nur auf die eisigen Schauer konzentrieren, die wieder und wieder durch seinen Körper liefen, in so schneller Folge, daß er kaum Luft holen konnte. Sein Körper erbebte heftig, wie bei jemandem, der einen elektrischen Schock erleidet. Seine Hand klebte am Holz des Geländers fest. Leuchtend blaue Funken übersinnlicher Energie sprühten von seiner Hand.

»Roan!« rief Laura.

Winston versuchte, sich in Gedanken ein Bild vorzustellen. Nie zuvor hatte er eine so mächtige Verbindung gespürt. Doch das Bild wollte sich nicht einstellen. Und auch das erlebte er zum ersten Mal. Er glaubte schon, daß sein Herz zerbrechen würde, als der Fluß der Energie plötzlich aufhörte. Er begann zusammenzubrechen, doch Roans schnelle Reaktion bewahrte ihn davor, zu Boden zu fallen. Der große Mann half ihm, sich auf die Treppenstufen zu setzen, und setzte sich neben ihn. Vor Winstons Augen drehte sich alles, er versuchte, sich soweit wieder zu fangen, daß er Lauras blasses, angespanntes Gesicht fixieren konnte. Sein Herz raste noch immer.

»Was zum Teufel war das?« keuchte Roan.

Winston leckte sich mit der Zungenspitze über die Unterlippe und nahm sich einen Moment Zeit, um sich zu fangen. Was er langsam begriff, verwirrte ihn total.

»Es tut mir leid«, murmelte er. Schwach wischte er sich mit der Hand den Schweiß von der Stirn. »So habe ich das noch nie zuvor erlebt.«

Laura musterte Winston vorsichtig. »Was ist geschehen?« fragte sie.

»Ich bin nicht sicher, wie ich das erklären soll.«

»Ich werde es Ihnen leichter machen«, meinte Roan. »Hat das *Haus* Sie angezapft oder haben *Sie* das verdammte Haus angezapft?«

»Es lebt«, hauchte Winston und stieß dann ein kurzes, hysterisches Lachen aus.

Laura und Roan warfen einander einen besorgten Blick zu.

»So verrückt es auch klingt, es lebt!«

Roan verzog das Gesicht. »Ich fürchte mich zu fragen, was dieses ›es‹ sein soll.«

Winston fühlte sich eigenartig euphorisch. »Das Haus. Es lebt.«

»Verdammt«, brummte Roan und stand auf. Er fuhr sich mit seiner großen Hand durch sein dichtes, hellbraunes, lockiges Haar, dann stieß er den angehaltenen Atem aus. »Gerade jetzt, wo sich die Dinge langsam wieder beruhigt haben.«

»Es war unglaublich«, sagte Winston. »Ich habe noch nie eine so *reine* Energie gefühlt.«

In Winstons Kopf wirbelten die Gedanken, während er versuchte, das prickelnde Gefühl zu analysieren, das durch seinen Körper lief. Es war, als würde jede einzelne Nervenzelle verjüngt. Unbewußt ballte er die rechte Hand zur Faust. Auf seiner Handfläche lagen die Blütenblätter der purpurfarbenen Rose, die er am Weihnachtsabend gepflückt hatte. Doch jetzt waren sie nicht länger zerknüllt und verwelkt. Die samtenen Blätter glänzten frisch, als würden sie ihm zuwinken. Er fühlte sich wie ein Kind, dem das schönste Geschenk gemacht worden war, er hob den Kopf und stellte fest, daß zwei Augenpaare ihn fragend ansahen. Ihre Blicke wanderten zu der Rose und dann wieder zu ihm. Winston wußte, daß sie die Wichtigkeit, die *Relevanz* der zu neuem Leben erwachten Rosenblüte nicht verstehen konnten. Wie sollten sie das auch verstehen, wenn nicht einmal *er* das in Worte fassen konnte, was sein Verstand und sein Herz ihm zu sagen versuchten?

Er hatte so verzweifelt nach Antworten gesucht, nach sich selbst gesucht, und er hatte eine solche Hoffnung in dieses Haus gesetzt ... Und jetzt hieß ihn dieses Haus willkommen. Wenigstens war es das, was er aus der Wiederherstellung der Rose entnahm. Das Haus sagte ihm, daß er an den richtigen Ort gekommen war. Wenn das Schicksal vorhatte, ihn mit seinen geistigen Dämonen zu konfrontieren, dann war dies sicher der Ort, an dem das geschehen sollte. Weil – und er wußte nicht genau, warum er sich dessen so sicher war – das Haus ihn vor sich selbst schützen würde. Es würde ihm erlauben, die gefühlsmäßigen Nachwirkungen der Wunden, die er während seiner Karriere erlitten hatte, endlich zu heilen.

»Sind Sie ... in Ordnung?« fragte Roan zögernd.

Winston nickte. Er fühlte den Drang, seinem Hochgefühl Ausdruck zu verleihen, seine Freude hinauszuschreien, doch hielt er sich zurück. Als der neue Gutsherr des Baird Hauses seinen Arm nahm und ihn auf die Füße zog, wehrte sich Winston nicht dagegen. Er schloß ehrfürchtig die Hand um die Rosenblätter, dann ging er neben Roan die Treppe hinauf. Er bemerkte nur flüchtig, daß Laura ihnen folgte. Aber er bemerkte, daß er jeden Schritt ohne die geringsten Schwierigkeiten machte. Als er begriff, daß sie alle drei einen langen Flur hinuntergingen, richtete er seine Aufmerksamkeit wieder auf seine Umgebung.

Auch er hatte am Weihnachtsabend die Hausbesichtigung mitgemacht, doch es waren so viele Zimmer gewesen, die er gesehen hatte, daß er sich an diesen Teil des Hauses nicht mehr erinnern konnte. Noch immer prickelte alles in ihm, während Roan plötzlich schneller ging und dann die letzte Tür auf der rechten Seite öffnete. Winston blieb auf der Schwelle stehen und winkte Laura, vor ihm das Zimmer zu betreten. Er folgte ihr. Roan hatte das Gaslicht an der Wand gleich neben der Tür angezündet, hockte jetzt vor dem Kamin und schichtete das Holz auf. Trotz der eisigen Kälte draußen war der große Raum gemütlich warm. Oder vielleicht, so überlegte Winston, hatte seine Erfahrung auf der Treppe sein Blut in Flammen gesetzt.

Laura trat neben Roan vor den Kamin. Während sie sich leise unterhielten, betrachtete Winston neugierig seine neue Umgebung. Er sagte sich, daß er ständig durch das Haus laufen konnte, ohne müde zu werden, sich die Einrichtung anzusehen. Nicht nur stammte die Einrichtung aus einem anderen Jahrhundert, auch die Atmosphäre selbst besaß den Anflug eines unschuldigen Zeitalters. Gleich gegenüber vom Kamin stand ein massives Himmelbett aus Eiche, das aus dem siebzehnten Jahrhundert war und einen Baldachin aus Holz besaß. Von der Stelle, an der er stand, konnte er die kunstvoll geschnitzten Trauben und Blätter am Kopfteil, an den Pfosten und dem Fußteil erkennen. Die Decke und die dazu passenden Kissen waren bezogen mit einem Stoff in leuchtendblauen, grauen und verschiedenen purpurnen Farben, das Muster waren griechische Urnen und Pfauen. Auf jeder Seite des Bettes standen passende stattliche Kommoden. Zu seiner Rechten entdeckte er ein dreisitziges Sofa, dessen hohe Lehne mit geschnitztem Blattwerk verziert war. Gepolstert war das Sofa mit dunklem, purpurfarbenen Samt. Darüber hing ein Spiegel in einem Rahmen aus Eichenholz, der mit Gold verziert und aus der Zeit George II. war. Daneben prunkte das Ölbild eines Gartens mit Pfauen auf einer Wiese. Ein Perserteppich in Königsblau und Gold lag auf einem auf Hochglanz polierten Holzfußboden. Auf der anderen Seite des Raumes waren zwei längliche Fenster, deren königsblaue Samtvorhänge zur Seite gebunden waren. Zwischen den Fenstern stand ein Stuhl aus der späten Stuart-Periode, dessen Lehne ebenfalls mit geschnitztem Blattwerk verziert war.

Winston trat noch einen Schritt weiter in das Zimmer und blieb ein paar Meter vor dem Paar stehen, das ihn beobachtete. Seine Augen wanderten zu dem Kamin aus roten Ziegeln und dem Nippes aus Messing, der auf dem mit Blattwerk verzierten Kaminsims aus Eiche stand. Die Wände waren mit Stoff bezogen, in einem sanften Goldton. Im Abstand von jeweils einem Meter waren sie geschmückt mit vertikalen, blaßgrauen Streifen aus Stuck.

»Ich nehme an, es gefällt Ihnen?« fragte Roan und grinste leicht schräg.

Winston nickte. Sollte jemand ihn bitten, dieses Zimmer mit einem Wort zu beschreiben, würde er elend versagen. Er konnte seine Verwunderung nicht einmal in einem *Satz* ausdrücken. Nicht einmal in einem Paragraphen! Er wußte nur, wenn er sich in diese kleine Ecke des Herrenhauses zurückziehen könnte, würde er nie wieder einen anderen Wunsch haben.

Er war zu Hause.

Doch er konnte nicht begreifen, warum dieses Gefühl so stark in ihm war, genausowenig wie er die oft so grausamen Wendungen des Schicksals begreifen konnte.

Er hatte sich im Haus seiner Familie nie zu Hause gefühlt. Doch hier, im Baird Haus, war es ihm, als sei er in diesen Wänden geboren worden.

»Winston, kann ich Ihnen noch etwas aus der Küche holen?« fragte Laura.

»Nein. Danke.«

»Meine Tante hat eine Zahnbürste, Seife, Shampoo und Rasierzeug in Ihr Bad gestellt«, sagte Roan.

»Danke.«

Roan nickte, dann legte er den Arm um Lauras Schultern und führte sie zur Tür. Als er an Winston vorüberging, meinte er: »Fühlen Sie sich wie zu Hause. Die Jungen schlafen im zweiten Stock. Sie sollten sie nicht stören.«

Winston schüttelte den Kopf.

An der Tür blieb Roan noch einmal stehen und sah seinen Gast an. »Ich bringen Ihnen morgen früh frische Kleidung. Schlafen Sie sich aus, Mann.«

Winston nickte. Die Tür schloß sich hinter dem Paar, und er reckte die Schultern und holte tief Luft.

Obwohl draußen die Nacht angebrochen war, war Winston hellwach. Energie sang in seinen Adern. Er hatte sich noch nie zuvor so lebendig gefühlt, so angeregt, ohne daß eine Quelle von außerhalb seine übersinnlichen Kanäle genährt hätte.

Er drehte das Gaslicht herunter, löschte die Flamme, ging zum Kamin und legte die Rosenblätter auf den polierten Kaminsims. Das Feuer im Kamin erwärmte nicht nur seine Beine, es gab dem Raum einen sanften Schein. Schatten umgaben ihn von drei Seiten. Er fühlte sich wohlig und sicher, als befinde er sich im Mutterleib. Das Elend und die Verzweiflung, die ihn seit dem Tod von Rose umgeben hatten, schienen nur noch eine blasse Erinnerung.

Eingehüllt in eine tiefe Zufriedenheit, setzte er sich mit untergeschlagenen Beinen auf den Rand des Kamins. Er starrte eine Weile in die tanzenden Flammen, seine Gedanken waren unbelastet, sein Geist so ruhig, daß er endlos hätte schweben können an einen weit entfernten Ort, um sich dort zu verlieren.

Er machte sich nichts daraus, was der Morgen brachte. Es gab nur noch das Jetzt. Nur noch diesen Augenblick.

Obwohl er überhaupt nicht müde war, lockte ihn doch die Ruhe dieses Raumes, sich ihr hinzugeben. Seine Augenlider wurden schwerer und schwerer, bis sie sich schließlich über seine Augen senkten. Als er ganz tief in sich selbst ruhte, senkten sich auch die Barrieren seines Geistes. Seitdem er elf Jahre alt gewesen war, hatte er diese schützenden Barrieren nie wieder vollkommen geöffnet, nicht, wenn er gerade einen Fall bearbeitete. Es war immer viel zu schmerzlich gewesen. Zu traumatisch. Die Natur hatte ihn mit keinem fertigen Schutz ausgestattet, durch den er seine übersinnlichen Ströme filtern konnte. Er hatte sich selbst beibringen müssen, die unerwünschten und unnötigen Energiepartikel auszuschließen, um seinen Verstand zu retten.

Ein Bild formte sich vor seinem inneren Auge. Die Szene war die eines herrlichen Gartens. Strahlendweiße und tief purpurfarbene Rosen standen in voller Blüte. Pfauen mit fächerförmigen Schwänzen spazierten zwischen Büschen hindurch. Vögel mit leuchtendbunten Schmetterlingsflügeln und Schmetterlinge mit Vogelflügeln flatterten umher. Der Himmel gehörte weder der Nacht noch dem Tag. Genau wie die Luft um ihn herum war er erfüllt von Millionen von leuchtenden Sprenkeln. Im Herzen des Gartens stand ein Brunnen aus weißem Marmor. Als sein geistiges Auge sich die Statue etwas näher ansah, die auf dem Brunnen stand, stellte er erstaunt fest, daß es ein nacktes Ebenbild von ihm selbst war. Wasser floß aus einem großen goldenen Einhorn, das die Statue in der rechten Hand hielt.

Und dann begriff er, daß er dieses surrealistische Reich nicht nur vor sich sah, sondern daß er wirklich dort war.

Lange Zeit betrachtete er das steinerne Gesicht der Statue. Die Züge waren ruhig. *Hoffnungsvoll* ... obwohl er nicht wußte, was der Grund dafür war. Sanftes Vogelgezwitscher schmeichelte seinen Ohren. Der Duft von Blüten stieg in seine Nase. Es war Frühling oder wenigstens so etwas Ähnliches. Doch wieder war er sich nicht sicher.

Irgend etwas hinter ihm lenkte ihn ab. Er wandte den Kopf und entdeckte die Umrisse einer Gestalt. Horizontale Strahlen schimmerten und zeugten von der Bewegung. Obwohl die durchsichtige Form aus leuchtenden Teilen zu bestehen schien, gelang es ihm doch, einen deutlichen Eindruck zu bekommen, ehe sie mit der Landschaft verschmolz.

Weiblich.

Er stellte fest, daß er sich anstrengte, sie zu entdecken. Die Luft um ihn herum schien verzaubert zu sein, die Strahlen deuteten an, daß sie wieder und wieder um ihn herumschwebte. Er hörte ein leises, musikalisches Lachen, dann drangen die Worte an sein Ohr: »Winston, fang mich, wenn du kannst.«

Er streckte die Hände in alle Richtungen und hoffte, sie zu entdecken, hoffte, sie dazu bringen zu können, eine solide Gestalt anzunehmen. Doch es gelang ihm nicht. Die Luft wehte um ihn, in neckenden Wirbeln lockte sie ihn.

»Das würde ich, wenn ich es könnte!« rief er fröhlich. »Komm, Mädchen. Laß mich dich sehen!«

»Zu früh, mein hartnäckiger Schotte«, sagte sie in einer Art Singsang.

Ein Lächeln verjüngte sein Gesicht, er wirbelte herum, fieberhaft suchte er die Umgebung ab. »Was ist das für ein Ort?«

»Mein Zuhause. Ich habe noch nie zuvor jemanden hierher kommen lassen. Warum dich, fragst du?« Ihr trillerndes Lachen hob seine Laune. »*Darum*, das ist der Grund. Ist das Grund genug?«

Er nickte. »Kann ich hierher zurückkehren, wenn ich es möchte?«

»Es ist sehr einsam hier. Komm wieder, Winston. Ich habe schon eine sehr lange Zeit auf dich gewartet.«

»Wirklich?« fragte er, und seine Augen blitzten übermütig.

»Aye. Ich wußte, als du vor einer Weile das erste Mal hierher gekommen bist, daß du den Weg zu diesem Ort wiederfinden würdest.«

»Willst du damit sagen, daß ich am Weihnachtsabend hier war?«

»Wenn du die Nacht so nennen willst, in der Lachlan gestorben ist, aye.«

»Wer bist du?« flüsterte er schmerzlich.

»Ich dachte, das wüßtest du.«

Er schüttelte den Kopf.

»Ich bin das Haus.«

Benommen erstarrte Winston. »Nein. Ich habe die Umrisse deines Körpers gesehen. Nur eine Sekunde lang, aye, aber ich weiß, was ich gesehen habe.«

»Was du zu sehen *wünschtest*«, flüsterte sie an seinem linken Ohr. Er wirbelte zu der Stimme herum und suchte verzweifelt nach einem Anzeichen von ihr. Doch es gab nichts, nur die Sprenkel, die glitzerten und vor Leben pulsierten, und die Strahlen, die jetzt im Zickzack um ihn herumwirbelten.

»Dein Name!« rief er.

»Lausche, dann wirst du ihn im Wind hören.«

»Also hast du einen Namen.« Sein Temperament meldete sich, und er zog die schwarzen Augenbrauen mißtrauisch und vorwurfsvoll zusammen. »Das Haus hat einen Namen. Willst du mir sagen, daß du *Baird* heißt?«

»Warum bist du böse mit mir, Winston? Ich habe dir erlaubt, hierherzukommen, weil ich wußte, daß es einen Augenblick des Friedens für deine Seele bringen würde.«

Winston atmete schwer, dann antwortete er: »Ich verlange zu wissen, wer in meinem Kopf ist!«

»In deinem Kopf?« Wieder lachte sie und wirbelte um ihn herum, liebkoste und neckte ihn und stellte seine immer schlechter werdende Laune auf die Probe. »Wie vorhersehbar *menschlich* von dir, anzunehmen, daß jemand anders sich eingeschlichen hat.« Sie seufzte, und er hätte schwören können, daß er ihren parfümierten Atem auf seinem Gesicht fühlte. »*Du* wolltest hierherkommen, Winston. Ich hätte dich aufhalten können. Ich hätte es tun sollen, denke ich. Aber es ist schon eine so lange Zeit her, seit ich die Möglichkeit gehabt habe zu reden. Ich bedauere jetzt meine vorschnelle Entscheidung, dir vertraut zu haben.«

»*Mir* vertraut zu haben?« Ein freudloses Lachen entrang sich seiner Kehle. »Das ist verdammt toll, wenn man bedenkt, daß ein *Haus* so etwas sagt.« Er bewegte irritiert die Schultern, dann fügte er hinzu: »Ich habe nur wenig Toleranz für einen Lügner.«

Schweigen trat ein. Winston fühlte eine knisternde elektrische Störung in der Luft. Ihm lag eine Entschuldigung für seine schlechte Laune auf der Zunge, doch er war kein Mann, der sich durch irgend jemanden oder irgend etwas entnerven ließ. Und sie entnervte ihn.

»Sag mir, Winston, möchtest du, daß ich für dich eine Frau bin?«

Noch ehe er antworten konnte, bemerkte er die Pfauen, die ihn umringt hatten. Ihre dunklen Knopfaugen waren auf ihn gerichtet, und sie hatten die Köpfe schief gelegt, als könnten sie seine Antwort nicht erwarten.

»Winston.«

Ihre Stimme erschreckte ihn. Er warf der Gruppe der Pfauen einen bösen Blick zu, dann hob er den Kopf und suchte den nicht existierenden Himmel ab. »Warum hast du mich hierhergebracht?«

Wieder folgte ein Moment des Schweigens, in dem sein Herz in seiner Brust zu rasen begann. Irgendwo in weiter Ferne hörte er ein geheimnisvolles Donnergrollen.

»Ich habe dich nicht hierhergebracht«, erklärte sie ihm

schließlich. »*Du* hast *mich* gesucht. Aye, und du hast mich gefunden.«

»Du bist nicht das Haus«, forderte er sie heraus.

Wieder herrschte langes Schweigen, dann hörte er ihre Stimme. »Es ist alles, was ich sein kann«, sagte sie leise und verloren, ihre Stimme schien allgegenwärtig. »Aber ich bin dankbar, daß ich wenigstens das sein kann. Du mußt jetzt gehen, Winston. Es gibt Menschen, die mich brauchen. Ich kann meine Zeit nicht mit jemandem verschwenden, der so mißtrauisch ist wie du. Alles, was ich je gewollt habe, war, gebraucht zu werden.«

Während sie sprach, fühlte Winston eine Flut von Gefühlspartikeln. »Wie habe ich dich verletzt?« fragte er und suchte mit mißmutigem Blick die Umgebung ab.

Sie keuchte auf und schwieg dann, so lange, daß es ihm wie eine Ewigkeit erschien. Als er die Spannung in seinem Inneren nicht länger ertragen konnte, verlangte er: »Sage es mir!«

Als sie noch immer schwieg, kam erneut seine schlechte Laune zum Vorschein. »Du erwartest von mir, daß ich dir glauben soll, du seist das Haus, und dann bist du in der Lage, menschliche Gefühle zu *fühlen?* Du bist einfach nur ein Geist, nicht wahr? Ein Geist, der hier in diesem Haus gefangen ist. Vielleicht machst du da weiter, wo Lachlan Baird aufgehört hat?«

»Ich habe ihm seine Macht gegeben«, sagte sie leise.

»Ich glaube dir nicht. Ich habe eine Frau *gesehen!*«

»Es ist grausam von dir, mich an eine längst vergangene Zeit zu erinnern. Daran, wer ich war, ehe die Dunkelheit kam.«

»Du warst einmal *menschlich!*« forderte er sie heraus.

»Nein. Was ich war, ist jetzt nicht wichtig.« Sie seufzte, und Verzweiflung klang aus ihrem Seufzer. »Wir sind zu verschieden, das weiß ich jetzt, und es macht mich traurig. Ich kann zufrieden sein, denn ich muß überleben. Du, Winston, bist so, wie Lachlan war, zu bitter und zu verhärtet von dem, was das Leben dir gebracht hat. Aber er hat sich wenigstens nicht vor seinen Gefühlen versteckt, deshalb habe ich ihm geholfen zu bleiben. Und Beth. Sie hat mir so viel Freude geschenkt. Aber du bist nicht bereit, das Wunder aufzunehmen. Vielleicht wirst du es nie sein, denke ich. Du hast so lange in dir selbst gelebt, daß du nicht gelernt hast, das zu akzeptieren, was wirklich von dir verlangt wird.«

»Was von mir verlangt wird? Du weißt überhaupt nichts von mir!«

»Leider weiß ich alles.«

»Eine beträchtliche Leistung für ein ... Haus.«

»Sarkasmus. Du beherrschst ihn wirklich, Winston. Aber kannst du auch lieben?«

Die Frage machte ihn betroffen. »Natürlich kann ich das.«

»Nein. Wer ist jetzt der Lügner? Die Liebe verängstigt dich. Wir sind, was wir sind. In meinen geheimsten Träumen sehne ich mich danach, menschlich zu sein. Wie du, Winston. Ich kann übersinnliche Liebe nur durch andere erfahren. Aber ich glaube, für dich ist es noch trauriger, denn du lebst in ihrer Welt. Es ist trauriger, weil du für dich die *Wahl* getroffen hast, abseits zu bleiben. Du hast die *Wahl* getroffen, zu entsagen.«

»Lachlan und Beth haben mir so vieles beigebracht. Roan und Laura bemühen sich noch darum, sich selbst zu finden, aber sie werden es schaffen, weil sie das Leben und einander so tief lieben.«

»Ich werde mich gleich übergeben.«

»Wieder Sarkasmus.« Eine Minute herrschte Schweigen. »Sag mir deinen innigsten Wunsch, und ich werde ihn dir erfüllen.«

»Warum?«

»Weil ich es kann«, sagte sie, und in ihrer Stimme schwang ein geheimnisvoller Klang.

Winston zog einen Mundwinkel in einem skeptischen Grinsen hoch. »Ein Flaschengeist gewährt immer *drei* Wünsche.«

»Ich bin kein Flaschengeist. Nun, Winston ... dein Wunsch?«

»Ich möchte dich *sehen.*«

Schweigen herrschte, und er verschränkte spöttisch die Arme vor der Brust. »Ist das zu schwierig für dich, Baird?«

»Zu einfach«, sagte sie schließlich verloren. »Da du Rose dazu benutzt hast, dich von der menschlichen Rasse zu trennen, werde ich dir deinen Wunsch erfüllen, aber mit einer kleinen Herausforderung.«

»Was ist mit Rose?« fragte er mit rauher Stimme.

»Du wirst mich sehen, wenn du einen Weg findest, mich zu *berühren.*«

»Was ist mit Rose!«

»Du kannst dich nicht vor mir verstecken, Winston. Du hast sie nicht geliebt. Es war ihre Zeit, diese Welt zu verlassen, und du hast das persönlich genommen.«

»Ich verfluche dich!«

»Zu spät, mein aufbrausender Schotte. Ich wurde schon vor langer Zeit verflucht, von etwas, das viel mächtiger und viel trauriger ist als du.«

Seine Brust hob und senkte sich heftig vor Wut. »Du bist ein Feigling, Baird!« warf Winston ihr vor.

»Ich bin nur weiser als du«, lachte sie leise. Dann wurde sie wieder ernst. »Auf Wiedersehen, Winston. Vergiß nicht, daß du deine Gedanken und deine Gefühle nicht vor mir verstecken kannst. Und wenn das sonst zu nichts führt, dann lehrt es dich vielleicht die Menschlichkeit.«

»Warte! *Warte!*«

Er begriff, daß er langsam aus dem Garten verschwand, und holte tief Luft. Er fühlte ein Rauschen, dann öffnete er die Augen und stellte fest, daß er in die schwindenden Flammen im Kamin vor ihm starrte. Tiefe Traurigkeit erfüllte ihn, und eine große Leere tat sich in seinem Inneren auf, so verzweifelt und heftig, daß er beinahe in Tränen ausgebrochen wäre. Doch dann kam der alte Winston wieder zum Vorschein. Er verschloß die

Bruchstücke der Gefühle, die ihm von dieser geheimnisvollen Frau übermittelt worden waren, in seinem Inneren und stand mit steifen Beinen auf.

Der Raum war kalt, Schatten lauerten wie grimmige Wachen in den Ecken.

Er fühlte sich plötzlich einsamer als je zuvor in seinem Leben, doch weigerte er sich, auch nur eine Sekunde lang über den Grund dafür nachzudenken.

Sie konnte nicht mehr gewesen sein als nur ein Geschöpf seiner Vorstellung, eine nötige Ablenkung für seine überstrapazierte Psyche!

Er wollte sich gerade zum Bett umdrehen, als ihm etwas ins Auge fiel. Mit zitternden Fingern griff er nach dem Objekt auf dem Kaminsims.

Statt loser Rosenblätter, die er zuvor dorthin gelegt hatte, lag jetzt an ihrer Stelle eine vollständige Rose. Trotz des immer schwächer werdenden Lichtes wußte er, daß es eine purpurfarbene Rose war, und er wußte, es war dieselbe Rose, doch jetzt war sie vollständig wiederhergestellt. Als er sie an seine Brust nahm, stach ihn ein winziger, unsichtbarer Dorn in seinen Finger. Flüssige Wärme drang in die Wunde und breitete sich sofort in seinen Adern aus.

»Du bist nicht bereit, das Wunder aufzunehmen«, hatte sie ihm vorgeworfen.

Er hob die Rose an die Lippen. »Du irrst dich, Baird«, murmelte er.

2

Eine dunkle und unheimliche aal-ähnliche Masse glitt am Rande von Winstons, durch übersinnliche Fähigkeiten geschütztem Unterbewußtsein entlang und weckte ihn auf, Minuten ehe die Dämmerung den Morgenhimmel erhellte. Er fuhr in seinem Bett hoch, blinzelte heftig, und das Herz schlug ihm wild bis in den Hals. Im ersten Moment war er alarmiert durch die Trübheit in dem Zimmer, dann durch die Stille, die so greifbar war, daß er glaubte, sie sei ein Eindringling, der über ihm schwebte. Als er sich daran zu erinnern versuchte, was ihn in seinem Traum verängstigt hatte, stand er vor einer schwarzen Mauer. Die Leere war etwas, was er noch nie zuvor erlebt hatte. Es hatte immer ungebetene Bilder und Eindrücke gegeben, die sich in die vielfältigen Reiche seiner übersinnlichen Gebiete gedrängt hatten. Jetzt war dort nichts als Leere.

Als sein Herz wieder normal schlug, mußte er über sich selbst lachen. Warum fürchtete er sich vor dem Frieden in seinem Kopf? War das nicht etwas, wonach er sich schon seit seiner Kindheit gesehnt hatte? Er fuhr sich mit den Fingern durch sein zerzaustes schwarzes Haar und schluckte. Sein Magen knurrte. Er blinzelte, um den Schlaf aus seinen Augen zu vertreiben, dann sah er aus dem Fenster.

Ein neuer Tag war angebrochen.

Er gähnte und reckte sich, spannte die Muskeln in seinem Rücken an, warf die Decke zurück und kletterte aus dem Bett. Er ging ins Bad, erleichterte sich und machte sich dann daran, das Feuer im Kamin anzufachen. Die Kälte kroch über seine nackte Haut. Er war nur in seinen Boxershorts ins Bett gegangen. Als er das Feuer wieder angefacht hatte, zog er rasch seine dunkelgraue Hose an. Anstatt seines Hemdes, das er nirgendwo finden konnte, zerrte er die Decke vom Bett und hängte sie um seine Schultern. Mit einer Hand hielt er sie vor der Brust zusammen. Er ging zurück zum Kamin, hockte sich davor und zitterte in der Kälte.

Die Abwesenheit jeglicher Träume erstaunte ihn nach wie vor. Solange er sich erinnern konnte, war seine Traumwelt stets lebhaft gewesen, es hatte Zeiten gegeben, da hatte er nicht einmal gewußt, welche Welt die Wirklichkeit war. Er hatte nie zuvor einen persönlichen Alptraum erfahren, einen Ausdruck seines Unterbewußtseins. Selbst seine Träume gehörten Außenstehenden. Es waren ihre Ängste. Ihre Unsicherheiten. Ihre Hoffnungslosigkeit.

Baird.

Der spöttische Name der Frau regte sich in seinem Kopf.

Könnte er doch nur die Grundlage seiner Sicherheit begreifen, daß derjenige, der ihm seine ... wundersame ... Reise in diese andere Welt beschert hatte, nicht das Haus gewesen war. Vielleicht war der Grund dafür, daß etwas so Absurdes, daß ein *Haus* mit ihm geredet haben sollte, mehr war, als er akzeptieren konnte. Ein Geist, ja. Er hatte sich schon oft mit Verstorbenen unterhalten.

Und was hatte *sie* damit gemeint, als sie ihm vorwarf, er würde Rose dazu benutzen, um sich von der Welt zurückzuziehen?

Er wollte gerade einen tiefen Seufzer ausstoßen, als ein Anflug von tiefem Kummer von außen her ihn beschlich. Er reckte sich, als sein übersinnliches Empfinden sich instinktiv einschaltete. Noch ehe er sich zurückziehen und weiteres Wissen über den unbewußten Absender dieses Gefühles abblocken konnte, kannte er schon den Grund für diesen Kummer und auch den Ort, woher dieses Gefühl kam.

»Verdammt«, brummte er.

Er stand auf und bewegte mißmutig die Schultern. Er dachte daran, die übersinnliche Anziehungskraft zu ignorieren, doch dann verließ er widerwillig sein Zimmer. Auf halbem Weg den Flur hinunter blieb er vor einer Tür zu seiner Rechten stehen und klopfte leise an das dunkle Holz. Als niemand antwortete, öffnete er die Tür gerade so weit, daß er in das Zimmer sehen konnte. Auf der anderen Seite des Zimmers saß ein kleiner Junge mit untergeschlagenen Beinen auf seinem Bett und schluchzte.

»Darf ich reinkommen?«

Der Junge blickte auf, wischte sich mit dem Arm über die Nase und schüttelte dann zögernd den Kopf.

Winston runzelte die Stirn. »Ich fürchte, ich habe mich in diesem großen Haus verlaufen. Kannst du mir sagen, wo die Küche ist?«

Einige Sekunden lang beobachtete der Junge ihn mit einem schwer zu deutenden Ausdruck in seinem Gesicht. Dann hob er den rechten Arm und deutete in eine Richtung, eine Geste, die ein Lächeln um Winstons Mund zauberte. Er trat in das Zimmer, zog die Decke um seine Schultern und ging bis zum Fuß des Bettes.

»Das hilft mir nicht sehr viel weiter, Junge.«

»Alby«, schnüffelte der Junge.

»Alby heißt du? Das ist ein schöner Name. Ich bin Winston.«

Der Junge legte den Kopf etwas schräg, und Winston fand, daß in seinen Augen eine Weisheit lag, die sein Alter bei weitem überschritt. Um die peinliche Situation zu überbrücken, warf Winston einen Blick zum Kamin. Ein schwaches Feuer brannte darin und erwärmte das Zimmer. Winston räusperte sich, dann sah er Alby wieder an, der ihn noch immer beobachtete, doch jetzt lag blanke Neugier in den Augen des Jungen.

»Darf ich mich setzen?« fragte Winston und deutete auf das Bett.

»Sicher.«

Winston setzte sich neben den Jungen auf das Bett, doch stellte dann fest, daß ihm die Worte fehlten, bis er ein hölzernes Pferd entdeckte, etwa sieben Zentimeter groß, das auf der Decke zwischen ihnen beiden lag. Er hob es auf, betrachtete die kunstvolle Schnitzerei, zog die Augenbrauen hoch und sah den Jungen an. »Ein schönes Stück«, bemerkte er.

»Lachlan hat es für mich gemacht.«

Bei Albys niedergeschlagenem Ton runzelte Winston die Stirn. »Er hat gute Arbeit geleistet.«

Alby griff unter sein Kissen und zog drei weitere Schnitzereien hervor. Ein aufgerichteter Bär, ein Löwe und ein Affe. Er reichte sie Winston, der sie eingehend betrachtete, ehe er sie auf das Bett stellte. »Weinst du um Lachlan?«

Alby schürzte die Lippen. »Nur weil ich weine, heißt das noch lange nicht, daß ich ein Baby bin.«

»Natürlich nicht, Alby. Aber es ist noch ein bißchen früh, um so traurig zu sein, findest du nicht?«

»Ich bin nicht traurig.«

»Nicht?« Winston lachte leise. »Das war dann wohl mein Fehler.«

»Ich verzeihe dir«, sagte der Dreijährige, und Winston lachte laut auf. »Was ist denn so komisch?«

Winston mußte nachdenken, um die richtigen Worte zu finden, ehe er antwortete. »Ich habe nicht *über* dich gelacht.«

»Aber außer uns beiden ist doch niemand hier«, erklärte Alby und sah Winston ernst an.

»Wenn du recht hast, hast du recht. Also, erzähle mir, hattest du einen Alptraum?«

»Sei doch nicht so dumm.«

Die Antwort machte Winston noch nachdenklicher, und er strich sich über sein Kinn. »Also hast du einfach nur geweint?«

»Meine Spielsachen haben aufgehört zu spielen«, erklärte

ihm Alby und stieß sie mit der Fingerspitze an. »Ich mag es nicht, wenn sie nicht mehr lustig sind.«

Erstaunt betrachtete Winston die Schnitzereien.

»Vielleicht, weil ich dem Löwen gesagt habe, er solle nicht so laut brüllen.« Seine Unterlippe schob sich wieder vor, und sein Kinn zitterte. »Und jetzt sind sie alle böse auf mich.«

»Der Löwe ... hat gebrüllt?« Winston hob den geschnitzten Löwen auf und betrachtete ihn genau. »Mmm. Löwen können ganz schön laut sein, das ist wahr. Wahrscheinlich hätte er das gesamte Haus aufgeweckt, wenn du ihm nicht gesagt hättest, er solle leiser sein.«

»Du glaubst nicht, daß er brüllen kann«, warf ihm Alby vor und nahm das Spielzeug aus Winstons Hand. »Erwachsene glauben *nie* etwas. Aber du wirst es glauben, wenn er dich beißt.«

Winston versuchte, sein Lächeln zu unterdrücken, doch das gelang ihm nicht. »Oh ... wirklich. Sag mir, Alby, würdest du mit mir zum Frühstück gehen? Ich mache unverschämt gute Haferkuchen.«

»Für das Frühstück bin *ich* verantwortlich, Mr. Connery«, ertönte eine weibliche Stimme hinter ihm.

Er wandte den Kopf und blinzelte, als er sah, daß Agnes Ingliss durch das Zimmer auf ihn zukam. Sie war in ein schlichtes blaues Wollkleid gekleidet, einen dreiviertellangen schwarzen Pullover, schwarze Strümpfe und Schuhe. Ihr schneeweißes Haar hatte sie auf ihrem Kopf zu einem Knoten zusammengebunden, und kleine Perlohrringe schimmerten an ihren Ohren. Neben dem Bett blieb sie stehen und öffnete die Arme. Alby sprang auf und warf sich in ihre Arme. Er schlang die Arme um ihren Hals und drückte ihr einen feuchten Kuß auf die Wange. Ein Lächeln erhellte ihr Gesicht, als sie ihn an sich drückte. In dieser Sekunde wünschte sich Winston mehr als je zuvor, eine solche Bindung fühlen zu können. Eine schmerzliche Leere tat sich an der Stelle auf, an der sein Herz war. Als er versuchte, sich in Agnes' Gefühle einzuschalten, blitzte ihm aus ihren blaßblauen Augen eine Warnung entgegen, die ihm sagte, daß sie wußte, was er vorhatte. Eine heiße Röte stieg in Winstons Wangen. Er hatte ganz vergessen, daß ihre Kräfte als *Geist* intakt waren.

»Alby, Liebling, was hältst du davon, wenn Mr. Connery dir hilft, deine Zähne zu putzen, während ich mich um das Frühstück kümmere.«

Der Junge bedachte Winston mit einem abweisenden Blick und barg sein Gesicht an Agnes' faltigem Hals. Sie sah Winston aufmerksam an, dann griente sie.

»Komm schon, Alby. Du willst doch nicht, daß deine Wurst zu lange gebraten wird, nicht wahr? Die alte Agnes wird in letzter Zeit immer langsamer, und ich bin sicher, Mr. Connery möchte gern einmal sehen, wie sich ein großer Junge wie du die Zähne putzt, bis sie strahlendweiß sind.«

»So weiß wie die Zähne einer Fee«, strahlte Alby.

»Aye, so weiß und noch weißer. Nun? Bist du jetzt einverstanden?«

Alby betrachtete Winston nun schüchtern, runzelte noch einmal die Stirn und streckte ihm schließlich halbherzig die Arme entgegen. Winston stand auf. Sein ganzer Körper prickelte vor Erwartung, als er zögernd ebenfalls seine Arme ausstreckte. Im nächsten Augenblick klammerte sich Alby an ihn, seine molligen Ärmchen legten sich fest um Winstons Hals, und er schlang die Beine um seine Hüften.

»Danke … Mrs. Ingliss.«

»Agnes«, korrigierte sie ihn mit einem Lächeln und einem Blitzen in ihren wissenden Augen.

Alby verzog das Gesicht. »Er hat schlechten Atem!«

Mit einem leisen Lachen ging Agnes zur Tür. Über ihre Schulter hinweg schlug sie vor: »Alby, vielleicht solltest du Mr. Connery zeigen, wie er seine Zähne putzen muß.«

Als sie im Flur verschwunden war, sah Winston den Jungen reumütig an. »Ist es wirklich so schlimm?«

Alby nickte.

»Dann komm«, sagte Winston und ging zur Tür. »Wir wollen sehen, wer der Zahnputzchampion ist.«

»Der bin ich.«

Winston lachte und stellte fest, daß er sich nicht mehr daran erinnern konnte, wann er sich schon einmal so gut, so lebendig gefühlt hatte.

Laura reckte sich wohlig unter der warmen Decke. Mit geschlossenen Augen und einem zufriedenen Lächeln auf den Lippen griff sie nach Roan. Doch seine Seite des Bettes war leer. Sie öffnete die Augen und blinzelte im hellen Morgenlicht. Als sich ihre Augen an die Helligkeit gewöhnt hatten, entdeckte sie Roan, der am Fenster stand, in einem Strahl Sonnenlicht. Sein Gesichtsausdruck war sowohl schwermütig als auch verzweifelt. Er beobachtete etwas vor dem Fenster, doch sie war ziemlich sicher, daß er gar nicht sah, was sich vor seinen Augen abspielte.

Ein Schauer lief durch ihren Körper, woher er kam, wußte sie nicht. Jetzt, wo sich ihr Leben normalisiert hatte, sollte sich eigentlich die Anspannung dessen, was sie hatten erleiden müssen, langsam legen. Nur ihre Neffen schienen sich an ihr neues Leben angepaßt zu haben. Laura spürte noch immer ein Gefühl des Verlustes, doch um was für einen Verlust es sich dabei handelte, dessen war sie sich nicht sicher. Vielleicht hatte es etwas damit zu tun, daß Roan gar nicht so glücklich war, wie er zu sein vorgab. Manchmal glaubte sie, daß sie der Grund für seine bedrückte Stimmung war, doch ihr Instinkt sagte ihr, daß seine Anfälle von Depression irgend etwas mit dem Ableben von Lachlan und Beth zu tun hatten. In den wenigen Augenblicken, in denen sie versucht hatte, ihn dazu zu bringen, sich ihr zu öffnen, hatte er sich von ihr zurückgezogen und hatte die Einsamkeit seiner neuen Familie vorgezogen. Sie zweifelte keine Sekunde daran, daß er sie liebte. Er hatte so eine Art, wie er sie ansah, in seinen Augen lag dann eine leuchtende Verschmitztheit, doch las sie auch darin, wie tief sie miteinander verbunden waren. Doch es gab Zeiten, da fürchtete sie, einen Teil von ihm zu verlieren, der immer schwerer zu erreichen war. Einen Teil seiner Seele. Sie hatte sich schon gefragt, ob vielleicht der ursprüngliche Gutsherr und seine Herrin aus Versehen einen Teil Roans mit sich genommen hatten.

Was auch immer der Grund dafür war, ihn so zu sehen, es verursachte eine schmerzliche Leere in ihrem Herzen.

Als hätte er gefühlt, daß sie ihn beobachtete, wandte er unerwartet den Kopf und sah sie an. Ein Lächeln erschien um seinen Mund. Das Sonnenlicht, das ihn einhüllte, verwandelte die Farbe seiner Augen zu einem bezwingenden Bernstein und zauberte blaßgoldene Strähnen auf sein hellbraunes Haar.

»Guten Morgen, mein Schatz«, sagte er mit rauher Stimme, und sein Blick glitt langsam und anerkennend über ihren Körper.

»Guten Morgen.« Sie lächelte und klopfte einladend auf die Matratze neben sich. Er kam auf sie zu. Ein Stück Holz knisterte im Kamin und lenkte für einen Moment ihre Aufmerksamkeit auf das hellodernde Feuer im Kamin. Als sie Roan wieder ansah, saß er auf der Bettkante, seinen rechten Fuß hatte er auf das linke Knie gelegt. Sie seufzte auf, als sie seinen nackten Oberkörper betrachtete. Sie würde es nie müde werden, seinen muskulösen Körper zu betrachten und seine breiten Schultern. Sein Haar, das er nicht mehr geschnitten hatte, seit sie ihn zum ersten Mal gesehen hatte, hing jetzt in weichen Locken bis über seine Schultern. Auch wenn sie nie geglaubt hatte, eine Frau zu sein, die einen Mann mit einer »Mähne« bevorzugte, so gefiel ihr doch der Gedanke nicht, daß er seine Haarpracht vielleicht leid werden und sie abschneiden würde.

Mit diesem Gedanken stützte sie sich auf einen Ellbogen und

fuhr mit den Fingern durch sein Haar. Er legte die linke Hand auf ihren Unterarm und drückte einen Kuß auf ihr Handgelenk, dann beugte er sich über sie und barg sein Gesicht an ihrem Hals. Ein heißes Glücksgefühl rann durch ihren Körper. Sie ließ sich in die Kissen zurücksinken und streckte ihm die Arme entgegen. Sein Lächeln wurde breiter, er stöhnte laut auf und barg sein Gesicht an ihren Brüsten. Eine Minute später legte er sich aufs Bett, schob einen Arm unter sie und zog sie an sich. Laura fühlte sich nie glücklicher als in seinen Armen. Tief sog sie den Duft seiner Haut ein und strich mit den Fingerspitzen über seine Wange.

»Hast du gut geschlafen?«

»Mmm«, murmelte er leise und rückte sein Gesicht bequem zwischen ihre Brüste. »Ich habe von einem ganz besonderen Garten geträumt.«

Sie griff nach einer Locke seines Haares, die auf seiner Schulter lag, und wickelte sie um ihre Finger. »Erzähl mir davon«, flüsterte sie.

»Da gibt es nicht viel zu erzählen. Er war ganz leuchtend und voller Wunder. Ich glaube, unser Gast war auch dort. Woran ich mich hauptsächlich erinnere, war, wie friedlich es dort war. Ich wollte gar nicht wieder weg, Laura.«

»Niemals?«

Er schwieg einen Moment. »Ich bin nicht sicher. Aber ich bin in einer ziemlich schlechten Laune aufgewacht.«

Sie drückte ihm einen Kuß auf den Kopf und starrte blicklos an die Decke. »Warum gibst du nicht zu, wie sehr du Lachlan und Beth vermißt?«

»Das tue ich doch«, wehrte er brüsk ab. »Aber können wir nicht einen Tag beginnen, ohne uns in Erinnerungen zu verlieren?«

Sie schwiegen beide, jeder in seine eigenen Gedanken versunken. Unbewußt strich Roan mit dem Daumen über Lauras rechte Brustspitze, die sich unter ihrem blau-rot karierten Flanellnachthemd aufrichtete. Seine unbeabsichtigten Berührungen weckten ein heißes Gefühl des Verlangens in ihrem Inneren. Sie versuchte, normal zu atmen, schloß die Augen und genoß das Gefühl der Wärme, die sich in ihr ausbreitete.

»Ich dachte daran, daß wir vielleicht in der nächsten Woche eine Reise nach Edinburgh machen könnten«, sagte Roan verträumt, als spreche er mit sich selbst. »Wenn das Wetter ein wenig besser wird.« Er schob seine linke Hand unter ihr Nachthemd und streichelte abwesend ihren nackten Po und ihren Schenkel. »Aber jetzt, wo Connery hier ist«, sprach er weiter, »bin ich nicht sicher, ob wir überhaupt irgendwelche Pläne machen sollten.«

»Wir wissen ja gar nicht, wie lange er bleiben wird.«

»Hmm. Er ist ein eigenartiger Mann, dieser Winston. Laura, ich kann gar nicht sagen, was er an sich hat, das in mir den Wunsch weckt, meinen Kopf in den Sand zu stecken.«

»Er hat offensichtlich übersinnliche Fähigkeiten. Ist es nicht das, was Aggie gesagt hat?«

»Aye«, antwortete Roan so leise, daß sie es kaum hören konnte. »Ich nehme an, daß ich mich in seiner Nähe unsicher fühle, weil ich überhaupt nichts über ihn weiß.«

»Lachlan ...« Laura keuchte auf, als Roans Finger über das Dreieck krausen Haares zwischen ihren Schenkeln strich und ein Schauer der Lust durch ihren Körper rann, »... wollte, daß er zurückkam«, beendete sie atemlos den Satz und schloß die Augen.

»Aye, das wollte er.«

Tief in Gedanken verloren, mit gerunzelter Stirn, streichelte er ihre Brust und knetete sie sanft. Er bemerkte gar nicht, daß Lauras Verlangen wuchs und daß sie heftig atmete.

»Es gibt so viel zu tun, ich weiß gar nicht, wo ich anfangen soll.«

Laura stöhnte leise auf. Doch trotz ihres heißen Verlangens riet sie ihm: »Nimm einfach immer einen Tag nach dem anderen.«

Kurz darauf murmelte Roan eine unverständliche Antwort. Laura strich mit den Fingerspitzen über seine Brust, doch er setzte sich urplötzlich auf und fuhr sich mit der Hand über das Gesicht.

»Du hast recht. Einen Tag nach dem anderen.« Er sprang vom Bett und ging zur Tür. »Ich werde nach den Jungen sehen. Wir treffen uns unten beim Frühstück.«

Noch ehe Laura protestieren konnte, war Roan schon verschwunden. Lange konnte sie nichts anderes tun, als mit ungläubigen Augen auf die geschlossene Tür zu starren. Dann setzte sie sich auf, schüttelte den Kopf und seufzte tief auf. »Die Flitterwochen sind vorüber, noch ehe sie richtig angefangen haben.« Sie sah sich in dem Zimmer um, schüttelte noch einmal den Kopf und betrachtete dann das Porträt von Lachlan, das über dem Kaminsims hing. »Ich wünschte, du könntest mir sagen, was in seinem Kopf vor sich geht. Wovon rede ich überhaupt? Immerhin haben wir einen Besucher, der übersinnliche Fähigkeiten besitzt, nicht wahr?«

Ihre Laune hob sich, als sie aus dem Bett kletterte und ins Bad tappte. Sie merkte nicht, daß ein Schatten sich hinter der Gardine des Fensters löste, aus dem Roan gesehen hatte, als Laura aufgewacht war. Er bewegte sich zum Bett, hielt dort kurz inne, durchquerte das Zimmer und verschwand dann durch die Tür.

Laura kehrte in das Schlafzimmer zurück, nachdem sie sich die Zähne geputzt und Hände und Gesicht gewaschen hatte. Sie summte leise vor sich hin, als sie zu ihrem Schrank lief, als ein wohlbekanntes Empfinden sie ergriff. Ein Gefühl flüssiger Wärme ging durch ihren Körper, es floß wie ein Bergquell durch sie hindurch. Das Gefühl sammelte sich in ihrer Brust, umrundete ihr Herz und verschwand dann langsam wieder. Wie stets, wenn dieses Phänomen sie heimsuchte, so hinterließ es auch jetzt wieder eine äußerste Gelassenheit. Es war, als ob ein himmlischer Nebel über ihren Gedanken lag.

Laura kleidete sich an, kämmte sich das Haar und verließ ihr Schlafzimmer. Hunger und der Wunsch nach der ersten Tasse Kaffee lenkten ihre Schritte zur Küche. Doch das Gefühl, das diese geheimnisvolle Begegnung hinterlassen hatte, war der Drang, nach Roan zu suchen.

Winston betrat den Treppenabsatz und schwang Alby die letzten Stufen hinunter. Er lachte, als der Junge darauf bestand, noch einmal die Treppe hinunterzuschwingen, doch da zwang sich etwas in sein Bewußtsein. Eine kurze, dunkle Wolke legte sich über seinen Verstand. Alarmiert befahl er Alby, zu bleiben, wo er war, und lief zu der großen, zweiflügeligen Haustür. Er rannte durch das kleine Gewächshaus und riß eine der Türen nach draußen auf. Stirnrunzelnd trat er in den hellen Morgensonnenschein, der sich auf dem Schnee widerspiegelte. Zahllose Eindrücke drängten sich ihm auf, so mächtig, daß er vor dem Andrang zurückwich. Er war verblüfft, daß seine übersinnlichen Fähigkeiten mit einer solchen Macht zurückgekehrt waren und daß sein Geist sich jedem winzigen Partikel an Information geöffnet hatte, der durch die Luft flog. Als er an dem Punkt angekommen war, wo er der Flut des Ansturmes Herr werden konnte, weckte ein Donnergrollen seine Aufmerksamkeit.

Der Westwind wehte die Worte: »Zu bald!« an sein Ohr, und er erkannte die Stimme wieder als die der geheimnisvollen Frau, die er in der letzten Nacht getroffen hatte. Er fühlte ihre Sorge. Ihre Verzweiflung. Dann ...

Im selben Moment sah er auf und entdeckte einen Wirbel schwarzer Wolken über dem Haus, er fühlte, daß die Frau ein ganzes Netz an Energie aussandte – eine Energie, die er nicht erklären konnte. Die Wolken hoben sich leicht. Donner grollte laut. Blitze zuckten und zischten durch die geheimnisvolle Masse, dann verschwand alles, und die Sonne strahlte wieder vom Himmel.

Aus Winstons Kopf verschwanden alle Einflüsse von außen. Trotz des strahlenden Sonnenscheins wehte ein eiskalter Wind. Die Decke wurde ihm beinahe von den Schultern gerissen. Er hielt sie fest und steckte zwei Enden unter das Gurtband seiner Hose. Als er zurück ins Haus gehen wollte, entdeckte er zwei Kartons, die auf der Treppe standen. Er hob sie hoch und lief mit ihnen zurück in die relative Wärme der Eingangshalle und schloß die Tür hinter sich. Alby wartete am Fuß der Treppe auf ihn.

»Was ist das?« fragte der Junge.

Winston blieb stehen und blickte auf die Aufkleber auf den beiden Paketen. »Für Roan Ingliss.«

»Doof. Ich dachte schon, Santa Claus hätte mir noch etwas gebracht.«

Winston lachte amüsiert und ging ins Wohnzimmer. »Komm mit. Ich kann das Frühstück schon riechen, du auch?«

Alby versuchte, durch seine verstopfte Nase einzuatmen. Doch er zuckte mit den Schultern und trabte hinter Winston her. »Nein. Aber ich bin schon fast verhungert.«

Winston, der die beiden Pakete unter dem Arm trug, ging mit dem Jungen ins Wohnzimmer und weiter in das Eßzimmer. Dort lief der Junge zu dem Tisch, an dem Roan und Laura saßen. Ihnen gegenüber saßen zwei ältere Jungen.

Agnes betrat aus der Küche das Zimmer. »Setzen Sie sich«, forderte sie Winston auf und zog ungeduldig die Augenbraue hoch, als sie das silberne Tablett auf den Tisch stellte. »Es gibt nichts Schlimmeres als kalte Würstchen und Brötchen.«

Winston ging zum nächsten Stuhl, stellte die Pakete ab und setzte sich. Sofort war Agnes an seiner Seite, füllte seinen Becher mit dampfendem Kaffee und stellte einige Platten mit Essen vor ihn hin. Winstons Blick wanderte über die Gerichte. Eier. Dicke Scheiben Schinken und würzige Wurstpastetchen. Kartoffelhörnchen mit Butter und hausgemachter Marmelade. Hafergrütze, dampfend und einladend.

Plötzlich hatte er das Gefühl, als hätte er schon seit Monaten nichts mehr gegessen.

Er häufte sich Portionen all der Speisen auf den Teller, die auf dem Tisch standen, als Roans Stimme ihn in die Wirklichkeit zurückbrachte. »Einen schönen guten Morgen wünsche ich ebenfalls.«

Verlegen senkte Winston den Kopf. »Entschuldigt bitte. Guten Morgen.«

Laura lächelte und deutete auf die beiden Jungen, die ihr gegenübersaßen. »Das ist Kahl und das ist Kevin. Sagt Mr. Connery guten Morgen.«

Kevin streckte die Zunge heraus und stieß ein unfreundliches Geräusch aus, während Kahl Winston nur einen bissigen Blick zuwarf, ehe er sich wieder dem Essen auf seinem Teller widmete.

Winston nickte noch einmal, dann deutete er auf die Pakete. »Die standen vor der Haustür. Sie sind an Sie adressiert, Mr. Ingliss.«

Roan stand von seinem Stuhl auf und verzog das Gesicht. »Sie geben mir das Gefühl, ein alter Mann zu sein. Nennen Sie mich doch bitte Roan. Ich habe verdammt noch mal nicht die Absicht, Sie *Mr. Connery* zu nennen. Und sagen Sie doch bitte du zu mir.«

Winston warf der Frau des Hauses einen schnellen Blick zu, dann verbeugte er sich noch einmal. Schließlich konnte er seinen Hunger nicht länger unterdrücken, er nahm das Brötchen und biß kräftig hinein. Er genoß gerade den herrlichen Geschmack auf seiner Zunge, als er zufällig zu dem Gutsherrn hinsah. Das Essen in seinem Mund schien ihm den Hals abzuschnüren, als er Roans entsetzten Gesichtsausdruck sah. Sofort senkte Winston den Schutzschild um seinen Geist und untersuchte die Gefühle des Mannes, der neben ihm stand. Das Ausmaß des gefühlsmäßigen Schmerzes des Gutsherrn machte ihn betroffen. Er musterte die beiden Pakete, sah Laura und die Jungen an, dann huschte sein Blick wieder zu Roan.

»Was ist das?« fragte Laura.

Als Roan starr wie eine Statue stehenblieb, stand sie auf und trat neben ihn.

»Roan?«

Er blieb völlig regungslos. Winston hörte auf, sich in Roans Gefühle einzuschalten. Laura nahm das oberste Paket, stellte es auf den Tisch und benutzte eines der Messer, die auf dem Tisch lagen, um die Kordel durchzuschneiden, mit der das Paket verschlossen war. Sie hob gerade den Deckel ab, als Roan kaum hörbar murmelte: »Nicht.« Doch Laura ignorierte ihn, sie legte den Deckel des Paketes auf den Boden neben sich und schob das weiße Papier auseinander, mit dem der Inhalt eingewickelt war. Sie keuchte erfreut auf. Mit zitternden Händen hob sie das mit Perlen besetzte Hochzeitskleid aus Spitze und Seide aus dem Karton, trat zurück und hielt es sich vor. Tränen traten in ihre Augen, und ein Ausdruck reiner Freude überzog ihr Gesicht.

»Roan! Es ist … es ist *unglaublich!*«

Roan senkte den Kopf und schloß die Augen. »Es wurde für Beth angefertigt«, sagte er hohl.

»Was?«

»Für Beth. Lannie hat mich gebeten, es zu bestellen, an dem Morgen, als wir in der Bibliothek waren und er mir gesagt hat, daß ich das Haus erben sollte.«

Alle Farbe wich aus Lauras Gesicht, sie umklammerte das Kleid und preßte es an sich.

Schließlich sah Roan sie an, sein Gesicht war angespannt und blaß. »Er hat mir gesagt, daß sie von einer großen Hochzeit träumte, und hat mich gebeten, das Kleid für sie zu bestellen. Ich hatte das völlig vergessen. In dem anderen Karton ist wahrscheinlich der Schleier.«

»Und? Deshalb kann Tante Laura es doch trotzdem anziehen«, meldete sich Kahl, mit dem Mund voller Essen. »Oder hast du vor, sie jetzt nicht mehr zu heiraten?«

Winston hatte geglaubt, das sei nicht möglich, aber der Gutsherr wurde noch blasser. Abrupt stand er von seinem Stuhl auf, und Winston wollte ihm schon raten, sich wieder zu setzen, ehe er umfiel, doch Agnes schritt ein. Sie hakte ihren Neffen unter und führte ihn zur Küche. An der Schwingtür blieb sie stehen und wandte sich zu Winston um. »Übrigens sind Ihr Hemd und Ihre Jacke auf *geheimnisvolle* Weise verschwunden.« Sie warf den Jungen einen Blick von der Seite zu, ehe sie sich wieder zu Winston wandte. »Ich will gar nicht sagen, was *meiner Meinung* nach damit passiert ist, aber ich würde auch nicht darauf warten, daß sie auf genauso geheimnisvolle Art plötzlich wieder auftauchen.«

Mit diesen Worten zog sie Roan in die Küche.

»Doof. Die Erwachsenen wälzen immer alles auf uns Kinder ab«, brummte Kevin.

Winston blickte zu Laura, die so aussah, als würde sie gleich in Tränen ausbrechen. »Jungen«, wandte er sich an das Trio. »Was haltet ihr davon, wenn ihr allein zu Ende frühstückt und ich mich in der Zeit mit eurer Tante unterhalte.«

»Das macht uns gar nichts«, meldete sich Kahl vorlaut. »Wir können auch essen, ohne daß jemand uns dabei zusieht.«

»Da bin ich mir sicher.« Er stand auf. »Vielleicht wird sich einer von euch daran erinnern, wo meine Sachen hingekommen sind?« Er achtete nicht auf die giftigen Fratzen der beiden älteren Jungen, er ging zu Laura und legte ihr eine Hand unter den

Ellbogen. Ohne einen Protest ließ sie sich von ihm in die Eingangshalle führen, wo er ihr das Hochzeitskleid abnahm und es sich über den Arm hängte. »Laura, ich möchte nicht neugierig sein, aber ...«

»Er kann es nicht verwinden, daß die beiden gestorben sind«, erklärte sie mit erstickter Stimme und sah mit feuchten Augen zu ihm auf. »Ich bin eifersüchtig auf eine tote Frau. Was sagt das über mich?«

Winston versuchte zu lächeln, doch es gelang ihm nicht. Er räusperte sich. »Sie sind eine Frau, die liebt«, sagte er lahm.

»Aber ich dachte ...«

»Er hätte dieses Kleid für Sie bestellt«, sprach Winston weiter.

Sie verzog geringschätzig den Mund. »Man braucht wohl keine übersinnlichen Fähigkeiten, um sich das vorzustellen, nicht wahr?«

Ein kleines Lächeln spielte endlich um Winstons Mund. »Nein. Aber ... äh ... es ist doch nicht so, als wäre ihre Beziehung ganz normal gewesen, nicht wahr? Laura, seine Verbindung mit Lachlan Baird und der Amerikanerin war sogar mehr, als *ich* mir vorstellen konnte. Ich fühle, daß er noch immer trauert. So etwas braucht Zeit.«

Sie nickte ernst. »Ich weiß das, aber es tut mir weh, wenn ich sehe, daß er so leidet. Manchmal habe ich schreckliche Angst, daß ich ihn verlieren werde. Er wird dann so abweisend ...«

»Laura, Mädchen.«

Beim Klang ihres Namens wirbelte sie herum und entdeckte Roan, der an der Tür stand. Er kam auf sie zugelaufen, zog sie in seine starken Arme und küßte sie, lange und leidenschaftlich. Winston wandte sich ab und rollte die Augen gen Himmel. Er war versucht, sich in ihre Gefühle einzuschalten, er wollte erfahren, was sie miteinander teilten, doch konnte er sich nicht überwinden, ein Eindringling zu sein. Er war sogar versucht, sich in ihre Aura einzukoppeln, die Partikel zu absorbieren, um ihre Bindung zueinander zu verstehen, doch diese Dinge, die er den größten Teil seines Lebens über getan hatte, schienen ihm auf einmal hier unangebracht. Es würde ein Eindringen sein in etwas, was nur ihnen beiden gehörte und sonst niemandem.

Als er hörte, daß Roan sagte: »Es ist an der Zeit, dein Kleid zu bestellen, Liebling«, wandte er den Kopf und sah das Leuchten auf Lauras errötetem Gesicht. Sie sah Roan auf eine Art an, die Winston innerlich ganz klein werden ließ. Er fragte sich, ob es wohl je eine Frau geben würde, die ihn mit einem so tiefen Ausdruck der Liebe und Hingabe ansehen würde.

»Es eilt nicht«, antwortete Laura leise und legte ihr Gesicht an Roans breite Brust. »Es war dumm von mir, so zu reagieren wie ich ...«

Drei plärrende Jungen kamen aus dem Eßzimmer gelaufen, Agnes verfolgte sie.

»Mit dem Essen herumwerfen, wie!« schimpfte sie, während die drei lachend die Treppe hinaufrannten. Agnes blieb an der Treppe stehen und musterte die drei Erwachsenen erschöpft. »Ich fühle, wie die Grauzone an mir zerrt, aber ich werde dafür sorgen, daß sie saubere Sachen anziehen, ehe ich gehe.«

Dann lief auch sie die Treppe hinauf und war verschwunden.

Roan lachte laut auf, klopfte Winston auf den Arm und deutete mit dem Kopf zum Wohnzimmer. »Unser Essen wird kalt, und Agnes mag es nicht, wenn etwas verschwendet wird.«

»Was ist denn mit ...?« Winston hob den Arm mit dem Kleid hoch.

Roan seufzte. »Ich werde es auf dem Speicher verstauen. Laura hat ein eigenes Kleid verdient. Eines, das für sie entworfen wurde und für niemanden sonst.«

Schweigend kehrten sie in das Eßzimmer zurück, wo offensichtlich wurde, daß die Jungen sich mit dem Essen beworfen hatten. Roan legte das Kleid zurück in den Karton, schloß ihn und setzte sich neben Laura. Eine Weile lang aßen sie schweigend.

Winston war dankbar für die Möglichkeit, seinen leeren Magen füllen zu können. Er war gerade dabei, sich den Teller ein zweites Mal zu füllen, als Roan das Schweigen brach.

»Was ist mit Rose geschehen?«

Winston erstarrte. Er hatte gewußt, daß er irgendwann einmal alles würde erklären müssen, doch hatte er gehofft, daß er bis dahin mehr Zeit haben würde. Er schluckte das Essen in seinem Mund hinunter, nahm einen großen Schluck von seinem Kaffee, legte beide Handflächen auf den Tisch und lehnte sich in seinem Stuhl zurück.

»Hast du von dem Phantom gelesen?«

Roan zog eine Augenbraue hoch. »Aye. Du meinst den Serienmörder.«

»Sie war eines seiner Opfer.«

Laura riß weit die Augen auf. »Wie schrecklich!«

»Ich fand sie in einem tiefen Grab in Melrose, vor einigen Monaten«, sprach Winston weiter, und seine Stimme war voller Bitterkeit. »Sie war das erste Opfer, das man lebend fand, doch sie konnte uns nichts über diesen schwer faßbaren Bastard sagen. Weißt du, der Angriff – der Anschlag auf ihr Leben – war so brutal, daß sie katatonisch wurde. Sie war nur wenig mehr als ein Zombie.« Er zog die Stirn in Falten und starrte auf seinen Teller, als er weitersprach. »Wir nannten sie Rose, nach Melrose, und behielten sie im Browning Institut unter intensiver medizinischer Versorgung, bewacht von vier unserer besten Männer. Es gelang mir, mich in ihren Geist einzuschalten und ihre Identität herauszufinden, und wir setzten uns mit ihrer Familie in Verbindung. Sie hieß Kathleen Anne, doch für mich wird sie immer Rose sein. In der Zwischenzeit hatte ich mich an *seine* Spur gehaftet. Sie führte mich hierher.«

»*Was?*« keuchte Laura. »Ein Serienmörder war hier?«

»Aye, aber er verschwand wieder vor dem Weihnachtsabend. Ein anderer Agent verfolgte ihn bis nach Paris. Auf jeden Fall, nach all dem, was ich am Weihnachtsabend hier erlebt hatte, hatte ich mir den verrückten Gedanken in den Kopf gesetzt, Rose hierherzubringen. Ich hatte geglaubt, daß das *Wunder* irgendwie vielleicht ihren Verstand heilen könnte. Ich wollte sie ihrer Familie zurückgeben. Ich habe den Antrag gestellt. Es gab viele Formalitäten. Die Ärzte wollten sie nicht entlassen. Dann kam der zweite Januar. Man rief mich zu der Verfolgung eines Wagens. Das Phantom hatte wieder zugeschlagen, in St. Ives, und jeder verfügbare Gesetzeshüter in diesem Gebiet war ihm auf den Fersen.

Um eine lange Geschichte kurz zu machen, er versuchte, vom Pier herunterzufahren. Sein Wagen stürzte in das Wasser, auf ein Boot. Beide explodierten. Das war das Ende des sadistischen Bastards. Eine Woche später ist Rose im Schlaf gestorben. Sie sagen, ihr Herz hätte einfach aufgehört zu schlagen. Sie war fünfundzwanzig. Wie kann ein so junges Herz einfach … *aufhören zu schlagen?* Wenn sie doch nur eine Weile länger durchgehalten hätte. Wenn sie hierhergekommen wäre. Vielleicht …«

Er zuckte mit den Schultern und sah das Paar vor sich an. »Ich denke, ich habe ihren Tod viel zu persönlich genommen. Ich habe die Agentur verlassen. Ich habe alles hinter mir gelassen und bin ganz einfach gegangen.«

»Es tut mir so leid«, murmelte Laura und starrte auf ihren Teller. Als sie wieder aufblickte, sah sie Winston ernst und prüfend an. »Ich höre irgendwie einen schwachen amerikanischen Akzent aus Ihrem Schottisch heraus.«

Winston nickte. »Als ich etwa Mitte zwanzig war, habe ich vier Jahre in den Staaten gelebt und dort in verschiedenen paranormalen Instituten gelernt.«

»Bist du mit diesen Fähigkeiten geboren worden?« wollte Roan wissen.

»Leider ja.«

Bei Winstons mutlosem Ton runzelte Roan die Stirn. »Verstehe. Nun, wir alle haben unser Kreuz zu tragen, nicht wahr?«

Winston betrachtete den neuen Gutsbesitzer lange. »Aye«, meinte er dann, und seine Stimme klang leise und geheimnisvoll. »Sag mir, Roan, wie fühlst du dich in letzter Zeit?«

Roan zuckte mit den Schultern. »Das kannst du mir wohl besser sagen.«

Ein schiefes Lächeln erschien auf Winstons Gesicht. »Ich mache es mir nicht zur Gewohnheit, mich in die Gedanken der Menschen einzuschalten. Manchmal kann ich das allerdings nicht kontrollieren, doch meistens ...«

»Ich verstehe«, unterbrach Roan ihn brüsk. »Um deine Frage zu beantworten, ich fühle mich recht gut.«

Winston ahnte eine gewisse Anspannung in dem Mann. Laura warf ihm einen warnenden Blick zu, damit er dieses Thema nicht weiter verfolgte, und Winston zog sich zurück. Er aß den Rest seiner mittlerweile kalt gewordenen Eier. Gerade wollte er sie hinunterschlucken, als ihn Roans Frage erstaunte.

»Was hoffst du denn hier zu finden?«

Winston schluckte, dann antwortete er: »Mich selbst, denke ich.«

»Du kannst gerne so lange bleiben, wie du willst«, bot ihm Roan an. Ein müdes Grinsen überzog sein Gesicht. »Aber ich fürchte, die Antworten, nach denen du suchst, werden nicht einfach zu finden sein. Das Wunder ist zusammen mit Lannie verschwunden. Es gibt keine Wunder mehr in diesen Mauern, mein Freund.«

Winston starrte das Paar lange an. »Das ist nicht wahr«, entgegnete er heiser und seufzte. »Sie sind ganz bestimmt noch immer hier.«

Als Laura überrascht aufsah, mußte Winston lächeln. »Die Luft vibriert geradezu davon«, sagte er.

Roan schüttelte verwirrt den Kopf. »Aber Lannie und Beth …«

»Haben sie benutzt, aber sie waren nicht die *Quelle*«, erklärte Winston. »Sie sind hier, und ich hoffe, während meines Aufenthaltes hier mehr darüber zu erfahren.«

»Ich will verdammt sein«, hauchte Laura.

Verdammt!

Das Wort schien in Winstons Kopf zu explodieren. Er fühlte, wie er schnell durch Zeit und Raum flog, durch einen dunklen Tunnel unverständlicher Stimmen. Als seine Bewegung abrupt abbrach, begrüßte ihn feuchte, bis auf die Knochen dringende Kälte. Der Geruch nach Verwesung und der unmißverständliche Geruch von Blut füllten seine Nase und legten sich auf seine Zunge. Er würgte und versuchte, sich von diesem Ort fortzubewegen, doch dann stellte er fest, daß er in dieser Vorhölle gefangen war. Er strengte sich an, deutlicher sehen zu können in dieser unheimlichen Grauzone, die sich vor ihm erstreckte, doch er entdeckte nur ein grabähnliches Gewölbe aus Stein. Am anderen Ende glühte ein steinerner Altar grünlich. Rote Symbole bedeckten die Wand dahinter.

Blut.

Dieses Bewußtsein ließ Winston übel werden, und sein Herz begann schneller zu schlagen.

Eine Gestalt schwebte in den Raum durch einen Bogen, links neben dem Altar. Wogen ungezäumter Wut strahlten von diesem Mann aus und drängten sich in Winstons Bewußtsein, sie ertränkten ihn fast in den Tiefen ihrer Abscheulichkeit.

Gutturaler Singsang erfüllte den Raum.

Hexer! schrie es in Winstons Kopf.

»Herr«, dröhnte die Stimme des Mannes, »gib mir die Macht dieser Nacht, um meine Feinde zu vernichten! *Eth duc chi'nith!*

Ich biete dir die Seelen der Kinder der Natur im Gegenzug für meine Rache!

Verdammt diejenigen von euch, die Deiner treuen und wahren Gemeinde unwürdig sind, Herr! *Verdamme* und verurteile die Hüter des Landes und gewähre diesem Diener die Macht, die wahre Magie dieser Welt hervorzubringen!«

Winston zitterte in reinem Entsetzen und Hilflosigkeit. Er fühlte, wie etwas Dunkles und Unheimliches die Grenzen dieses unerklärlichen Ortes zu durchbrechen versuchte. Die Stimme des Mannes hinter dem Altar dröhnte weiter, doch Winston konnte die Worte nicht länger verstehen. Entsetzen hatte ihn gepackt. Es hatte jede einzelne Faser seines Körpers erfaßt. Sein Herz schlug heftig in seiner Brust. Der Pulsschlag dröhnte so hart in seinen Schläfen, als wollten sie bersten. Seine Gedanken streckten ihre Fühler aus, um sich an etwas zu klammern, das ihn von diesem Ort fortbringen würde.

Das Entsetzen in ihm wurde immer größer, bis er kurz davor war, sich dem Wahnsinn hinzugeben. Doch dann reiste er plötzlich wieder, er flog durch Zeit und Raum, durch den Tunnel, der mit jeder Sekunde heller wurde. Seine Lungen drohten zu platzen. Panik, Furcht und Entsetzen versuchten sich seiner zu bemächtigen, drohten alles Menschliche in ihm zu verschlingen.

Mit seiner ganzen Länge stieß er gnadenlos gegen etwas. Die Luft, die sich in seinen Lungen angesammelt hatte, entwich. Schmerz erfaßte seinen ganzen Körper.

»Geh, ehe du meine Zuflucht schwächst!« rief eine Frauenstimme.

»Baird«, krächzte er und stützte sich matt auf seine Ellbogen. Er entdeckte, daß er auf dem Bauch lag, nur wenige Meter entfernt von dem Brunnen, in dem Garten der geheimnisvollen Frau.

»Es ist alles, was ich habe«, schluchzte sie leise. »Geh weg!«

Seine Augen suchten nach einem Anzeichen von ihr. »*Du* hast mich hierhergebracht«, keuchte er.

»Nein. *Nein!* Von welchem Ort du auch gekommen bist, ich will es nicht wissen! Geh weg. *Geh,* ehe du diesen Ort zerstörst!«

»Zerstören?« Winston zuckte vor Schmerz zusammen, dann zog er sich in eine sitzende Position hoch. »Was weißt du denn von der Geschichte des Baird Landes?«

»*Geh,* dann sag ich es dir!« rief sie.

Er weigerte sich, sich in die Wogen der Panik hineinzuversetzen, die von ihr ausgingen. »Wenn ich dazu bereit bin!« fuhr er bissig auf. »Und jetzt antworte mir.«

Das Echo von heftig eingezogenem Atem hüllte ihn ein.

»Baird, ich will es wissen!«

»Er kam aus dem Infernalischen Reich, um unter den Menschen zu sein«, sagte sie, und aus ihrer Stimme klangen Schmerz und Furcht. »Aber er konnte das Licht nicht ertragen. Er zeugte einen Sohn mit einer menschlichen Frau. Dieser Sohn verlangte das Land und übte über Jahrhunderte hinweg seine dunklen Mächte innerhalb der Mauern seines Schlosses aus. Mehr weiß ich nicht.

Und jetzt geh und komme nie wieder zurück. Deine Kräfte zehren mich aus, und ich habe schon viel zu lange existiert, um jetzt sterben zu wollen. Aber du sollst mit dieser Warnung gehen, Winston Ian Connery.«

Ihre Stimme wurde schwächer, sie zitterte. »Die Selbstsüchtigen suchen mich, und indem sie das tun, haben sie ihr wahres Ziel verloren. *Er* wartet, während *du* in Selbstmitleid zerfließt. Nur Mut, mein dummer Schotte. Die Gefahr nähert sich immer mehr dem Baird Haus. Achte auf die Warnungen oder ...«

Ihre Stimme erstarb. Winston erfaßte die Gewißheit, daß sie wirklich starb, und er zog sich sofort in sich selbst zurück. Wieder reiste er durch den Tunnel, doch diesmal wachte er am

Eßtisch auf, wo ihn zwei Augenpaare anstarrten, als würde sich das Paar in einem Schockzustand befinden.

Winston atmete unregelmäßig, er schob seinen Stuhl zurück und stand auf. »Verzeiht mir. Ich muß in mein Zimmer gehen.«

Ohne ein weiteres Wort lief er in den Flur und die Treppe hinauf. Er blieb erst stehen, als er die Tür zu seinem Schlafzimmer hinter sich geschlossen hatte. Heftiger Atem hob und senkte seinen Brustkorb, sein Kopf schien sich mit alarmierender Geschwindigkeit zu drehen.

Er?

Gefahr?

Hatte sie damit seine Anwesenheit in diesem Haus gemeint?

Nein. Dieser »Er« ist jemand anders. Aber wer?

Er stolperte durch das Zimmer und setzte sich auf das Bett, das Gesicht barg er in seinen Händen.

Mein Ziel hier? Richtig. Warum sind Warnungen immer nur so verdammt rätselhaft?

Er fiel auf das Bett zurück und streckte beide Arme aus, dann starrte er blinzelnd an die Decke.

Du bist nicht schüchtern, wenn du mir mein Versagen vorwirfst, nicht wahr, Baird?

Er verzog das Gesicht. Tief seufzte er auf.

Oh, wir werden einander wiedersehen, du und ich. Und ich warne dich, mein geheimnisvolles Etwas: Ich werde in dir die Frau enthüllen, die du wirklich bist.

Im Eßzimmer schlug sich Roan mit der Hand vor die Stirn und stand auf. »Liebling, dieser Mann ist für meine Verhältnisse viel zu unheimlich.« Er schob den Stuhl an den Tisch zurück und nahm einige der Teller von dem Tisch. »Was hältst du davon, wenn wir mit den Jungen rausgehen und einen Schneemann bauen?«

»Ist er in eine Art Trance gefallen?« fragte Laura mit zitternder Stimme und wies zu dem Stuhl, auf dem Winston gesessen hatte.

»Weiß ich nicht, ist mir auch egal. Ich bekomme eine Gänsehaut, wenn ich daran denke, und ich *brauche* eine Ablenkung.«

»Er wurde so eiskalt im Zimmer, als er ...«

»Liebling«, stöhnte Roan. »Hör auf damit.«

»Er war wie eine Statue ... er saß einfach da ... seine Augen waren so *leer.*«

Roan brummte widerwillig.

Laura stand auf und sah sich unsicher um. »Ich muß dauernd daran denken, daß dieser Phantom-Kerl hier herumgehangen hat.« Ein Schauer lief durch ihren Körper, und sie verschränkte die Arme. »Ich weiß, das klingt schrecklich, aber ich bin froh, daß er tot ist.«

Roan beugte sich vor und drückte ihr einen schnellen Kuß auf ihre kühle, blasse Wange. »Ein Schneemann wird uns aufmuntern, Liebling.«

Sie nickte abwesend und half dann Roan, den Tisch abzuräumen.

Sie schafften es, die Überreste des Frühstücks wegzuräumen und zu spülen, ohne noch einmal von dem unheimlichen Vorfall zu sprechen. Laura trocknete sich die Hände ab und erklärte Roan, daß sie dafür sorgen wollte, daß die Jungen sich warm anzogen, ehe sie rausgingen. Roan blieb zurück und trocknete das Besteck noch ab. Als er fertig war, hängte er das Handtuch rechts neben das Waschbecken, stützte sich mit beiden Händen auf die Anrichte und senkte den Kopf.

Trotz all seiner Bemühungen, das Gefühl der Unsicherheit zu verdrängen, das an ihm nagte, schaffte er es nicht. Er reckte sich und wandte sich von der Spüle ab. Dann streckte er beide Hände vor und sah, wie sie zitterten. Ein Tag draußen mit den Jungen war genau das, was er brauchte ...

Wem versuchte er etwas vorzumachen?

Seit Lachlan und Beth nicht mehr da waren, verfolgte ihn etwas, dem er keinen Namen geben konnte. Er hatte versucht, sich einzureden, daß er nur eine Zeit der Trauer durchmachte, doch er wußte, daß das nicht ganz stimmte. Oh, er vermißte die beiden schon. Er hatte die Tatsache akzeptiert, daß es ewig eine Leere in ihm geben würde, eine Leere, die dem ähnelte, was er nach dem Verlust seines Sohnes gefühlt hatte. Manchmal, wenn er plötzlich mitten in der Nacht aufwachte, glaubte er fast, daß er wußte, was ihn bekümmerte. Doch dann entzog es sich ihm wieder, und er fühlte sich leer, verwirrt und zornig.

Es war so, als stünde er am Rand einer hohen Klippe und wartete auf etwas, das ihm einen kleinen Stoß gab, damit er in das Unbekannte stürzte. Nein, es ging hier nicht um den Tod. Er hatte keine Angst in dieser Hinsicht. Laura hatte ihn so sehr unterstützt, seine Launen so verständnisvoll ertragen, doch es war unfair, sie in eine solche Lage zu bringen, und das störte ihn. Er liebte sie mehr, als er es je für möglich gehalten hätte. Und dennoch hielt er sich von ihr fern. Warum?

Was zum Teufel ist nur los mit mir!

Er blickte zu der Schwingtür, durch die Laura verschwunden war. Er hatte das Gefühl, als wolle er explodieren. Nicht einmal Aggie schien zu verstehen, was ihn beschäftigte. In der Tat schien sie ihm aus dem Weg zu gehen, wann immer das möglich war. Er wußte, daß sie verzweifelt ihren Sohn Borgie vermißte, und sein Herz flog ihr zu. Sie blieb wegen der Jungen, doch er wußte, daß sie sich insgeheim danach sehnte, sterben zu können, um wieder mit ihrem einzigen Kind vereint zu sein. Öfter als er es für möglich gehalten hätte, wollte er ihr sagen, daß sie gehen konnte, doch der Gedanke, auch sie noch zu verlieren, war viel zu schmerzlich gewesen, deshalb schwieg er voller Selbstsucht.

Wenn er doch nur die Düsterkeit in seinem Herzen vertreiben könnte.

3

Den Rest des Tages blieb Winston in seinem Schlafzimmer. Abgesehen von Laura und Agnes, die ihm Kannen mit Tee, Sandwiches und Snacks brachten, und Roan, der ihm ein Hemd und zwei wollene Pullover lieh, war er zufrieden, allein zu sein, in der Hoffnung, das ständige Prickeln in seinem Körper besänftigen zu können. Kurz nachdem er sich in sein Zimmer zurückgezogen hatte, hatte dieses Prickeln begonnen. Und obwohl er das oft genug in seinem Leben erlebt hatte, normalerweise, wenn er an einem Fall arbeitete, so machte es ihn doch unruhig.

Ab und zu schaute er aus dem Fenster. Er sah Laura, Roan und den Jungen zu, wie sie einen großen Schneemann bauten, in der Nähe des mit Schnee bedeckten Brunnens. Als der Schneemann am späten Nachmittag fertig war – mit Kartoffeln als Augen und einer Möhre als Nase und mit Steinen, die einen lächelnden Mund bildeten –, hatte Winston laut aufgelacht, als er beobachtete, wie der rothaarige Junge mit Roans Hilfe den Schneemann aufgerichtet hatte und ihm anstatt eines Hutes etwas auf den Kopf gesetzt hatte, das aussah wie ein gefrorener Pfau. Die leuchtend purpurfarbenen, blauen und grünen Federn des Vogels bildeten einen starken Kontrast zu dem weißen Schnee, eine perfekte Ergänzung dieser herrlichen Kreation.

Jetzt, wo das Tageslicht langsam schwand, vergrößerte seine Einsamkeit seine Ruhelosigkeit nur noch mehr. Antworten über den Schauplatz des surrealistischen Gartens entzogen sich ihm. Die vierte Dimension. Seine Gedanken waren oft genug in diesen relativ unbekannten Bereich gewandert. Die Übergangsdimension. Die einzige Möglichkeit eines Kanalisierers, individuelle Zeit in die Wirklichkeit der dritten Dimension zu bringen. Aber nie zuvor hatte Winston körperlich dieses Reich betreten. Die zahllosen Male, in denen sein Verstand einen Weg dorthin gefunden hatte, hatte er festgestellt, daß es eine Welt aus Lagen von Grau war. *Psychische* Energie, angefüllt mit Eindrücken und Erinnerungen all derer, die über die Zeitalter hinweg in der dritten Dimension gelebt hatten, war in dieser unendlichen Region festgehalten worden. Die meisten Menschen mit übersinnlichen Fähigkeiten besaßen nur minimale Möglichkeiten, um sich all diese Informationen zunutze zu machen. Er, Winston Ian Connery, war einer der wenigen, die die Möglichkeit hatten, jede einzelne Nuance dieser Dimension zu nutzen. Aber selbst wenn er hundert Leben gehabt hätte, so konnte er nicht einmal auch nur einen Bruchteil des zur Verfügung stehenden Wissens anzapfen.

So heftig er auch daran dachte, sich in den Garten der »Lady« zu versetzen, so hielt er sich dennoch zurück. Die Aussicht, ihr unnötige Schmerzen zu bereiten, machte ihm das Herz schwer. Mehr als nur einmal an diesem Tag wünschte er, er könne ihren Körper fühlen, doch er war gezwungen gewesen, solche Gedanken weit von sich zu schieben, als er festgestellt hatte, daß es ihn körperlich erregte. Nicht gerade ein angenehmer Zustand für einen Mann, der nur zweimal in seinem Leben Sex mit einer Frau gehabt hatte. Und das war auch noch dieselbe Frau gewesen … eine seiner Lehrerinnen … am Abend vor und am Tag seines zwanzigsten Geburtstages. Obwohl die körperliche Erfahrung sehr aufschlußreich und auch sehr angenehm gewesen war, so hatte doch der geistige Angriff auf seine zu lebhafte Phantasie während dieses Austausches ihn schockiert.

Sex mit *Affen?* Sie hatte sich vorgestellt, daß er gleich *drei* dieser massiven Biester gewesen war, die sie vollkommen lüstern gleich mehrmals geschändet hatten.

Die Erinnerung daran ließ ihn nicht nur das Gesicht verziehen, sie machte auch seinen Mund ganz trocken.

Er betrachtete sehnsüchtig den leeren Teetopf auf dem Kaminsims.

Etwas Stärkeres wäre jetzt wohl angebracht.

Er betrachtete das mit Gold eingerahmte schwarze Zifferblatt seiner Armbanduhr mit dem ledernen Armband. Vier Uhr siebenundvierzig.

Spät genug für einen Schlummertrunk.

Er verließ sein Zimmer und schlenderte den Flur hinunter. Die Gaslampen an der Wand waren bereits angezündet, ihr orangenes Licht hüllte die Konturen in einen sanften Schein. Er ging links auf die Treppe zu und öffnete dann eine Tür. Durch die veränderte Umgebung verlor er für einen Moment die Orientierung. Scheinbar wie von selbst stieß er die Tür weiter auf. Ehe er sich den Raum genauer ansah, wandte er sich noch einmal um und musterte die steile, schmale Treppe. Dann holte er tief Luft und betrachtete das, was vor ihm lag.

Sein kurzer Anflug der Furcht, daß er in die Vergangenheit zurückgeführt worden war, verschwand, als er vor sich einen Dachboden sah. Sanftes, flackerndes Licht erhellte den Raum. Er trat über die Schwelle und machte ein paar Schritte in den Raum, dann entdeckte er eine Gestalt, die am anderen Ende des Raumes saß. Er erkannte nicht nur Roan, sondern fühlte auch die Stimmung, die in der Luft lag und die unzweifelhaft mißmutig war. Mit langsamen Schritten ging er auf Roan zu, dabei achtete er auf die Kisten und anderen Dinge, an denen er vorüberging, ebenso wie auf die Laterne, die links neben dem Gutsherrn stand. Roan lehnte sich gegen einen Stapel Kisten und starrte gedankenverloren auf ein Portrait, das auf einem Koffer stand. Winston erkannte den Mann auf dem Portrait sofort. Lachlan Baird. Eine blonde Frau mit eisigen blauen Augen starrte von hinter dem Bild her durch Winston durch. Während er noch immer in ihr wunderschönes, aber kaltes Gesicht blickte, hockte er sich neben die Laterne.

Obwohl Roans Blick nach wie vor an dem Portrait hing, sprach Roan ruhig und gleichmäßig. »Du siehst ein Bild meiner Laura in einer anderen Zeit. Damals war sie Tessa.« Er drohte dem Portrait mit dem Finger. »Ich kann nicht behaupten, daß ich die da sehr vermisse.«

»Sie hat einen grausamen Blick«, sagte Winston.

»Aye. Sie war eine grausame, verzweifelt lüsterne Frau. Und sie war so ärmlich.« Roan seufzte tief auf und schloß kurz die Augen. »Manchmal komme ich hier herauf und starre sie an und versuche zu begreifen, wie ich sie so blind lieben konnte.«

»So etwas passiert.«

Roans betrübter Blick lag für eine Sekunde auf Winstons Gesicht, dann sah er wieder das Portrait an. »Ich nehme an, das ist so. Laura ist sehr verschieden von Tessa. Sie ist die gleiche Frau, aber Laura ... Laura besitzt Mut und ein Herz. Tessa hat beides nie gehabt.«

Winston setzte sich auf den Boden, beugte ein Bein und stützte den Unterarm auf sein Knie. Er bemerkte eine leere Flasche Scotch neben Roans rechtem Fuß, doch er tat so, als hätte er sie nicht gesehen. Er wollte lieber versuchen, den Gutsherrn über das Feuer, das in seinem Herzen brannte, hinwegzutrösten.

»Du erstaunst mich, Roan«, erklärte ihm Winston aufrichtig. »Nicht viele Männer würden mit den Erinnerungen an zwei Leben fertig, die Jahrzehnte auseinander liegen.«

»Ich denke nicht daran ... nicht oft. An die Gleichheit, meine ich.« Er sah Winston an und grinste schief. »Die Wahrheit ist, es fühlt sich ganz natürlich an jetzt. Es ist ein Teil von mir.«

»Aber man muß ein verteufelt toller Mann sein, um damit so gut fertig zu werden, wie du es tust.«

»Davon habe ich keine Ahnung. Wir tun, was wir tun müssen.«

Winston lachte leise. »Daran muß ich mich erinnern, wenn ich mir das nächste Mal vorkomme, als sei ich ein elender Versager.«

Roans Grinsen wurde breiter. »Ich kann mir nicht vorstellen, daß du in irgendeiner Weise ein Versager sein solltest. Was ist das für ein Gefühl, wenn man übersinnliche Fähigkeiten hat?«

»Man ist ständig beschäftigt«, antwortete Winston spöttisch.

Roan nickte. »Das kann ich mir vorstellen. Man sieht auch die dunkle Seite der Menschen, von der sie glauben, daß sie sie gut verborgen haben.«

»Aber auch die gute Seite. Normalerweise sind sie beide ausgeglichen.«

»Es ist tröstlich, das zu hören.« Wieder seufzte Roan, dann sah er das Portrait mit gerunzelter Stirn an. »Lachlan war ein Mann, wie es keinen zweiten gibt. Ich wünschte, du hättest ihn gekannt.«

»Du mochtest ihn sehr, nicht wahr?«

Verwirrt sah Roan seinen Gast an. »Mochte? *Ach!* Glaube mir, es ist viel mächtiger als nur das! Generationen meiner Familie haben ihn verachtet. Ich habe ihn sogar verbannt.« Er stieß ein leises, zittriges Lachen aus. »Ich erinnere mich an den ersten Tag, an dem er plötzlich vor mir auftauchte. Ich konnte kaum glauben, daß der Mann nicht lebte und atmete – Feuer atmete, denn an diesem Tag war er äußerst schlecht gelaunt. Und Beth. Eine so feine Dame, und sie ist so jung gestorben!« Er stieß zittrig den Atem aus und schüttelte dann den Kopf. »Verdammt, Winston, was ist nur mit mir los? Es ist alles Vergangenheit, aber es scheint, daß ich nicht loslassen kann!«

Winston streckte die Hand aus und nahm die Whiskeyflasche in die Hand. »Vielleicht solltest du eine Weile auf dieses Zeug hier verzichten.«

Roan zuckte mit seinen breiten Schultern. »Es war nicht mehr viel in der Flasche. In Wirklichkeit, mein Freund, bin ich so nüchtern wie eine Kirchenmaus. Vielleicht ist das ja mein Problem, nicht wahr?«

Mit einem Kopfschütteln stellte Winston die Flasche wieder ab. »Ich habe dir zugesehen, wie du zusammen mit Laura und den Jungen den Schneemann gebaut hast.«

Ein echtes Lächeln glitt über Roans markantes Gesicht. »Aye. Es sind großartige Jungen. Sie erstaunen mich immer wieder mit ihrer Geschicklichkeit und ihrer Energie.«

»Ich finde, der Pfau ist eine passende Krone.« Winston lachte leise.

»Ahhh.« Roan wurde wieder ernst. »Braussaw. Er war einer von Lannies Lieblingen. Ich habe aus Versehen das verdammte Ding mit meinem Transporter überfahren. Ich habe ihn ausstopfen lassen, in der Hoffnung, daß Lannie nicht merken würde, daß er fehlt.«

»Hat er es gemerkt?«

Roan nickte beinahe wehmütig. »Eine der Eigenschaften von Lannie Baird, Winston, war die, daß ihm *niemals* irgend etwas entging! Aber er hat es recht gut aufgenommen, wirklich. Überraschend gut. Aber zu dem Zeitpunkt sah er mich als seinen Freund. Trotz allem hat er sich dazu überwinden können, mein Freund zu sein. Ich denke, das zeigt, was für ein Mann er war. Verdammt, aber ich wünschte, er wäre noch immer hier.« Roan räusperte sich und fixierte angestrengt das Portrait, damit Winston die Tränen in seinen Augen nicht sehen konnte.

Aber Winston sah sie dennoch, und es schmerzte ihn, weil er so gern begreifen wollte, was für eine Bindung, was für eine Freundschaft den Geist und den Mann verbunden hatten.

»Es ist ja nicht so, als wären die beiden aus freien Stücken gegangen«, sprach Roan weiter. »Beth ist gegangen, um uns vor Viola Cookes weiterem Zorn zu schützen, und Lannie ...,« nun, er konnte nicht ohne seine Liebe hierbleiben, nicht wahr? Es gab noch so vieles mehr, was ich von ihm lernen wollte. All das ist verloren. Wenn ich doch nur wüßte, ob sie glücklich sind.«

»Das sind sie.«

Roan sah Winston mit tränenfeuchten Augen an. »Sagst du das nur, um mir einen Gefallen zu tun?«

»Noch nie ist mir eine Lüge über die Lippen gekommen«, gestand Winston ihm. »Ich will damit nicht sagen, daß ich nicht fähig bin zu lügen, aber ich denke, mir ist noch nie etwas begegnet, wofür es sich zu lügen gelohnt hätte. Sie *sind* wirklich glücklich, obwohl …«

Roan zog fragend eine Augenbraue hoch.

»Sie sind ruhelos«, murmelte Winston und starrte blicklos vor sich hin. »Sie sind ruhelos, aber ich weiß nicht, warum.« Er sah in Roans angespanntes Gesicht. »Vielleicht fühlen sie deine Verzweiflung.«

»Ist das möglich?«

Winston nickte.

Roan pfiff leise durch die Zähne und wollte aufstehen. »Dann denke ich, ich sollte daran arbeiten, meine Laune zu ändern.«

Als beide Männer aufgestanden waren, nahm Roan die Laterne in die Hand. »Winston, was hältst du davon, wenn du zusammen mit mir vor dem Essen noch einen Scotch trinkst?«

»Das ist das beste Angebot, das ich heute bekommen habe.« Winston grinste und folgte dem Gutsherrn vom Dachboden nach unten.

Winston fand, daß es ungewöhnlich still war im Haus, als er neben Roan her die Treppe hinunterstieg. Es war, als wäre das Haus in ein Vakuum eingeschlossen. Bewegungslos. Geräuschlos. Weit abgeschieden von der Welt und seinen Problemen.

»Laura und die Jungen machen einen leicht verspäteten Mittagsschlaf«, erklärte Roan, als hätte er Winstons Gedanken gelesen. »Es ist die einzige Möglichkeit, die kleinen Kerle während des Tages mal ruhig zu halten.«

Ein kleines Lächeln umspielte Winstons Mund, als er dem Gutsherrn die Treppe hinunterfolgte in die Eingangshalle und dann in ein Zimmer, das rechts davon lag. Erfreut stellte er fest, daß dort eine Bar, zwei Tische und ein antiker Lehnstuhl standen. Er ging darauf zu, während Roan sich hinter den Tresen stellte und die noch immer angezündete Laterne auf die polierte Holzoberfläche stellte. Nach einem Moment murmelte Roan: »Verflixt, ich habe ganz vergessen, eine Kiste hochzuholen. Ich werde ...«

Er hielt inne, als Agnes das Zimmer betrat. »Roan, Liebling, ich fürchte, einer der Gasbrenner ist verstopft. Könntest du mir vielleicht damit helfen?«

»Sicher.«

Winston lächelte die Frau freundlich an, dann wandte er sich an Roan. »Ich werde den Scotch holen, wenn du möchtest«, bot er ihm an.

Roan blieb vor seiner Tante stehen und fuhr sich abwesend mit der Hand durch sein dichtes Haar. »Wenn es dir nichts ausmacht. Die Kellertür ist gleich neben der Treppe. Nimm die Laterne mit. Die Stufen sind steil, und dort unten ist es stockdunkel. Und paß auf, wo du hintrittst, Mann. Dort unten wachsen ein paar Wurzeln durch den Beton. Ich wollte sie schon ewig wegmachen. Am Fuß der Treppe siehst du links eine große Tür. Das ist der Raum, in dem der Scotch aufbewahrt wird. Bring eine ganze Kiste mit nach oben.«

Winston nahm die Laterne und hielt sie vor sich. Agnes und Roan wandten sich nach rechts zur Küche. Nachdem Winston kurz in der Eingangshalle stehengeblieben war, ging er zu der Tür neben der Treppe und öffnete sie. Kalte Luft wehte ihm entgegen. Er schalt sich selbst dafür, daß er wünschte, sich nicht angeboten zu haben, die unteren Bereiche des Hauses zu betreten. Doch da er es schließlich getan hatte, zwang er sich, die ersten Schritte die Treppe hinunterzumachen. Er hielt die Laterne vor sich und versuchte, die Dunkelheit zu durchdringen, die hinter dem Lichtschein lag. Schon von jeher hatte er die Dunkelheit gehaßt. Ganz besonders Dunkelheit in einem begrenzten Raum. Wie in einem Sarg oder einem Keller. Aber dennoch ging er nach unten. Langsam und mühevoll machte er einen Schritt nach dem anderen. Als er endlich unten angekommen war, stieß er einen tiefen Seufzer aus, weil er seine Angst besiegt hatte.

Eng begrenzte Räume.

Er hatte einen großen Teil seines Lebens unter der Beengung gelitten, zusammen mit seinen Opfern, mit denen er sich auf übersinnlicher Ebene verbunden hatte. Schränke. Särge. Dunkle Keller. Dachböden. *Gräber.*

Hitze stieg in ihm auf und drang bis in seinen Kopf. Es war ein nur zu bekanntes Gefühl, ein Gefühl, das ihm sagte, daß seine Angst ihn zu überwältigen drohte. Um gegen seine aufsteigende Panik anzukämpfen, begann er eine Melodie vor sich hin zu summen, die Melodie der bösen Hexe des Westens aus dem Film *Der Zauberer von Oz.* Mit jedem Schritt, den er tat, wurde die Melodie schneller und schneller. Sein Blick zuckte in der Dunkelheit hin und her. Die Hitze aus seinem Inneren schien sein Gesicht zu verbrennen. Er summte lauter und zwang sich, rascher zu gehen. Schließlich sah er am Rande des Lichtkreises die Tür, die Roan erwähnt hatte.

»All das für einen Scotch«, sagte er in einer Art Singsang. »Ah, aber welcher echte Schotte würde nicht die Monster der Dunkelheit für ein kleines Trankopfer bezwingen? Aber es sollte besser ein *verdammt* guter Scotch sein ...«

Ein raschelndes Geräusch ließ seine sowieso schon angespannten Nerven erstarren. Das Quieken, das folgte, war sein Verderben. Er wirbelte herum und stolperte dann zurück, die Hand, in der er die Laterne hielt, schaukelte hin und her. Das Licht der Lampe tanzte auf den Steinwänden um ihn herum.

Schatten und gold-orangenes Licht verbanden sich miteinander und verwirrten ihn vollends. Um dieses Licht, bei dem ihm schwindlig wurde, zu beruhigen, stellte er die Laterne auf den Boden und trat ein paar Schritte zurück. Er hob die Hand, um seine Augen vor dem Licht zu schützen. Tiefe, ruhige Atemzüge ließen schließlich sein Herz wieder normal schlagen. Als er endlich seine Furcht unter Kontrolle hatte, stellte die Dunkelheit nicht länger eine Bedrohung für ihn dar. Der ruhige, kühle Winston kam wieder zum Vorschein, und er betrachtete verächtlich seine kindische Reaktion.

»Reiß dich zusammen. Es ist doch nur ein *verdammter* Keller, du Dummkopf!«

Er reckte entschlossen die Schultern. Dann bewegte er die Finger, griff nach der Tür und drückte die Türklinke aus Metall herunter. Die Tür öffnete sich ohne ein Geräusch.

Sein Körper hielt einen großen Teil des Lichtes der Laterne zurück, als er versuchte, in die undurchdringliche Dunkelheit vor sich zu sehen.

»Der Raum, in dem der Scotch aufbewahrt wird. Originell. Scotch ... Raum. Wahrscheinlich gibt es auch einen Weinraum. Sherryraum. Rumraum. Und alle sind so dunkel wie dieser hier.«

Er schluckte, und dieses Geräusch schien ein Echo um ihn herum auszulösen.

Beklommenheit stieg in ihm auf und drohte, ihm den Mut zu nehmen, so sehr, daß er einen Augenblick hin und her schwankte.

»Eine Kiste Scotch, Winston, du Feigling, und du bist sofort wieder auf dem Weg nach oben. Wo das Licht ist und die Menschen. Wo das Essen auf dem Herd kocht ...«

Er entschied, daß es das Beste war, es hinter sich zu bringen, deshalb holte er die Laterne und betrat den Raum. Er war erschrocken, als er sah, wie riesig er war. Er hielt die Laterne vor sich und ging den fast fünf Meter breiten Weg entlang, dabei sah er die hohen Regale mit Scotch, die zu beiden Seiten standen. Er erkannte Daten, die ordentlich in die Bretter der Regale eingeritzt waren. Als er die Flaschen erreichte, die das Datum des frühen siebzehnten Jahrhunderts trugen, fühlte er sich so schwindelig wie ein Schuljunge.

Natürlich mußten die Kisten, die der Gutsherr vorzog, in der Nähe der Tür stehen, doch er konnte nicht anders, als den Raum bis zu seinem Ende zu erkunden. Seine Finger berührten die geschnitzten Zahlen mit wachsender Ehrfurcht. Links und rechts von ihm erstreckten sich die Regale weiter und immer weiter, bis er sich zu fragen begann, ob dieser Raum überhaupt ein Ende hatte. Seine Begeisterung rührte nicht von der Tatsache, daß er ein passionierter Scotchtrinker war. Eigentlich gab er sich sehr selten dem Alkohol hin. Aber der Wert der Sammlung beeindruckte ihn. Und die Sorgfalt und die peinlich saubere Ordnung, in der die Flaschen aufgestapelt waren ...

»Lachlan, dir gehört mein unsterblicher Respekt«, murmelte er.

Er wollte gerade zu der rechten Seite hinübergehen, als sein linker Fuß gegen etwas stieß. Er fiel nach vorn. Ein Schrei ertönte, so schrill, daß er glaubte, sein Trommelfell sei geplatzt. Doch was noch viel beunruhigender war, war die Tatsache, daß der Schrei nicht von ihm gekommen war. Irgendwie plumpste er auf die Seite auf den Boden, dabei hielt er die Laterne hoch, damit nichts mit ihr passieren konnte. Der Aufprall war so heftig, daß er glaubte, seine Knochen knacken zu hören, und seine Zähne schlugen aufeinander. Ein beißender Schmerz fuhr durch seinen Körper und raubte ihm den Atem. Nach einigen Sekunden gelang es ihm, die Laterne auf den Boden zu stellen und sich vorsichtig aufzusetzen.

Unvermittelt wurde der unerträgliche Schmerz in seinem Kopf und die Tatsache, daß es sich anfühlte, als sei jeder einzelne Knochen in seinem Körper gebrochen, gar nicht mehr so wichtig. Er starrte auf das, worüber er gestolpert war. Sein linker Fuß stand auf einem Teil einer dicken Eichenwurzel, die durch den Zementboden gewachsen war. Es war nicht die Wurzel selbst, die ihn verwirrte, sondern der eigenartig grünliche Schein, der davon ausging. Das Licht pulsierte im Rhythmus eines Herzschlages. Schneller und schneller. Heller und heller. Als würde er dazu gezwungen, streckte er die Hand aus, um es zu berühren. *»Nein!«* schrie etwas in seinem Kopf, und er hielt mitten in der Bewegung inne.

In einiger Entfernung, irgendwo über ihm, hörte er Donnergrollen und das Knistern von Blitzen. Dann ertönten Schreie.

Die Jungen! wehklagte es in seinem Kopf.

Sorge um die anderen in dem Haushalt löschte seine Benommenheit aus. Er packte die Wurzel, um sich auf die Füße zu ziehen, doch im selben Moment, als seine Hand die Wurzel packte, erfüllte ein Chor schriller Stimmen seinen Kopf. Der Boden bewegte sich. Die Wurzel wurde schnell wärmer, und dann war sie so heiß, daß er gezwungen war, sie loszulassen. Inmitten der vielen Geräusche kam er auf die Füße. Donner. Menschliche Schreie. Blitze. Unmenschliches Schluchzen. Beton, der gegen Beton stößt.

Der grünliche Schimmer der Wurzel wurde so grell, daß er nicht hinsehen konnte. Er hob die Arme, um sein Gesicht zu bedecken, doch noch ehe er das geschafft hatte, erlosch das Leuchten mit einem zischenden Geräusch.

Wieder bewegte sich der Boden unter seinen Füßen, so gewaltig, daß er sich kaum noch auf den Beinen halten konnte.

»Winston!«

Die Verzweiflung in Lauras Stimme ließ ihm einen kalten Schauer über den Rücken laufen. Er griff nach der Laterne und lief aus dem Raum. Er hielt erst inne, als er an der Treppe angekommen war, die nach oben führte. Laura wartete dort auf ihn, und er stürmte nach oben. Zuerst bemerkte er, daß sie die Hände rang, dann sah er, daß ihr Gesicht kreidebleich war.

»Ich bin eingeschlafen! Die Jungen sind weggelaufen! Wir können sie nicht finden ...«

Ein entsetzliches Stöhnen dröhnte in den Wänden und übertönte Lauras Schrei. Wieder erbebte das Haus. Laura fiel gegen Winston, der gerade noch die Laterne zur Seite riß, ehe sie mit ihr in Kontakt kommen konnte. Er hielt einen Arm fest um ihre Taille und lehnte den Rücken gegen den Pfosten des Treppengeländers, um sich auf den Beinen zu halten. Laura klammerte sich an ihn, ihre Augen waren weit aufgerissen.

Das Stöhnen dröhnte weiter. Sein Instinkt warnte Winston, seinen Schutzschild nicht zu senken, doch er konnte es nicht ertragen, nicht zu wissen, was geschehen war. Er öffnete seinen Geist vollkommen. Zuerst fühlte er nur Lauras Entsetzen, und es machte ihn betroffen, denn sie hatte keine Angst um sich selbst, sondern nur um ihre Neffen. Dann drängte sich eine Existenz in sein Bewußtsein. Entsetzen. Quälende Schmerzen. Unbeschreibliche Kälte. Verwirrung und Orientierungslosigkeit. Und all das war irgendwie verbunden mit dem Haus.

Winston dehnte seine Erforschung noch aus. Er fühlte, daß sein Bewußtsein kurz davor war, etwas Greifbares zu erfassen, als das Haus plötzlich ganz ruhig wurde und alle Geräusche aufhörten. Während der nächsten Sekunden hielt er den Atem an, in Erwartung eines weiteren, paranormalen Angriffes. All seine Sinne waren wach, warteten darauf, einen Hauch von dem zu fühlen, was als nächstes geschehen würde.

Schwere Schritte auf der Treppe lenkten seine und Lauras Aufmerksamkeit zu dieser Stelle. Es war Roan. Alby trug er unter einem Arm, Kahl unter dem anderen. Er trat auf den Treppenabsatz und sah die beiden bewegungslosen Gestalten an.

»Ich kann Kevin nirgendwo finden«, sagte er mit zitternder Stimme.

»Laß mich runter!« jammerte Kahl.

Alby schien ganz zufrieden zu sein in Roans Arm.

Roan stellte die beiden Jungen auf ihre Füße und zog dann Laura in seine Arme. Winston bemerkte nur am Rande, daß Roan Laura zu trösten versuchte und ihr erklärte, daß Kevin irgendwo im Haus sein mußte. Winston war viel mehr darauf konzentriert, auf seine inneren Sinne zu lauschen. Etwas bewegte sich am Rande seines Bewußtseins. Es lockte ihn, doch er hatte keine Ahnung, wohin es ihn rief. Draußen grollte der Donner, die Blitze zuckten am Himmel, der Lärm war ohrenbetäubend. Der Wind heulte um das Haus.

»Es gibt eine ganze Menge Orte, an denen der Kerl sich verstecken könnte«, versicherte Roan Laura, die sich zu den Jungen umgewandt hatte und auf die Knie gesunken war.

Sie packte die beiden am Hemd und fragte: »Wo habt ihr ihn zuletzt gesehen?«

Alby zuckte nur mit den Schultern, während Kahl mit einem bösen Blick auf ihre Hand sah.

»Verdammt, Kahl, sieh mich an!«

Der rothaarige Junge gehorchte mit weit aufgerissenen Augen.

»Wo ist er hingegangen?« wollte sie wissen.

»In sein Zimmer! Himmel, warum bist du wütend auf *mich?*«

Mit einem herzzerreißenden Schluchzen zog Laura die Jungen in ihre Arme und entschuldigte sich bei ihnen.

Die Haustür sprang plötzlich weit auf. Wind und eisiger Regen wehten in die Eingangshalle. Roan ließ sich sofort zu Boden fallen und schob sich zwischen den Sturm und Laura und die Jungen, er nutzte seine breiten Schultern, um sie zu schützen. Winston stellte die Laterne auf die Treppe und machte ein paar Schritte durch die Eingangshalle. Den rechten Arm hatte er vor sein Gesicht gelegt, um Wind und Regen abzuhalten. Er fühlte, daß jemand ins Haus kam. Roan winkte er zu, damit dieser Laura und die Jungen in das Wohnzimmer brachte, dann bereitete er sich auf das vor, was kommen würde. Doch noch ehe Roan seine Familie den halben Weg bis zum Wohnzimmer geführt hatte, schlug die Tür mit einem lauten, endgültigen Knall zu. Der Wind und der Regen hörten sofort auf. Unheimliche Ruhe breitete sich in der Eingangshalle aus.

Winston begann zu laufen, als er Agnes entdeckte, die Kevin vor sich herschob. Beide waren bis auf die Haut durchnäßt. Winston zog den zitternden Jungen in seine Arme und ging dann neben Agnes her zu der Stelle, an der die anderen warteten. Roan nahm den Jungen sofort in seine Arme, er umarmte ihn mit aller Macht, ehe er ihn schüttelte.

»Verflixt, Junge!« rief Roan. »Was hast du draußen gemacht?«

»Aber ich ...«

»Mein Schatz, wir haben uns solche Sorgen gemacht«, schluchzte Laura. Mit der Hand strich sie über das nasse Haar des Jungen. »Du weißt doch, daß du nach Einbruch der Dunkelheit nicht mehr nach draußen gehen darfst!«

»Aber der ...«

Wieder wurde Kevin unterbrochen. »Er war draußen im Nordgarten«, erklärte Agnes gereizt, dann wischte sie sich mit dem Arm über ihr Gesicht. »Lebendig oder tot, das macht nichts, ich *hasse* es, naß zu werden – und außerdem habe ich noch mein bestes Kleid an!«

Winston wußte nicht, ob er lachen oder weinen sollte. Die Gefühle, die er von den anderen aufnahm, wirbelten in seinem Inneren, sie wogten und überschlugen sich, wie Wellen, die vom Sturm gepeitscht wurden. Er fühlte sich fehl am Platze in der Familie. Er war ein Fremder.

Ein Eindringling.

Plötzlich fühlte er, daß etwas nicht stimmte. Obwohl er es

nicht erklären konnte, so fühlte er doch, daß es wie die tödliche Stille im Auge eines Hurrikans war. Er trat zurück, bis er gegen den gefliesten Kamin an der Wand gegenüber der Treppe stieß. Abwesend betrachtete er die Gegenstände aus Tierknochen, Holz und Kupfer, die auf dem Kaminsims standen, dann streckte er zögernd die Hand aus. Er fühlte ein Prickeln auf seiner Haut bis hin in die Fingerspitzen seiner rechten Hand, die nur eine Haaresbreite von der Wand über dem Kaminsims entfernt war. Sekunden vergingen. Zwar stellte er nach einem Blick über seine Schulter fest, daß die anderen miteinander redeten, doch hörte er nichts als Stille.

Seine Fingerspitzen berührten die Wand.

Die Geräuschlosigkeit schien sich zu bewegen. Noch einmal fühlte er es, und er merkte, daß sie näher kam. Sie bewegte sich wieder, drang in die übersinnlichen Fasern seines Gehirns ein und wurzelte drohend in der Basis seines Gehirns. Er merkte gar nicht, daß er zitterte, daß er so blaß geworden war, daß die anderen ihn ängstlich ansahen.

Er versuchte, von der Wand wegzutreten, doch dann stellte er fest, daß seine Fingerspitzen sich nicht von der Wand lösten.

Keine mentalen Bilder zeigten sich vor seinem inneren Auge, nur Eindrücke fühlte er. Angst. Verlassenheit. Einsamkeit, wie er sie nie zuvor gefühlt hatte.

Schließlich fand er, tief in seinem Inneren, die Kraft, den körperlichen Kontakt mit der Wand zu brechen. Die übersinnliche Verbindung wurde stärker, als er herumwirbelte, die anderen ansah und aufkeuchte: »Es ist weg!«

»Es?« fragte Roan und verzog das Gesicht zu einer Grimasse.

»Das ... das ...« Winston deutete in zügelloser Frustration auf die Wand. »Die verdammte *Magie!* Sie ist *verschwunden!* Das Haus ist ... *leer!*«

Roan stellte Kevin auf die Füße und machte einen Schritt auf Winston zu. »Wovon redest du überhaupt?«

»Die Energie, die in dem Haus war, ist *verschwunden!*« brachte Winston heraus, und sein Gesicht war vor Zorn gerötet. »Ich weiß nicht, wie ich es dir besser erklären sollte!«

»Könnte es etwas zu tun haben mit …«

Lauras Frage wurde von Kevin unterbrochen, der sich zwischen Winston und Roan schob und seine tropfnassen Arme hob. »Laßt mich reden!« verlangte er und stampfte mit dem Fuß auf, um seine Worte zu unterstreichen. »Was ist mit der nackten Dame?«

»Was für eine Dame?« brüllte Winston.

»Die in dem Pavillon«, antwortete Kevin und sah Winston mit gerunzelter Stirn an.

»Ich habe da draußen niemanden gesehen«, erklärte die verdutzte Agnes.

»Aber sie *war* dort«, rief Kevin wütend und sah die Erwachsenen einen nach dem anderen an. »Als würde ich nicht eine *nackte* Frau erkennen, wenn ich eine sehe! Himmel! Ihr seid wirklich schlimm! Falls ihr es nicht wißt, es ist *kalt* draußen! Sie ist wahrscheinlich mittlerweile schon so erfroren wie unser Schneemann!«

Winstons Blicke trafen sich mit denen von Agnes.

»Ich werde gehen«, sagte sie, doch noch ehe sie sich bewegen konnte, war Winston schon zur Tür gelaufen.

»Holt ein paar Decken!« rief er, als er in das Gewächshaus lief.

Kalt war nicht die passende Beschreibung für das Wetter. Eine Mischung aus Regen und Hagel begrüßte ihn, als er blindlings in die Nacht lief, in die Richtung des Pavillons im nördlichen Teil des Gartens. Als er dort angekommen war, schmerzten seine Lungen, und seine Beine drohten ihm den Dienst zu versagen. Er bewegte seine eiskalten Füße in die Mitte des Pavillons, auf den Holzboden und dankte dem Himmel für die Zuflucht und das Dach über ihm. Mit der Hand wischte er sich den Regen aus dem Gesicht, dann sah er sich aufmerksam um und suchte nach einem Körper. Sein übersinnlicher Radar suchte die Umgebung ab, und schließlich entdeckte er etwas im hinteren Teil des Pavillons. Sein Herz schlug schneller, als er in diese Richtung ging, als sich plötzlich noch eine andere Existenz in sein Bewußtsein drängte.

Eine atemberaubende Sekunde lang fühlte Winston einen Ansturm schockierter Ungläubigkeit. Der Unglaube bildete einen brennenden Kloß in seinem Hals. Sein Gehirn schien anzuschwellen und hämmerte in seinem Kopf.

Schwer atmend ballte er die Hände zu Fäusten und sah sich nach dem Haus um. Sein Gesicht versteinerte sich voller Zorn, und sein Blick suchte den Grund dafür.

Aber er brauchte nicht erst zu *sehen,* um zu wissen, daß seine Eindrücke wirklich waren, so wirklich und so fest wie der Boden unter seinen nackten Füßen. *Dieses* »Zeichen« war unmißverständlich.

Er zwang sich dazu, seinen Zorn mit seinem Verstand zu unterdrücken. Er lief zu der Treppe im hinteren Teil des Pavillons, und dort fand er, zusammengekauert am Fuße der Treppe, eine dunkle Gestalt.

Kevins Dame, wenn auch nicht nackt …

Doch sobald er genauer hinsah, stellte er fest, daß das, was er zuerst als Umhang gesehen hatte, nur unglaublich langes Haar war, das durchnäßt an ihrem Körper klebte wie eine zweite Haut.

»Gütiger Himmel«, murmelte er und hob sie auf seine Arme. Er machte seine Gedanken frei von dem zweiten Eindringling, dann lief er mit schweren Schritten zum Haus zurück. Seine Last bewegte sich nicht und gab auch keinen Ton von sich. Er fühlte, daß ihr Herzschlag gefährlich unregelmäßig war, auch wenn sie keine Wunden oder äußere Verletzungen zeigte. Kein Wunder. Sie war kurz vor der Vollendung zu einem Eisblock.

Roan und Laura warteten an der Haustür auf ihn. Obwohl Winston vor Schwäche und Kälte stolperte, so blieb er doch lange genug stehen, damit die beiden zwei Decken um die Fremde legen konnten. Dann nahm Roan die Frau auf seinen Arm, und Laura legte Winston eine Decke um die Schultern.

»Aggie läßt in deinem Bad schon heißes Badewasser einlaufen«, sagte Roan, als er zur Treppe hastete.

»Ich mache heißen Tee und auch etwas Suppe«, rief Laura und verschwand in der Küche.

Winston verriegelte die große Haustür, dann eilte er den Flur hinunter.

Trotz seiner müden Beine und der betäubten Füße schaffte er es irgendwie, mit Roan Schritt zu halten, als dieser die Treppe zum ersten Stock hochstrebte. Winston zitterte, und er fragte sich, ob das von der gnadenlosen Kälte kam oder von der Tatsache, daß diese Frau sterben könnte oder daß derjenige, der draußen geblieben war …

Er weigerte sich zu analysieren, wie das möglich sein konnte. Nicht jetzt. Solange das Haus gut verschlossen war, hätte er Zeit, ehe er den Gutsherrn vor der lauernden Gefahr warnen könnte.

Als Winston hinter Roan sein Schlafzimmer betrat, waren die Jungen nirgendwo zu sehen. Agnes streckte den Kopf durch die Tür des Badezimmers. »Schnell«, drängte sie.

»Gib sie mir«, keuchte Winston, ehe Roan das Badezimmer betreten konnte.

Der Gutsherr wandte sich um und sah Winston fragend an, doch dann legte er die Frau in seine Arme.

»Hört mir aufmerksam zu und stellt mir im Moment keine Fragen«, erklärte Winston, und seine befehlende Stimme erstaunte Roan noch mehr. »Sorgt dafür, daß alle Fenster und Türen im Haus fest geschlossen sind. *Alle* Fenster und Türen!« Er schob den verblüfften Roan beiseite und fuhr Agnes an:

»Passen Sie auf die Jungen auf. Lassen Sie sie nicht aus den Augen!«

Den Bruchteil einer Sekunde sah er die Auflehnung in ihrem Blick. Dann lief sie schnell aus dem Badezimmer und schloß die Tür hinter sich.

Es dauerte ein paar Minuten, ehe Winston sich wieder gefangen hatte. Dampf stieg aus der Badewanne auf. Ein Blick auf die halbgefüllte Wanne gab ihm die Kraft, seine steifen, schwachen Beine noch etwas länger unter Kontrolle zu halten. Er stellte den rechten nackten Fuß in das Wasser. Im ersten Augenblick war es so heiß, daß er ihn wieder zurückziehen wollte. Doch dann biß er gegen den Schmerz die Zähne zusammen, stieg in die Wanne und blieb eine Sekunde lang bewegungslos stehen. Er zwang sich, nicht auf das schmerzhafte Prickeln wie von tausend Nadeln zu achten, das er in seinen Füßen und seinen Beinen fühlte.

Tränen traten in seine Augen, als er sich langsam in die tiefe Badewanne setzte. Es war sehr schmerzhaft, als sein Blut wieder in seinem Körper zu zirkulieren begann, doch er setzte sich langsam hin, mit seiner Kleidung, den Decken und der Frau in seinen Armen. Sie saß auf seinen Beinen, eine Seite ihres Gesichtes hatte sie an seine Brust gelegt. Gedanken an das Phantom wollten sich ihm aufdrängen, doch er zwang sich, all seine Aufmerksamkeit auf die Frau zu lenken. Ihr Herzschlag schien jetzt etwas kräftiger zu sein, ihr Atem ging flach, aber regelmäßig. Sie war nicht länger ein Eisblock, sondern er fühlte ihr weiches Fleisch unter seinen Händen. Das Wasser war schultertief. Er schöpfte mit der linken Hand Wasser aus der Wanne und ließ die warme Flüssigkeit über ihren Kopf laufen. Als er fühlte, daß ihr Körper nicht länger kalt war, strich er ihr vorsichtig das Haar aus dem Gesicht, das so wunderschön war, daß sein Herz ihm bis zum Hals schlug. Vielleicht war es die Tatsache, daß sie nichts von ihm wußte, die ihm den Mut gab, mit den Fingerspitzen ihren Gesichtszügen nachzufahren. Unter ihrem dichten, dunklen Haar entdeckte er eine glatte Stirn. Makellose, blasse, beinahe durchsichtige Haut. Sanft geschwungene Augenbrauen, die selbst noch in ihrer Bewußtlosigkeit ausdrucksstark wirkten. Lange und dichte, dunkle Wimpern. Eine kecke Nase. Volle, schmollende Lippen. Ein Kinn mit einem Grübchen darin, ein wenig vorstehend.

Winston fand, daß sie sogar in ihrem Zustand eine alterslose Schönheit war, eine Schönheit, die das Gesetz der Natur leugnete. Sein Herz begann zu rasen. Sein Atem ging schneller. Nie zuvor hatte er in ein Gesicht gesehen, das ihn so vollkommen gefangennahm. Er strich mit dem Daumen über die Unterseite ihres Kinns. Selbst die Art, wie sich ihre Haut anfühlte, erstaunte ihn. Sie war so unglaublich sanft.

Er schluckte, weil sein Hals eng geworden war, dann legte er die Arme um sie und lehnte sich bequem in dem warmen Wasser zurück. Er legte sein Kinn auf ihren Kopf und starrte blicklos vor sich hin.

Unbewußt ließ er noch einmal die Ereignisse der vergangenen Stunde an sich vorüberziehen. Was im Keller geschehen war. Das unnatürliche Stöhnen. Das Verschwinden der *Magie.* Und die Frau.

Das Phantom lebte.

Wie das geschehen konnte, zählte jetzt nicht. Es war ein schwerer Fehler begangen worden. Unwichtig. Der Killer war unterwegs. Im Baird Haus.

War die Frau in der vierten Dimension umgekommen und hatte die Macht in dem Haus mit sich genommen?

Der Gedanke verursachte einen stechenden Schmerz in seiner Brust.

Sie hatte ihm vorgeworfen, daß er ihr während seines letzten Besuches die Kraft genommen hatte. Waren das Erdbeben und das Gewitter die Nachwirkungen ihren Todes gewesen?

Und *diese* Frau hier?

Er konnte sich nicht davon überzeugen, daß sie und die Ankunft des Phantoms reiner Zufall waren. Hatte dieser *Bastard* sein letztes Opfer hier abgeladen, um Winston herauszufordern? Um Winston zu zeigen, daß der Killer nicht nur lebendig war, sondern daß er in der Lage war, Winstons übersinnliche Fähigkeiten doch zu übertreffen?

Die Worte der Frau aus dem Garten kamen ihm wieder in den Sinn.

»*Er* wartet, während *du* in Selbstmitleid schwelgst.«

Das Phantom war die Gefahr, vor der sie ihn gewarnt hatte!

Ein leises Stöhnen weckte ihn aus seiner Benommenheit. Er bemerkte, daß die Fremde sich bewegte. Seine Gedanken klärten sich, und er wartete darauf, daß sie aufwachte.

Ihr Kopf bewegte sich an seiner Brust. Noch einmal stöhnte sie. Dann bewegte sie sich ein wenig mehr.

»Du bist in Sicherheit«, flüsterte Winston rauh, seine Stimme klang sogar in seinen eigenen Ohren fremd und angespannt.

Sie erstarrte. Und dann schien sie sich eine Ewigkeit lang überhaupt nicht mehr zu bewegen. Sie war bei vollem Bewußtsein, denn er fühlte ihre tiefe Verwirrung. Als er ihr Schweigen nicht länger ertragen konnte, sagte er: »Wie ich schon sagte, du bist in Sicherheit. Aber kannst du mir sagen, wie es passieren konnte, daß du nackt auf dem Grund und Boden von Baird herumgelaufen bist?«

Sie seufzte tief auf. Es war ein eigenartiges Geräusch, dachte Winston, und er zog seine schwarzen Augenbrauen zusammen.

Sie legte den Kopf zurück. Wenn er geglaubt hatte, er sei darauf vorbereitet, in ihre Augen zu sehen, so stellte er sehr schnell fest, daß er sich geirrt hatte. Ihm stockte der Atem, als sie ihn ansah. Er war gefangen in der bezwingenden Tiefe ihrer Augen, unfähig zu sprechen oder sich zu bewegen. Er konnte nicht einmal mehr denken. Ihre strahlend blauen Augen hatten einige goldene Flecken, doch sie schienen von innen heraus zu leuchten.

Als sie sich anmutig ein wenig von ihm zurückzog und sich aufrecht hinsetzte, zog Winston die Beine unter ihr weg und beugte die Knie. Sie wandte sich um und setzte sich mit dem Rücken zum Wasserhahn, gleichzeitig schob sie die schwere nasse Decke von ihren Schultern. Ihr Blick hing noch immer an seinem Gesicht, als würde sie auf eine Reaktion von ihm warten. Doch er rührte sich nicht. Seine Gesichtsmuskeln waren wie versteinert. Er konnte nicht einmal die Augen abwenden, als die Oberseite ihrer Brüste durch die Strähnen ihres Haares zu sehen waren.

Die Tür des Badezimmers öffnete sich. Roan kam herein, er warf einen Blick auf das Bild, das sich ihm bot, und wandte schnell der Wanne den Rücken zu.

»Jesus, Maria und Joseph!« hauchte er.

Winston kehrte mit einem Ruck in die Wirklichkeit zurück.

Er kletterte aus der Wanne, warf die Decke ab und stand dann schließlich an der gegenüberliegenden Wand und starrte die Fremde voller Verdruß an.

»Ich nehme an, sie lebt noch!« brachte Roan hervor.

Die Frau stand langsam auf, die Decken blieben zurück in dem lehmigen Wasser. In ihrer ganzen Herrlichkeit stand sie vor Winston, ihr eindringlicher Blick ruhte auf seinem Gesicht.

Winston versuchte vergeblich, zu schlucken, doch sein Hals war so ausgetrocknet, daß es ihm nicht gelang. Er konnte seine Augen nicht von ihr losreißen, genausowenig wie er aufhören konnte zu zittern, weil ein kalter Wind durch die Tür wehte. Soweit er ihren Körper sehen konnte – und das war weit mehr, als er zu sehen *brauchte* – klebte ihr Haar an ihrer makellosen Haut und an ihren herrlichen Rundungen.

»Ich … äh …« Winston fuhr sich nervös mit der Zungenspitze über die Unterlippe. Er zuckte mit den Schultern und grinste dann. »Ich würde sagen, sie lebt ganz *sicher* noch!«

Roan lugte über seine Schultern. Die Tatsache der nackten

Frau ließ ihn aufstöhnen, und sein Gesicht wurde über und über rot. Er flüchtete ins Schlafzimmer. »Sag mir Bescheid, wenn sie etwas angezogen hat!« rief er zurück.

Winston riß sich zusammen und folgte Roan ins Schlafzimmer. Roan hatte bereits die Tür geöffnet und trat in den Flur. Winston murmelte etwas Unverständliches vor sich hin, dann zog er die Decke vom Bett. Als er sich umwandte, um die Decke ins Badezimmer zu bringen, stand die Fremde an der Tür und beobachtete ihn neugierig und gleichzeitig voller Vorsicht.

Er wollte ihr noch einmal versichern, daß sie in Sicherheit war, doch die Worte kamen nicht aus seinem Mund.

Agnes erschien plötzlich einige Meter links von ihm. Ein Blick auf die Fremde genügte, und der Geist legte eine Hand auf die Stelle, an der eigentlich ihr Herz saß. »Die Heiligen mögen uns schützen!« quietschte sie und hob mahnend einen Finger. »Winston Connery, hör auf, das arme Kind so anzustarren!«

Sie riß ihm die Decke aus der Hand und legte sie schnell um die Schultern der jungen Frau. Sie bemühte sich noch eine Zeitlang um sie, dann bedachte sie Winston mit einer empörten, mütterlichen Maßregelung:

»Ich werde ein solches Benehmen unter diesem Dach nicht dulden! Du wirst die Sorge um unseren Gast der Hausherrin und mir überlassen. Und ich würde vorschlagen, junger Mann, daß du deine Dämonen bei dir behältst!«

Mit einer ungeduldigen Handbewegung von Agnes ging ein Stapel Holzscheite im Kamin in Flammen auf.

Was Winston am meisten verwirrte war die Tatsache, daß sie das getan hatte, ohne den Blick von seinem Gesicht zu wenden.

»Wie kannst du es wagen, ihn mit dir zu bringen!« schimpfte sie ihn weiter aus. »Er ist *dein* Problem. Ich werde es nicht dulden, daß er hier ist, hast du mich verstanden?«

»Ich denke schon«, keuchte Winston, der von ihrem verbalen Angriff total verblüfft war. Er verstand sie absolut nicht.

Agnes legte beschützend einen Arm um die junge Frau und führte sie zur Tür.

»Also, du brauchst dich nicht zu fürchten«, tröstete Agnes die Fremde. »Ein wenig heißer Tee, eine Schüssel Suppe und ein warmes Bett, und du wirst dich im Nu wieder wohl fühlen.«

Winston sah den beiden Frauen nach, die das Zimmer verließen. Als sie sich im Flur nach links wandten, sah die blauäugige geheimnisvolle Frau ihn noch einmal an. Für den Bruchteil einer Sekunde entdeckte er Grübchen in ihren Wangen und las Belustigung in ihren Augen.

Sie lacht mich aus! stellte er wütend fest.

Er schleppte sich zum Bett und setzte sich in die weichen Kissen.

»Du hast verdammt recht, er ist *mein* Problem«, schimpfte er, dann stieß er ein Geräusch aus, das beinahe einem Wimmern gleichkam.

»Wie hätte ich sie *nicht* ansehen können?« fragte er sich selbst mit leiser Stimme. Seine Hände legten sich auf die Brust. »Ich bin doch nur ein Mensch!«

Die Silhouette des Phantoms erschien vor seinem inneren Auge.

Seine Augen wurden dunkel, ein tödlicher Blick trat hinein. »Ich selbst werde dich mir vornehmen, du Bastard. Hierherzukommen war der größte Fehler in deinem elenden Leben.«

Sein Gehirn brannte vor Zorn, er sprang auf und zog ungeduldig seinen durchnäßten geborgten Pullover aus, seine Hose und die Shorts.

Im nächsten Moment hörte er ein lautes Klirren.

Winston blickte zur Tür.

Dort stand Laura. Erschrecken spiegelte sich auf ihrem Gesicht wider. Zu ihren Füßen lag ein Tablett, eine Schüssel und eine Tasse.

Doch Winston war in dieser Sekunde alles andere als galant.

Er rannte ins Badezimmer, schloß die Tür hinter sich und setzte sich auf den geschlossenen Deckel der Toilette.

»Ich kann mich über all das erheben«, murmelte er. »Ich kann es.«

Er sprang auf und schlug mit der Faust gegen die Wand. »Verdammt noch mal, ich kann es!«

Unerklärlicherweise verschwand plötzlich sein ganzer Ärger. Er setzte sich wieder hin und fuhr sich mit beiden Händen durch sein nasses Haar.

Das Badezimmer schien plötzlich unnatürlich eng. Seine Lungen fühlten sich schwer an, und er konnte nur mit Mühe atmen.

»Verliere ich den Verstand?«

Was konnte denn noch geschehen?

»Gott, gib mir Kraft«, murmelte er und stand auf.

4

Den ganzen Morgen über plagte Winston die Furcht. Was ihn dabei am meisten ärgerte war seine Unfähigkeit, den genauen Grund dafür zu erforschen. Es war, als wäre ein feuriger Dorn in sein Gehirn gedrungen und würde immer wieder die empfindlichen Nerven in seiner Umgebung verletzen. Er fühlte sich, als würde er in der nächsten Sekunde vor Zorn explodieren, doch was der Grund für diesen Zorn war, ahnte er nicht. Zuerst hatte er das Wissen dafür verantwortlich gemacht, daß das Phantom noch immer lebte. So unglaublich es auch schien, er *wußte,* daß er die übersinnlichen Ausstrahlungen des Killers aufgefangen hatte. Er fühlte die Spur des Mannes so deutlich, als hätte er sein eigenes Spiegelbild im Spiegel gesehen. Und dennoch …

Die »Halunken« – wie Roan liebevoll die Jungen nannte – hatten es geschafft, den Gutsherrn und seine geliebte Lady den Rest der vergangenen Nacht und auch den ganzen Morgen über in Trab zu halten. Es erstaunte Winston, daß drei kleine Jungen so viel Durcheinander machen konnten. Er erinnerte sich nicht daran, so aktiv oder so kreativ gewesen zu sein, als er jung war, doch seine Eltern hatten auch nie ein *lärmendes* oder ein *aktives* Kind in ihrem Haus geduldet. Irgendwie schafften Roan und Laura es, mit den Jungen fertigzuwerden, obwohl Winston sicher war, daß er kein besserer Vater sein würde als sein eigener Vater es gewesen war. Also war der Haushalt der Bairds mit Kleidung, die verschwand, mit Essensschlachten, mit Kahls Jammern, daß man ihm erlauben sollte, im Turm zu spielen, und mit Albys hysterischen Ausbrüchen, daß seine hölzernen Tiere nicht zum Leben erwachen wollten, ein wahrer Zirkus. Winston hatte mehrere Male – sowohl in der letzten Nacht als auch an diesem Morgen – versucht, Roan allein zu erwischen, um ihn wegen der Rückkehr des Killers zu warnen. Doch er hatte es nicht geschafft. Jedesmal, wenn sich für Winston die Möglichkeit ergab, mit Roan zu reden, meldete sich eine neue Krise.

Agnes ging ihm aus dem Weg und weigerte sich, ihn in die Nähe der Fremden zu lassen. Soweit Winston wußte, hatte niemand außer Agnes die Frau gesehen, nachdem sie sie aus seinem Zimmer geholt hatte. Winston hatte halbherzig ein paarmal versucht, mit seinen Gedanken die Spuren aufzunehmen, die sie hinterlassen hatte, in der Hoffnung, ein paar Informationen über sie zu erfahren. Doch jedesmal traf er auf eine undurchdringliche Wand. Es war ja nicht so, daß er sich für sie als *Person* interessierte. Viel eher wollte er wissen, welche Verbindung zum Phantom sie hatte. Er hätte mindestens einen klaren Eindruck von ihr bekommen sollen.

Etwas blockierte seine Fähigkeiten.

Er war ein paarmal nach draußen gegangen und hatte versucht, mit seinen Gedanken das Versteck des Phantoms auszumachen. Doch wieder war er nur auf eine undurchdringliche Mauer gestoßen. Als er sich schließlich schlafen legte, hatte er sich einzureden versucht, daß er sich zu sehr bemühte, ein Ergebnis zu erreichen. So vieles war bereits geschehen, und dabei war er noch nicht einmal achtundvierzig Stunden in diesem Haus.

Doch auch heute morgen war es ihm noch nicht möglich gewesen, Informationen über die Fremde und das Phantom zu erfahren. Er war ausgeruht und hatte ein herzhaftes Frühstück zu sich genommen. Er hatte gebadet und sich rasiert. Jetzt war er warm gekleidet, in eine geborgte Jeans von Roan und einen grau und burgunderfarben gestreiften Pullover, die beide zu groß für ihn waren, doch schließlich wollte er hier niemandem gefallen. Seine paranormalen Fähigkeiten waren zurückgekehrt, als er das Haus betreten hatte, und er war warm und gemütlich aufgehoben in seinen Mauern und besser ernährt als seit langer Zeit. Dennoch, als er jetzt aus dem Fenster seines Schlafzimmers sah und die Winterwelt betrachtete, war sein sechster Sinn kalt. Er konnte das Phantom genausowenig fühlen, wie er fliegen konnte, und das verärgerte ihn.

Litt er etwa wieder unter einer Überbelastung? Als er nach Roses Tod zum ersten Mal seine übersinnlichen Fähigkeiten verloren hatte, hatte er das als einen Segen eingestuft. Doch nun gab ihm seine Unfähigkeit, den Killer zu entdecken, das Gefühl, verletzlich zu sein, ein Gefühl, das ihm bis jetzt vollkommen fremd gewesen war.

Draußen lenkte ihn eine Bewegung ab. Seine Augen wurden von dem Pfau auf dem Kopf des Schneemannes angezogen. Die bunte Kreatur putzte sich, sie hatte den Schwanz ausgebreitet, und die Farben hoben sich leuchtend von dem weißen Schnee ab. Ein Grinsen umspielte Winstons Mund, als der Vogel den Kopf schief legte und zu ihm hinaufsah. Wenigstens sah es so aus. Doch er war ziemlich sicher, daß es nicht so war.

Der Vogel stieß einen beunruhigenden Schrei aus, ganz ähnlich dem Schreien einer gequälten Katze. Winstons Nerven spannten sich an. Sein Herz schlug heftig und schmerzlich in seiner Brust. Er blinzelte. Er blinzelte noch einmal. Der Pfau stand bewegungslos auf dem Kopf des Schneemannes, den Schwanz hatte er zusammengelegt. Eindringlich beobachtete Winston ihn etliche Minuten und wartete darauf, daß der Vogel sich noch einmal bewegte, doch er stand leblos auf dem Kopf des Schneemannes.

Winston klopfte mit dem Fingerknöchel der rechten Hand laut gegen das Glas des Fensters. Er stellte allerdings nicht fest, ob der Vogel darauf reagierte, denn ein Klopfen an der Tür ließ ihn zusammenzucken, und er wirbelte herum und sah, daß die Tür sich langsam öffnete. Agnes streckte den Kopf durch die geöffnete Tür. Sobald sie ihn entdeckte, trat sie ruhig in das Zimmer und schloß die Tür hinter sich.

Furcht stieg in Winston auf. Sie schien keine Eile zu haben, ihre blauen Augen hielten die seinen gefangen, ihr Gesicht verriet nichts von ihren Gefühlen. Winston bemühte sich, sie mit einem Lächeln zu begrüßen, doch seine Gesichtsmuskeln gehorchten ihm nicht. Als sie vor ihm stehenblieb, stellte er fest, daß ihre körperliche Dichte Anzeichen von Schwund zeigte. Er konnte nicht *durch* sie hindurch sehen, doch sie befand sich zweifelsohne im Prozeß der Auflösung. Ihr dunkelblaues Kleid war an manchen Stellen schon zu Schattierungen von Grau verblaßt, und ihre blauen Augen wurden ab und zu farblos.

»Mr. Connery, verzeihen Sie mir, wenn ich so hier eindringe, aber ich muß mit Ihnen reden.«

Er nickte. »Geht es um das Mädchen?«

Agnes' aufmerksame Augen beobachteten ihn eine Weile, ehe sie antwortete. »Aye, ein wenig. Hauptsächlich möchte ich Ihnen meine Meinung sagen über Sie und über die düstere Stimmung, die Sie mitgebracht haben, als Sie hier ankamen.«

Winston runzelte die Stirn und zuckte dann mit den Schultern. »Düstere Stimmung? Ich hatte keine Ahnung, daß meine Stimmung oder meine Gesellschaft so schlimm ist.«

»Reden Sie nicht um den heißen Brei herum«, schalt sie ihn und musterte ihn giftig.

Winston fiel es schwer, ihre ablehnende Haltung ihm gegenüber zu verstehen. »Habe ich etwas gesagt oder getan, das Sie verletzt hat?«

Sie schien überrascht, und ihr böser Blick wandelte sich in einen Ausdruck komischer Überraschung. »Mich verletzt? Reden wir hier von derselben Sache, Mr. Connery?«

»Bitte … nennen Sie mich doch Winston, und ich bin nicht sicher.«

»Ich habe persönlich nichts gegen Sie«, erklärte sie ernst. »Eigentlich denke ich, daß Sie ein sehr netter junger Mann sind. Es ist diese Dunkelheit, die Sie in sich herumtragen, die mich stört. Sie sickert in das Haus wie ein schlechter Geruch, der sich im Schatten versteckt.«

Ehe er noch etwas dagegen tun konnte, kam ein lautes Lachen aus seinem Mund. Er wandte sich zum Fenster, um sich wieder unter Kontrolle zu bekommen, doch als er sah, daß der Vogel nach wie vor leblos an seiner Stelle saß, wurde er wieder ernst und runzelte die Stirn. Gestern hatte er gesehen, wie einer der Jungen den Pfau auf den Kopf des Schneemannes gestellt hatte. Dabei hatte sich der Vogel natürlich nicht gerührt. Hatte er es sich nur eingebildet, daß der Vogel sich bewegt hatte?

»Mr. Con … Winston«, korrigierte sie sich und seufzte auf. »Ich habe nicht viel Zeit, und ich würde gern sagen, was ich von dieser Sache halte.«

Mit gerunzelter Stirn wandte sich Winston zu ihr um. Im ersten Moment war er erschrocken, als er feststellte, daß sie durchscheinend war und kein fester Körper mehr. Ihr Gesicht war nur ein blaßgrauer Nebel, ihre Augen durchsichtig und unheimlich blau. »Es tut mir leid«, entschuldigte er sich matt. »Was ist mit dieser *Dunkelheit* in mir?«

»Merken *Sie* etwas davon?«

»Das könnte ich nicht behaupten«, antwortete er und war ein wenig erschrocken, weil seine Worte recht hochnäsig klangen.

»Ich habe es gefühlt, ehe Roan Sie in das Haus gebracht hat. Ich habe nichts gesagt, weil es mich nichts angeht. Aber seit zwei Nächten, Mr. Connery, hat jeder – ich natürlich nicht – ihre Alpträume geteilt. In der letzten Nacht hat sogar das Mädchen darunter gelitten. Ich habe den größten Teil der Nacht damit verbracht, von einem Schlafzimmer zum anderen zu laufen, zu lauschen und zu sehen, wie alle anderen sich, genau wie Sie, im Bett hin- und hergeworfen, gestöhnt und gejammert haben. Gestern und heute morgen waren meine Jungen bedrückt und lustlos – genauso wie ich es bei Ihnen gefühlt habe, ehe ich an Ihre Tür geklopft habe.«

»Ich bin nicht sicher, daß ich das verstehe.«

Sie seufzte erneut tief auf. Das Geräusch schien ihn einzuhüllen. »Dieser Zustand, nicht von dieser Welt zu sein, hat mir einige Fähigkeiten gegeben. Eine davon ist es, die Aura der Menschen sehen zu können. Ihre Aura ist sehr dunkel. So schwarz wie eine mondlose Nacht. Die anderen reagieren unbewußt darauf, Mr. Connery. Diese Dunkelheit in Ihnen versucht, sie alle zu beeinflussen.«

Winston wollte nicht zu skeptisch sein, aber würde er es nicht wissen, wenn er eine solche Aura besäße – ganz besonders eine so *abscheuliche* Aura?

Agnes löste sich so sehr vor seinen Augen auf, daß er kaum noch ihre Umrisse erkennen konnte.

»Mr. Connery, es ist gut, daß Sie ins Baird Haus gekommen sind, aber Sie sind kein gewöhnlicher Mann. Sie müssen Ihre inneren Dämonen unter Kontrolle halten. Sie dürfen sie nicht an die Nichtsahnenden weitergeben.«

»Aber was ist mit dem Phantom? Was können Sie mir über es erzählen?«

»Phantom?«

»Es ist hier. Es ist hinter Laura her. Ich habe es gefühlt, als ich gestern abend hinausgegangen bin, um das Mädchen zu suchen.«

»Hier ist niemand außer uns, Mr. Connery.«

»Nein, es *ist* hier. Irgendwo da draußen. Ich denke, das Mädchen ist vielleicht eines seiner Opfer. Hat sie irgend etwas gesagt?«

»Sie ist taubstumm, soweit ich das feststellen kann. Und sie hat weder einen Kratzer noch einen blauen Fleck an ihrem Körper. Wie sie allerdings draußen in den Pavillon gekommen ist, kann ich auch nicht sagen. Aber ich habe keinerlei Anzeichen an ihr entdeckt, daß jemand sie verletzt hat.«

Winston schüttelte hartnäckig den Kopf. »Hören Sie, ich bin schon seit vier Jahren hinter diesem Killer her. Verdammt, er sollte eigentlich schon seit ein paar Monaten tot sein, aber ich habe ihn gestern abend hier auf diesem Gebiet *gefühlt!*«

Sie war jetzt nicht mehr als ein Nebel, der sanft schimmerte. »Hier ist kein Killer, Winston«, sagte sie freundlich und voller Mitleid. »Sie tragen ihn in Ihrer Seele, und aus Gründen, die ich nicht begreifen kann, können Sie ihn nicht loslassen. *Sie* sind es, der bekümmert ist. Dieses ... *Phantom* ... ist Ihr Verstand, der versucht, den Mann zu finden, der Winston Connery wirklich ist.«

»Das ist nicht möglich.«

»Nicht? *Fühlen* Sie ihn denn jetzt?«

Winston schluckte, sein Hals war plötzlich staubtrocken. »Sie wollen also behaupten, daß dies nur meine verzerrte Vorstellungskraft ist, die hier am Werk ist?«

»Nicht verzerrt«, sagte sie, und er hörte einen Anflug von Lachen in ihrer mittlerweile nur noch flüsternden Stimme. »Sie sind hierhergekommen, um sich selbst zu finden, nicht wahr?«

Er nickte schwach.

»Aye, Mr. Winston, das werden Sie auch. Mit der Zeit. Wir werden miteinander reden, wenn ich zurückkomme. Die Grauzone ist zu stark, um ihr noch länger zu widerstehen, und ich bin so müde. Denken Sie über das nach, was ich gesagt habe.«

Dic letzten Worte hingen noch Sekunden in der Luft, nachdem Winston miterlebte, daß Agnes Ingliss vollständig in die andere Welt hinübergegangen war – in die »Grauzone«, wie sie es nannte. Er stand lange Zeit still und dachte über ihre Worte nach, er stellte auch die Ablehnung in Frage, die sich in seinem Kopf gegen ihre Worte formen wollte. Wenn er die Wahl hätte, so wäre es ihm lieber, daß das Phantom wirklich tot war und seine eigene geistige Gesundheit in Frage stand, als daß der Killer wieder unterwegs war und Winstons Fähigkeit in Frage stellte, seine Schreckensherrschaft zu beenden.

Doch immer noch war er *sicher*, daß er den Mann gestern abend gefühlt hatte.

Ein scharfer Schmerz erwachte hinter seinen Schläfen. Ohne es zu wissen, blickte er aus dem Fenster und stellte fest, daß der Pfau wieder lebte, er hatte den Schwanz ausgebreitet und beobachtete das Fenster, hinter dem Winston stand.

Winston lief aus dem Zimmer, die Treppe hinunter, aus der Tür hinaus in die frische Morgenluft. Seine Füße in den Socken fühlten sofort die Kälte, als er durch den Schnee lief, bis er an dem Brunnen und an der Nordseite des Hauses angekommen war. Dünnes Eis lag auf dem Schnee, und das Geräusch, das seine unbeholfenen stapfenden Schritte machten, schien ungewöhnlich laut. Er behielt den Schneemann im Auge, selbst als er in einer hüfthohen Schneewehe versank, ungefähr fünf Meter vor seinem Ziel. Er brummte unwillig und klapperte unkontrolliert mit den Zähnen, während er versuchte, sich aus dem zum Teil gefrorenen Schneehügel zu befreien, um den Schneemann zu erreichen. Während der ganzen Zeit hockte der Pfau vollkommen regungslos auf dem Kopf des Schneemannes, mit eingezogenem Schwanz und den Rücken ihm zugekehrt.

Roan hatte den Vogel Braussaw genannt und hatte gesagt, daß er ihn ausgestopft hatte, nachdem er ihn aus Versehen überfahren hatte. Doch Winston hatte *gesehen,* daß sich der Vogel bewegt hatte, nicht nur einmal, sondern *zweimal!*

Konnte es ein anderer Vogel sein …?

Er zerrte ärgerlich den steifen, gefiederten Kadaver vom Kopf des Schneemannes und hielt ihn dann in seinen zitternden

Händen. Der Vogel war ausgestopft. Er starrte in seine gläsernen Augen und hätte am liebsten geschrien. Doch natürlich tat er das nicht. Das wäre eine viel zu menschliche Reaktion von Winston Ian Connery gewesen, die ihn davon überzeugt hätte, daß er wirklich den Verstand verloren hatte.

In einem Anflug von für ihn untypischer Wut warf er den Vogel auf den Boden, trampelte ein paarmal auf ihm herum und kickte ihn dann weg. Sägemehl fiel auf den Boden, es hatte eine ausgewaschene, gelbe Farbe auf dem reinen Weiß des Schnees. Winston sprang auf den Pfau, trat danach, trampelte und trat, das Adrenalin in seinem Körper erhitzte ihn und wehrte die eisigen Temperaturen ab.

Etwas bewegte sich an seinem linken Gesichtsrand. Er entdeckte einen schwarzen Umriß vor dem weißen Schnee, eine längliche Silhouette, die auf dem Boden lag. Mit einem Schrei sprang er darauf zu. Er schlug mit den Fäusten zu, trat danach und stieß mit dem Knie dagegen. Schnee und Eisstückchen flogen hoch und fielen dann wieder zur Erde und auf ihn. Eine Stimme in seinem Inneren sagte ihm, daß er sich in einem Wutanfall befand, doch er verleugnete es. Um wütend zu sein, mußte man für etwas oder für jemanden tiefe und starke Gefühle hegen.

Er prügelte und verfluchte das Phantom, bis ihm plötzlich klar wurde, daß er mit seinem eigenen Schatten kämpfte. Die Erkenntnis traf ihn wie eine Keule, und sein Magen hob sich. Doch dann begriff er den Wahnsinn seines Kampfes. Er warf sich auf den Rücken und stieß ein lautes Lachen aus. Es wurde mit jeder Sekunde schwächer und schwächer. Sein eigener Schatten! O Gott, sein *Schatten!*

Oder etwa doch nicht?

Er wurde ernst und lauschte der reinen Stille und der Ruhe um ihn herum.

Agnes hatte ihn vor seinen inneren Dämonen gewarnt.

Etwas zwang ihn, zu den Fenstern seines Schlafzimmers zu blicken. Und dort, am rechten Fenster, erkannte er ganz deutlich das Mädchen, das ihn beobachtete. Ihre Handflächen hatte sie gegen die Scheibe gepreßt, und der Ausdruck in ihrem Gesicht verriet ihm, daß sie genug gesehen hatte, um an seinem Verstand zu zweifeln.

Beschämt stand Winston auf und wischte sich den Schnee und das Eis ab. Er stellte fest, daß seine Füße eiskalt waren, genau wie andere Teile seines Körpers. Er konnte es nicht ertragen, zurück ins Haus zu gehen. Konnte es nicht ertragen, ihr gegenüberzutreten.

Er warf dem zerstörten Vogel einen reumütigen Blick zu, dann ging er zum Haus zurück und trat durch die Tür. Zu seinem Ärger saß Kevin am Fuß der Treppe, die nach oben führte. Er betrachtete Winston belustigt, seine blauen Augen schienen für einen Jungen, der gerade erst acht Jahre alt geworden war, viel zu klug.

»Ich würde den Hintern voll bekommen, wenn ich so nach draußen gehen würde«, feixte er.

Winston gelang es, angestrengt zu grinsen. »In meinem Herzen bin ich eben noch ein Kind.«

»Haben Sie mich gerade beleidigt?«

Bei der ernsten Frage des Jungen fehlten Winston die Worte. Er schüttelte den Kopf, tätschelte dem Jungen die Schulter und ging dann die Treppe hinauf.

Verdammt, ihm war so kalt. Er war naß und kalt und wünschte, er könnte im Boden versinken und brauchte diesem Mädchen nicht gegenüberzutreten.

Nicht nur sie begrüßte ihn, sondern auch die herrliche Wärme des Feuers im Kamin. Als er nach draußen gegangen war, war das Feuer bis auf ein wenig Glut heruntergebrannt gewesen …

Er vermied es, sie anzusehen, hockte sich vor das Feuer und

rieb sich die Hände. Er fühlte, daß sie jede seiner Bewegungen beobachtete, und das beunruhigte ihn. Wasser lief aus seinem nassen Haar über sein Gesicht. Er wollte es abwischen, doch dann stellte er fest, daß seine Finger fest miteinander verschränkt waren.

Ein Krampf in seinem Unterschenkel zwang ihn, sich auf den Boden zu setzen. Er versuchte, seine Zehen zu bewegen, und der Schmerz in seinen Füßen ließ ihn das Gesicht verzerren.

Eine dicke Decke legte sich um seinen Rücken und seine Schultern. Er zog sie eng um sich, während die fremde Frau neben ihn trat. Ihre nackten Füße waren nur wenige Zentimeter von seinem Knie entfernt. Ihre Füße und ihre Knöchel waren alles, was er unter dem hellblauen Flanellnachthemd mit dem Blumenmuster sehen konnte, ihr Haar reichte fast bis zum Saum ihres Nachthemdes. Ihre Füße waren klein und schmal, die Knöchel schienen beinahe zerbrechlich. Sein Blick kletterte langsam höher, ganz langsam, weil er sich vor dem fürchtete, was er in ihrem Gesicht lesen würde. Er hielt inne, als er an ihrer Taille angekommen war, und versuchte, ihre Gedanken zu lesen. Eine undurchdringliche Mauer. Er runzelte die Stirn und versuchte es noch einmal, mit seinem Willen versuchte er, ihren Schutzschild zu durchdringen. Wieder wurde ihm der Zugang zu ihren Gedanken verwehrt.

Er starrte in ihre Augen und war erstaunt. Der Ausdruck in ihrem Gesicht war weder belustigt noch mitleidig, nicht einmal Angst schien sie zu haben, daß er den Verstand verloren hatte. Sie war … *neugierig.* Neugierig auf ihn und darauf, warum er sich im Schnee gewälzt hatte. Er erhielt diese Information nicht aus ihren Gedanken, sondern er fühlte ihre Stimmung. Sie war völlig ruhig. Und sie hatte überhaupt keine Angst vor ihm, wie sie es wohl gehabt hätte, wenn das Phantom sie angegriffen hätte. Sein Herz machte einen kleinen Sprung bei dem Gedanken, daß Agnes vielleicht recht gehabt hatte. Daß das Phantom wirklich tot war und nur seine eigenen Gedanken seine Psyche belasteten.

Anmutig, wie die Blütenblätter einer Blume sich der Sonne öffnen, setzte sich die Fremde neben ihn und musterte ihn. Auch sie hatte die Beine untergeschlagen, ihre zierlichen Hände auf ihren Knien. Er hatte noch nie eine Frau kennengelernt, deren Haar bis beinahe auf den Boden reichte oder deren Augen strahlender blau waren als der blaueste Himmel. Das seidige Haar rahmte ein herzförmiges Gesicht ein, in dem eine Unschuld lag, wie er sie noch nie zuvor wahrgenommen hatte, nicht einmal in einem Kind. Er konnte kein passendes Adjektiv finden, das sie beschrieb. Lieblich war nicht genug. Wunderschön schien ihm zu oberflächlich. Seine Gedanken verwarfen ein Wort nach dem anderen, bis ihm schließlich ein Wort in den Sinn kam, das auf sie zu passen schien. *Bezaubernd.* Ja, sie war bezaubernd.

»Hallo.«

Er dachte, den Anflug eines Lächelns in ihren Augen erkannt zu haben, doch er war nicht sicher. Vielleicht hoffte er ja auch nur darauf.

Er seufzte, dann kuschelte er sich tiefer in die Decke. »Danke.«

Konnte sie *hören,* was er sagte? Er entschied sich, ihre Reaktion zu testen.

»Da draußen … im Schnee … war ich gezwungen, gegen ein Monster zu kämpfen. Es hat meine Mutter beleidigt, und da ich ein Mann von Prinzipien bin, hatte ich keine andere Wahl, als ihre Ehre zu verteidigen.«

Nichts. Sie lächelte nicht, sie blinzelte nicht einmal. Sie starrte ihn nur an.

»Hast du einen Namen?«

Nichts.

»Wie wäre es denn, wenn ich dich Tinkerbell nenne? Helena von Troja? Lassie? Tweety?«

Deliah.

Der Name kam nicht aus ihren Gedanken, doch er wurde ihm irgendwie übermittelt.

»Deliah? Ist das dein Name?«

Sie blieb still und schwieg, zufrieden, ihn beobachten zu können.

»Deliah«, wiederholte er, dann lächelte er. »Der Name paßt zu dir.«

Er versteinerte, als sie unerwartet eine Ecke der Decke in die Hand nahm und ihm damit die Nässe von der Stirn tupfte. Als sie sich wieder zurücklehnte, zog sie fragend eine Augenbraue hoch.

»Warum ich nervös bin?« fragte er und tat so, als würde er ihre Gedanken kennen. »Nun ja, das bin ich gar nicht. Nicht wirklich. Also gut, ich bin nervös. Du machst mich schüchtern wie einen Schuljungen in der Pubertät. Warum, Deliah?«

Schweigen senkte sich zwischen sie, eine lange Zeit, schien es ihm. Winston bemerkte, daß er nur flach atmete. Er fühlte sich eigenartig zufrieden, als läge er in den angenehmen Armen des Schlafes. Eines tiefen Schlafes, ganz ohne Alpträume, der ihm eine Zuflucht bot vor der grausamen Wirklichkeit seines Lebens. Er fragte sich, wie es wohl sein würde, sie in seinen Armen zu halten und sein Kinn auf ihr Haar zu legen.

Seine Augenlider wurden schwer, und er seufzte zufrieden auf.

Er dachte an den Garten in der anderen Dimension und an die Frau, die behauptete, das Haus zu sein. Ein schläfriges Lächeln lag auf seinen Lippen, und er fühlte, wie er hinwegschwebte von dem Feuer im Kamin, wie er durch die Luft schwebte und dann auf der herrlich weichen Matratze ruhte. Er stellte sich vor, sich an eine warme und wohlgeformte Gestalt zu schmiegen, ihre Sanftheit zu fühlen und den Duft eines Blumengartens einzuatmen.

Winston sank tiefer und tiefer in einen heilenden Schlaf, er wußte gar nicht, daß Deliah ihn zum Bett geführt hatte und jetzt auf der Seite vor ihm lag, daß er seine noch feuchten Arme besitzergreifend um sie gelegt hatte.

Augenblicke vergingen. Durchsichtige Blumen und Vögel und Schmetterlinge erschienen. Ein leichter Wind, der den Duft von Blumen mit sich trug und von einer Frühlingssonne erwärmt wurde, die durch ihre übersinnlichen Fähigkeiten erschienen war, wehte durch den Raum und ließ die schweren Vorhänge leicht tanzen.

Als sie dann schließlich die Augen schloß, war das Zimmer in eine Zuflucht des Friedens, der Schönheit und der Sicherheit verwandelt worden. Niemand konnte hier eindringen. Nichts konnte sie stören, bis er bereit war, wieder aufzuwachen.

Unbewußt schlief Winston und umschlang seine einzige Rettung.

Kevin riß noch einmal fest an dem marineblauen Pullover und zog ihn schließlich Kahl aus den Händen. Er bedachte seinen fünf Jahre alten Bruder mit einem aufgebrachten Blick und forderte den rothaarigen Kahl heraus, sich nicht noch einmal seinen Wünschen zu widersetzen. Während seine zwei älteren Brüder sich schweigend um die Rolle des Führers bei ihrem neuesten »Plan« stritten, gab Alby sich damit zufrieden, sich gegen den Türrahmen zu lehnen und den beiden zuzusehen.

Dies war das fünfte Zusammentreffen der Brüder, bei dem es um ihren neuesten Plan ging. Wie zuvor, so waren sie auch diesmal wieder in Kevins Zimmer, sie saßen vor dem offenen Schrank, ihre gesammelten Sachen hatten sie darin versteckt. Kahl hatte sich diesen Plan ausgedacht, bei dem es um das ging, was er als Mangel an Sicherheitsmaßnahmen ansah. Er hatte seinen älteren Bruder mit den Bedingungen und der Idee beeindruckt, wie sie ihre Chancen verbessern konnten, wenn noch einmal ein böser Mann in das Haus eindringen würde. Doch weil er der Älteste war und außerdem davon überzeugt, daß *er* allein erwachsen und weise genug war, um diesen Plan durchzuführen, hatte Kevin sehr schnell die Leitung übernommen.

Alby war daran gewöhnt, daß seine Brüder um die Macht kämpften. Tante Laura hatte ihn einmal ihren kleinen Pazifisten genannt. Was auch immer das zu bedeuten hatte. Wahrscheinlich bedeutete es, daß er der ruhigere der drei Brüder war, überlegte er. Sollten seine Brüder sich doch streiten und sich gegenseitig anschreien. Alby mochte es nicht, in sein Zimmer geschickt zu werden, um einen Mittagsschlaf zu halten. Tante Lauras Idee für eine Auszeit gefiel ihm nicht.

Außerdem hatte Alby viel wichtigere Dinge, über die er nachdenken mußte, zum Beispiel ... warum wollten seine Spielsachen nicht mehr mit ihm spielen? Der einzige Grund, warum er an dem Plan teilnahm, war der, daß Kevin ihm gedroht hatte, Honig in sein Haar zu schütten, wenn er schlief. Das kam einer Auszeit gleich, der Zeit zum Schlafengehen und der Frage, was er wohl versteckte. Worte, die seine Aufmerksamkeit wert waren. Was versteckst du? sagte ihm, daß er schuldbewußt aussah wegen irgend etwas, und das zog immer eine Auszeit nach sich, auch wenn er gar nichts getan hatte, um das zu verdienen.

»Wir müssen noch mindestens *zwei* mehr haben«, erklärte Kevin und klopfte auf den Pullover, der auf seinem Schoß lag. »Das sollte genügen.«

Kahls wütender Blick ruhte auf dem Gesicht von Kevin. Es ärgerte ihn immer, der mittlere der Brüder zu sein. Nie war er genauso erwachsen wie Kevin und auch nicht so niedlich wie Alby. »Dann hole du sie. Ich bin fast erwischt worden, als ich mir den hier geschnappt habe.«

Mit einem gleichgültigen Schulterzucken sagte Kevin: »Okay, ich kann auch zwei gleichzeitig holen.«

»Fein, dann tu das. Ich bin es sowieso verdammt leid, herumzuschleichen.«

»Also schön, ich werde es tun.« Kevin warf Alby einen prüfenden Blick zu. Er wollte gerade vorschlagen, daß Alby an der Reihe war, den letzten der Pullover von den Erwachsenen zu organisieren, doch dann überlegte er es sich noch einmal. Alby war zu klein, es würde eine Ewigkeit dauern, bis er den Pullover vom Kleiderbügel gezerrt hatte. Statt dessen befahl er seinem jüngsten Bruder. »Du kannst Schmiere stehen.«

Alby zog die dunklen Augenbrauen hoch. »Was?«

»Du mußt auch etwas dafür tun«, meinte Kahl.

»Was?«

»Wenn du noch einmal fragst, dann werde ich dich verprügeln«, drohte Kevin, dann seufzte er, als Alby schmollend die Unterlippe vorschob. »Okay, ich werde dich nicht verprügeln. Du willst aber doch nicht, daß wir erwischt werden, nicht wahr?«

Darüber mußte Alby ein paar Sekunden nachdenken. »Nein.«

Kevin grinste triumphierend. »Okay, dann wollen wir dieses Ding hier aufriffeln.«

»Kev?«

Kevin sah in Albys nachdenkliches Gesicht.

»Was ist, wenn wir erwischt werden? Tante Laura wird schrecklich wütend auf uns sein.«

Kevin und Kahl warfen einander einen verschwörerischen Blick zu, dann grinste Kevin Alby aufmunternd an. »Denk doch nur daran, wie glücklich sie sein werden, wenn wir noch einen bösen Mann fangen werden. Alby, du willst doch nicht, daß er ins Haus kommt, nicht wahr?«

Es war nicht so, daß Kevins Frage Alby Angst gemacht hätte, es war eher der Ton, in dem sein Bruder gesprochen hatte. Alby schluckte, dann biß er sich auf die Unterlippe und schüttelte den Kopf. Der letzte böse Mann war eine Frau gewesen, und sie hatte ihnen Beth und Lachlan weggenommen. Wenigstens hatte er die Ereignisse des letzten Weihnachtsabends so verstanden.

»O je«, stöhnte Kahl und warf Alby einen verächtlichen Blick zu. »Jetzt fängt er wieder an zu plärren.«

»Gar nicht«, schnüffelte Alby.

»Was ist denn nun schon wieder los?« fragte ihn Kevin.

»Weiß ich nicht.«

»Du mußt doch wissen, warum du so traurig bist wie ein zerquetschter Wurm!«

Kahl kicherte, doch Alby wurde noch verzweifelter. »Ich vermisse Lannie und Beth.«

Kahl wurde sofort ernst, doch Kevin rollte verärgert mit den Augen. »Es gibt nichts, was wir dagegen tun können, richtig?«

Seine beiden Brüder nickten. »Okay, also laßt euch nicht davon stören. Hey!« Kevins Augen leuchteten schelmisch auf. »Wie wäre es, wenn ich ein Geheimnis mit euch beiden teile? Aber ihr müßt versprechen, es nicht zu verraten.«

»Ich verspreche es«, versicherte ihm Kahl schnell und schlug ein Kreuz über seinem Herzen.

Alby brauchte einen Moment länger, um zuzustimmen.

»Okay.« Kevin beugte sich über seine untergeschlagenen Beine näher zu seinen Brüdern. »Ich habe gesehen, wie die nackte Dame in Winnies Zimmer geschlichen ist. Ich denke, sie werden dort bumsen.«

Kahls Augen wurden tellergroß, Alby jedoch murmelte: »Sein Name ist Winston. Er ist nett.«

»Winnie, Winston, ist doch egal«, erklärte Kevin ungeduldig. »Er ist schnell, wie? Sie muß ihn sehr mögen.«

»Deliah.«

»Was?« fragte Kevin.

»Ihr Name ist Deliah.« Alby seufzte leise auf und stieß sich dann vom Türrahmen ab. »Vielleicht bumsen sie ja gar nicht. Vielleicht unterhalten sie sich nur. Hast du schon einmal daran gedacht?«

Kahl schüttelte den Kopf. »Woher weißt du ihren Namen? Tante Aggie hat gesagt, sie hat noch kein Wort gesprochen.«

»Ja«, stimmte ihm Kevin zu und sah Alby mit gerunzelter Stirn an, doch der zuckte nur mit den Schultern.

»Ich weiß ihn einfach.«

»Richtig, und ich werde die nächste Königin sein«, spottete Kahl.

Alby streckte seinen Brüdern die Zunge heraus. »Wollen wir wetten, daß ihr Name Deliah ist?«

»Ist doch egal«, wehrte Kevin gereizt ab und hob dann den Pullover hoch. Er biß in die Wolle am Saum und zog daran, bis der Faden riß. Doch als er den Pullover auf seinen Schoß zurücklegte, spuckte er etwas in seine Hand und hielt dann die gewölbte Hand hoch, damit seine Brüder hineinsehen konnten.

»O, bah!« keuchte Kahl und glotzte auf den blutigen Zahn. »Jetzt sind es schon zwei, Kev!«

Voller Ehrfurcht, daß sein Bruder unabsichtlich einen weiteren Zahn verloren hatte, beugte sich Alby vor, um ihn sich genauer anzusehen. »Donnerwetter. Tut das nicht weh?«

Kevin fuhr mit der Zunge über die Zahnlücke und verzog dann den Mund. »Nein, es tut nicht weh. Es schmeckt nur ekelhaft.«

»Du solltest beim nächsten Mal eine Schere oder ein Messer benutzen«, schlug Kahl vor.

»Warum denn? Das bedeutet, daß ich wieder Besuch von der Zahnfee bekomme«, strahlte Kevin.

Alby zog sich zurück, sein engelhaftes Gesicht verzog sich vor Furcht. »Und wenn nun statt dessen der böse Mann kommt?«

»Der kann den Zahn haben, wenn er dafür bezahlt«, witzelte Kevin und lachte mit, als Kahl in lautes Gelächter ausbrach.

Alby blieb still und bedrückt, während seine beiden Brüder den Pullover aufriffelten, den Laura Roan zu Weihnachten geschenkt hatte.

In der Bibliothek setzte sich Roan auf das Sofa mit einer Tasse dampfenden Kaffee in der einen und einem Stapel Post in der anderen Hand. Nachdem er an dem Kaffee genippt hatte, stellte er die Tasse auf den Tisch neben sich, legte den Fuß über das linke Knie und sah sich dann die Briefe, Rechnungen und Werbesendungen an. Er las gerade die Anzeigen, als Laura sich mit einer Tasse Kaffee in der Hand neben ihn setzte.

»Ist etwas Interessantes dabei?«

»Bis jetzt noch nicht.« Er grinste und hielt inne, um ihr einen Kuß auf die Wange zu geben. »Der arme alte Henry hatte ziemliche Schwierigkeiten, bis zur Haustür zu kommen. Ich muß heute irgendwann einen Weg freischaufeln.«

»Es schneit schon wieder.« Sie seufzte.

Er stöhnte leise auf. »Wir werden noch alle durchdrehen, wenn wir nicht wenigstens für kurze Zeit hier wegkommen.« Er blickte in ihre lächelnden Augen und feixte. »Ich habe Lust, einkaufen zu gehen, Mädchen.«

Laura legte die linke Hand auf ihr Herz. »Du? Roan Ingliss will wirklich *Geld* ausgeben? Du mußt wirklich verrückt geworden sein!«

Er nickte und grinste sie an, dann musterte er wieder die Umschläge der Briefe. »Aye, die Wände erdrücken mich. Ich wette, es gibt keinen einzigen Menschen in ganz Crossmichael, der nicht soweit ist, diesen Winter zu verwünschen. Ich kann mich nicht an einen so harten Winter erinnern. Soviel Schnee gibt es in dieser Gegend hier sonst nicht.«

Laura nippte an ihrem Kaffee, doch als Roan einen langen weißen Umschlag in die Hand nahm, ließ sie die Tasse sinken. »Ah, der ist von deinen Eltern«, erkannte er.

Er reichte ihr den Brief, nahm ihr die Kaffeetasse ab und stellte sie auf den Tisch. Einen Moment beobachtete er, wie sie zögerte, den Brief zu öffnen, dann wandte er sich erneut den anderen Briefen auf seinem Schoß zu. Es war beinahe drei Wochen her, seit der Briefträger zum letzten Mal den Weg zum Baird Haus geschafft hatte.

Kurz darauf kickste Laura: »Großartig, sie möchten dich kennenlernen.« Roan hielt in der Sekunde einen Briefumschlag in der Hand, bei dessen Anblick ihm alle Farbe aus dem Gesicht gewichen war. Er hielt ihn hoch und betrachtete den Absender, als erwarte er, daß sich alles als ein Spuk herausstellen würde. Nicht einmal Lauras entnervtes Aufstöhnen lenkte ihn ab.

»Verdammt, Roan, sie haben vor, uns im nächsten Monat für eine Woche zu besuchen. Sie *fragen* uns nicht einmal, ob wir sie überhaupt hier haben wollen! O sicher, *jetzt* haben sie plötzlich Interesse daran, ihre Enkelkinder zu sehen. Und mein Vater ist nicht gerade glücklich darüber, daß wir noch immer nicht verheiratet sind.«

Sie blickte in Roans angespanntes Gesicht, dann bemerkte sie seine zitternde Hand, in der er einen langen, blaßrosa Umschlag hielt. »Was ist los?«

Es dauerte einen Augenblick, ehe er antwortete. Zu ihrer Überraschung steckte er den Umschlag schnell unter die anderen auf seinem Schoß.

»Nichts«, meinte er abwesend und tat so, als interessiere er sich für die andere Post.

»Roan? Ich kenne dich viel zu gut.«

Seine betrübten Augen schienen im Licht der Gaslampe vor ihm noch tiefer bernsteinfarben zu sein als sonst. Er seufzte. »Meine Schwester.«

Laura blinzelte verwirrt. »Du hast nie erwähnt, daß du außer Aggie noch eine andere Familie hast.«

»Aye, und ich hatte einen guten Grund dafür.«

Laura ließ den Brief ihrer Eltern in den Schoß sinken, streckte die rechte Hand aus und strich mit den Fingern sanft über seine Schläfe. »Du bist ein wenig blaß, großer Junge. Warum sollte ein Brief deiner Schwester dich so sehr aufregen?«

»Ich bin nicht aufgeregt. Nur überrascht, das ist alles.«

»Oh, wirklich. Willst du den Brief denn nicht lesen?«

Er warf ihr einen hitzigen Blick zu, einen Blick, der sie betroffen machte, dann seufzte er noch einmal und zog den rosa Umschlag unter den anderen hervor. Als wäre er beunruhigt darüber, daß Laura ihn dazu gezwungen hatte, riß er den Umschlag auf und zog zwei blaßrosa Blätter hervor, die mit einer kühnen Schrift bedeckt waren, die Laura als die Schrift eines Laserdruckers erkannte. Sie schwieg, während er hastig die beiden Seiten überflog, doch als er dann die Blätter mit der rechten Hand zusammenknüllte, aufsprang und die restlichen Briefe auf den Boden fielen, zuckte sie zusammen.

»Roan, was zum Teufel ist los?«

Mit einem gutturalen Wutschrei warf er den zerknüllten Brief durch das Zimmer. »Baird Haus ist in den Staaten in den Nachrichten erschienen«, erklärte er bitter, wandte sich dann zu Laura um und fuhr sich mit der Hand durch sein dichtes Haar. »Also scheint es jetzt, daß *ihre* Eltern sich plötzlich dafür interessieren, was ich in letzter Zeit so treibe. Meine kleine Schwester hat vor, uns zu besuchen!«

Er holte tief Luft und stützte dann die zu Fäusten geballten Hände in die Hüften. »Nur über meine Leiche wird einer von ihnen einen Fuß in dieses Haus setzen!«

Laura war erschrocken vom Ausmaß seines Zornes. Sie stand langsam auf. »Ihre Eltern?«

Roans Augen blitzten vor unterdrückter Wut. »Aye, *ihre* Eltern«, knurrte er. »Ich habe sie verstoßen, als sie mich in Schottland zurückgelassen haben, weil sie ein *besseres* Leben in den Staaten haben wollten! Sechs Briefe in einundzwanzig Jahren, das ist es, was ich von ihnen bekommen habe!« Er lachte bitter. »Die wenigen Briefe, die ich von Taryn bekommen habe, waren meistens ein kläglicher Versuch, damit ich mich schuldig fühlte, weil ich es vorgezogen hatte, in Schottland bei Aggie zu bleiben!«

»Das tut mir leid«, murmelte Laura. Sie schlang einen Arm um seine Taille und legte ihren Kopf auf seine Brust.

Roans Wut ließ ein wenig nach, er legte die Arme um sie und gab ihr einen Kuß auf das Haar. »Nein, mir tut es leid, Laura. Ich sollte meinen Zorn nicht an dir auslassen.«

Sie lachte leise. »Das hast du doch gar nicht getan.« Sie sah in sein niedergeschlagenes Gesicht, dann streckte sie die Hand aus und stieß ihn mit dem Zeigefinger gegen das Kinn. »Wir sind heute beide überrascht worden. Und aller guten Dinge sind drei.« Sie lachte. »Ich frage mich, was uns wohl als nächstes bevorsteht.«

Kurz überschattete ein Ausdruck von Panik sein Gesicht, doch dann blitzten seine Augen schelmisch. »Nun«, meinte er und verzog sein Gesicht zu einem beinahe grotesken Grinsen. »Vielleicht könnten wir selbst für die dritte Überraschung sorgen, wie?« Laura quietschte vor Überraschung auf, als er sie auf den Arm nahm und sein Gesicht in ihren Nacken drückte. »Zum Beispiel könnten wir uns ernsthaft lieben«, fügte er hinzu und trug sie aus dem Zimmer.

5

Winston wurde bewußt, daß er keine Ahnung von der Natur hatte. Er saß auf dem Boden und lehnte sich lässig gegen das Lattengerüst des Pavillons, während er seinen Sinnen erlaubte, alles um ihn herum aufzunehmen. Der Morgen war herrlich, mit warmem Sonnenschein, und er genoß es, ihn auf seiner Haut zu fühlen. Der Himmel war strahlendblau und wolkenlos. Ab und zu flog ein Vogel über ihn hinweg und zwitscherte zur Begrüßung, und Winston lächelte als Antwort darauf und winkte ihm zu. Die bunten Blüten des Rosengartens bildeten einen Halbkreis über ihm. Mit jedem Atemzug füllte er sein ganzes Wesen mit dem süßen Duft der Blüten. Farben, Anblick und Geräusche und der samtene Duft der abgepflückten purpurfarbenen und weißen Blütenblätter, die er in seinen Händen hielt, um ab und zu darüberzustreichen, boten ihm mehr Trost, als er je in seinem Leben erfahren hatte. Die Natur allein kannte das Geheimnis, das Tier im Manne zu zähmen. Er fühlte sich so friedvoll wie noch nie zuvor in seinem Leben. Friedvoll und wirklich glücklich. Und zufrieden. Er hatte sich noch nie zuvor die Zeit genommen, einen Tag einfach so zu genießen, als hätte er keine Sorgen. Es war eigenartig, so etwas zu tun, dieses Nichts.

Er war nicht sicher, wie er in den Garten gekommen war. Nur kurz war er enttäuscht gewesen, daß es nicht dieser Garten in der anderen Dimension war. Er fragte sich, was aus der Frau geworden war – aus der Frau, die behauptete, das Haus zu sein –, und irgendwie wußte er, daß er nie wieder in ihre Welt zurückkehren würde. Er wußte nicht warum, und es überraschte ihn, daß es ihm nichts ausmachte.

Während er eine ungewisse Zeit verschwendete, entdeckte er noch etwas an der Natur. Sie hatte einen Namen. MuNa, eine Abkürzung von Mutter Natur. Eine gewisse Zeit hatte er damit verbracht, sich in seinem Geist mit ihr zu unterhalten, und er fand es gar nicht eigenartig, daß sie in der Lage war, eine Unterhaltung zu führen. Sie war eine sehr komplexe Anwesenheit. Sanft und dennoch streng. Liebevoll und dennoch entschlossen, ihren Willen durchzusetzen, wenn es um *ihre* Welt ging. Verständnisvoll und dennoch intolerant der menschlichen Unfähigkeit und ihrem Zögern gegenüber, *mit* ihr zusammenzuarbeiten und nicht nur zur reinen Verbesserung dessen, nach dem die Menschheit suchte. Übervölkerung und architektonische Entwicklung nahmen ihr langsam all ihr Land und verkleinerten die Vegetationszonen der Erde.

Gar nicht mehr so weit in der Zukunft, hatte sie ihn gewarnt, *werden Gärten eingeschlossen sein, innerhalb von Mauern, Böden und Decken, und sie werden technologisch versorgt werden und nicht mehr durch meine Fähigkeit zu hegen und pflegen.*

Winston wußte nicht, was er darauf antworten sollte.

Eine dicke, freche Hummel summte an seiner Nase vorüber. Er sah nur einen Blitz aus gelben und schwarzen Streifen, ehe sie irgendwo hinter ihm verschwand.

Es war ein herrlicher Morgen, und er schloß die Augen. Ein Lächeln verjüngte seine Züge. Seine dichten schwarzen Wimpern bildeten einen deutlichen Kontrast auf seinen hellen Wangen. Er wußte, daß er sich dringend rasieren mußte, doch es war ihm egal. Wenn er noch mehr solcher Tage verbringen könnte, so äußerst entspannt, dann würde er es sogar schaffen, wieder für die Shields Agentur arbeiten zu können, überlegte er. Er könnte alles tun, solange es Zeiten wie diese hier gab, in der er den Wirklichkeiten des Lebens entfliehen konnte.

Er stützte die Handgelenke auf seine hochgezogenen Knie, die Rosenblätter in seinen Händen hielt er der Sonne entgegen und genoß glücklich seine Einsamkeit in dem Garten.

Da fühlte er einen Eindringling und öffnete die Augen. Zuerst sah er nur ein Meer von Blumen vor sich, dann entdeckte er tiefschwarzes Haar, das im Schein der Sonne schimmerte. Er hob den Blick, bis er gegen die Sonne die Augen zusammenkneifen mußte. Die Blütenblätter fielen aus seinen Händen, als er seine Augen beschattete, um die Frau besser sehen zu können, die vor ihm stand.

Einen kurzen Moment ärgerte er sich über ihre Anwesenheit, bis sie sich zwischen seine gespreizten Beine kniete. Winston senkte die Hände und legte die Handflächen auf die Knie, dann sah er tief in Deliahs bezwingend blauen Augen.

»Guten Morgen«, sagte er und zwang sich zu einem Lächeln, um seine Nervosität vor ihr zu verbergen.

Sie sagte kein Wort, sie nickte nicht und begrüßte ihn auch nicht mit ihren Gedanken. Aber ihre Augen sagten ihm alles, was er in dieser ganz besonderen Minute wissen wollte. Sie lächelten ihn an, lächelten mit solcher Liebe und Hingabe, daß sein Herz zu rasen begann. Er konnte kaum atmen.

Er konnte nicht sprechen. Er konnte sich nicht dazu überwinden, die glänzenden Strähnen ihres Haares zu berühren, das ihn lockte, seine Hände in seiner Sanftheit zu vergraben. Er konnte nicht mehr tun, als sie anzustarren und sich zu fragen, wie es möglich war, daß ein Mensch heller strahlen konnte als die Sonne. Selbst die Schönheit des Gartens verblaßte im Vergleich mit ihr. Sie schloß den Garten mit ein. Sie schloß alles in sich ein, was schön und heiter und richtig in der Welt war.

Winston holte tief Luft, als sie sich anmutig umwandte, sich auf den Boden setzte und sich an ihn schmiegte und ihren Kopf an seine Schulter legte. Er schloß die Augen und umfaßte seine Knie fester, dann atmete er tief ihren erdigen, blumigen Duft ein. Verlangen stieg in ihm auf. Wie feurige Flammen floß das Blut durch seine Adern. Das Summen von tausend Bienen tönte in seinem Kopf. Als sie seine Handgelenke umfaßte und ihn aufforderte, seine Arme um sie zu legen, kämpfte er gegen den wilden Wunsch an, aus dem Garten wegzulaufen, ehe er die Kontrolle über sich verlor. Aber er konnte nicht aufspringen und sie auffordern, ihn nicht zu verführen. Er wollte diese Nähe. Er *brauchte* sie, um sich an sie zu klammern.

Ihr zufriedener Seufzer unterdrückte das Summen in seinem Kopf. Sie ließ seine Handgelenke wieder los und drängte sich an seine Brust. Er umfaßte sie fester, dann legte er die Wange auf ihren Kopf. Er schloß die Augen und genoß ihre Sanftheit, ihre Weiblichkeit. Sie bewegte sich ein wenig und wandte den Kopf. Wieder starrte er in ihre Augen, und er wußte, daß er sich ihrem Willen unterworfen hatte. Sie strich mit der Nasenspitze über sein Kinn, ihre linke Hand streichelte seine erhitzte Haut unter seinem Pullover. Dann bewegte sie sich noch einmal, zog die Knie bis an die Brust und kuschelte sich an ihn wie ein Kind, das die Nähe und die Sicherheit der Umarmung seiner Eltern sucht. Sie schloß die Augen und schlief zu Winstons Verwirrung ein.

Er hielt sie in seinen Armen und betrachtete ihr Gesicht. Er fragte sich, wie lange es wohl dauern würde, bis sie wieder aufwachte. Nach einer Weile schmerzte sein Rücken, Krämpfe bildeten sich in seinen Armen, seinen Beinen und seinem Rücken, doch wollte er sich nicht bewegen, aus Angst, sie aufzuwecken. Er fühlte, daß dies ihr erster wirklicher Schlaf war, seit er sie gefunden hatte.

Als es ihm schien, als wären Stunden vergangen, und als sein Po so taub war, daß er ihn nicht mehr fühlen konnte, wurde er unruhig. Er entschied sich, in ihr Gehirn einzudringen, in der Hoffnung, herauszufinden, wer sie war, doch konnte er nichts anderes in ihrem Kopf finden als das Bild des Gartens vor ihm.

Verwirrt und erstaunt über ihre Fähigkeit, ihn abzublocken, machte er noch einen Versuch, ihre Geheimnisse zu ergründen. Doch er sah nichts als den Garten. Nicht einmal der härteste Kriminelle war in der Lage gewesen, sich seiner Prüfung zu widersetzen.

Er fragte sich, ob diese Frau in der anderen Dimension vielleicht mit ihm spielte, ob sie ihm das Ausmaß ihrer Macht über die seine beweisen sollte. Es war ein beunruhigender Gedanke, und er schob ihn schnell wieder von sich. Das letzte, was er jetzt noch brauchte, war, sich einem weiteren Unbekannten stellen zu müssen, besonders einem, der in einer Dimension regierte, über die er keine Kontrolle hatte. *Sie* herrschte dort. Wie würde es ihr wohl in *seiner* Welt ergehen?

Winston erschrak, als er feststellte, daß Deliah unter halb geschlossenen Lidern zu ihm aufsah. Wieder spielte ein nervöses Lächeln um seinen Mund.

»Du hast es geschafft, daß mein ganzer Körper entweder taub ist oder prickelt«, verriet er ihr fröhlich.

Sie blinzelte ihn an, dann ruhten ihre Augen auf seinen Lippen. Winston runzelte leicht die Stirn. Auch wenn er ihre Gedanken nicht lesen konnte, so fühlte er doch einen unmißverständlichen Zwang, einen Befehl, der nicht laut ausgesprochen wurde oder durch Telepathie in seine Gedanken übertragen wurde, den er aber dennoch fühlte. Sie wollte geküßt werden und war ungeduldig über das, was sie als Mangel an Interesse ansah. Das belustigte ihn. Wenn er noch mehr interessiert wäre, würde er die meiste Zeit in kaltem Wasser verbringen müssen.

»Nicht, bis ich weiß, wer du bist«, sagte er. Er zwang sie, sich aufzusetzen, und erwartete, daß sie das als Aufforderung ansah, aufzustehen. Statt dessen kniete sie sich rasch ihm gegenüber. Sie berührte ihn nicht länger. Er lachte, doch das Lachen blieb ihm im Hals stecken, als sie seinen Pullover packte und ihn mit einer Stärke, die an einer Frau ungewöhnlich war – ganz besonders bei einer Frau, die so zerbrechlich schien wie sie –, von dem Pavillon wegschob. Das nächste, was er wußte, war, daß er auf dem Rücken lag und sie rittlings über ihm saß.

»Was zum …!« keuchte er. Er konnte nicht sehen, was in ihr vorging, denn die Sonne blendete ihn. Einige Sekunden lang war er wie versteinert, sein Verstand versuchte zu begreifen, was gerade geschehen war. Erst, als sich ihre Hände unter seinen Pullover schoben und ihre Finger seine nackte Haut streichelten, reagierte er. Er hielt ihre Handgelenke fest und rollte sich zur Seite, mühelos hielt er sie unter sich fest, ihre beiden Hände hatte er über ihren Kopf gehoben. Zu seinem Erstaunen schien sie nicht im geringsten verwundert zu sein, und das störte ihn.

»Hör mir aufmerksam zu, Deliah!« schalt er sie und runzelte verärgert die Stirn. »Es könnte sich als gefährlich herausstellen, ein solches Spielchen mit einem Mann zu spielen, hast du mich verstanden?«

Sie lächelte, und er seufzte frustriert auf.

Wieder fühlte er diesen Zwang, aber diesmal noch stärker, befehlender.

»Nein, Deliah! Ich schlafe nicht mit einer Frau, nur aus einer Laune heraus!«

Ihr Lächeln verschwand.

»Hör mir einmal zu, Mädchen, ich weiß ja nicht einmal, ob du verheiratet bist!«

Und dann küßte er sie. Hungrig. Voller Leidenschaft, als könnte dieses quälende Feuer in seinem Inneren nicht gelöscht werden, ehe er sie befriedigt hätte. Er konnte sich gar nicht daran erinnern, sich zu ihr gebeugt zu haben, er wußte nicht mehr, daß ihre Lippen sich berührt hatten. Doch jetzt konnte er nicht mehr aufhören. Das Feuer brannte in ihm, ließ sich nicht länger kontrollieren. Er hatte Lust gekannt, doch nie zuvor hatte er eine solche Leidenschaft erlebt, und *dies* war die Leidenschaft.

All seine Sinne waren auf ihre Reaktion gerichtet, und sein Wunsch, ihr Glück zu schenken, war größer als sein eigenes Bedürfnis, sofortige Erfüllung zu finden.

Er gab ihre Handgelenke frei und schlang schützend die Arme um sie. Seine Küsse wurden noch süßer, als er sich zwang, sich ein wenig zurückzuhalten. Sie klammerte sich an ihn mit der Hingabe einer Geliebten, von jemandem, der nicht nur seinen Körper, sondern auch seinen Geist schon ein Leben lang kannte. Ihre Hände streichelten die erhitzte Haut seiner Taille, seines Rückens, seiner Schultern. Und dann drängte sie ihn, seinen Pullover auszuziehen. Ohne zu zögern erfüllte er ihr diesen Wunsch, er zog ihn über den Kopf und warf ihn achtlos beiseite. Er fiel über einen Busch gelber Rosen, die Wolle lag schwer auf den bereits überladenen Ästen.

Winston ignorierte den Pullover und sah wieder in Deliahs Gesicht. Er atmete schwer, als wäre er gerade erst einen Marathon gelaufen. Seine Wangen waren gerötet. Er sah, wie sie seinen nackten Oberkörper betrachtete, und fragte sich, ob sie ihn wohl zu dünn fand. Neben dem Gutsherrn des Baird Hauses fühlte er sich schwächlich, doch in ihren Augen las er, daß sie seinen schlanken, muskulösen Körper zu schätzen wußte. Sein Oberkörper war glatt. Nur an seinen Unterarmen und Beinen wuchs feines, dunkles Haar. Die brennende Spur, die ihre Finger auf seinem Körper hinterließen, sagte ihm, daß sie seine glatte Haut mochte, daß sie ihn so verlockend fand wie er sie.

Die Bienen, der Wind, der durch den Pavillon wehte, und die Vögel sangen ihnen ein Lied, als Winston ihr Nachthemd hochschob, bis er es ihr über den Kopf ziehen und dann genauso achtlos beiseite werfen konnte wie den Pullover zuvor. Er konnte seine Augen nicht losreißen von ihrer schlanken Taille, dem flachen Bauch und der Linie ihrer Rippen bis hin zu der festen Rundung ihrer Brüste. Er fühlte sich schwindelig und benommen, als er sich über sie beugte und seine Lippen in einem hungrigen, eindringlichen Kuß auf ihre preßte. Ihre sanfte Haut, die festen Brüste und ihre hart aufgerichteten Brustspitzen, die sich ihm entgegendrängten, versetzten ihn in einen Wirbel von Gefühlen. Sie vergrub ihre Finger in seinem Haar, zog ihn noch näher zu sich heran, sie erwiderte seinen Kuß mit einer solchen Leidenschaft, daß er sicher war, sie würde ihn verschlingen. Er sehnte sich nach einer körperlichen Vereinigung mit ihr, mehr, als er sich je nach etwas anderem in seinem Leben gesehnt hatte. Er wollte in ihrer Sanftheit versinken. Wollte sich in ihr verlieren und wiedergeboren werden, nachdem die Ekstase seine Seele erlöst hatte.

Bilder schoben sich vor sein inneres Auge. Sie waren bereits miteinander verbunden, drängten immer näher zum Höhepunkt der körperlichen Liebe. In seinen Lenden, seinem Herz, seinen Handflächen und seinen Schläfen tobten quälende Gefühle. Seine Haut war von einem leichten Schweißfilm überzogen. Jeder Atemzug schmerzte, dennoch sog er tief die Luft ein, um die Eindringlichkeit seines Verlangens zu unterdrücken, das ihn gnadenlos in seinen Klauen hielt.

Ihre Finger streichelten seine Wangen und seinen Mund, dann glitten ihre Hände tiefer, und sie öffnete seine Hose. Die Erwartung traf ihn mit einer solchen Macht, daß er sich beinahe vor dem fürchtete, was kommen würde. Was wäre, wenn er zu früh die Kontrolle über sich verlöre? Es war schon so lange her, seit er mit einer Frau zusammengewesen war, und das Gefühl, jung und unerfahren zu sein, gab ihm das Gefühl, eher ein Teenager zu sein und kein Mann.

Als hätte sie seine Gedanken gelesen, hörte sie damit auf, den Reißverschluß seiner Hose zu öffnen, und nahm sein Gesicht in beide Hände. Er beugte den Kopf zu ihr, um sie noch einmal zu küssen, doch ehe ihre Lippen sich trafen, hörte er sie flüstern: »Jetzt, Roan. Gott, ich liebe dich so sehr!«

Er fuhr zurück, und seine Augen weiteten sich vor Entsetzen, als er unter sich die nackte Laura entdeckte. Ihre Augen waren voll wilder, ursprünglicher Leidenschaft, ihre leicht geöffneten Lippen einladend und verführerisch.

»Nein!« schrie er und sprang auf.

Winston fuhr hoch. Panik erfaßte ihn, und er blinzelte schnell, um den milchigen Nebel zu durchdringen, der ihm die Sicht nahm. Er wußte, daß er in seinem Zimmer war, in seinem Bett, doch wie er dahingekommen war, das wußte er nicht. Es fiel ihm schwer zu akzeptieren, daß der Garten und all das, was darin geschehen war, nicht mehr gewesen war als ein Traum.

Nein, nicht alles war ein Traum gewesen. Unbewußt hatte er sich in Roans Gedanken geschlichen, offensichtlich während der Mann Laura irgendwo im Haus geliebt hatte.

Ein Schauer lief durch seinen Körper, und ihm wurde bewußt, daß es in seinem Zimmer eiskalt war. Mit gerunzelter Stirn entdeckte er eine Gestalt, die vor einem geöffneten Fenster kniete. An ihrem Haar, das bis auf den Boden hing, konnte er sie sehr schnell erkennen.

Er sprang von seinem Bett und lief zu ihr hinüber. Sie beugte sich über die Fensterbank, die rechte Hand hatte sie ausgestreckt, um einige der großen, weichen Schneeflocken aufzufangen, die vom Himmel fielen.

»Deliah!« sagte er laut und zog sie auf die Füße. Er schloß das Fenster, dann ging er zum Kamin und fachte ein Feuer an. Als die Flammen an den Scheiten emporzüngelten, stand er auf und wandte sich zu ihr um. Er war nicht überrascht, daß sie nach wie vor am Fenster stand, in ihrem Gesicht lag ein verletzter Ausdruck. Sie hatte die Hände vor sich verschränkt, ihr Haar fiel um ihre schlanke Gestalt. Winston ging auf sie zu und blieb vor ihr stehen. Er war böse auf ihre kindische Mißachtung ihrer Gesundheit, und gleichzeitig störte ihn auch die lebhafte Erinnerung an sie beide in dem Garten.

»Es tut mir leid, wenn ich grob zu dir war«, sagte er und runzelte noch immer die Stirn, während er von einem Fuß auf den anderen trat. Er achtete nicht auf den verletzten Blick, mit dem sie ihn ansah, und auch nicht darauf, wie sie dann die Augen zu Boden senkte. »Deliah, es ist eiskalt draußen«, versuchte er sich zu entschuldigen. »Und du hast außer deinem Nachthemd nichts an.«

Sie hob langsam den Kopf, bis sie ihm in die Augen sah. Dann seufzte sie auf und sah wieder zu Boden.

Winston widerstand dem Wunsch, sie in seine Arme zu ziehen. Er wollte sein Leben nicht noch komplizierter machen, als es sowieso schon war. Vielleicht, wenn er erst einmal das Geheimnis gelüftet hatte, das sie umgab, und wenn sie ungebunden war …

Er machte mit der Hand eine abwehrende Haltung, dann blickte er zur Tür. »Wann hast du das letzte Mal etwas gegessen?« fragte er.

Sie schüttelte den Kopf.

»Soll das heißen, du weißt es nicht oder bist du nicht hungrig?«

Bei dem fröhlichen Ton seiner Stimme schaute sie ihn an. Die Art, wie sie das tat, erinnerte ihn an einen scheuen Schmetterling, der auf die kleinste Bewegung wartet, um zu fliehen.

»Möchtest du nicht mit mir zusammen ein Sandwich essen und eine Tasse Suppe?«

Es gab Zeiten, so wie jetzt, wo ihr Schweigen ihm auf die Nerven ging. Er streckte die rechte Hand aus, wartete einen Moment und wollte die Hand gerade sinken lassen, als sie ihm die Hand reichte und ihre Finger mit den seinen verschränkte. Mit absichtlich kleinen Schritten führte er sie zu dem mit geschnitztem Blattwerk verzierten Schrank, aus dem er einen geborgten blauen Morgenmantel holte und ein Paar dünner grauer Wollsocken. Er half ihr, den Morgenmantel überzuziehen, dann drängte er sie, sich auf das Bett zu setzen.

»In diesem Haus zieht es überall«, erklärte er ihr und ging vor ihr in die Knie. »Du mußt besser auf dich aufpassen, Mädchen.« Er zog ihr einen der Socken an den linken Fuß, blickte zu ihr auf und lächelte sie an, dann zog er ihr den anderen Socken an. Spielerisch zog er die Socken hoch, sie reichten ihr fast bis an die Knie.

Er lächelte noch immer, als er aufblickte und dann das Gefühl hatte, als hätte ihm jemand einen Schlag versetzt. Die Zeit schien stillzustehen in einem Augenblick der Unsicherheit. Die Atemlosigkeit und das wilde Rasen seines Herzens kehrten zurück, heftiger als zuvor. Sie sah ihn an, als versuche sie, in seinen Kopf einzudringen. Er konnte die Intensität in ihren verführerischen Augen fühlen, die versuchten, hinter seine Stirn zu drängen, sich in seinen Verstand einzugraben, seinen Geist und jede schlimme Erinnerung aufzudecken, die er in den Jahren seiner Arbeit erfahren hatte. Aber dann sagte er sich, daß er es wissen würde, wenn sie in seinen Kopf eindringen würde. Er würde wissen, ob sie in der Lage wäre, diese dunklen Quellen des Wissens zu erforschen, die er in sich verbarg.

Er hockte sich auf seine Fersen und musterte sie. Dann überlegte er, daß diese Intensität vielleicht eine Erinnerung an das war, was sie in den Pavillon geführt hatte. Sie schien ganz ruhig zu sein. Und er überlegte, daß man sie zu einem Arzt hätte bringen müssen oder daß man einen Arzt ins Haus hätte rufen sollen. Er hatte nicht das Gefühl, daß sie ein physisches Trauma erlitten hatte, und Agnes hatte gesagt, daß sie keinerlei Verletzung an ihr gefunden hatte. Dennoch …

»Hat dich jemand verletzt?« fragte er sanft.

Sie legte den Kopf ein wenig schief.

»Kannst du schreiben?« fragte er und unterstrich seine Frage durch pantomimische Bewegungen.

Der Hauch eines Lächelns erschien auf ihren Lippen, und sie schüttelte den Kopf.

Winston räusperte sich. »Du wirst es mir nicht leicht machen, nicht wahr?« fragte er, und als sie dann noch einmal den Kopf schüttelte, lachte er leise.

»Okay, Mädchen, ich habe dir versprochen, dir etwas zu essen zu geben, und das sollst du auch bekommen.« Er nahm ihre Hand und führte sie durch die Tür in den Flur. Sie hatten gerade die Hälfte des Weges zur Treppe hinter sich und er wollte sie fragen, ob sie die Toilette benutzen wollte, denn unten gab es keine, als Agnes plötzlich ein paar Meter vor ihnen erschien. Winston schrak zusammen, doch noch mehr erschrak er über die Tatsache, daß Deliah gar nicht verwundert zu sein schien.

Agnes stützte die Hände in die Hüften und zog eine Augenbraue hoch. »Und wohin wollen Sie mit ihr?« schalt sie Winston.

Winston holte tief Luft. »In die Küche.«

»Wirklich? Das Kind war in Ihrem Zimmer, nicht wahr?«

Winston lachte unsicher. »Sie ist gut aufgehoben bei mir.« Um seine Worte zu unterstreichen, zeichnete er ein Kreuz über seinem Herzen und hielt dann die rechte Hand hoch. »Ich gebe mein Wort.«

»Ihr Wort, wie?« Agnes' ernstes Gesicht überzog ein Grinsen. »Aye, ich weiß, daß Sie ein Mann des Wortes sind. Ich fühle mich nie sehr gut, wenn ich die Grauzone verlasse. Ich konnte dem Drang nicht widerstehen, Sie ein wenig zu erschrecken.« Ihr Grinsen wurde breiter, und ihre Augen blitzten schelmisch auf. »So etwas tut ein Geist nun mal, Mr. Winston.«

Winston seufzte erleichtert auf. Es erschien ihm komisch, daß Agnes Ingliss einen Sinn für Humor haben sollte. Seit er das Haus zum ersten Mal betreten hatte, hatte sie ihn nervös gemacht, aus einem Grund, den er nicht begreifen konnte. Nein! Es war noch mehr als nur das. Wenn er in ihrer Gegenwart war, hatte er ständig das Gefühl, als solle er sich vor ihr verbeugen oder auf die Knie fallen. Sie schüchterte ihn ein, und dennoch hatte sie nie etwas getan, um diese Reaktion in ihm auszulösen. Vielleicht war der Grund dafür der, daß sie ihn in gewisser Weise an seine Großmutter erinnerte. Egal was der Grund war, er war es nicht gewöhnt, so zu reagieren, nicht bei einem Menschen und auch nicht bei einem Geist.

Unbewußt umfaßte er Deliahs Hand ein wenig fester und zog sie ein wenig näher an sich. »Mrs. Ingliss ...«

»Ach!« Sie lachte und winkte mit der Hand ab. »Sie machen, daß ich mich *uralt* fühle!! Nennen Sie mich doch bitte Aggie.«

»Aggie.« Wieder fühlte er sich wie ein kleiner Junge in der Anwesenheit von etwas, das er nicht verstand, er räusperte sich. »Ich habe mich gefragt, ob es nicht besser wäre, wenn Deliah einen Arzt aufsuchen würde.«

Die alte Frau sah ihn voller Entsetzen an, dann ruhten ihre wasserblauen Augen auf der jungen Frau. »Deliah? Dann hat sie also geredet?«

»Wie? O nein. Der Name ist so zu mir gekommen.«

Agnes wackelte mit dem Kopf, offensichtlich war sie verwirrt. »Sie haben ihr den Namen gegeben?« fragte sie.

Winston schüttelte den Kopf und blickte von Agnes zu dem Mädchen und dann wieder zu Agnes. »Ich bin sicher, daß es ihr Name ist. Warum benehmen Sie sich so eigenartig?«

»Wir Toten tun das«, erklärte sie belustigt. Die Verwirrung wich aus ihrem Gesicht. »Es tut mir leid, Mr. Winston. Manchmal ist mein Humor ein wenig abartig.« Sie runzelte die Stirn und betrachtete Deliah dann eingehend. »Ich habe diesen Namen schon einmal gehört. Deliah. Vor sehr langer Zeit.«

Winston konnte es kaum erwarten, sie danach zu fragen, doch er sah, daß Agnes sich sowieso bemühte, sich zu erinnern. Nach einigen Sekunden erhellte sich ihr Gesicht, und sie schnippte triumphierend mit den Fingern.

»Ah, ich erinnere mich! Borgie, mein Sohn, kam einmal nach Hause, nachdem er hier im Garten gearbeitet hatte, und erzählte mir, daß er sich zu Tode erschrocken hätte. Er sagte, er hätte zufälligerweise einen der Rhododendronbüsche beschnitten, und jemand hätte ihn gewarnt, ein wenig vorsichtiger zu sein. Er sagte, die Stimme wäre aus dem Nichts gekommen. Zuerst hat er geglaubt, es sei Lannie gewesen, der ihm einen Schrecken hätte einjagen wollen, doch er sagte, es sei die Stimme eines Mädchens gewesen. Er nannte sie Deliah, und als ich ihn fragte, woher er denn den Namen wüßte, meinte er, das könnte er nicht sagen. Wie *eigenartig.*«

Es ist sehr eigenartig, dachte Winston.

Noch einmal winkte Agnes ab, dann kam sie wieder auf seinen Vorschlag zurück. »Um noch einmal davon zu sprechen, daß sie einen Arzt braucht. Das glaube ich nicht. Höchstens einen Arzt für ihren *Kopf,* aber das Wetter ist nicht so, daß man in die Stadt fahren könnte.«

Winston nickte. »Ich habe mir auch schon Sorgen darüber gemacht, daß sie sich nicht mit uns verständigen kann.«

»Aye, das ist eine Schande, aber sonst scheint sie recht glücklich zu sein. Und sie versteht ganz offensichtlich, was wir ihr sagen.«

Winston stimmte nicht mit ihr überein, er zweifelte daran, daß die junge Frau überhaupt etwas von dem verstand, was er ihr gesagt hatte. Er wollte das gerade laut aussprechen, als Agnes unerwartet einen Schritt zur Seite tat und die Hand gegen die Wand lehnte.

»Haben Sie irgend etwas Eigenartiges gefühlt, was in dem Haus vor sich geht?« fragte sie leise.

»Das kommt ganz darauf an, was Sie mit dem Wort eigenartig meinen.«

Agnes runzelte nachdenklich die Stirn. »Wenn ich sonst die Wände berührt habe, habe ich immer ein leises Vibrieren gefühlt – so eine Art Energie, die durch das Haus fließt. Jetzt ist alles viel zu normal.« Sie trat wieder von der Wand weg, ihre

Augen hielten die von Winston gefangen. »Gleich nachdem Sie gekommen sind, habe ich diese Veränderung gefühlt.«

Winston nickte. »Ich weiß nicht, was geschehen ist, aber etwas hat sich an diesem Abend verändert. Ich kann es allerdings auch nicht erklären.«

»Sie besitzen übersinnliche Fähigkeiten und können es nicht erklären«, murmelte sie und starrte blicklos vor sich hin. »Der Zauber ist verschwunden. Das ist ... sehr traurig.«

»Ich glaube nicht, daß er wirklich verschwunden ist, Agnes. Eher ist es so, als würde er ... eine Pause machen.«

Sie betrachtete ihn mit einem Lächeln in den Augen. »Sie meinen wohl, einen kleinen Urlaub, wie?« Sie lachte leise. »Vielleicht ist das so. Nun, Mr. Winston, ich sehe wohl besser einmal nach den Jungen. Sie machen nie Urlaub vom Unsinn.«

Sie nickte Deliah zu. »Ich bin da, wenn du etwas brauchst, mein Kind.«

Deliah antwortete weder mit Worten noch mit einer Geste. Als Agnes die Treppe hinaufging, sah die junge Frau Winston nachdenklich an, dann ging sie zur Wand und legte die Hand dagegen. Sekunden vergingen, und Winston beobachtete sie mit wachsender Neugier. Wieder versuchte er, in ihren Kopf einzudringen, und wieder gelang es ihm nicht. Er legte die Handfläche der linken Hand gegen die Wand, nur einen Zentimeter neben ihre Hand. Sie sah zu ihm auf und lächelte geheimnisvoll. Ihre Finger breiteten sich aus, berührten die seinen, und ihr Lächeln wurde strahlender. Winston lachte leise, doch als sie dann mit der linken Hand nach seinem Pullover griff, sich auf Zehenspitzen stellte und ihre Lippen auf seine legte, wurde er sofort wieder ernst. Es traf ihn wie ein leichter elektrischer Schlag, als sie ihn berührte. Er zog sich von ihr zurück und fühlte dann, daß dort, wo ihre Finger die seinen berührten, die gleiche Spannung existierte. Die Eindringlichkeit lag wieder in ihrem Blick, doch diesmal fühlte er, daß sie versuchte, ihm etwas zu übermitteln und nicht, daß sie in seinen Kopf einzudringen versuchte. Er spürte noch einmal diese verführerische Anziehungskraft, als sie ihre Lippen in einem federleichten Kuß auf seine legte. Sie testete ihn. Vielleicht testete sie auch sich selbst.

Ein Wortschwall auf Gälisch kam von der oberen Etage. »Ihr kleinen Halunken! Kevin, Kahl, Alby, *wo seid ihr?*«

Winston trat einen Schritt von Deliah zurück, als schwere Schritte die Treppe hinunterpolterten. Roan kam mit hochrotem Gesicht die Treppe hinuntergelaufen, er trug nur eine Hose. Als er die beiden entdeckte, die ihn vorsichtig betrachteten, blieb er stehen. Und auch wenn er noch immer wütend war, so versuchte er doch, sich zusammenzureißen.

»Entschuldigung, aber die Jungen haben wieder mal nur Unsinn im Kopf«, murmelte er. »Es gibt im ganzen Haus kaum noch einen Pullover. Ich möchte nicht einmal versuchen, mir vorzustellen, was sie mit all den Pullovern gemacht haben!«

»Ich habe sie nicht gesehen – die Jungen, meine ich«, sagte Winston.

»Aye, sie können sich genausogut verstecken wie eine winzige Maus, aber sie sind wesentlich zerstörerischer.«

Winston konnte ein leises Lachen nicht unterdrücken. »Wir sind gerade auf dem Weg, uns ein Sandwich zu machen. Möchtest du auch eins?«

»Nein.« Nach wie vor zornig, fuhr sich Roan mit beiden Händen durch sein zerzaustes Haar. »In der Küche steht noch ein Schinken und auch Lammstew, wenn ihr es euch warm machen wollt.«

»Bist du sicher, daß ich dir nicht etwas mitbringen soll?«

Roan verzog den Mund zu einem schiefen Grinsen. »Einen Pullover oder zwei, das wäre schön. Ich habe bereits Eiszapfen an meinen Brustwarzen hängen ...« Eine leichte Röte stieg ihm in die Wangen, als er seinen neuesten Gast ansah, dann fragte er Winston: »Fühlt sie sich hier wohl?«

Winston nickte und sah Deliah an. »Es scheint so. Bis jetzt hat sie noch nicht gesprochen.«

Roan stieß ein angespanntes Lachen aus. »Du solltest sie für eine kurze Zeit mit den Jungen in ein Zimmer stecken. Es wird nicht lange dauern, bis sie um Hilfe schreit.« Er blickte zur Treppe. »Ich gehe besser zurück zu Laura«, meinte er dann.

»Ich rufe dich, wenn ich die Jungen entdecke.«

Roan schüttelte verwirrt mit dem Kopf, dann zog er eine Augenbraue hoch. »Vielleicht solltet ihr beide die Türen abschließen, wenn ihr in euren Zimmern seid. Man weiß nie, welchen Terror das Trio für uns bereit hält.«

»Ich habe gar keinen Schlüssel.«

»Ah.« Roan sah sich hilflos um. »Vielleicht weiß Aggie, wo die Schlüssel sind. Ich sage euch noch Bescheid deswegen.«

Roan lief die Treppe wieder hinauf, und Winston und Deliah gingen zur Küche.

Er schloß die Tür der Spundwand und bewegte sich leise die wenigen Stufen in den Keller hinunter. Verglichen mit der beißenden Kälte draußen war es warm hier drinnen, aber es war so dunkel, daß er die Hand vor Augen nicht sehen konnte. Den Weg zu seinem Geheimzimmer kannte er auswendig, die Sohlen seiner Schneestiefel machten nur ab und zu ein leises Geräusch auf dem Zementboden. Ihm war kalt, und er hatte Hunger, und er war es leid, zu warten, doch er würde warten, denn von Natur aus war er ein geduldiger Mann.

Die meisten Killer waren das. Wenigstens diejenigen, die einen ganz besonderen Plan hatten.

Hinter einem Stapel von Holzkisten und alten Möbeln öffnete er eine lange vergessene Holztür gerade so weit, daß er sich hindurchzwängen konnte. Er schloß sie hinter sich, und es gelang ihm sogar, mit seinen dicken Handschuhen den Riegel vorzuschieben, den er vor beinahe einer Woche angebracht hatte.

Wade Cuttstone liebte es, sich sicher zu fühlen, ganz besonders, wenn er schlief.

Er zog die Handschuhe aus und warf sie auf den Boden, dann bewegte er die vor Kälte steifen Finger eine Weile und suchte auf dem Tisch, bis er das Heftchen mit Streichhölzern gefunden hatte. Er zündete zwei der sieben Kerzen an. Sie waren alle schwarz, und er hatte sie in verschiedenen Büchsen und zerbrochenen Tassen aufgestellt. Er dachte an den antiken silbernen Leuchter, den er in einem Geschäft in der Stadt gesehen hatte, und wünschte sich zum hundertsten Mal, er hätte ihn von dem untersetzten Händler gekauft. Aber Cuttstone hatte nicht gemocht, wie der Mann jede seiner Bewegungen beobachtet hatte, während er sich in dem überfüllten Geschäft umgesehen hatte. Dennoch würde ein Leuchter sicher die Eintönigkeit seiner zeitweiligen Unterkunft etwas aufhellen.

Er setzte sich auf den einzigen Stuhl an den auf Böcken ruhenden Tisch, dann öffnete er die Tüte mit Schweineschwarten, die er vor zwei Tagen gekauft hatte. Er war aufmerksam darum bemüht, keinerlei Geräusch zu machen, er lutschte jedes Stück der Schwarte, bis es weich war, ehe er es kaute.

Eine Maus huschte über den Boden. Cuttstone betrachtete sie unbeteiligt. Er hatte nichts dagegen, sich seinen Lebensraum mit den Kreaturen der Natur zu teilen. Sie waren höchst anspruchslos und kümmerten sich um ihre eigenen Angelegenheiten. Sie urteilten nicht, sie versuchten nur zu überleben. So ganz anders als die Menschen. Ganz besonders die Träger, die Zeuger der Zerstörer. Diejenigen, die langsam die Welt übernahmen, mit Technologien, die in den Händen der einfachen Menschen nicht sicher waren. Er konnte nicht all diejenigen verfolgen, die bereits existierten, doch er konnte die Anzahl einer neuen Generation vermindern, und das tat er auch. Dafür schuldete er dem Führer Dank. Ohne die innere Stimme, die ihm sagte, welche Frau seine Feinde zeugen würde, wäre er verloren und würde sich mühevoll mit seinen Mordanschlägen herumquälen. Er glaubte an Genauigkeit und Gerechtigkeit. Zu töten genügte nicht. Ohne Ziel würde er als Mörder unschuldiger Frauen in die Geschichte eingehen.

Laura Bennett war eine von denen, die gezeichnet waren, und sie war von all den Frauen, denen er begegnet war, diejenige, die am schwierigsten zu fassen war. Er konnte gar nicht zählen, wie oft er sie schon beinahe erwischt hatte, sowohl in Edinburgh, wo er sie zum ersten Mal gesehen hatte, als auch hier in diesem Haus. Natürlich verstand er jetzt, warum es ihm so schwerfiel, sie zu erwischen. Sie hatte mächtige Freunde. *Geister*. Erloschene Zeuger waren davon überzeugt, daß sich die Welt ändern würde. Er war dessen so sicher, er war sogar davon überzeugt, daß ein Kind, das von dieser Frau geboren würde, schließlich für die Zerstörung der menschlichen Rasse verantwortlich sein würde. Androiden würden dann die Welt übernehmen. Vielleicht wäre dann sogar *er* dazu gezwungen, seine lebenswichtigen Organe und sein Gehirn auszutauschen gegen computergesteuerte Teile.

Und jetzt war Winston Ian Connery im Haus. Offensichtlich schien er die Absicht zu haben, eine Weile zu bleiben. Cuttstone gefiel die Herausforderung, die die Anwesenheit dieses Mannes ihm bot. Ihm gefielen die Spiele des Verstandes, ganz besonders, wenn er derjenige war, der sie kontrollierte. Aber es war noch eine andere Frau im Haus, und sie hatte wirklich seine Neugier geweckt. Vor zwei Nächten, als er sich in den Wäldern verborgen hatte, hatte er sie entdeckt, als sie nackt in den nördlichen Garten gelaufen war. Cuttstone hatte keine Ahnung, woher sie gekommen war, doch er hatte gewußt, daß Connery, als er sie in dem Pavillon gefunden hatte, ihn dafür verantwortlich gemacht hatte. Bis jetzt hatte der Führer ihm noch nicht gesagt, ob der Neuankömmling zu den Zeugern gehörte, doch sie hatte so etwas an sich, das seine übersinnlichen Fähigkeiten verhöhnte. Er konnte von ihr keine Bilder empfangen, wie er sie von den anderen Frauen empfing, nur bizarre Muster in leuchtenden Farben, die seinen Verstand oft blendeten.

Und wenn sein Verstand geblendet war, war das tödlich für ihn. Ohne das *Wissen* war seine Gefangennahme nur eine Frage der Zeit.

Er dachte über das Problem mit den Jungen nach. Sie bedeuteten ein Hindernis für seine Sache. Sie waren viel zu neugierig, als es für sie gut war. Aber männliche Wesen waren keine Zeuger. Männer waren nie ein Ziel.

Es mußte einen einfacheren Weg geben, Laura zu beobachten, sich in dem Haus zu bewegen, um ihre Gewohnheiten herauszufinden.

Die Nachrichten hatten berichtet, daß Viola Cooke die Zwischenräume zwischen den Wänden benutzt hatte, um sich fortzubewegen, doch er hatte noch keinen Weg gefunden, um in diese Zwischenräume zu gelangen, ohne sich gewaltsam durch das Mauerwerk einen Zugang zu verschaffen. Und von allem, was er von ihren Fotos in den Nachrichten hatte herausfinden können, war sie eine sehr kleine Frau. Er war groß. Selbst wenn er einen Weg fand, in die Wände zu gelangen, so konnte er nicht sicher sein, daß er sich dort frei bewegen konnte.

»Geduld«, flüsterte er und steckte eine weitere Schweineschwarte in seinen Mund.

Großartigkeit verlangte sowohl Geduld als auch sorgfältige Planung.

6

Der Rest des Tages verging relativ ruhig. Winston war dabei, als Roan die Jungen nach den Pullovern ausfragte. Sie schworen, daß sie nichts davon wußten. Winston wußte, daß sie logen, doch er drängte sie nicht, die Wahrheit zu sagen. Im Augenblick belustigten ihn ihre Streiche, und sein Verstand war mit anderen Dingen beschäftigt. Mit Deliah zum Beispiel.

Laura und Agnes kümmerten sich so sehr um Deliah, daß Winston sie kaum zu sehen bekam. Die Frauen suchten warme Kleidung für sie zusammen, flochten ihr Haar, dann nahmen sie sie mit in die Küche, und man erzählte Winston später, daß das ein Fehler gewesen war. Die junge Frau konnte nicht einmal Wasser kochen! In der Tat war Deliah so fasziniert von der sprudelnden Flüssigkeit in dem Topf, daß Laura fürchtete, sie würde versuchen, die Hand hineinzustecken.

Da Winston und Deliah Roans Lammstew aufgegessen hatten, wärmten Laura und Agnes den Rest des Schinkens in dem Gasofen auf. Er wurde serviert mit einer würzigen Apfelfüllung, mit gebackenen Kartoffeln, garniert mit Butter und Sauerrahm und mit hausgemachtem Sauerteigbrot. Mit Ausnahme der Jungen, die sich schmutzige Witze erzählten und versuchten, über den Tisch hinweg eine weitere Essensschlacht anzuzetteln, und Laura, die Deliah erzählte, wie sie und Roan einander kennengelernt hatten, war es eine ruhige Mahlzeit.

Deliah stand, wie zu erwarten, im Mittelpunkt der Aufmerksamkeit. Das Besteck, die Gläser und Teller begeisterten sie, als hätte sie nie zuvor so etwas berührt. Die Jungen lachten hysterisch, als sie entdeckte, daß aus den Salz- und Pfefferstreuern etwas herauskam. Und das Essen …

Sie hatte eine eigenartige Art zu essen. Winston war so fasziniert von ihrem Gesichtsausdruck, wenn sie etwas Neues probierte, daß sein Essen kalt war, ehe er überhaupt zu essen begonnen hatte. Er fragte sich, ob wohl die Möglichkeit bestand, daß sie unter einer Form der Amnesie litt. Denn wie sonst konnte für sie alles so neu sein? Sie beobachtete und versuchte dann, alle Utensilien selbst zu benutzen. Beim Essen weigerte sie sich, das Stew zu probieren, bis Winston zu essen begonnen hatte und er gesehen hatte, wie ungelenk sie mit dem Suppenlöffel umging.

Nach dem Essen nahm Roan die Jungen mit in die Bibliothek, um ihnen vor dem Schlafengehen Geschichten vorzulesen. Winston half den Frauen, den Tisch abzuräumen und das Geschirr abzuwaschen. Das letztere artete zu einer fröhlichen Schaumschlacht zwischen Winston, Deliah und Laura aus, während Agnes sich in die Grauzone zurückzog.

Als die Küche sauber war, hoffte Winston, ein wenig Zeit allein mit Deliah verbringen zu können, doch Laura hatte eine andere Idee. Da das seifige Abwaschwasser Deliah so gut gefallen hatte, wollte Laura ein Schaumbad für sie bereiten. Das aufgeregte Blitzen in Deliahs Augen sagte Winston, daß er nicht mit dem konkurrieren konnte, was Laura ihr beschrieb, deshalb entschuldigte er sich und ging in die Eingangshalle.

Er fühlte sich ganz plötzlich wie ein fünftes Rad am Wagen. Er schob die Hände in die Taschen seiner Hose, dann blickte er die Treppe hinauf und dann den Flur hinunter, in Richtung der Bibliothek. Die Türen der Bibliothek standen offen, er hörte Roan und die Jungen, doch als er hinging, um etwas Zeit mit ihnen zu verbringen, war niemand dort.

Winston liebte diesen Raum ganz besonders. Er strahlte eine männliche Atmosphäre aus, die ihm gefiel. Von all den Räumen, an die er sich in diesem Teil des Hauses erinnern konnte, war dieser der am spärlichsten eingerichtete. Die dunklen, eingebauten Regale waren angefüllt mit in Leder gebundenen Büchern aus dem neunzehnten und zwanzigsten Jahrhundert. Rotkarierte Decken lagen auf dem weich gepolsterten Sofa und den beiden Sesseln. Der Couchtisch und zwei kleinere Tische zu beiden Seiten des Sofas waren aus auf Hochglanz poliertem Kirschbaumholz angefertigt. Ein riesiger Teppich in schwarz, rot und dunkelgrün bedeckte den Eichenholzboden zwischen dem Sofa und dem Kamin aus roten Ziegeln mit dem rotschwarz geäderten Kaminsims.

Das Feuer im Kamin war angezündet, und der orangene Schein des Feuers ließ die Konturen im Raum sanfter erscheinen. Winston dachte daran, ein Buch in diesem Zimmer zu lesen, doch dann verwarf er den Gedanken wieder. Er war wirklich nicht in der Stimmung, sich hinzusetzen oder sich still hinzulegen. Die Ruhelosigkeit in ihm machte ihn verrückt. Wenn er doch nur einen langen Spaziergang in einem der Gärten machen könnte, die das Haus umgaben. Oder nur einen langen Spaziergang an der frischen Luft …

Schließlich stand er vor einem der Fenster, die Arme vor der Brust verschränkt, und blickte über die Wälder, die das Haus von den offenen Feldern abgrenzten, wo unter einer einsamen Eiche vier Grabsteine standen. Dicke Schneeflocken fielen vom Himmel. In diesem Wetter Auto zu fahren mußte die Hölle sein, spazierenzugehen war sicher noch schlimmer. Er hatte geglaubt, der gestrige Regen würde eine Menge des Schnees verschwinden lassen, doch der Regen hatte nur wenige Stunden gedauert. Zuerst hatte es geregnet, dann gehagelt, dann gefroren auf dem verbliebenen Schnee. Jetzt schneite es wieder. Er glaubte schon, der Frühling würde niemals kommen. Und wenn er kam, würde der Schnee je wieder verschwinden?

»Bedrückend, nicht wahr?« Roan lachte leise.

Winston war überrascht, als er feststellte, daß Roan gleich hinter ihm stand und auch aus dem Fenster sah.

»Ich entwickle langsam eine Klaustrophobie.«

»Aye, ich weiß, was du meinst.« Roan seufzte. »Trinkst du einen Scotch mit mir?«

»Sind die Jungen im Bett?«

Roan rollte mit den Augen. »Ich will gar nicht wissen, für wie lange. Komm, Winston, ein guter Scotch vertreibt die Kälte aus deinen Knochen.«

Winston setzte sich neben seinen Gastgeber auf das Sofa. Zwei Gläser und eine Kristallkaraffe auf einem silbernen Tablett standen auf dem Couchtisch.

»Ich habe dich gesehen, als du hier hereinkamst«, erklärte Roan und hielt Winston ein halb gefülltes Glas hin.

»Ich glaube nicht, daß das Tablett auf dem Tisch stand, als ich den Raum betrat.«

Roan nahm einen großen Schluck von seinem Scotch und wartete, bis die feurige Flüssigkeit sich in seinem Magen ausbreitete. Er leckte sich über die Lippen, grinste Winston an, lehnte sich dann auf dem Sofa zurück und legte den linken Fuß auf sein rechtes Knie. »Wir haben noch nicht viel Möglichkeit gehabt, uns zu unterhalten. Ist dein Zimmer bequem genug?«

»Besser, als ich es verdient habe. Weißt du …«, Winston nippte an seinem Glas, dann hielt er es zwischen beiden Händen, »… es war sehr großzügig von dir, mich hierbleiben zu lassen. Ich weiß, daß dies keine offene Einladung ist …«

Winston schwieg, als Roan protestierend die Hand hob. »Ach, Mann, es ist eine offene Einladung, ganz bestimmt. Bleib, so lange du möchtest. Das Haus ist sowieso viel zu groß für uns. Manchmal … nun ja, manchmal finde ich es verdammt einsam hier.«

»Selbst mit den Jungen?« Winston grinste.

Roan verzog reumütig das Gesicht. »Ah, die Jungen. Ich

weiß, daß ich viel zuviel Getöse um sie mache. Aber die Wahrheit ist, daß ich mir mein Leben ohne sie gar nicht mehr vorstellen kann. Also ... ist das nicht verdammt verrückt oder was?«

»Eigentlich beneide ich dich um dein Leben«, sagte Winston leise und starrte dabei in das Feuer.

»Wirklich? Nun, ich bin nicht verrückt und auch nicht undankbar. Laura und die Jungen sind mehr, als ich mir je vom Leben erhofft habe. Aber was ist mit dir? Warst du schon einmal verliebt?«

Ein leises Lachen kam aus Winstons Mund. »Nein.«

Roan nickte, dann sagte er ernst: »Ich denke, ein Mann muß sich zuerst einmal selbst lieben, ehe er einen anderen Menschen lieben kann.«

»So habe ich das noch nie gesehen«, murmelte Winston. Er schaute in die bernsteinfarbene Flüssigkeit in seinem Glas und runzelte die Stirn.

»Und du warst noch nicht einmal beinahe verliebt, wie?« Roan lachte leise.

Winston sah ihn an und lächelte. »Ich war ein paarmal verknallt. Ich denke, ich habe ganz einfach noch nicht meine bedeutsame andere Hälfte gefunden.«

Roan nahm einen großen Schluck von seinem Drink, dann nickte er noch einmal. »Vielleicht hast du sie ja getroffen. Mir ist nicht entgangen, wie du beim Essen das Mädchen angesehen hast.«

»Deliah?«

»Also hat sie jetzt auch schon einen Namen. Hast du noch mehr über sie erfahren?«

»Gar nichts.« Winston seufzte. Er überlegte, ob er noch einen Schluck von seinem Scotch nehmen sollte, doch in seinem Kopf verschwamm jetzt schon alles. »Sie hat eine undurchdringliche Mauer aufgerichtet um ihre Gedanken.«

»Hast du so etwas schon oft erlebt?«

Winston lachte freudlos. »Noch nie! Und ich sage es dir, es frustriert mich schrecklich.«

»Du fühlst dich also angezogen von ihr?«

Winston sah den Gutsherrn an und zog die Augen leicht zusammen. »Was willst du hören, Roan Ingliss?«

Mit einem amüsierten Lachen leerte Roan sein Glas und stellte es auf den Tisch zurück. Er lehnte sich zurück, legte wieder seinen rechten Fuß auf sein linkes Knie und streckte einen Arm auf der Rückenlehne des Sofas aus. Seine Augen blitzten belustigt, und sein Mund verzog sich zu einem Grinsen.

»Ich sage dir, Winston, du siehst ein ganzes Stück besser aus als an dem Tag, an dem ich dich in dieses Haus gebracht habe. In deinen Augen ist wieder Leben zu sehen. Auch wenn ich nicht behaupten will, daß ich übersinnliche Fähigkeiten habe, so weiß ich doch, wenn ein Mann ein bißchen glücklich ist.«

Beinahe hätte Winston das abgestritten, doch er hielt sich im letzten Moment zurück. Er war glücklich. Er war glücklicher, als er es je in seinem Leben als Erwachsener gewesen war. »Du bist sehr aufmerksam.«

»Manchmal.« Roan feixte, dann seufzte er. »Zu anderen Zeiten bin ich ein echter Idiot.«

Winston lachte leise. »Du bist kein Idiot. Erinnerst du dich an den ersten Abend, als wir uns kennengelernt haben?«

»Bei Shortbys? Aye.«

»Du warst betrunken und hast davon gemurmelt, die Reinkarnation von Robert Ingliss zu sein.« Winston stellte sein Glas auf den Tisch und rieb sich dann mit der Hand über sein Gesicht. »Ich dachte, du seist ein verrückter Alkoholiker. Damals habe ich nichts davon geahnt, wie sehr du mein Leben verändern würdest. Du bist ein großzügiger Mann, Roan. Es gibt nicht viele Menschen, die ihr Haus einem völlig Fremden öffnen würden.«

»Dafür gebührt nicht mir das Lob.«

Ein Ausdruck der Verzweiflung schlich sich auf Roans Gesicht. Er stellte den rechten Fuß auf den Boden, beugte sich vor und stützte die Unterarme auf die Knie. »Vor noch gar nicht langer Zeit war ich ein bitterer, unversöhnlicher Mann. Ich nehme an, genau wie du, Winston, habe ich versucht, mir an jedem Tag meinen Weg durch das Leben zu bahnen und mich um sonst nichts zu kümmern. Die ersten paar Tage, an denen du hier gewesen bist, habe ich mich in dir wiedergefunden, und es hat mir nicht sehr gefallen, was ich gesehen habe. Am liebsten hätte ich dich geschüttelt, bis deine Zähne klapperten, doch ich wußte, daß du Raum brauchtest.«

Abrupt stand Roan auf und ging zum Kamin hinüber. Er legte eine Hand auf den Kaminsims und blickte ernst in die Flammen, dabei war er sich bewußt, daß Winston ihn besorgt ansah. »Es gibt wirklich Magie in diesem Haus. In diesem Land. Viele haben sie gesehen. Viele haben sie in den kalten Ecken ihres Herzens gefühlt.« Er wandte sich um, um seinen Gast anzusehen, dabei ließ er die Hand auf dem Kaminsims. »Aber das wahre Wunder für mich war – *ist* – Lannie. Du findest, daß ich großzügig bin?« Er lachte leise und schüttelte den Kopf. »Das bin ich nicht, nicht wirklich. Als ich entdeckte, wer du bist, vor ein paar Tagen, da war mein erster Gedanke, daß du mir vielleicht sagen könntest, wie es Lannie und Beth geht.«

»Roan ...«

»Laß mich ausreden«, bat Roan mit rauher Stimme. »Ein Schuldgefühl ist eine sehr schwere Last, mein Freund, und ich konnte noch nie sehr gut so etwas auf meinen Schultern tragen.«

Winston nickte, und Roan seufzte tief auf, ehe er weitersprach. »Dies ist nicht *mein* Haus. Es wurde mir von einem Mann gegeben, der eigentlich meinen elenden Hintern in das Verlies im Turm hätte einmauern sollen. In *dasselbe* Verlies, in das ich ihn eingemauert habe – *lebendig* – vor mehr als einem

Jahrhundert! Aye, aye, ich weiß, daß nicht mein wirkliches *Ich* das getan hat, aber Robert und ich haben dieselbe Seele, ja, das haben wir, und ich erinnere mich an jede erbärmliche Ungerechtigkeit, die er – *wir* – getan haben.«

Wieder seufzte er, offensichtlich erregt. Er lachte bitter auf, dann winkte er mit der Hand ab. »Ich rede immer zuviel, wenn ich trinke, falls du das noch nicht bemerkt haben solltest.«

Winston grinste verständnisvoll.

»Winston, kann ich dich etwas fragen?«

»Natürlich.«

Roan brauchte ein paar Sekunden, um die richtigen Worte zu finden. »Wie kann es sein, daß ein Mann sich so gesegnet fühlen kann und dennoch so leer?«

Winston brauchte Roans Psyche gar nicht zu erforschen, er kannte die Antwort bereits. »Du bist noch immer mit Lachlan Baird verbunden.«

»Durch dieses Haus oder die Geschichte oder durch was?« fragte Roan verwirrt.

»Weißt du, wie ein Kondensstreifen aussieht?«

Roans Erstaunen wurde größer. »Du meinst den Streifen, den man hinter einem Flugzeug sieht?«

Winston nickte, dann sprach er weiter. »Wovon ich rede ist ein *übersinnlicher Kondensstreifen.* Es ist ein Phänomen, das ich erlebt habe, wenn jemand einen Menschen verliert, den er liebt, eine Verbindung, die zwischen dem Lebenden und dem Gestorbenen bleibt, während der Zeit, in der er trauert. Mit der Zeit verblaßt er.«

»Und du siehst einen Kondensstreifen zwischen dieser Welt und der anderen Welt?« fragte Roan ungläubig.

»Es ist eher ein Faden aus Licht, der jedem Trauernden anhaftet und ihn mit dem Himmel verbindet. Je strahlender weiß er ist, desto stärker ist die Liebe.«

»Und ich habe so einen übersinnlichen Kondensstreifen?«

Winston nickte. »Aber so einen wie den deinen habe ich noch nie gesehen. Er ist blau.«

»Und was hat das zu bedeuten?«

»Da bin ich mir nicht sicher.«

»Und wie steht es mit Laura? Hat sie auch einen?«

»Sie hat den Tod von Lachlan und Beth verarbeitet.«

»Übersinnliche Kondensstreifen«, murmelte Roan und starrte vor sich hin. Dann sah er Winston an, und in seinen Augen lag Verzweiflung. »Wenn du eine Vermutung wagen würdest, was würde dann deiner Meinung nach blau bedeuten?«

»Ich arbeite normalerweise mit Tatsachen und nicht mit Vermutungen.«

»Verdammt, momentan würde ich schon über eine schlechte Vermutung glücklich sein!« Roan setzte sich wieder hin und sah Winston an, sein linker Unterarm ruhte auf der Rückenlehne des Sofas. »Lannie hat uns vergeben.«

Zu Winstons Erstaunen sprach Roan plötzlich fließend Gälisch. Einen Augenblick lang war er viel zu erstaunt, um darauf zu reagieren, er lauschte daher der leidenschaftlichen Stimme des Mannes und beobachtete die verschiedenen Gefühle, die sich auf seinem Gesicht widerspiegelten. Schließlich unterbrach er Roan. »Ich verstehe nicht genug Gälisch, um zu verstehen, was du mir sagen willst.«

Roan zuckte zusammen, er war schockiert. »Gälisch?«

»Du hast gerade Gälisch gesprochen.«

Alle Farbe wich aus Roans Gesicht. »Wirklich? Ach. Das war Robert. Ich selbst habe diese Sprache nie gelernt. Ab und zu kommt Robert in mir zum Vorschein.«

»Wie oft passiert das?«

»Nicht sehr oft.« Roan zuckte mit den Schultern. »Manchmal denke ich, daß ich gefangen bin zwischen der Vergangenheit und der Gegenwart. Das ist sehr beunruhigend, kann ich dir sagen.«

»Erinnerst du dich an das, was du gerade gesagt hast?«

»Aye. Ich sagte, ich weiß, daß ich mich nicht schuldig fühlen sollte, aber das tue ich. Es stört mich in meiner Reaktion auf Laura und die Jungen. Und ich sagte ... ich habe immer wieder dieses Gefühl, daß es in meinem Leben noch so vieles gibt, was noch nicht erledigt ist, aber worum es dabei geht, das weiß ich nicht.«

Roan musterte seinen Gast eindringlich. »Wirst du mir also jetzt sagen, was deiner Meinung nach der blaue Kondensstreifen zu bedeuten hat?«

Winston runzelte die Stirn, dann nickte er. »Meiner Meinung nach ist es keine natürliche Verbindung zwischen dir und Lachlan.«

»Nicht natürlich?« Roan stieß ein eigenartiges Geräusch aus, das eigentlich ein Lachen hatte sein sollen. »Nichts zwischen uns beiden war eigentlich je *normal.*«

»Was ich damit sagen will, ist, daß ich glaube, daß diese Verbindung euch beiden aufgedrängt wurde.«

Ein skeptischer, vorsichtiger Ausdruck trat in Roans Gesicht. Er zog eine Augenbraue hoch und fragte dann mit rauher Stimme. »Also ... gibt es da *etwas* ... das uns miteinander verbindet?«

»Das glaube ich.«

Roan verzog das Gesicht. »Hast du eine Ahnung, was das sein könnte?«

»Überhaupt keine.«

»Verdammt«, murmelte Roan und sah in die Flammen im Kamin.

»Mit einem wirklichen *Geist* habe ich es noch nie zu tun gehabt«, meinte Winston heiter. »Es könnte sein, daß das, was dich mit Lachlan verbindet, unter diesen Umständen vollkommen normal ist.«

»Vollkommen normal?« wiederholte Roan verblüfft.

»Das wäre möglich.«

»Und was ist mit meiner Tante Aggie? Besitzt sie auch einen übersinnlichen Kondensstreifen, der sie mit ihrem Sohn Borgie verbindet?«

»Den besitzt sie.« Winston dachte kurz nach. »Der ihre ist strahlend weiß. Er ist nicht schwächer geworden, seit ich sie am Weihnachtsabend zum ersten Mal gesehen habe.«

»Weiß, nicht blau. Sie ist ein Geist.«

»Ein unnatürlich *lebendiger* Geist«, korrigierte Winston.

»Für das Baird Haus ist das normal.«

Winston stimmte ihm zu, wenn auch leicht verwundert über all das.

Roan rieb sich nachdenklich das Kinn. »Also sind sogar von deinem Standpunkt aus die Dinge ein wenig anders. Stimmt's?«

»Ganz entschieden anders.«

»Und dieser blaue übersinnliche Kondensstreifen, der möglicherweise mich und den alten Lannie verbindet, ist nicht etwas, über das ich mir Sorgen machen sollte?«

Winston sah ihn unsicher an.

»Was würdest du sagen, wenn ich dir erzähle, daß ich geträumt habe, daß Mary Blossom Ingliss nach Hause kommt?«

»Wer ist Mary Blossom Ingliss?«

»Die Tochter von Robert und Tessa«, erklärte Roan ernst. »Sie ist kurz nach ihrem sechzehnten Geburtstag verschwunden.«

»Ist sie tot?«

Roan lachte. »Entweder das oder *sehr* alt! In meinem Traum ist sie allerdings jung. Ungefähr so alt wie damals, als sie verschwand.«

Winston seufzte. »Mangel an Enthüllung?«

Ein verschlagenes Leuchten trat in Roans Augen. »Ist das eine Bemerkung oder fragst du mich?«

»Es sollte ein Vorschlag sein.«

»Ah.« Roan griente, dann trommelte er mit den Unterseiten seiner Hände auf seine Brust. »Nun, ich bin wirklich sehr froh, daß wir diese Unterhaltung hatten, Winston. Aber warum verspüre ich jetzt das Bedürfnis, mich vom Turm zu stürzen?«

Winston lachte, dann schlug er Roan auf die Schultern. Roan lehnte sich in die Polster zurück und starrte mit einem seltsamen Gesichtsausdruck zur Decke. »Ich denke, es ist Zeit, daß ich aufhöre, mich mit der Vergangenheit zu beschäftigen, und daß ich mein Leben weiterlebe. Alles, was ich wirklich tun muß, ist aufzuhören, an Lannie und Beth zu denken, an Robert, übersinnliche Kondensstreifen und ...«

»Roan!«

Beide Männer sprangen vom Sofa auf, als Laura in das Zimmer gelaufen kam. Sie stürzte auf Roan zu und packte ihn am Hemd. Sie holte tief Luft, mit weit aufgerissenen Augen warf sie Winston einen schnellen Blick zu. »Es ist die ...«

Roan packte sie am Oberarm und sah sie besorgt an. »Beruhige dich Laura.«

»Sie ist auf dem Turm ...« Laura holte tief Luft, dann zwang sie sich, weiterzusprechen. »Sie hat ihre Kleider ausgezogen und tanzt im Schnee!«

»Deliah?« fragte Winston.

Laura nickte schnell. »Ich konnte sie nicht dazu bewegen, wieder herunterzukommen.«

»Ich kümmere mich darum«, rief Winston und lief aus dem Zimmer.

Er rannte die Treppe nach oben, dann wandte er sich nach links und wurde erst langsamer, als er die schweren roten Samtvorhänge erreichte, die den Eingang zum Turm verhüllten. Hinter der Tür betrat er die Gemächer, die einmal für die Dienerschaft vorgesehen gewesen waren, dann lief er die steile schmale Treppe hinauf, die gleich an der Wand entlangführte. Er beachtete nicht die einfachen Möbel, als er bis in die vierte Etage hinaufstürmte, wo er stehenblieb und die offene Tür in der Decke betrachtete. Schneeflocken taumelten durch die Öffnung. Die Kälte schien noch strenger zu sein als zuvor, als er draußen war, und ein Schauer lief durch seinen Körper, ehe er zögernd weiterging. Als er auf der Hälfte der letzten Treppe war, versperrte plötzlich etwas die Öffnung, und er wäre beinahe zurückgetaumelt. Er lehnte sich gegen die kalte Außenwand und preßte die Hand auf sein donnerndes Herz. Eine mit Schnee bedeckte Pfauenhenne blickte zu ihm hinunter und drehte den Kopf von der einen zur anderen Seite, als wolle sie sein Eindringen in Frage stellen.

Verärgert darüber, daß der Vogel ihn so erschreckt hatte, wedelte er mit der Hand und lief die noch verbleibenden Stufen hinauf. Er hörte ein Flügelschlagen. Sobald er die Tür erreicht hatte, entdeckte er Pfauen und Pfauenhennen, die von den Zinnen in alle Richtungen davonflogen. Er sah auch Deliah, und das Herz schlug ihm bis zum Hals und drohte, ihm die Luft abzuschnüren. Sie war in der Tat nackt, mit hocherhobenen Armen tanzte sie in einem großen Kreis. Schneeflocken bedeckten sie. Ein Ausdruck von Ekstase lag auf ihrem Gesicht, und in dieser Sekunde glaubte Winston, sie sei total verrückt.

Er kletterte auf das Dach des Turmes, dabei hielten seine Blicke sie gefangen, als erwarte er, daß sie sich im nächsten Moment über die Zinnen nach unten stürzen würde.

»Deliah!«

Sie schien ihn überhaupt nicht zu hören. Angst mischte sich in seinen Zorn. Er griff nach ihr, um sie am Arm festzuhalten, doch wich er sofort zurück, als hätte er sich verbrannt, als eine Stimme in seinem Kopf dröhnte.

Blue, ich verstehe. Jetzt verstehe ich es! Es ist wundervoll! Es ist so magisch! Oh, Blue! Wenn wir doch nur alle einen solchen Tanz tanzen könnten!

Deliahs Stimme, begriff er, und schwankte unter dem Schock,

den er fühlte. Dann riß er sich zusammen, er faßte nach ihrem Arm und hielt sie fest.

Die Zeit schien stillzustehen. Er starrte in ihre blitzenden blauen Augen, in denen ein Ausdruck von Wunder lag, er sagte sich, daß er wahrscheinlich träumte. Im Gegensatz zu der bläulichen Farbe ihrer Haut waren ihre Wangen gerötet, und ihre Lippen hatten die Farbe von dunklem Rosa. Schneeflocken ließen ihre dunklen Augenbrauen und die dichten Wimpern weiß aussehen, genau wie ihr Haar.

»Bist du taub?« rief er und schüttelte sie.

Aus den Augenwinkeln entdeckte er den Morgenmantel und das Nachthemd, das sie getragen hatte. Er ließ sie los, griff nach den beiden Kleidungsstücken und schüttelte den Schnee davon.

»Zieh dich an!« brüllte er, dann blickte er auf ihre Füße. »Wo sind deine Socken?«

Sie hielt die Kleidung vor ihre Brust und starrte ihn an, als versuche sie, den Grund seines Verhaltens ihr gegenüber zu verstehen.

Winston sah sich um, doch die Socken konnte er nirgendwo entdecken. »Verdammt, Frau, wo sind sie?«

Wütend sah er Deliah an, dann keuchte er ungläubig auf, als er feststellte, daß sie noch nicht damit begonnen hatte, sich anzuziehen. Er riß ihr den Morgenmantel aus der Hand und legte ihn ihr um die Schultern. Zitternd vor Kälte und vor Zorn half er ihr ungeduldig in das Nachthemd. Etwas erregte seine Aufmerksamkeit, als er ihr das Nachthemd überzog. Etwas, das er schon zuvor gesehen hatte, doch das sein Verstand auch damals, genau wie jetzt, nicht akzeptieren konnte, das er nicht begriff.

Über ihnen hörte er ein Grollen.

Er entschied sich, daß der Morgenmantel warten könnte, bis sie im Turm waren. Wieder packte er sie am Arm, viel fester als es überhaupt nötig war, dann zog er sie zu der Öffnung im Boden. Sie wehrte sich. All ihr Jubel war verschwunden. Wieder grollte es, und er blickte besorgt in den grauen Himmel über ihnen.

»Deliah!« brüllte er sie an, so daß sie zusammenzuckte. »Geh nach unten!«

Sie schaute nach oben, dann kreuzten sich ihre Blicke kurz, ehe sie den ersten Schritt nach unten machte. Winston hielt ihren Arm fest, bis sie in der vierten Etage angekommen waren. Dann warf er ihr den Morgenmantel zu, schloß die Tür zum Dach und sprang die restlichen Stufen hinunter. Sie hielt den Morgenmantel in ihrem Arm, drückte ihn an ihre Brust. Heftige Schauer fuhren durch ihren Körper, und ein schmerzlicher Ausdruck lag in ihren Augen, den er in seinem Zorn nicht beachtete. Sie hielt still, als er ihr den Morgenmantel abnahm und ihn ihr überzog. Das Donnergrollen wurde lauter, es schien durch das Dach zu dringen. Ein Eindruck drängte sich in Winstons Bewußtsein, doch war er viel zu wütend, um sich mit etwas anderem zu beschäftigen als mit dieser Frau, die ihn zur Verzweiflung brachte.

»Du bist *schlimmer* als ein Kind«, schalt er sie. Dann nahm er sie an der Hand und führte sie die Treppe hinunter bis zur ersten Etage. Er zog sie hinter sich her, als sei sie ein ungehorsames Kind und er der Vater, der seinen Zorn so lange zurückhielt, bis er sie von der Gefährlichkeit ihrer Tat überzeugt hatte.

Laura und Roan warteten an der offenen Tür von Deliahs Schlafzimmer auf sie. Winston zog Deliah an den beiden vorbei zu ihrem Bett, wo er sie endlich wieder freigab, die Decke vom Bett zog und ihre zitternde Gestalt darin einhüllte. Sie betrachtete ihn mit dem unschuldigen Blick eines kleinen Mädchens, und das machte ihn noch zorniger. Er wandte sich zu Roan und Laura um. Die beiden standen ein Stück von ihm entfernt, doch schienen sie keine Ahnung zu haben, was sie tun sollten.

»Ich weigere mich, weiter für sie verantwortlich zu sein«, erklärte Winston gereizt und mit hochroten Wangen. »Sie hat nicht einen vernünftigen Gedanken in ihrem Kopf! Ich muß unbedingt zu einem Telefon gelangen, damit ich die Polizei anrufen kann. Ich muß wissen, was ich mit ihr anfangen soll.«

Deliah legte eine Hand auf Winstons Arm, doch er schob sie ärgerlich weg.

»Ich zünde besser ein Feuer an«, meinte Roan abwesend und ging zum Kamin.

»Soll ich ihr etwas Tee machen?« fragte Laura und sah die jüngere Frau voller Mitleid an.

»Ich denke schon.« Winston rieb sich den Nacken, dann fragte er Laura: »Wo ist das nächste Telefon?«

»In der Stadt.«

Sein Magen hob sich vor Furcht. Er liebte lange Spaziergänge, doch bis zur Stadt war es sehr weit, ganz zu schweigen von dem schlechten Wetter.

Es grollte wieder, dann hörte man ein Krachen, und alle zuckten zusammen, bis auf Deliah. Sie hob den Blick und sah zur Decke. Kurz darauf murmelte sie: »Zu früh. Zu früh.«

Winston sah sie ungläubig an. Laura glotzte mit offenem Mund auf sie. Roan, der gerade dabei gewesen war, ein paar Zeitungen zu zerknüllen, mit denen er den Kamin anzünden wollte, sprang auf und lief an Lauras Seite.

»Sie kann reden«, brachte Roan verdutzt heraus.

Deliah sah in Winstons kreidebleiches Gesicht, dann kuschelte sie sich tiefer in die warme Decke.

»Was hast du gesagt?« fragte Winston, und ein wenig Farbe kehrte in seine Wangen zurück. Als sie schwieg, fuhr er sie an: »Antworte mir!«

»Zu früh, das habe ich gesagt«, antwortete sie mit leiser Stimme und senkte beschämt den Blick.

»Willst du behaupten, daß dein kleiner Tanz auf dem Turm dir die Stimme zurückgebracht hat!« schrie er sie an. »Willst du sagen, daß du uns die ganze Zeit an der Nase herumgeführt hast!«

Deliah musterte die drei Menschen vor ihr und schien nicht zu verstehen, was er sagte.

»Winston ...« Laura schloß den Mund wieder, als Winston heftig mit der Hand abwinkte.

»Sag es mir, Deliah!« verlangte er.

Das einzige Geräusch, was sie von sich gab, war ein Schlucken.

»Schön, Mädchen«, wütete Winston und stützte die Fäuste in die Hüften. »Schön. Ich weiß nicht, wer du bist, und um ehrlich zu sein, ist es mir momentan auch völlig egal, warum du hier aufgetaucht bist. Woran mir jetzt liegt, ist, daß ich nichts mit dir zu tun haben will. Du kannst deine kleinen Spielchen mit der Polizei spielen.«

»Du kannst mich nicht aus diesem Haus wegbringen«, sagte sie, und ein Anflug von Panik lag in ihrer Stimme.

»Und ob ich das kann!«

»Sie machen ihr nur angst«, schalt Laura Winston.

Winston warf Laura einen ungläubigen Blick zu. »Ich mache ihr angst? Jemand, der nackt bei einer Temperatur von unter null Grad draußen herumtanzen kann, muß eine Haut aus Stahl haben!« Wütend sah er in Deliahs Gesicht. »Was tust du *wirklich* hier? Bist du Reporterin?«

»O Gott«, stöhnte Roan. »Das ist alles, was wir noch brauchen.«

»Ich bin Deliah, keine Reporterin.«

Ihrer zitternden Stimme gelang es nicht, in Winston Mitleid zu erwecken. In seinen Augen flackerte eine solche Wut, daß es sie schmerzte, hineinzusehen. Sie trat neben das Bett und wußte, daß die anderen jede ihrer Bewegungen beobachteten.

»Hör auf, uns anzulügen!« zischte Winston, er wandte sich um und umklammerte den Bettpfosten am Fuß des Bettes.

»Willst du behaupten, daß du nicht für Jonathan Blussal arbeitest?«

»Nein«, sagte Deliah und schüttelte den Kopf. »Nein, ich kenne niemanden, der so heißt!«

»Ach, komm schon, Deliah«, begann Winston noch einmal und lachte spöttisch. »Blussal ist der leitende Redakteur der *Lowland Gazette.*«

»Nein, ich kenne ihn nicht!« beharrte sie.

Winstons Gesicht war verzerrt. »Ich habe deine Gedanken gefühlt, als du auf dem Turm getanzt hast! Ich habe gehört, wie du *gedacht* hast, daß du mit *Blue* im Schnee tanzen wolltest. Blue klingt für mich wie der Spitzname von Blussal!«

»Aye«, stimmte ihm Roan zu.

Laura klammerte sich an Roans Arm und nickte.

»*Nein!*« Deliah holte tief Luft. Sie zitterte unkontrolliert. »Blue ist mit meinem Bruder verheiratet. Ich schwöre auf die mächtigen Eichen, ich bin niemand anderes als Deliah ... niemand anders als die, die ihr vor euch seht!«

Wieder fuhr der Schock Winston in die Glieder. Er begriff plötzlich, als er ihre altmodische Art zu sprechen hörte.

»Du«, sagte er mit einer Stimme, die kaum hörbar war.

Sie schluckte hart und nickte dann. »Ich konnte nicht sprechen, aus Angst, daß du meine Stimme wiedererkennen würdest, Winston. Aye, ich bin diejenige aus dem Garten, aber ich bin keine Reporterin.«

Donner grollte über ihnen, und sie blickte wieder zur Decke. Dann sah sie in Winstons Augen und erklärte: »Ich habe dir doch gesagt, daß du mich sehen könntest, wenn du mich erst einmal berührt hättest. Erinnerst du dich?«

Er nickte steif.

»Ich war unten, was ihr den Keller nennt, als du über eine Wurzel gestolpert bist. Da hast du mich berührt, und ich habe mein Wort eingehalten.«

»Moment!« rief Roan. Er hob abwehrend die Hand, dann verließ er Laura und trat neben Winston. Zu behaupten, daß er verblüfft aussah, war eine Untertreibung. »Sag mir, Winston, ist sie *auch* ein Geist?«

»Ich bin Deliah«, erklärte sie mit fester Stimme, als würde das alles erklären.

»Ich habe sie in der vierten Dimension getroffen, in der ersten Nacht, die ich in diesem Haus verbracht habe«, erklärte Winston benommen.

Ein verständnisloser Blick trat in Roans Augen. »*Vierte* Dimension?« Er blinzelte, dann sah er Laura benommen an. »Jetzt haben wir also auch noch eine *vierte Dimension?* Wie ... wundervoll.« Er sah Winston an und blinzelte noch einmal. »Also ist sie kein Geist?«

»Ich weiß nicht, was sie ist«, brummte Winston ärgerlich und betrachtete Deliah. »In ihrer Welt hat sie versucht, mir zu erklären, sie sei das Haus.«

»In ihrer Welt? *Dieses* Haus? Sie denkt, sie sei *dieses* Haus?«

Seufzend nickte Winston.

Wieder krachte der Donner über ihnen.

Laura schlang die Arme um sich selbst und blickte zur Decke. »Ich sehe besser nach den Jungen.«

»Agnes ist bei ihnen«, erklärte Winston mit monotoner Stimme. »Es kommt ein Gewitter, das ist richtig, aber es ist anders als all das, was ich bisher erlebt habe.«

Ein Schauer lief durch Deliahs Körper, sie schloß einen Augenblick lang die Augen. »Ich konnte seine Ankunft nicht noch länger hinausschieben.«

»Seine Ankunft?« Roan schlug sich mit den Händen auf die Brust und ging um Winston herum. »Ich werde das Feuer anzünden.«

Er blieb wie angewurzelt stehen, und Winstons und Lauras Köpfe fuhren herum, als ein lautes Rauschen vom Kamin kam.

Ein prasselndes Feuer hüllte die Holzscheite im Kamin ein, die Roan dort aufgestapelt hatte. Dann schloß sich das Kamingitter mit einem unheimlichen Geräusch.

»Was zum ...« Roan keuchte auf und wandte sich mit weit aufgerissenen Augen zu Deliah.

Die Atmosphäre in dem Raum schien sich zu verdichten. Deliah schloß fest die Augen, als wollte sie etwas ausschließen oder etwas in sich behalten. Wieder lief ein Schauer durch ihren Körper. Als sie die Augen wieder öffnete, waren sie trüb, ihr Gesicht war blaß geworden.

Dann stieg eine heiße Röte in ihr Gesicht. Ein leichter Schweißfilm überzog ihr Gesicht. »Sie wecken mich auf. Ich kann nicht mehr tun.«

Die Haare auf Winstons Armen richteten sich auf. »Wer weckt dich? Wovon redest du?«

Ein markerschütternder Schrei durchdrang das Haus. Laura lief in Roans Arme. Winston erstarrte, sein Gesicht wurde kreidebleich, als er versuchte, die Bilder zu begreifen, die sich in seinem Gehirn einbrannten. Er lief zur Tür, doch dann blieb er wie angewurzelt stehen, als ein lautes Stöhnen erneut zu einem Schrei wurde, mit einer solchen Qual, daß sein Atem stockte.

»Jesus, Maria und Josef«, murmelte Roan und bekreuzigte sich.

Deliah lief in den Flur und versuchte, die Erstarrung der anderen zu durchbrechen. Winston griff nach ihrem Arm, als er sie auf der Treppe nach oben eingeholt hatte. Roan und Laura folgten ihnen. Agnes und die Jungen standen an der Tür zu Albys Schlafzimmer. Die Jungen liefen auf die Erwachsenen zu und drängten sich an sie, während Agnes auf sie zuglitt und sich angstvoll umsah.

Alle blickten zum Ende des Flurs, als Deliah in diese Richtung sah. Man hörte noch ein Jammern, nicht ganz so laut, aber dennoch beunruhigend.

»Aggie, was ist da los?« flüsterte Roan.

»Ich weiß es nicht.« Sie zuckte zusammen, als sie sich einer weiteren Anwesenheit in dem Haus bewußt wurde. »Nein. Das kann nicht sein«, murmelte sie.

Roan sah seine Tante von der Seite an. »Aggie, was ist los?«

Deliah trat neben Winston und legte einen Arm um seine Taille. Ihre Decke fiel zu Boden, als sie seinen verwirrten Gesichtsausdruck sah und ihm mit ihren Augen zu sagen versuchte, daß sie wünschte, alles wäre ganz anders gekommen. Er wollte sie gerade danach fragen, als eine Tür hinten links im Flur aufgerissen wurde. Eine Gestalt kam aus dem großen Schlafzimmer auf sie zugelaufen. In der ersten Sekunde schien sie nicht mehr als ein Nebel zu sein. Doch als die Gestalt, die sich dann als Mann herausstellte, bei ihnen angekommen war, keuchten alle erschrocken auf.

Elektrizität schien um sie herum zu knistern, als der Neuankömmling vor ihnen stehenblieb und rief: »*Himmel*, es ist Beth! Ich denke, sie liegt in den *Wehen!*«

7

Zeit und Raum schienen nur noch in einer kleinen, beengten Blase zu existieren, die durch eine unendliche Grauzone schwebte. Wenigstens war das Winstons erster Eindruck, als er begriff, wer der Mann war, der vor ihm stand. Er konnte sich nicht bewegen. Konnte nicht sprechen. Und er merkte, daß es den anderen genauso ging. Es war, als wäre ein Zauber über sie gelegt worden. Sie waren eingeschlossen in diese Blase, wo eine Bewegung unmöglich war und wo wegen Mangels an Sauerstoff kein Geräusch zu hören war. Sie alle schwebten ins Unbekannte, in einen Bereich eines solchen Surrealismus, wo ihr Verstand nicht begreifen konnte, was mit ihnen geschah.

Noch ein lautes, mitleiderregendes Stöhnen war zu hören. Dann brüllte Lachlan Baird – der ungewöhnliche Geist – »Seid ihr denn alle taub geworden? Meine Beth hat Schmerzen! Wacht endlich auf!«

»Bleib bei den Jungen«, hörte Winston Agnes sagen, und dann begriff er, daß sie mit Roan gesprochen hatte, der starr wie eine Statue stand und Lachlan anstarrte, mit einem Gesicht, das so bleich war wie das einer Marmorstatue.

Die Münder der Jungen standen offen. Es war das längste Schweigen, das sie je in wachem Zustand erlebt hatten. Als Roan dann plötzlich auf den Boden fiel und sein Blick benommen auf dem früheren Gutsherrn des Baird Hauses ruhte, setzte sich Kevin rechts neben ihn, Kahl links neben ihn und Alby hockte sich auf Roans Schoß. Winston fand das alles komisch, doch lachen konnte er nicht.

Deliah zog Winston mit sich, hinter Laura, Agnes und Lachlan her, den Flur hinunter. Winston hatte keine Ahnung, wie er es schaffte, einen Fuß vor den anderen zu setzen. Er konnte kaum seine Beine fühlen. Sein Verstand war in einer anderen Dimension gefangen, irgendwo zwischen Realität und Phantasie, wie in einer Achterbahn, die mit atemberaubender Geschwindigkeit auf einer Schiene entlangraste, bei der es kein Ende gab. Als Deliah seine Hand drückte, sah er mit glasigen Augen auf sie hinunter. Er wußte, daß seine Augen glasig waren, weil sie so verschwommen aussah. Sie kam ihm nicht wirklich vor, doch fühlte er ihren Körper an seiner Seite, und ihre Finger öffneten und schlossen sich um seine Hand.

Nur benommen war er sich der Stimmen um ihn herum bewußt. Es waren gedämpfte Stimmen, und er verstand nicht, was sie sagten.

Wieder hörte man einen Schrei, es war ein Schrei, der bis in seine Seele drang, so schmerzlich war er, und dieser Schrei rettete ihn. Seine Sinne erwachten. Er starrte auf die Frau in dem Bett und erkannte sie sofort. Er kannte dieses lockige, hellbraune Haar, die blauen Augen und die cremig-zarte Haut. Sie trug das lange weiße Nachthemd, in dem er sie an diesem schicksalhaften Weihnachtsabend gesehen hatte.

»Oh … *Gott!*« schrie sie und umklammerte die Bettdecke so fest, daß ihre Fingerknöchel weiß hervortraten.

Blutlos …

Es waren Einzelheiten, die Winston bemerkte. Beth Staples Gesicht war schmerzverzerrt und von einem leichten Schweißfilm überzogen. Feuchte Löckchen hingen ihr in die Stirn und ins Gesicht. Sie atmete schwer. Sie hatte sich auf die Ellbogen gestützt und die Knie gespreizt. Von Winstons Standpunkt aus, nahe der Wand, am Fuße des Bettes, konnte er sehen, daß ihr Leib unter dem Nachthemd gewölbt war. Es gab keinen Zweifel, daß sie schwanger war. Und sie hatte heftige Wehen.

»Aggie ... Aggie«, keuchte Beth. »Was passiert mit mir? *Gott*, es tut so weh!«

Die letzten Worte jammerte sie, und Winston wäre beinahe aus dem Zimmer gelaufen. Nie zuvor hatte er eine Frau in den Wehen gesehen, und er schwor sich, daß er so etwas nie wieder mitansehen wollte. Laura und Aggie standen zu beiden Seiten des Bettes. Aggie setzte sich und zog Beth das Nachthemd über die Knie. Lauras Gesicht war verwirrt und voller Entsetzen. Lachlan stand am Fuße des Bettes, mit weit aufgerissenen Augen blickte er zwischen Beths Schenkel. Er sah aus, als würde er ohnmächtig werden, als Agnes erklärte: »Ich sehe den Kopf.«

»Winston«, sagte Deliah, und ihre Stimme klang so befehlend, daß Winston sie ansah. »Bring Lachlan weg, ehe er umfällt«, verlangte sie.

Beth stieß ein langes, schmerzhaftes Stöhnen aus, und Winston fühlte, wie alles Blut in seine Beine strömte. Sein Magen hob sich, und das Zimmer begann sich um ihn zu drehen.

»Winston«, sagte Deliah noch einmal freundlich, sie streckte die Hand aus und strich ihm über die Wange. »Geh jetzt. Das hier ist Frauensache. Nimm Lachlan mit und geh, Winston. Jetzt.«

»Laura, hol mir heißes Wasser und saubere Handtücher«, sagte Aggie. Ihre blaßblauen Augen sahen Winston an, nachdem sie Lachlan einen flüchtigen Blick zugeworfen hatte. »Und um Himmels willen, bringt *ihn* hier raus!«

Winston nickte mechanisch, dann trat er neben Lachlan Baird. »Es ist Zeit, daß wir nach Roan und den Jungen sehen.« Aber Lachlan schien ihn nicht zu hören, schockiert starrte er auf den Kopf des Babys, der zwischen Beths Schenkeln erschien.

»Lachlan Ian Baird«, brachte Beth heraus. »Ich werde dich kastrieren!«

Der frühere Gutsherr stieß heftig den Atem aus und fuhr zurück. Das nächste, was Winston wußte, war, daß er und

Lachlan den Flur hinuntereilten, in Richtung auf die anderen Männer im Haus. Roan war aufgestanden, er lehnte an der Wand, als würden seine Beine ihn nicht tragen. Die Jungen waren ruhig, die beiden älteren Brüder sahen Winston an, während Albys Gesicht sich zu einem breiten Grinsen verzog und seine Augen voller Verwunderung glänzten. Als Winston und Lachlan stehenblieben, trat der Dreijährige vor Lachlan, legte den Kopf in den Nacken, um ihm ins Gesicht zu sehen. »Lannie, du bist wieder da«, hauchte er.

Lachlan und Roan sahen einander an, die beiden wirkten, als hätte man ihnen den Boden unter den Füßen weggezogen.

»Lannie«, begann Roan, doch ein weiterer Schrei von Beth ließ die kleine Gruppe erschrocken zusammenfahren.

»Ich … ich kann es nicht ertragen, ihren … Schmerz zu hören«, stammelte Lachlan, und sah sich um, als suche er nach einem Fluchtweg.

»Die Bibliothek«, schlug Winston vor. Auch er wollte Beths Schreien und ihrem heftigen Atmen entfliehen, das die Luft um ihn herum anzufüllen schien.

Lachlan hob Alby hoch und setzte ihn auf seine rechte Hüfte, dann eilte er die Treppe hinunter. Die älteren Brüder folgten ihnen. Winston blieb zurück, er wartete auf Roan, der noch einige Sekunden brauchte, um sich von der Wand abzustoßen und den anderen die Treppe hinunterzufolgen.

Winston ging als letzter, in seinem Kopf wirbelten die Gedanken. Er versuchte, sich auf Deliah zu konzentrieren, doch mit der Ankunft des Geisterpaares schienen die Geheimnisse der Nymphe aus der vierten Dimension etwas trivial. Als er Lachlan Baird erkannt hatte, war Winston von einem Schwall von Eindrücken überwältigt worden. Er konnte noch immer nicht akzeptieren, was ihm seine Sinne sagten. Beth Staples lag oben in dem großen Schlafzimmer und gebar ein Kind, und ihre zweifelhafte andere Hälfte führte diese Männergesellschaft in die Bibliothek, Alby auf seiner Hüfte. Diese beiden Faktoren hätten ihn davon überzeugen sollen, daß *alles* möglich war, und dennoch …

Beths Schreie und ihr Stöhnen folgten ihnen bis in die Bibliothek. Winston schloß die dicken Türen hinter ihnen, dann blieb er mit verschränkten Armen davor stehen. Er wußte nicht, was er tun sollte, was er sagen sollte, doch erkannte er, daß er in einem weitaus besseren Zustand war als Roan, der mit dem Rücken zu den anderen vor dem Kamin stand und die Flammen schürte.

Lachlan stellte Alby auf die Beine und befahl den Jungen mit zittriger Stimme, sich auf das Sofa zu setzen. Sie gehorchten ihm ohne zu zögern, und drei Augenpaare richteten sich voller Verwunderung auf Lachlan.

»Roan?« Lachlan warf Winston einen schnellen Blick zu, ehe er zu Roan sah. »Roan, sag etwas. Wenigstens solltest du mir erklären, wie du uns zurückgeholt hast.«

Die Schultern des jetzigen Gutsherrn zuckten unter seinem Wollhemd. Dann wandte er sich um. Verzweiflung spiegelte sich auf seinem kreidebleichen Gesicht wider, und in seinen Augen standen Tränen. Winston hatte nicht die Absicht gehabt, sich in die Gefühle der Menschen in diesem Zimmer einzuschalten, doch stellte er fest, daß er nicht in der Lage war, sich ihrem überwältigenden Einfluß zu entziehen. Jeder der Jungen erlebte unterschiedliche Stadien der Begeisterung. Ihr Lieblingsgeist war zurückgekehrt. Sie kümmerten sich nicht um das Wie und Warum. Lachlan war voller Angst, aber wovor, dessen war Winston nicht sicher. Er konnte sich nicht dazu überwinden, sich in die Psyche des Mannes einzuschalten, denn er hatte das Gefühl, daß er bereits zuviel wußte. Doch Roan erstaunte ihn am meisten. Er betrachtete ihn mit wachsender Sorge. Er konnte keine Gedanken fühlen, doch Winston war sicher, daß Roan kurz davor war, seine Gefühle abzuschotten, sich in sich selbst zurückzuziehen. Er würde sich vor seiner Angst verstecken, erneut um seinen Freund trauern zu müssen.

»Junge«, sagte Lachlan leise zu Roan, und seine Hände ballten sich zu Fäusten und öffneten sich wieder. »Ich bin verwirrt und verängstigt, und ich brauche die Bestätigung, daß dies alles hier keine verdammte Einbildung ist. Ist mein Verstand etwa dem Teufel in den Schoß gefallen oder ist das alles *Wirklichkeit?*« Roan schwieg hartnäckig, und Lachlans Gesicht wurde rot vor Zorn. »*Verdammt,* antworte mir!«

»Schrei meinen Onkel nicht an!« sagte Kevin zu Lachlan. Die Augenbrauen hatte er gerunzelt, und sein Kinn zitterte, als er sprach.

Lachlan sah dem Jungen liebevoll ins Gesicht. »Tut mir leid, Jungs. Das ... das ist alles so verwirrend für mich.«

Lachlan fuhr herum, als Roan abrupt auf ihn zukam und dann eine Armeslänge vor ihm stehenblieb. Winston schätzte die Gefühle der beiden ab. Er war beinahe davon überzeugt, daß er sich zwischen die beiden Männer stellen sollte, als eine Art Schiedsrichter, doch eine innere Stimme riet ihm, sich zurückzuhalten und nur zu beobachten.

Es herrschte tiefes Schweigen. Die Luft in dem Raum schien zu knistern vor Erwartung. Lachlans breite Brust hob und senkte sich heftig unter seinem langärmeligen weißen Hemd, während Roans noch etwas breitere Brust davon zeugte, daß er nur flach atmete. Dann hob Roan die rechte Hand und hielt sie einige Sekunden lang in der Luft, ehe er sie auf Lachlans linke Schulter legte. Lachlan legte ebenso seine rechte Hand auf Roans linke Schulter. Noch ein paar Sekunden vergingen, man hörte nur das Knistern des Feuers.

»Wie hast du das gemacht?« flüsterte Lachlan dann fragend.

»Du bist wirklich hier«, sagte Roan immer noch benommen. »Du ... du fühlst dich an und siehst aus und ... riechst wie immer, du *alter* Mann.«

Ein Grinsen breitete sich auf Lachlans angespanntem Gesicht aus. »Aye, du auch, Junge. Wie hast du uns zurückgebracht?«

Roan schüttelte benommen den Kopf, unbewußt knetete er Lachlans Schulter. »Das habe ich nicht getan. Du bist einfach aufgetaucht. Einfach hereingeplatzt. Du hast eines deiner ... Erscheinungs-Kunststücke angewendet.«

»Nein, Junge«, erklärte Lachlan unsicher. »Wir wurden hierher *gebracht*, so sicher, wie an jedem Morgen die Sonne aufgeht.« Seine Stimme brach, und er holte tief Luft. »Himmel, das ist zu *unheimlich*, sogar für mich.«

Roan atmete heftig. Eine Sekunde lang bereitete Winston sich darauf vor, vorzuspringen und die beiden Männer auseinanderzuhalten, doch seine Befürchtung, daß sein Gastgeber kurz davor stand, durchzudrehen, erwies sich als falsch. Roan schlang plötzlich die Arme um Lachlan und schlug ihm ausdauernd auf den Rücken. Die beiden Männer stießen erstickte Geräusche aus, die Jungen begannen zu weinen, und zu seinem Entsetzen stellte Winston fest, daß auch er so gerührt war, daß er mehrmals tief Luft holen mußte, um die Tränen in seinen Augen zurückzudrängen. Sie kamen trotzdem, und er wischte sie schnell weg, ehe jemand es merkte.

»Lannie, Lannie«, stammelte Roan, mit einer Stimme zwischen Lachen und Weinen. »Verdammt, ich kann es nicht glauben, daß du hier bist! Wie oft ...«, er zog sich ein wenig von Lachlan zurück, beinahe grob, dann nahm er dessen Gesicht in seine großen Hände, »... werde ich mich noch von dir verabschieden müssen, bis du wirklich tot *bleibst.*«

Ein eigenartiger Ausdruck ließ Lachlans Gesicht ganz weich werden, als er sich aus Roans Umarmung löste. Er sah aus, als hätte Roan seine Gefühle verletzt, als würde er am liebsten in ein Loch kriechen und sich dort vor der Welt verstecken.

»Ich bin gerade erst angekommen«, sagte Lachlan leise. »Du

brauchst dir keine Sorge wegen deiner Stellung hier zu machen. Ich habe nicht die Absicht …«

»Ach!« Roan lachte, dann hob er abwehrend beide Hände. »Lannie, ich habe doch nur Spaß gemacht.« Er senkte die Hände wieder und grinste. »Wir fühlen uns alle etwas angespannt, aber ich könnte nicht glücklicher sein, dich zu sehen!«

Lachlan sah zu den Jungen, dann zu Winston, dann senkte er den Blick auf seine Hände, während er einen unsichtbaren Schmutz von seiner enganliegenden schwarzen Hose wischte. »Es fühlt sich nicht richtig an, Roan. Beth …« Er hob den Kopf und sah Roan besorgt an. »Schwanger? Ich kann mich nicht so recht an den Ort erinnern, an dem wir waren, aber ich würde doch wissen, wenn ich mit meiner Frau ein Baby geschaffen hätte.«

Er fuhr sich mit den Fingern seiner linken Hand über sein schulterlanges kastanienbraunes Haar, dann ging er zum Kamin und hob den schmiedeeisernen Feuerhaken hoch. Eine Weile stocherte er damit in den brennenden Holzscheiten herum, dann wandte er sich wieder zu den anderen um, dabei runzelte er die Stirn. »*Bums,* wir sind wieder hier, und wir bekommen auch noch ein Kind. Ich fühle mich unheimlich. Ich bin nicht ich selbst.« Er blickte an sich hinunter, dann hob er das spitze Ende des Schürhakens hoch und schlug damit in seine linke Handfläche. »Meine Haut spannt, und in meinem Kopf summt es. Ich weiß nicht, was ich tun soll.« Während er weitersprach, schlug er bei jedem Wort ein wenig heftiger mit dem Schürhaken in seine Handfläche. »Ich kann doch kein Vater sein. Was könnte ich denn einem Kind nützen, so tot wie ich bin? Himmel! Das sollte nicht geschehen. Die andere Seite ist doch für ewig! Wenn ich nicht bald Antworten bekomme …« Er stieß einen kehligen Schrei aus und starrte entsetzt in seine Handfläche. Der Feuerhaken fiel ihm aus der Hand und polterte vor seinen Füßen auf den Boden.

»Lannie?« fragte Roan, doch bewegte er sich nicht.

Winston ging zu Lachlan hinüber und blickte in seine Handfläche. Blut floß darüber. Lachlans Gesicht war so weiß wie ein Laken geworden.

»Kevin, hol mir bitte ein sauberes Handtuch«, bat Winston den Jungen.

Roan trat neben Winston, und als er das Blut sah, das aus der Wunde floß, hielt er Kevin zurück. »Kevin, hol den Erste-Hilfe-Kasten. Schnell.«

Kahl lief zusammen mit seinem Bruder aus dem Zimmer.

»Lannie, du ... blutest«, murmelte Roan erstickt.

Lachlan ging um die beiden Männer herum zum Sofa. Die ganze Zeit über hielt er die Hand hoch, die er sich mit der Spitze des Feuerhakens verletzt hatte, und starrte ungläubig auf das rote Blut.

»Es tut weh«, hauchte Lachlan, seine dunklen Augen musterten die beiden Männer fragend, als erwarte er von ihnen eine einfache Erklärung. »Es ist Blut. Das ist kein *Geisterblut.*«

»Nein«, stimmte Winston ihm zu.

Ein ersticktes Lachen kam aus Lachlans Mund. »Ich kann nicht hindurchsehen.«

»Nein«, wiederholte Winston.

»Und meine Hand – mein *Arm* – tut weh!«

Winston nickte. »Du hast dich verletzt«, erklärte er.

Ein komischer, beinahe reumütiger Ausdruck erschien auf Lachlans Gesicht. »Ich habe mich verletzt, sagst du? *Himmel!* Wie kann ein *Geist* sich verletzen?«

Winston schluckte, sein Hals war ganz eng. Dann trafen sich seine Blicke mit denen von Roan. Der sah ihn zuerst verwirrt an, dann wurde sein Gesichtsausdruck ungläubig.

»Du meinst ...?« krächzte Roan.

Winston nickte, und Roan beobachtete Lachlan verblüfft. »Mein Gott.«

»Was? *Was!*« schrie Lachlan, ärgerlich darüber, daß er nicht verstand, was die beiden anderen Männer offensichtlich begriffen hatten.

»Roan, ich denke, es ist besser, wenn ich mit ihm rede«, meinte Winston. »Sorge dafür, daß die Jungen eine Zeitlang wegbleiben, okay?«

Roan nickte, dann ging er zur Tür. »Ich bin hier draußen, wenn du mich brauchst«, sagte er zu Winston, als er in den Flur trat, doch sein Blick ruhte auf Lachlan.

Als Roan die Tür hinter sich geschlossen hatte, sah Lachlan Winston böse an. »Was ist das, was du zu wissen *glaubst?*«

»Deine Hand. Was sagt dir deine Wunde?«

Lachlan sah, wie Blut zwischen seinen Fingern hindurch auf den Boden tropfte. »Verflixt, es blutet immer noch.«

»Lachlan.«

Der Kopf des früheren Gutsherrn fuhr hoch, und er warf Winston einen wütenden und zugleich abwehrenden Blick zu. »Das sagt mir, daß es verdammt weh tut!« brüllte er ihn an, und seine verletzte Hand zitterte. »*Geister* bluten nicht! Und *Geister* fühlen auch keinen wirklichen Schmerz, sie fühlen nur die Erinnerung an den Schmerz!«

Winston seufzte. »Lachlan, ich weiß nicht, wie das geschehen konnte, aber dir und Beth ist das Leben zurückgegeben worden. Die übersinnlichen Kondensstreifen, die dich und Roan verbunden haben ...«

»Die was?«

»... sind nicht mehr da. Du lebst, Lachlan Baird. Du und Beth und dein ...«

Lachlan brach in einen hitzigen Wortschwall in Gälisch aus, dann schloß er: »Du bist verdammt taub, Mann!«

»Nein«, widersprach Winston freundlich, und der Hauch eines Lächelns lag um seinen Mund. »Willkommen im zwanzigsten Jahrhundert, Lachlan. Dein neues Leben beginnt heute.«

Lachlan atmete schwer und schüttelte pausenlos den Kopf. »Ich habe nicht darum gebeten, zurückgebracht zu werden. Ich wollte kein *neues* Leben!« Er zitterte heftig, Tränen rannen über sein bleiches Gesicht. »Mein Leben war das eines Geistes, eines verdammten Geistes und sonst nichts!«

»Es hat einmal eine Zeit gegeben, da warst du ein Mann.«

»*Nein!* Er hat schon seit sehr langer Zeit nicht mehr existiert, und ich wollte nicht, daß er zurückkehrt! Lachlan Baird, Gutsherr von *Kist* Haus, das bin ich!«

»Wenn du Zeit gehabt hast, dich anzupassen ...«

Agnes erschien, und sowohl Winston als auch Lachlan zuckten zusammen. Ihr Gesichtsausdruck war überraschend gefaßt, ihre Haltung steif, beinahe feindselig. Sie wandte sich an Lachlan. »Beth geht es gut. Ihr seid stolze Eltern von Zwillingen. Ein Mädchen und ein Junge. Sie sind beide gesund.«

Winston beobachtete Lachlan, der wie versteinert war vor Schock und vor Ablehnung. Die Gefühle des Mannes gingen über Winston hinweg wie große, dunkle, stürmische Wogen.

»Ich kann kein Vater sein«, keuchte Lachlan und schüttelte erneut den Kopf.

Agnes faltete die Hände vor ihrem Bauch. Dann sah sie auf seine blutige Hand, machte schnell einen Schritt auf ihn zu und griff nach Lachlans Handgelenk. Winston war nicht sicher, was er zu erwarten hatte, doch ganz bestimmt hatte er nicht mit dem Aufblitzen von Zorn in ihren Augen gerechnet.

»Nein!« rief sie und ließ ihn los, als hätte sie sich an ihm verbrannt. »Es kann nicht sein, daß du wieder *lebendig* bist!«

»Das bin ich nicht«, flüsterte Lachlan. »Das bin ich ... nicht. Es kann nicht sein. Es kann nicht sein.«

»Was ist mit meinem Borgie?« fragte sie, und die Verzweiflung nahm ihrer Stimme den zornigen Unterton. »Wo ist er?«

Lachlan zuckte hilflos mit den Schultern. »Das weiß ich nicht. Momentan erinnere ich mich an nicht sehr viel.«

Agnes trat ein paar Schritte von ihm zurück. Außer in dem Gesicht von Killern hatte Winston noch nie eine solche überwältigende Wut gesehen. »Wenn du *und* Beth zurückkommen konntet, warum nicht mein Borgie? Heh? Warum nicht mein Borgie?« Ihr ganzer Körper bebte, die Hände hatte sie zu Fäusten geballt. »Warum nicht mein Junge, Lannie? Wo ist er? Was er getan hat, war nicht so schrecklich, daß er nicht eine zweite Chance verdient hätte!«

»Aggie ...« Lachlans Stimme erstickte in Tränen, und er konnte nicht weitersprechen.

»Ich verfluche dich, Lannie«, brachte sie zwischen zusammengebissenen Zähnen hervor, und ihre Augen schienen aus ihren Höhlen herauszutreten. »Ich verfluche dich. Dir hat man alles gegeben, nicht wahr? Dein Leben. Deine Frau. Und jetzt ... einen Sohn und eine Tochter. Alles was ich je hatte, war mein Sohn. Wo ist er?«

Benommen schüttelte Lachlan den Kopf.

Mit einem schmerzlichen Aufschrei verschwand Agnes, das Echo ihrer Stimme hing noch einige Sekunden in dem Raum.

Roan kam ins Zimmer, seine Schultern waren zusammengesunken, in seinen Augen glänzten Tränen. Er sah Lachlan an. »Ich habe die Jungen nach oben geschickt.« Er schluckte. »Ich habe gehört, was Aggie gesagt hat. Du bist jetzt also Vater. Meinen Glückwunsch, Lannie.«

Lachlan warf Winston einen schnellen Blick zu, dann starrte er auf seine zitternde Hand. Pfeifend wich der Atem aus seiner Lunge. Er schwankte. Dann riß er sich zusammen und seufzte auf. Er wurde noch blasser. Er verdrehte die Augen und fiel nach hinten.

Alle viere von sich gestreckt, lag der bewußtlose Lachlan Baird auf dem Boden und entfloh so der Wirklichkeit.

Roan und Winston knieten zu beiden Seiten von ihm, Winston bedeutete Roan, ihn nicht zu berühren. »Laß ihn sich ausruhen. Wir werden seine Hand verbinden und dann versuchen, mit der Sache ins reine zu kommen, ehe er wieder zu sich kommt.«

»Er und Beth sind *wirklich*? Sie sind zurückgekommen, um zu bleiben?«

Winston nickte.

»Gütiger Himmel«, murmelte Roan.

Beth fühlte, wie sie tiefer in die Kissen sank, als sie Laura betrachtete, die mit ihrem schlafenden Sohn auf dem Arm das Zimmer verließ. Es war ein eigenartiger Tag gewesen, lang und hektisch, und erst jetzt wagte sie es, darüber nachzudenken.

Hinter den offenen Gardinen war die Nacht angebrochen, und man konnte eine Vielzahl von Sternen am dunklen Himmel erkennen. Wie viele Stunden vergangen waren, wußte sie nicht, aber sie hatte die Zwillinge bereits dreimal gestillt. Sie war erschöpft und doch voller Energie. Sie war unendlich glücklich und aufgeregt, gleichzeitig jedoch auch abgrundtief unglücklich.

Doch hauptsächlich hatte sie Angst.

Die wohlbekannte Gemütlichkeit des vom Kamin geheizten Zimmers half ihr, ihre zerrütteten Nerven zu beruhigen, aber sie führte gleichzeitig auch dazu, ihre unausgesprochene Angst zu schüren, daß sie sich in einem sehr wirklichen Traum befand, in einem Traum, der ihr das Herz brechen würde, wenn sie aufwachte und begriff, daß sie ihr angenommenes Zuhause nie wiedersehen würde, höchstens im Schlaf, und daß sie ganz sicher niemals Mutter werden würde.

Lachlan, wo bist du?

Sie verspürte ein Brennen im Hals, und Tränen traten in ihre Augen. Es war alles nur eine Erinnerung, denn sie konnte natürlich nicht mehr weinen. Tränen gehörten den Lebenden.

Aber wo war Lachlan? Er war in ihrem Traum gewesen, ehe die Geburt eingesetzt hatte …

In gewisser Weise wünschte sie, sie könnte aufwachen und zurückkehren zu ihrer Existenz in …

Sie atmete tief durch, als sie begriff, daß sie sich an nicht mehr viel aus ihrem Leben danach erinnern konnte. Verschwommene Bilder zuckten am Rande ihres Bewußtseins.

Sie schloß die Augen und gähnte. Als sie sie wieder öffnete, stellte sie überrascht fest, daß eine Gestalt an einem der Fenster stand. Den Bruchteil einer Sekunde lang dachte Beth, daß sie ihre Cousine It gesehen hatte, eine Gestalt der *Addams Familie*. Dann begriff Beth, daß es eine Frau mit ungewöhnlich langem Haar sein mußte.

Abrupt wandte sich die Gestalt um und trat neben Beths Bett. Sie war jung, vielleicht Mitte zwanzig, und wunderschön. Als die Frau sich anmutig neben Beth setzte, konnte Beth den Blick nicht von ihr losreißen. *Wunderschön* war nicht das richtige Wort, sagte sich Beth. Das herzförmige Gesicht hatte etwas Engelhaftes. Es war sanft, unschuldig und zeitlos.

»Kann ich dir etwas aus der Küche holen?« fragte sie und lächelte Beth an. »Ich kann zwar nicht kochen, aber ich kann dir etwas Obst bringen oder ein paar feine Muffins von Laura mit Aggies Marmelade. Ich habe ein ganzes Glas Erdbeermarmelade ausgeleckt, wirklich, und ich kann schwören, daß sie außerordentlich großartig schmeckt.«

Beth lachte leise. »Nein, ich möchte nichts, danke.«

Die Fremde seufzte, während ihre lebhaften blauen Augen Beths Gesicht betrachteten.

»Wer bist du?«

»Deliah«, antwortete sie ohne zu zögern und lächelte noch einmal. »Ich bin Deliah.«

Ein Lächeln erschien auf Beths Gesicht. Die junge Frau war gewiß eigenartig, aber ihr gefiel sie. »Bist du schon lange hier?« Als Deliah sich in dem Zimmer umsah, fügte Beth hinzu: »Im Baird Haus.«

»Sehr lange.«

Die Antwort erstaunte Beth, dann dachte sie wieder über die Wirklichkeit ihrer Träume nach und fragte: »Sind wir uns schon einmal begegnet?«

Deliah zog die geschwungenen Augenbrauen hoch. »Wie meinst du das, begegnet?«

Wieder erstaunte ihre Antwort Beth. Noch einmal gähnte sie, und ihre Augen wurden feucht. »Ich dachte gerade daran, was für ein *wirklicher* Traum das ist, und warum jemand, den ich nicht kenne, in diesem Traum vorkommt.«

»Nein, Beth, das ist kein Traum.« Deliah runzelte die Stirn, ihre blauen Augen strahlten. »Ich habe dich und Lachlan nach Hause gebracht. Hier gehört ihr beide hin.«

»Du?«

Einige Sekunden lang hielt Beth den Atem an, dann begriff sie, daß sie die Decke umklammerte. Sie *fühlte* die Wolle und die Fasern. Wirklich. Sie roch das Holz, das im Kamin brannte. Sie spürte einen kühlen Zug auf ihrem Gesicht. Wirklich.

»Beth, ich muß dir eine Geschichte erzählen.«

Beinahe eine halbe Stunde hörte Beth benommen der Erzählung der jungen Frau über ihr Leben auf dem Baird Land zu und darüber, wie sie in dieses Haus gekommen war. Als sie zu Ende erzählt hatte, schwieg Beth zuerst. In ihrem Kopf wirbelten die Gedanken viel zu schnell. Zweifel und Unglaube stritten in ihrem Inneren. Dann flüsterte sie so leise, daß man es kaum hören konnte. »Das ist unmöglich.«

Ein liebevolles Lächeln breitete sich auf Deliahs Gesicht aus. »Nicht unmöglicher, als vom Tod zurückzukehren«, sagte sie mit einer solch ruhigen Logik, daß Beth verwirrt blinzelte. »Beth, alles, was ich gesagt habe, ist die Wahrheit.«

»Aber ...«

Deliahs Augen blitzten schelmisch, sie drohte mit dem Finger. »Kein aber. Wir sind, was wir sind.«

»Kannst du mir nicht sagen, wie du es geschafft hast, uns zurückkehren zu lassen? Deliah, hast du wirklich *solche* Macht?«

Es vergingen einige Sekunden, in denen Deliah über ihre Antwort nachdachte. Schließlich seufzte sie und zuckte mit ihren schmalen Schultern. »Es ist keine Macht, so wie du das meinst. Beth, erinnerst du dich an die Nacht, in der du Viola in den Himmel getragen hast?«

Ein eisiger Schauer lief durch Beths Körper, sie nickte.

»Kurz davor warst du in der Wand und hast versucht, genug Mut zu fassen, um Lachlan zurückzulassen. Du hattest schreckliche Angst davor, wie das Leben nach dem Tod sein würde, aber du wußtest, daß du keine andere Wahl hattest, als sie von dem Haus wegzubringen. Ich erinnere mich daran, daß ich mir damals gewünscht habe, ich wäre an deiner Stelle und hätte diesen Mut.«

Unter Tränen murmelte Beth: »Ich hatte keine andere Wahl. Sie hätte schließlich die Jungen umgebracht.«

»Aye, und du hattest Angst um Lachlans Seele.« Sanft nahm Deliah Beths Hände in ihre. »Jemand wie ich kann keinem lebendigen Ding etwas zuleide tun, Beth, und ich kann mich auch nicht in den Geist eines Menschen einmischen. MuNa hat strenge Regeln, und auch wenn ich für mein Volk verloren bin, muß ich mich an diese Regeln halten. Ich konnte Viola nicht zurückhalten, und ich konnte dich nicht davon abhalten, sie vom Baird Land wegzubringen. Aber ich konnte dich und Lachlan an mich und Roan binden, mit so etwas wie einer Nabelschnur, und das habe ich getan. Du warst niemals vollständig in dem Leben nach dem Tod, sondern in einer Ebene zwischen den beiden Welten.«

»Warum?«

Deliah blickte auf ihre Hände. »Ich wußte nicht, was ich sonst hätte tun können.«

»Wenn dies alles Wirklichkeit ist, warum gerade jetzt?«

Beinahe zögernd sah Deliah Beth in die Augen. »Die Rückkehr sollte langsam vor sich gehen, Beth. Winston ...«

»Der Cop – oder Agent – oder was auch immer er ist, mit den übersinnlichen Fähigkeiten?«

»Aye. Ich konnte das Wissen nicht allzu lange vor ihm verbergen. Er hat seine eigene Energie, und die hat gegen die meine gearbeitet. Wann immer Roan traurig von deinem oder Lachlans Tod gesprochen hat, hat Winston unbewußt mit seinen Gedanken versucht, mit dir Verbindung aufzunehmen.« Sie seufzte wehmütig. »Und immer, wenn er das getan hat, hat es meine Verbindung geschwächt. Ich hatte keine andere Wahl, als eure Rückkehr einzuleiten, ehe es zu spät war und die andere Seite euch beide übernommen hätte.«

»Wir waren *tot,* Deliah.«

»Nur eure Hüllen.«

Beth rieb sich erschöpft über ihre schmerzenden Schläfen. »Ich bin verwirrt.«

»Aye. Das ist nicht verwunderlich. Natur ist Energie, Beth. Energie ist Leben.«

»Und?«

Beths Skepsis ließ Deliah auflachen. »Und die Magie der Erde kennt keine kleinlichen Grenzen. Du und Lachlan wurdet bei einer Eiche begraben, und das hat mir die Möglichkeit gegeben, eure Substanzen in den kostbaren Wurzeln zu lagern.«

»Was ist mit Carlene und ihrem Mann?«

»Sie sind fern vom Baird Land gestorben. Beth? Kann ich dich etwas fragen?«

»Sicher.«

Deliah sah zur Tür, ein Ausdruck eigenartiger Verzückung lag auf ihrem Gesicht. »Wie ist es, ein Kind zu gebären?« Sie sah wieder zu Beth. »Ich meine nicht den Schmerz, denn ich hätte beinahe das Zimmer verlassen, weil ich so sehr deinen

Schmerz gefühlt habe. Aber gleich danach, da hat es nicht mehr wehgetan, Beth. Du warst … Ich kann nicht begreifen, was du gefühlt hast.«

»Jubel, denke ich.«

»Jubel.«

Beth nickte, dann traten Tränen in ihre Augen und rannen über ihre Wangen. »Das ist kein Traum, Deliah? Lachlan und ich sind zurück? Wir sind *lebendig*, und wir sind Eltern?«

»Aye«, antwortete Deliah, die von Beths Tränen offensichtlich verblüfft war. »Bist du nicht glücklich?«

Beth nickte. Sie schluchzte auf und schloß kurz die Augen. »Lachlan. Wo ist er, Deliah? Ist er … auch … lebendig?«

»Aye, natürlich.«

»Wo ist er?« fragte Beth ängstlich. »Hat er die Babys schon gesehen?«

Deliah schüttelte traurig den Kopf. »Ihm geht es nicht so gut wie dir, Beth. In seinen Gedanken ist er noch immer tot. Er hat länger als Geist gelebt als als Mann.«

»Was bedeutet das?«

»Es ist jetzt schwierig für ihn, Beth. Mit der Zeit wird er sich wieder an das Leben als Mann erinnern – als *lebendiger* Mann. Roan und Winston werden ihm in den schwierigen Zeiten helfen, die vor ihm liegen.«

»Du verstehst das nicht, Deliah. Wir *lieben* einander. Ich sollte all das sein, was er braucht. Und seine Kinder …«

»Beth«, unterbrach Deliah sie flüsternd. »Es war kein Mann, in den du dich verliebt hast, sondern es war die Energie dessen, was einmal ein Mann gewesen war. *Dieser* Lachlan wird ein wenig anders sein.«

Ängstlich fragte Beth: »Wie anders?«

Deliah zuckte mit den Schultern. »Das ist schwer zu sagen. Männer haben einen eigenartigen Verstand, selbst in meinem Volk. Wir Frauen sind es, die die Balance kontrollieren.«

»Wirklich?«

Deliah lachte. »Aye, aber das ist eine nie enden wollende Aufgabe, nicht wahr?« Sie wurde wieder ernst und beugte sich zu Beth. »Beth, sei lieb zu ihm, während er sich an das Neue gewöhnt. Ich war bei Lachlan seit der Zeit vor seinem Tod. Ich bin mit ihm in Verbindung getreten, um ein Gefühl zu haben, wie es ist, wenn man lebendig ist.«

»Hat er je gewußt, daß du bei ihm warst?«

»Nein. Wann immer er meine Energie angezapft hat, um sein Leben als Geist zu erhalten, hat er geglaubt, daß es etwas in ihm selbst ist. Ich hatte nichts dagegen. Durch ihn war ich in der Lage, wieder etwas zu fühlen. Zu lange vor ihm gab es für mich nichts anderes als Dunkelheit und Verzweiflung. Mein Volk hat niemals die Einsamkeit gekannt. Wir haben niemals die Bedeutung von Abgeschiedenheit verstanden. Aber ich weiß darüber Bescheid, und ich hoffe, ich werde es nie wieder erleben.«

Beth schwieg lange, eingehüllt in eine Verträumtheit, die sie nicht verlassen wollte. Sie war nicht sicher, was sie davon halten sollte, wieder lebendig zu sein. Fraglos sollte sie außer sich vor Freude sein und unendlich glücklich. Doch noch immer war sie etwas ängstlich. Sie konnte nicht Gott danken für ihren Zustand, sondern diesem unglaublichen Ding, das sich *Deliah* nannte.

»Beth?«

Beth begriff, daß ihr Verstand hinwegglitt, in einen Bereich, in den sie sich flüchten sollte, als Deliahs Stimme in ihr Bewußtsein drang. Sie seufzte tief auf, dann sah sie die junge Frau an und bemühte sich um ein Lächeln.

»Danke«, sagte sie, doch der etwas rauhe Ton ihrer Stimme zeugte von ihrer Dankbarkeit. Als Deliah nur nickte, füllten sich Beths Augen wieder mit Tränen. »Wirst du im Baird Haus bleiben?« fragte sie.

Ein Schatten fiel über das Gesicht der jungen Frau, und so etwas wie Furcht trat in ihren Blick. »Wenn man mich wegschickt, Beth, werde ich sterben.«

Diesmal streckte Beth die Hand aus und ergriff die zarte Hand der jungen Frau. »Niemand wird dich je zwingen, aus diesem Haus wegzugehen. Darauf gebe ich dir mein Wort.«

Deliah nickte traurig und biß sich auf die Unterlippe. »Beth, versprich mir, daß du niemandem sagst, was ich bin.«

»Warum nicht?«

Deliah schüttelte zögernd den Kopf. »Die Männer werden es nicht verstehen. Beth, versprich es mir, und ich werde dich nie wieder um etwas bitten!«

Wieder verging eine Weile schweigend. Beide Frauen sahen einander an, eine eigenartige magische Verbindung entstand zwischen ihnen, doch mit Magie hatte diese Verbindung nichts zu tun. Schließlich setzte Beth sich auf. Sie hatte Schmerzen und war plötzlich entsetzlich müde und erschöpft, aber sie war neugierig auf diese Frau und wollte ihre Unterhaltung noch nicht beenden.

»Weißt du, als ich zuerst in dieses Haus kam, Deliah, da hatte ich keine Ahnung, wie einsam ich war. Ich besaß keine Identität und ganz sicher wußte ich nicht, was ich wert war. Ich brauchte dieses Haus, Lachlan und meinen Tod, um mich selbst zu finden.«

»Das verstehe ich nicht.«

»Deliah, fürchte dich nicht vor dem, wer oder was du bist.«

»Es ist einfach für einen Menschen, hierher zu gehören«, murmelte Deliah, und in ihrer Stimme lag ihr gesamtes Elend. »Ich komme aus der Erde. Für jemanden wie mich ist es beschämend, so zu existieren, wie ich es jetzt tue.«

»Warum ist es beschämend?«

Deliah senkte den Kopf. Ihr herrliches Haar schloß sich um sie wie eine Gardine aus Seide. »Ich besitze keinen Ring für den Übergang. Mein Bruder hat den unseres Vaters gestohlen, um wieder und wieder diese Welt zu betreten, und indem er das tat, hat er eine Katastrophe ausgelöst, die meine ganze Familie, meinen Clan und mein ganzes Königreich ausgelöscht hat.«

»Sie sind alle tot?«

»Aye.« Sie hob den Kopf und strich sich mit einer hölzernen Handbewegung das Haar aus dem Gesicht. »Wenn noch irgendeiner von ihnen leben würde, hätte er nach mir gesucht. Wir verlassen unsere Leute nicht. Nein ... sie sind alle tot, und ich bin hier, weil ich mich so tief zwischen den Wurzeln versteckt habe, daß die Bösen mich nicht finden konnten. Aye, ich habe mich so tief versteckt, daß ich mich selbst verloren habe.«

»Du bist hier nicht allein, Deliah. Es gibt keinen Grund, warum du nicht ein normales Leben führen kannst.«

Ein Nebel von Tränen ließ die blauen Augen, die traurig in Beths Gesicht sahen, glänzen. »Es ist nicht genug, zu leben. Ohne Winston ...«

»Du liebst ihn?«

Deliah nickte. »Von der ersten Sekunde an, als er seinen Fuß auf Baird Land gesetzt hat.« Sie seufzte unter Tränen. »Ich habe noch nie einen schöneren Mann gesehen, Beth. Er macht, daß mir mein Herz weh tut.«

Mit einem leisen Lachen nickte Beth mit dem Kopf. »Das Gefühl kenne ich, glaube mir.«

»Aye, ich weiß, daß du es kennst.« Ein zartes Lächeln glitt über Deliahs Gesicht. »Aber Lachlan hat dich geliebt, ehe er hierher kam, Beth. Winston, also ... nun ja, er ist kein Mann, dem es leicht fällt, zu lieben, und ich fürchte, er ist kein Mann, der es akzeptieren wird, daß ich anders bin. Ehe ich das Reich des Wartens verlassen habe, hatte ich einen Plan. Ich wollte ihn dazu bringen, daß er mich liebte, ehe wir uns begegneten – in natura, sozusagen. Aber ich hatte nicht die Zeit, die ich zu haben glaubte, und seit meiner Ankunft ist er nicht gerade sehr glücklich über mich gewesen.«

»Warum nicht?«

»Nun ja, er findet mich kindisch, weil ich den Winter so sehr liebe. Ich kann ihm nicht sagen, wie *neu* das alles für mich ist. Er würde das *niemals* verstehen, das kann ich dir sagen! Und er hat ein Problem damit, daß ich mich ausziehe. Beth, es gibt Zeiten, da ist diese Bekleidung viel zu beengend. Wenn ich die *Kälte* erfahren möchte, dann möchte ich sie an meinem *ganzen* Körper fühlen! Würdest du das nicht auch wollen?«

Beth lachte. »Ich verstehe ihn trotzdem. In eiskaltem Wetter möchten die Menschen sich normalerweise nicht ausziehen.«

»Warum denn nicht? Es fühlt sich großartig an, Beth. Sehr großartig!«

»Menschen können sich erkälten. Sie werden krank. Ich denke, er war besorgt um deine Gesundheit.«

Langsam dämmerte das Begreifen in Deliahs Gesicht. »Er macht sich Sorgen um mich? Ist das nicht großartig? Das würde bedeuten, daß er sich ein bißchen aus mir macht, ob er es nun zugeben will oder nicht.«

Beth nickte.

»Ah, Beth, ich wünsche mir von ganzem Herzen, daß er mich liebt. Aber es gibt so viele Gründe, warum er mich nicht haben will.«

»Es sollte nicht wichtig sein, daß ihr beide verschieden seid.«

Deliah schluchzte auf, sie sah mit tränenfeuchten Augen zum Himmel. »Ich kann ihm keine Kinder schenken, und ich kann mir nicht vorstellen, daß ich ihm jemals genügen würde, damit er ein erfülltes Leben hat.«

»Es tut mir leid, Deliah, aber es gibt eine ganze Menge menschlicher Paare, die keine Kinder haben können. Es ist am besten, wenn du ihm alles sagst. Gib ihm die Möglichkeit, die Entscheidung selbst zu treffen.«

»Ich kenne ihn viel zu gut«, flüsterte Deliah. »Und er wünscht sich eine Familie. Ich kann ihm nur mich selbst bieten.«

Ein warmes, verständnisvolles Lächeln erhellte Beths hübsches Gesicht. »Du solltest dich nicht unterschätzen. Die Liebe hat ihre ganz eigene Magie.«

Deliah wischte sich mit der Hand über die Nase und reckte dann ihre Schultern. »Aye, das ist wahr. Danke, Beth. Es ist so schön, wirklich mit dir zu reden.«

Wieder lachte Beth. »Es ist eigenartig, aber es ist tatsächlich großartig, Kleines.«

Deliah stand auf und warf ihr Haar zurück. »Du siehst müde aus. Ich sollte dich jetzt ruhen lassen. Aber Beth, du kannst mich jederzeit rufen. Es wird mir eine Ehre sein, dir auf jede nur mögliche Art zu helfen. Das kann ich, besonders mit den Babys kann ich dir helfen. Sie sind wundervoll!«

»Danke, Deliah. Ich werde alle Hilfe brauchen, die ich bekommen kann, glaube mir. Ich bin nämlich gar nicht vorbereitet auf die Mutterschaft.«

»Das ist wahr, aber die Babys können sich glücklich schätzen, dich als ihre Mutter zu haben.«

»Deliah?«

»Aye?«

»Wenn du Lachlan siehst ...«

Deliah lächelte warm. »Aye. Ich werde mit ihm reden. Sei nur geduldig. Denk daran, er ist ein Mann, und Männer können etwas langsam sein, wenn es darum geht, sich Situationen anzupassen, die ihnen fremd sind.«

»Hmm, wie wahr. Ganz besonders Lachlan.«

»Ganz besonders Lachlan. Es gibt keinen Mann auf der Welt, der schwieriger ist, würde ich sagen.«

8

Am Ende der zweiten Woche nach Lachlans und Beths Rückkehr waren die Bewohner des Hauses so angespannt wie Stahlfedern. Es schneite noch immer. Die Rekordkälte hätte verantwortlich sein können für die angespannte Laune aller, doch in Wirklichkeit war es die Unsicherheit ihrer Zukunft. Der Winter wollte dem Frühling nicht weichen, und das Eingeschlossensein verstärkte die schlechte Laune.

Viermal gingen Winston und Roan in die Stadt und kauften Lebensmittel, Babyflaschen, Windeln, Decken und Kinderkleidung. Obwohl sie zuerst versucht hatten, Winstons Wagen aus dem Schnee auszugraben und dann Roans Wagen, so war ihnen das nicht gelungen. Der lange Weg in die Stadt hatte sie mehr erschöpft, als sie beide es für möglich gehalten hätten, aber sie versüßten sich den bitterkalten, äußerst strapaziösen Weg mit einem Besuch bei Shortbys für ein wohlverdientes Glas Bier. Es waren nur wenige Gäste dort bei ihren Besuchen, aber die beiden Männer waren ja nicht hierhergekommen, um mit anderen gesellschaftlichen Kontakt zu pflegen. Sie hatten kaum miteinander geredet, und jetzt tranken sie gerade genug Bier, um ihre Geschmacksnerven zu befriedigen und ihren Bauch zu füllen, ehe sie zu den beengten Verhältnissen des Baird Hauses zurückkehrten.

Obwohl die Jungen in diesen Tagen noch am verträglichsten waren, so waren sie es doch leid, ständig im Haus bleiben zu müssen. Sie arbeiteten an ihrem Plan, bis sie relativ sicher waren, daß der nächste böse Mann ihnen nicht mehr entkommen würde. Sie waren sicher, daß es einen gab. Jeder erzählte seinen Geschwistern davon, daß einer neben ihrem Bett gestanden hatte, während sie schliefen. Sie berichteten von heimlichen Bewegungen und raschelnden Geräuschen zwischen den Wänden. Die Jungen ignorierten die schlechtgelaunten Erwachsenen die meiste Zeit über. Äußerlich schien es, als würden sie sich hervorragend benehmen, ab und zu hatten sie einen Temperamentsausbruch, damit die Erwachsenen keine Vermutungen anstellten, was sie tatsächlich in ihren Zimmern ausheckten. Und die Erwachsenen wiederum fanden, daß es mehr gab als nur die Kleinen, auf das sie ihre Aufmerksamkeit richten mußten.

Roan war die meiste Zeit mies gelaunt. Seit Laura die meisten Tage und Nächte damit verbrachte, Beth mit den Babys zu helfen, und die Jungen ihm aus dem Weg gingen, da Lachlan die Einsamkeit vorzog und Winston zu angespannt war, um ein guter Gesellschafter zu sein, fühlte er sich verlassen und überflüssig, und er war es verdammt leid, allein zu schlafen.

Lachlan verbrachte die meiste Zeit entweder in der Bibliothek oder auf dem Dachboden, wo er den anderen aus dem Weg gehen konnte, besonders aber Beth. Seine Hand war fast verheilt, doch immer wenn er sich zufällig stieß oder etwas zu fest packte, wurde er daran erinnert, daß er in der Lage war, *wirklichen* Schmerz zu fühlen. Dauernd sagte er sich, daß er gar nicht lebendig sein konnte. Er war viel länger tot gewesen als er gelebt hatte, bevor ihn Robert Ingliss und Lachlans verräterische Braut Tessa in den Turm eingemauert hatten und er verblutet war. Sein Leben als Geist schien ihm wesentlich wirklicher. Die Grauzone war die wirkliche Ruhezone, nicht der Schlummer. Etwas so Natürliches wie der Gang zur Toilette genügte, um ihn zur Verzweiflung zu treiben, um sich tiefer und tiefer in sich selbst zurückzuziehen.

Seine Begegnung mit Agnes hatte ebensowenig geholfen, seine Verwirrung zu lindern. Sie weigerte sich, mit ihm zu reden, aber das brauchte sie auch gar nicht. Er konnte ihre Enttäuschung, ihren Zorn und ihren wachsenden Kummer über die Trennung von ihrem Sohn in ihren wasserblauen Augen lesen. Er und Agnes hatten keine gute und freundschaftliche Beziehung zueinander gehabt in den Jahren, in denen sie sich um das Haus gekümmert hatte. Aber am Ende, kurz vor dem letzten Weihnachtsabend, hatten sie um Roans, Lauras und der Jungen willen begonnen, einander zu mögen. Doch das war jetzt alles verschwunden. Wenn sie ihn ansah, wollte er sich am liebsten verstecken. Er wollte sie anschreien, daß es nicht sein Fehler war, daß er lebte und nicht Borgie. Also fand Lachlan Trost beim Scotch. In der bernsteinfarbenen Flüssigkeit fand er Wärme, Vergessen und Verzeihen, und er hielt sich abseits, bis er die Alternativen für seine Zukunft überdenken konnte. Er konnte sich nicht dazu überwinden, sich Sorgen um Beth oder seine Babys zu machen. Bis er nicht mit seinem eigenen Leben ins reine kam, war er für niemanden etwas nütze.

Winston zog es genauso vor, allein zu sein. Doch anders als die anderen besaß er nicht die Möglichkeit, sich in Selbstmitleid zu verlieren. Sein übersinnliches Innere befand sich seit der wundersamen Rückkehr des früheren Gutsherrn und seiner amerikanischen Lady unter ständigem Angriff. Er litt unter immer mehr Ebenen von Gefühlen von außerhalb, und er war stets bemüht, sein eigenes Selbst so nahe wie möglich an der Oberfläche zu halten. Die meiste Zeit verbrachte er in seinem Zimmer. Zu lesen hatte keinen Zweck. Sein Gehirn war nicht bereit, sich mit fiktiven Geschichten zu befassen, nicht, solange so viel unter den zahlreichen Dächern dieses Hauses vor sich ging. Zu schlafen erschöpfte ihn nur. Statt seiner eigenen Träume erlebte er unabsichtlich die Alpträume der anderen. Nacht um Nacht wurden alle, bis auf die Babys, in ihrem Schlaf von quälenden Träumen heimgesucht. In Lauras Träumen kamen hauptsächlich die verschiedensten Kreaturen vor, die ihr im Keller auflauerten, Kreaturen, die teils menschliche und teils tierische Züge besaßen. Sie wurde stets dann wach, wenn sie gerade von ihren Klauen und Zähnen in Stücke gerissen werden sollte.

Roans Alpträume handelten davon, von großen Höhen herabzufallen, angefangen von Türmen bis zu unbekannten Klippen. Jedesmal stand er am Rand und kämpfte um Balance, doch dann fiel er und schrie, während er fiel, bis er kurz bevor er aufschlug im Bett hochfuhr und aufwachte.

Beths Träume handelten von zwei verschiedenen Dingen. In einem Traum kletterte ihre Mutter aus der weichen Erde über ihrem Grab und verdammte Beth, weil sie sie so lange hatte leiden lassen. In dem anderen Traum hielt die Silhouette einer dunklen Gestalt ihre Babys, eines in jedem Arm. Diese Gestalt ging rückwärts von ihr weg, zurück in die unendliche Dunkelheit, während Beth darum weinte, daß ihre Babys zu ihr zurückkehrten. Der letztere Traum brachte Winston am meisten zur Verzweiflung. Wahrscheinlich deshalb, so überlegte er, weil die Kinder so hilflos waren. So hilflos, und es war so unmöglich, ihnen zu helfen.

Lachlan träumte oft von seinem Grabstein. Ständig wurde das Datum seines Todes zu einem wabernden Fragezeichen. Einem winkenden, blinkenden, lockenden Fragezeichen. In der gleichen Art, wie er sich vor dem Tod fürchtete, fürchtete sich Lachlan vor dem Leben. Es war die größere Unbekannte, und in einer bizarren Art konnte sich Winston mit den Gefühlen des Mannes identifizieren. Das Leben war angefüllt mit Unsicherheit und dem Wissen, daß es irgendwann einmal enden würde. Aber im Tod hatte sich Lachlan nicht vor einem Ende gefürchtet, höchstens vor einem Andauern ohne Beth. Im Tod würde er alles aufgegeben haben, nur um bei ihr zu sein. Im Leben schuf die Unsicherheit eine riesige Mauer zwischen ihnen, die er nicht überwinden konnte.

Kevin träumte hauptsächlich von Schlangen. Von fetten, riesigen Schlangen, die ihn in seinem Bett bedeckten und ihn nicht ins Bad gehen ließen. Manchmal fragte sich Winston, warum der Junge von Schlangen träumte. Es schien ein solch entsetzlicher Alptraum zu sein für einen achtjährigen Jungen, ganz besonders, wenn er dauernd wiederkehrte.

Kahl träumte davon, daß kopflose Puppen ihn verfolgten und davon, daß Alby von Feuerwänden eingeschlossen war, in die Kahl einzudringen versuchte, um seinen jüngsten Bruder zu finden. Die Puppen ergaben für Winston keinen Sinn, das Feuer jedoch verstand er. Die Jungen waren beinahe Opfer von Viola Cookes teuflischem Plan geworden, sie in dem Haus zu verbrennen und dann ihre Geister Lachlan als Familie anzubieten. Etwas, was Beth ihm damals nicht geben konnte.

Albys Alpträume waren die gutartigsten, obwohl sie auch für ihn angsteinflößend waren. Er saß auf einer kleinen Lichtung im Dschungel, auf dem lebendige Spielsachen ihn zu beißen drohten. Oft weinte Alby in seinem Schlaf, wie die anderen Jungen auch. Manchmal ging Winston zu ihnen und blieb an ihren Betten sitzen, bis die Alpträume vorüber waren.

Doch Deliahs Alpträume waren die beunruhigendsten. Sie war stets allein und stets in der Dunkelheit. Manchmal weinte sie. Manchmal schwieg sie. Manchmal rief sie seinen Namen. Er konnte nicht fühlen, daß etwas sie bedrohte. Nicht von außen. Ihr wahres Entsetzen kam aus ihr selbst, es war eine Leere, die sie nicht füllen konnte, eine Leere, die immer größer wurde, mit jedem Traum. An jedem Morgen sagte er sich, daß er tiefer in ihr Geheimnis eindringen mußte. Er wußte ohne Zweifel, daß sie eine Nymphe aus der vierten Dimension war. Sie war *nicht* das Haus, aber irgendwie war sie damit verbunden. Aber ein Tag nach dem anderen verging, und es fiel ihm leichter, ihr aus dem Weg zu gehen. Im Unterbewußtsein kannte er den Grund dafür, doch sein Bewußtsein war noch nicht bereit, diese Tür zu öffnen.

Winston war einigermaßen sicher, daß das Wetter und das Eingeschlossensein für die angespannten Nerven im Baird Haus verantwortlich waren. Er ahnte nicht, daß die turbulenten Gefühle der anderen die Träume eines noch anderen blockierten. Es waren Träume von der Verfolgung von Frauen und davon, ihr Leben zu beenden. Träume, die Welt von den *Zeugern* zu befreien.

Die Pfauen kündigten mit schrillen Schreien die Ankunft eines neuen Tages an und weckten Winston auf. Schlaftrunken glitt er aus dem Bett und tapste barfuß über den kalten Fußboden. Er erleichterte sich im Bad, wusch sich, putzte seine Zähne, dann rasierte er sich und kämmte sein Haar. Jetzt war er ein bißchen wacher. Er schlüpfte in eine von Roans Jeans, in dunkle Wollsocken und einen dicken blauen Pullover. Sein Magen knurrte, als er ins Schlafzimmer zurückkam. Ein weiterer Schrei durchdrang die Stille, und er verfluchte die Vögel. Selbst wenn er für den Rest seines Lebens in diesem Haus leben würde, so würde er sich doch nie an die markerschütternden Schreie dieser Vögel gewöhnen können.

Während er im Kamin Holz aufstapelte und eine Zeitung zusammenknüllte, um das Feuer anzuzünden, dachte er über seine Entscheidung nach, das Baird Haus zu verlassen, sobald das Wetter es erlaubte. In der letzten Nacht, während er wach in seinem Bett gelegen hatte, war ihm klar geworden, daß es für ihn hier nichts gab. Er war nicht einmal mehr sicher, was er hier überhaupt gesucht hatte und warum er geglaubt hatte, daß er es ausgerechnet in diesem Haus hier finden würde. Er dachte nicht länger krankhaft über Roses Schicksal nach, und er hatte auch nichts mehr dagegen, zu seiner Arbeit in der Shields Agentur zurückzukehren. Alles, was er wirklich gebraucht hatte, war ein Urlaub.

Deliah.

Sie drängte sich in seine Gedanken wie eine riesige Woge, die an das Ufer seines Bewußtseins donnerte. Er verzog das Gesicht, als er ein Streichholz anzündete. Einen Moment starrte er in die flackernde Flamme, dann hielt er das Streichholz an das Papier. Er hockte vor dem Kamin und beobachtete abwesend, wie die Flammen das Holz langsam erfaßten. Wogen von Wärme hüllten ihn ein. Er hatte von jeher den Geruch und die Geräusche eines lodernden Feuers geliebt. Als Kind in dem palastartigen Haus seiner Eltern hatte er sich oft vor einem der Kamine zusammengerollt und geträumt.

Deliah.

Er verzog das Gesicht, stand auf und ging zum Fuß des Bettes. Ungeduldig fuhr er sich mit den Fingern durch sein Haar. Er war entschlossen, nicht an sie zu denken. Er wollte sich nicht den Erinnerungen ihrer Begegnung in dem Traumgarten hingeben, wo er sie beinahe geliebt hatte.

Gegen seinen Willen spannte sich sein Körper an. Eine nur zu gut bekannte Anspannung in seinen Lenden weckte seinen Zorn. Er wollte sie haben, mehr als je etwas anderes in seinem Leben, und es machte ihn wütend, daß er sie nicht aus seinen Gedanken vertreiben konnte. Doch das, wonach sein Körper sich so bereitwillig sehnte, weigerte sich sein Verstand zu akzeptieren. Soweit er wußte, gehörte sie zu denen, die endgültig tot waren. So wie Lachlan und Beth es gewesen waren. Wie Agnes es blieb. Die vierte Dimension konnte keine körperliche Existenz unterhalten. Nur die Gedanken konnten dorthin wandern, und auch das hatte seine Grenzen. Er war jetzt davon überzeugt, daß er nicht körperlich in diesen Garten gebracht worden war, bei den beiden Gelegenheiten, an denen er ihr begegnet war. Es waren alles nur Träume gewesen. Irgendwie besaß sie Fähigkeiten, die er noch nicht begriffen hatte. Ehe er das Haus verließ, würde er es herausgefunden haben. Er würde alles über sie wissen und er hoffte, daß dieses Wissen ihn von der

Gewalt, die sie über ihn hatte, befreien würde. Wenn nicht, so würde sie, wenn er erst seine Arbeit wieder aufgenommen hatte, zu einer weiteren Erinnerung werden, verschlossen in dem riesigen Speicher der Anomalien, die es in seinem Verstand gab. Nur eine weitere Anomalie. Nur ... eine ... weitere ...

Sein Magen knurrte heftiger. Er wollte gerade das Zimmer verlassen, als er den starken Drang verspürte, aus dem Fenster zu sehen. Hinter der Glasscheibe konnte er nichts anderes erkennen als eine Wand von dichten, weichen Schneeflocken. Eine Gänsehaut überzog seine Arme, doch sie kam nicht von der Kälte. Etwas rief ihn aus dieser herniedersinkenden Helligkeit. Sein Geist fühlte ein sanftes Weinen, so voller Kummer, daß sein Herz einen Schlag lang aussetzte. Er war kurz davor, selbst in Tränen auszubrechen, und er kannte den Grund dafür nicht, er fühlte nur einen unwiderstehlichen Drang, den Schmerz dieser Person zu lindern.

Ohne zu begreifen, was ihn dazu trieb, zog er schnell seine Schuhe an und lief aus dem Zimmer. Er rannte die Treppe hinunter, wandte sich nach links und war schon bald an der Haustür angekommen. Die Umarmung des Winters erschreckte ihn, doch er ging weiter durch den Schnee, der an manchen Stellen knietief war und ihn aufhielt. Als er die Rhododendronbüsche erreicht hatte, die an einer Seite der Einfahrt wuchsen, war ihm so kalt, daß seine Zähne unkontrolliert aufeinanderschlugen. Er schlang die Arme um sich, doch auch das wärmte ihn nicht. Seine Augen brannten, er zwinkerte gegen die Helligkeit und versuchte, hinter der Einfahrt etwas zu erkennen. Zuerst konnte er nichts entdecken, was eine Erklärung für seinen Drang gewesen wäre, das Haus zu verlassen. Dennoch konnte er sich nicht dazu zwingen, ins Haus zurückzugehen. Der immer größer werdende Kummer *war* hier draußen. Er erfüllte die Luft so sehr wie die dicken Schneeflocken.

Und dann wußte er, wessen Kummer ihn angelockt hatte.

»Deliah!« rief er und legte die Hände um den Mund. »Deliah, wo bist du?«

Panik ergriff ihn, Angst gähnte in seinem Herzen wie ein schwarzes Loch, das sich im endlosen Weltall öffnete.

Er stapfte in Richtung Straße, bei der Anstrengung, sich in dem tiefen Schnee zu beeilen, verkrampften sich die Muskeln in seinen Beinen. Als er an den Rand der Schlucht kam, versuchte er verzweifelt, die Helligkeit vor sich mit seinen Augen zu durchdringen. Sie war hier. Irgendwo. Er konnte ihr leises, ersticktes Schluchzen hören. Und dann sah er sie. Wie er sie entdeckt hatte, wußte er nicht, denn sie war vom Schnee bedeckt, wie alles andere auch. Doch sie war da. Sie saß auf dem Boden. Die Arme hatte sie um den Stamm einer Eiche geschlungen und eine Seite ihres Gesichtes gegen die rauhe Borke gepreßt.

Zornig, besorgt und voller Angst lief Winston den Abhang hinunter. Zweimal rutschte er aus, und zweimal übermannte ihn der Zorn. Als er sie erreichte, atmete er schwer, und das Herz hämmerte in seiner Brust. Er berührte sie nicht sofort, das wagte er nicht. Sie umklammerte den Baum, Tränen rannen über ihr Gesicht, Schluchzen ließ ihren Körper erbeben. Er war erleichtert, daß sie diesmal wenigstens nicht nackt war. Sie hatte sich eine Wolldecke umgelegt, aber das, was er von ihrem Nachthemd und den mit Pelz besetzten Pantoffeln sah, die Laura ihr geliehen hatte, war durchnäßt.

»Deliah?«

»Ich dachte, ich hätte gehört, wie sie mich riefen«, schluchzte sie und umklammerte den Baum noch fester.

»Deliah, komm, ich bringe dich ins Haus.«

Er streckte die Hand nach ihr aus, doch ihre nächsten Worte ließen ihn innehalten.

»Ich kann den Schmerz nicht mehr ertragen, Winston. Du weißt, was ich meine. Die Leere. Der Kummer um das, was nicht sein kann. Laß mich hier sterben. Ich flehe dich an, laß mich hier sterben.«

Er war verärgert und gleichzeitig auch entsetzt. »Nun, das Leben ist manchmal etwas rauh«, brachte er sarkastisch hervor und löste gewaltsam ihre Arme von dem Stamm der Eiche. »Aber die, die aufgeben, finden niemals ihren Frieden, Deliah, und ich will verdammt sein, wenn ich zulasse, daß du mein Gewissen damit belastest!«

»Nein, Winston, *bitte!*« rief sie, als er sie hochriß. »Ich gehöre zu der Eiche!«

»Du gehörst zu mir!« schrie er, dann zuckte er zurück, als er begriff, daß die Wahrheit herausgekommen war, aus den Tiefen seines Unterbewußtseins, wo er sie bis jetzt versteckt hatte.

Sie weinte noch immer, als er sie über den Weg führte, an den Rhododendronbüschen vorbei. Sein Griff um ihre Hand war unnachgiebig, und er hielt sie so weit von sich, wie ihre ausgestreckten Arme es zuließen. Er zerrte sie durch eine der großen, dunklen Doppeltüren aus Eiche in das Gewächshaus aus Glas. Ehe er durch die nächste Tür ging, nahm er ihr die Decke von den Schultern und schüttelte den Schnee ab. Gleich hinter der zweiten Tür hängte er die Decke an die Garderobe, dann dirigierte er sie zur Treppe.

Agnes kam mit grimmigem Gesicht aus dem Eßzimmer. Sie hatte die Hände vor ihrem dunkelblau getupften Kleid verschränkt, ihr Mund war mißbilligend verzogen. Doch zu Winstons Verdruß war ihr Ärger auf Deliah gerichtet, und er sah Agnes mit gerunzelter Stirn an.

»Agnes, würden Sie so nett sein, eine Kanne Tee und zwei Tassen in mein Zimmer zu bringen. Wenn Sie es nicht möchten, dann werde ich es selbst tun, doch das wird bedeuten, daß das Mädchen, so naß es ist, auf mich wird warten müssen.«

Bei seinem groben Ton erstarrte Agnes deutlich, doch dann nickte sie und ging den Flur hinunter, in Richtung Küche. In diesem Moment entzog Deliah ihm ihre Hand. Winston wandte sich zu ihr um, seine Wangen waren vor Zorn gerötet, und seine grünen Augen blitzten.

»Du hast mich heute morgen schon genug geärgert«, grollte er leise, entschlossen, die anderen nicht aufzuwecken. »Wenn du mir noch mehr Ärger machst, dann verspreche ich dir, werde ich dich über mein Knie legen und dir die Tracht Prügel deines Lebens verabreichen!«

Ehe sie noch antworten konnte, nahm er sie auf seinen Arm und begann, mit ihr die Treppe hinaufzugehen. Seine Füße und seine Beine waren taub, und er hatte das Gefühl, als würde er einen Berg aus Wolle hinauflaufen. Er brummte und grollte auf dem Weg in sein Zimmer, dort stellte er Deliah neben dem Bett auf ihre Füße. Er lief zum Kamin und hüpfte dann von einem Bein aufs andere, um schneller wieder warm zu werden.

»Zieh deine nassen Sachen aus und leg eine der Decken um dich«, befahl er über seine Schulter, und aus seiner Stimme war nach wie vor seine Verärgerung zu hören. Er zog die Schuhe aus und bewegte dann die Zehen in der Wärme, die vom Kamin kam. »Verdammt, Deliah, beeile dich!«

Er hörte Geräusche hinter sich und wußte, daß sie ihm gehorchte. Kurz darauf trat sie neben ihn, eingehüllt in eine dicke Decke. Winston warf ihr einen zornigen Blick von der Seite zu.

»Hast du mir etwas zu sagen?«

Sie zuckte zusammen und runzelte die Stirn, doch dann starrte sie ohne ein Wort in die Flammen.

»Deliah«, schalt er. »Hast du mir etwas zu sagen über deinen Ausflug in die Kälte von heute morgen?«

Sie seufzte resigniert, dann fragte sie: »Was ist eine Tracht Prügel?«

Winston glotzte sie mit offenem Mund an, dann schloß er den Mund und runzelte die Stirn. »Spielst du mit mir, Mädchen? Denn wenn es so ist ...«

»Nein, Winston.« Ihre Blicke trafen sich. »Ich bin neugierig und möchte gern wissen, was eine Tracht Prügel ist.«

»Laß nur«, knurrte er und hüpfte wieder von einem Fuß auf den anderen. »Ich sage dir nur soviel, es ist nicht gerade angenehm.«

»Ich verstehe. Aber deine ständige Unzufriedenheit mit mir ist auch nicht angenehm.«

»Wenn du dich deinem Alter entsprechend benehmen würdest, wäre ich auch nicht so aufgebracht!«

Sie zog die Augenbrauen hoch. »Meinem Alter entsprechend, sagst du? Verrate mir etwas, Winston Ian Connery, wie benimmt sich jemand, der gerade das dritte Jahrhundert hinter sich hat?« Ihre Stimme wurde noch schnippischer. »In diesem Frühjahr werde ich dreihundertsiebenundvierzig Jahre alt. Nicht gerade uralt, aber immerhin habe ich schon ein beachtliches Leben hinter mir.«

Winston gab erschrocken der Schwäche in seinen Beinen nach und setzte sich auf den Boden. Er sah Deliah zu, die sich neben ihn setzte. Ihr Haar, das sie unter der Decke gehabt hatte, war trocken. Strähnen ihres Haares hingen über ihre Brust und leuchteten golden im Schein des Feuers. Sie starrte in die Flammen, ihr Gesichtsausdruck war ernst, ihre dichten Wimpern senkten sich über ihre Augen. Hunderte von Fragen lagen ihm auf den Lippen, doch er brachte kein Wort heraus. Abwesend rieb er sich seine eiskalten Füße und war sich nur am Rande bewußt, daß der Schmerz darin langsam nachließ.

»Und zu deiner Information, Winston Ian Connery«, sprach sie mit monotoner Stimme weiter. »Ich fühle die Kälte nicht so, wie du es tust. Ich habe die Decke und Lauras Pantoffeln benutzt, um dir einen Gefallen zu tun, nicht, weil ich sie brauchte. Und nachdem ich dir das gesagt habe, erwarte ich, daß du deswegen nicht länger an mir herumnörgelst.«

»Wie alt bist du?« fragte er atemlos.

Deliah wandte den Kopf und sah ihn mit gerunzelter Stirn an. »Bist du taub, Winston Ian Connery, oder willst du mich nur zänkern?«

Ein Lächeln trat auf seine Lippen. »Mädchen, ich möchte mit dir wetten, daß es ein Wort wie *zänkern* gar nicht gibt.« Er lachte laut auf, doch nur kurz. »Aber das Wort *zänkern* gefällt mir.«

»Ich habe dich darum gebeten, mich sterben zu lassen, und du lachst über mich!«

Er wurde sofort wieder ernst und drehte sich zu ihr, um sie ansehen zu können. Er beugte sich zu ihr, nahm ihr Kinn zwischen Daumen und Zeigefinger und drückte es leicht. »Ich erinnere mich nicht daran, gelacht zu haben, als du diese absurde Bitte ausgesprochen hast. Ich erinnere mich auch nicht daran, daß ich das sehr lustig gefunden habe.«

Sie riß den Kopf zurück und entzog sich seiner Berührung. Winston zog arrogant eine Augenbraue hoch und forderte sie noch weiter heraus. »Also *jetzt* möchtest du nicht, daß ich dich berühre.« Er seufzte übertrieben. »Mir scheint, du kannst dich nicht entscheiden, was du wirklich willst.«

»Ich weiß, was ich will, du selbstgerechter, zänkernder Mann, aber ich werde nicht meinen Stolz aufgeben, um es zu bekommen.«

Ihre hochmütige Antwort entlockte ihm ein Grinsen. »Damit wir das einmal richtigstellen, Deliah, Mädchen. Zuerst warst du das Haus. Dann warst du ganz einfach jemand aus der vierten Dimension. Du liebst den Schnee und redest mit jemandem, der Blue heißt. Du bist dreihundertsiebenundvierzig Jahre alt, aber du siehst keinen Tag älter aus als einundzwanzig – und damit meine ich nicht das Jahrhundert. Du willst mich, und du willst sterben, aber du hast zuviel Stolz, um dich an mich ranzumachen, aber nicht genug Stolz, um nicht dein Leben beenden zu wollen.« Er schüttelte den Kopf und lachte. »Wenn du nicht verrückt bist, dann werde ich meinen dicken Zeh auffressen.«

»Dann fang schon mal damit an«, giftete sie.

Es klopfte laut an der Tür. Als Winston aufstand, betrat Agnes das Zimmer mit einem silbernen Tablett in der Hand. Er kam ihr auf halbem Weg entgegen und nahm ihr das Tablett ab.

»Danke, Agnes. Es tut mir leid, wenn ich eben unten so kurz angebunden war.«

»So kalt und naß, wie Sie waren, bin ich überrascht, daß Sie mich nicht noch lauter angebrüllt haben, Mr. Winston.«

Obwohl ihre Worte freundlich und verständnisvoll klangen, sah sie besorgt aus und erschöpfter als jemand, tot oder lebendig, sein sollte.

»Agnes, gibt es noch etwas, das ich für Sie tun könnte?« fragte er eindringlich.

Die blaßblauen Augen blickten zu Deliah, die mit ernstem Gesicht dem Wortwechsel der beiden lauschte.

»Deliah, Kind, ich möchte gern mit dir reden«, sagte Agnes, ihre Haltung war starr, und ihre Stimme klang eisig.

»Nein, Aggie. Ich habe nichts zu sagen.«

»Was ist los?« wollte Winston wissen.

Agnes ging an ihm vorbei und trat neben Deliah. »Du hast mir versprochen, du würdest über meine Bitte nachdenken.«

»Aye, Aggie«, antwortete Deliah matt und sah ins Feuer. »Ich kann dir nicht geben, was du möchtest, denn ich bringe es nicht übers Herz, dich gehen zu sehen.«

»Welches Recht hast du, mir diesen Wunsch abzuschlagen?«

Winston trat zu den beiden Frauen, mit gerunzelter Stirn sah er sie an. »Was für einen Wunsch, Agnes?«

»Daß sie mich freiläßt, damit ich in das *Licht* gehen kann.«

Winston stellte das Tablett auf den Boden, dann kam er wieder hoch. »Wie kann Deliah dich freilassen?«

»Halte dich da raus, Winston.«

»Nein, das werde ich nicht tun, Deliah. Ich möchte wissen, was hier los ist.«

»Ich muß zu meinem Sohn«, sagte Agnes, und ihre Stimme zitterte. »Lannie und Beth zu sehen, hat meine Sehnsucht nach meinem Jungen noch verstärkt. Ich gehöre hier nicht hin. Sie wissen das, Mr. Winston, aber sie ...«, sie deutete auf Deliahs gesenkten Kopf, »... sie weiß mehr als die meisten. *Sie* hält mich hier zurück. *Sie* kann mich freilassen.«

»Ist das wahr, Deliah?«

»So einfach ist das nicht«, murmelte Deliah.

Winston ging um das Tablett herum und hockte sich vor Deliah. Er legte ihr einen Finger unter das Kinn und hob ihr Gesicht. Dann sah er ihr tief in die Augen, die sich mit Tränen füllten. »Hast du die Macht, sie gehen zu lassen?«

Nach einer Weile blinzelte sie, und Tränen liefen über ihre blassen Wangen. »Aye«, flüsterte sie. »Aber ich möchte nicht, daß sie geht. Ich bitte dich, Winston, dränge mich nicht dazu. Wenn ich sterbe, kehrt meine Energie in die Erde zurück. Der Ort, an den sie gehen will, ist so schrecklich weit weg. Wir würden sie vollkommen verlieren, und das ist ein Verlust, den mein Herz nicht ertragen kann.«

Winston hockte sich auf die Knie. Er starrte zu Agnes hinauf, versuchte mit seiner Fähigkeit ihre Gedanken zu lesen und blickte dann traurig in Deliahs Gesicht. Sie sah so mitleiderregend aus, daß er sie beinahe in seine Arme genommen hätte. Daß er ihr beinahe den Schmerz weggeküßt hätte. Daß er ihr beinahe gesagt hätte, er würde zu ihr stehen, welche Entscheidung sie auch treffen würde. Doch um Agnes' willen konnte er nichts von alldem tun, er mußte versuchen, die Angelegenheit mit Logik zu lösen.

»Es ist grausam, sie dazu zu zwingen, zu bleiben, wenn sie es nicht wirklich möchte, Deliah.«

Ihre Tränen rannen heftiger, und ihr Kinn zitterte. Der Ausdruck von Elend in ihrem Gesicht trieb auch ihm die Tränen in die Augen, doch er kämpfte dagegen an.

»Ist es wahr, daß du diejenige bist, die sie hier hält?« fragte er. Mit den Daumen strich er ihr die Tränen von den Wangen. »Ist das so, Deliah?«

Ein ersticktes Schluchzen kam aus ihrer Brust, dann nickte sie.

Winston blickte zu Agnes auf. Sie war nicht länger feindselig, sie war gefangen in diesem gefühlvollen Augenblick. »Agnes, möchten Sie *wirklich* hinübergehen?«

Sie nickte. »Hier werde ich nicht gebraucht.« Sie kniete auf der anderen Seite von Deliah nieder und legte eine zitternde Hand auf die Schulter der jungen Frau. »Kind, vielleicht bin ich ja selbstsüchtig, weil ich bei meinem Sohn sein will, aber ich war während seines Lebens keine sehr gute Mutter. Ich kann nicht bei den Jungen sein, ohne daran zu denken, wie mein Borgie in ihrem Alter war, und der Schmerz, den ich in meinem Herzen trage, wird nicht weniger.«

Deliah wandte sich schnell zu ihr um und barg ihr Gesicht an Agnes' Brust. Sie weinte. »Aggie, Aggie«, schluchzte sie, und Agnes legte einen Arm um sie und streichelte ihren Kopf.

»Psst, Mädchen«, beruhigte Agnes sie mit tränenerstickter Stimme. »Es ist gut, wenn ich vermißt werde. Ich werde in eurer Erinnerung weiterleben. So ist das mit uns.«

Langsam ließ Deliahs Weinen nach. Ihr Gesicht hatte sie weiter an Agnes' Brust gedrückt. »Ich werde dir deinen Wunsch erfüllen, aber ich sage dir, ich werde dich mehr vermissen, als ich es je mit Worten ausdrücken kann.«

Ein Lächeln erschien auf Agnes' zerfurchtem Gesicht, und sie warf Winston einen Blick äußerster Dankbarkeit zu. »Wann kann ich gehen?« fragte sie Deliah.

Deliah holte tief Luft, dann löste sie sich aus Agnes' Armen und sah eindringlich in ihr geliebtes Gesicht. »Heute abend, Agnes, wenn der Mond über Baird Land scheint. Es wird die richtige Zeit sein, und du wirst noch genügend Zeit haben, den anderen von deiner Entscheidung zu erzählen.« Als sich ein Ausdruck von Skepsis auf das faltige Gesicht von Agnes schlich, fügte Deliah schnell hinzu: »Du hast mein Wort, ich werde meine Meinung nicht ändern.«

Agnes drückte Deliah einen Kuß auf die Stirn, sie nickte Winston noch einmal zu, dann stand sie auf und verließ das Zimmer. Sobald sie die Tür hinter sich geschlossen hatte, barg Deliah das Gesicht in ihren Händen und weinte bitterlich. Zuerst wußte Winston nicht, was er tun sollte, dann setzte er sich hinter sie, spreizte die Beine zu beiden Seiten von ihr und zog sie an sich. Er verschränkte die Arme vor ihr, als sie den Kopf an seine Schulter legte, drückte ihr einen Kuß auf den Kopf und legte seine Wange an ihr Haar.

Lange sahen sie so in die Flammen. Den Tee hatten sie vergessen. Als Deliah sich endlich beruhigt hatte und noch einmal zitternd Luft holte, schmiegte sie sich an ihn und seufzte traurig auf.

»Du tust das Richtige«, versicherte er ihr.

»Wirklich?« Noch einmal seufzte sie. »Und warum fühle ich mich dann so leer?«

»Würdest du dich besser fühlen, wenn du siehst, wie sie leidet?«

»Nein.«

Lange saßen sie schweigend da und sahen zu, wie die Flammen die restlichen Holzscheite umzüngelten. Keine Gedanken von außerhalb drangen in Winstons Verstand. Er fühlte sich eigenartig gelassen und friedlich in dieser Umgebung. Ab und zu knurrte sein Magen, doch er konnte sich nicht dazu überwinden, Deliah wieder loszulassen. Es fühlte sich so natürlich an, sie in seinen Armen zu halten. Es war, als wären sie schon eine lange Zeit Liebende, die mehr miteinander teilten als nur eine Umarmung.

Eine Tür zu seinem Unterbewußtsein, die er lieber verschlossen gehalten hätte, öffnete sich und brachte ihn dazu, verärgert die Stirn zu runzeln, als eine lebhafte Erinnerung zutage kam. Zuerst versuchte er, sie in die dunklen Nischen seiner Erinnerung zurückzudrängen, doch sie kämpfte sich ständig weiter vor.

»Du hast mich noch an einen anderen Ort geführt, außer in deinen Garten«, sagte er. Diesmal lag keine Bitterkeit in seiner Stimme, obwohl er noch immer zurückschreckte bei dem Gedanken an diese Hölle. Er war nur neugierig, warum sie ihn in einen so dunklen, bedrohlichen Raum geführt hatte.

»An einen anderen Ort?« wiederholte sie schläfrig. »Was sollte das für ein Ort sein?«

»Wie ein Verlies. Ein Mann stand vor einem Altar …«

Sie versteifte sich in seinen Armen. »Das war ich nicht.«

»Aber wie bin ich dahin gekommen?«

Es dauerte eine Weile, ehe sie antwortete. »Erzähl mir mehr von diesem Ort. Alles, an das du dich erinnern kannst.«

Er begann damit, wie er im Eßzimmer am Tisch gesessen hatte, zusammen mit Roan, Laura und den Jungen. Er war beinahe mit seiner Geschichte am Ende, als er die Anspannung in ihrem Körper fühlte.

»… und dann bin ich zurückgekommen. Ich dachte, ich sei vielleicht eingeschlafen, aber es war viel zu wirklich, um ein Traum gewesen zu sein.«

»Irgendwie bist du in die Vergangenheit gereist«, murmelte sie, und ein Schauer lief durch ihren Körper.

Er zog sie näher an sich. »Ich war im Keller. Was ich dort gesehen habe …«

»Das war, noch ehe das Baird Haus gebaut wurde.«

»Wann war das? … Vor anderthalb Jahrhunderten?«

Sie nickte. »1843.«

»Und wann soll dieser andere Ort existiert haben?«

Wieder schwieg sie eine Weile, noch länger als zuvor, und

Winston wußte, daß sie sich davon zu überzeugen versuchte, daß er das nicht zu wissen brauchte.

»Deliah?« flüsterte er an ihrem Ohr, dann drückte er seine Lippen auf ihre Schläfen. »Warum fürchtest du dich davor, es mir zu sagen?«

»Ich fürchte mich nicht. Es ist nur ...«

»Was denn?«

»Es war eine sehr schmerzliche Zeit, Winston. Ich glaube nicht, daß ich momentan darüber reden kann.«

»Du kannst es, wenn du es versuchst.«

Als sie diesmal schwieg, untersuchte er alles andere, nur nicht ihren Verstand, weil er das Gefühl hatte, daß das zu weit führen würde. Ihre Körpertemperatur war sechsunddreißig Grad. Niedriger als üblich, doch er fühlte, daß es für sie die normale Temperatur war. Ihr Puls schlug schnell. Sein übersinnliches Gehör konnte ihren Herzschlag hören, es erinnerte ihn an einen Preßlufthammer, der auf den Asphalt hämmert. Ihr Atem war ein wenig unregelmäßig.

»Während des zwölften Jahrhunderts wurde ein Kloster gebaut, genau an derselben Stelle, an der jetzt dieses Haus steht. Die Mönche waren Lehrer aus dem ganzen Land, und sie arbeiteten hart, Tag und Nacht, um die Ländereien um ihr Heim zu bearbeiten. Jahrhundertelang haben sie zusammen mit meinem Clan gelebt, sie haben von uns alles gelernt, was sie konnten, haben uns und unsere Art zu leben respektiert, genau wie wir sie respektiert haben. Sie haben Kriege und Seuchen überlebt, und als ihre Anzahl größer wurde, wurde das Kloster vergrößert. Wir waren dankbar, daß es sie gab, denn sie waren freundlich miteinander und schätzten die Natur über alles.

»Und dann ... es war 1690, kam eine unnatürliche Nacht über das Land. Sie dauerte zwei Wochen, und als sie vorüber war, waren alle Mönche tot. Es gab nichts, was mein Clan für sie tun konnte, und man befahl ihnen, sich den Gebäuden nicht zu nähern, aus Angst, daß das, was die Mönche getötet hatte, sich irgendwie auch in meinem Clan ausbreiten könnte. Also konnte mein Clan nichts tun, sondern nur zusehen, wie das kostbare Haus der Mönche zu einer Ruine zerfiel ... Stein um Stein.

Niemand kam durch das Land bis zum Jahre 1696. Lord Sutherland und seine Frau, Lady Lindsay, kamen und übernahmen die Reste des Klosters. Sie brachten viele Arbeiter mit, und schon bald stand an Stelle des Hauses der Mönche ein Schloß.«

Deliahs Stimme klang hohl, als sie weitersprach. »Damals war das meiste Land in dieser Gegend mit Pinien und riesigen Eichen bewachsen, von denen Lord Sutherland einige fällen ließ, ehe das Schloß fertig war. Ich erinnere mich daran, wie kahl das Land aussah, als die meisten der Bäume nicht mehr da waren. Die Pinien habe ich nicht sehr vermißt, aber die Eichen ... solch großartige, großartige Eichen ... nur vereinzelte blieben übrig. In wenigen Monaten ähnelte dieses Land nicht mehr unserem Zuhause, und es gab nichts, was wir tun konnten, um ihn aufzuhalten.

Siehst du, Winston, er war kein gewöhnlicher Mann. Er und seine Frau waren Hexen, und sie übten ihre schwarze Kunst aus. Meine Eltern verbaten dem ganzen Clan den Kontakt mit ihnen, doch mein Bruder verspürte dieses mächtige Bedürfnis, mehr über sie zu erfahren. Einige aus meinem Clan fürchteten, daß er verzaubert war, als er begann, sich mit der Frau von Lord Sutherland zu treffen. Lady Lindsay ermunterte ihn, bei ihr zu liegen. Mein Bruder war schon immer störrisch, er hatte seine eigenen Vorstellungen, aber diese Verbindung mit ihr verzehrte ihn. Er kehrte zu uns zurück und erzählte uns Geschichten von ihrer Magie und davon, daß sie den Teufel selbst anriefen, um ihnen Macht zu geben.

Das Ende der Herrschaft meiner Eltern näherte sich, und sie entschieden, daß es an der Zeit war, daß mein Bruder sich eine Braut nahm. Sie wählten Blue für ihn aus.«

Winston unterbrach sie. »Das ist ein eigenartiger Name.«

»Nicht wirklich«, widersprach sie wehmütig. »Der Name paßte zu ihr. Sie hatte meinen Bruder schon ewig geliebt, wirklich, und sie heiratete ihn, obwohl sie genau wußte, daß er grausam ihr gegenüber sein würde. Und er war grausam. Er war erst dann glücklich, wenn sie sich elend fühlte, und sie fühlte sich elend, vom Morgen bis zum Abend, besonders, weil sie wußte, daß er bei jeder nur möglichen Gelegenheit mit Lady Lindsay zusammen war.

In einer Nacht ging er zu Lady Lindsay, und Blue folgte ihm. Der Clan wartete und ... ich erinnere mich daran, daß wir alle Angst vor dem hatten, was im Schloß passierte. Wir hörten Streit und einen Kampf. Und dann erfüllten solch abscheuliche Geräusche die Luft, daß wir dachten, die Welt würde zerbrechen unter diesem Lärm. Jeder lief, um Schutz zu suchen, aber ich mußte wissen, was mit meinem Bruder und Blue geschah. Ich ging in das Schloß und entdeckte Blue, meinen Bruder und Lady Lindsay, die tot in einem Pavillon lagen. Und dann sah ich diese Kreatur ...«

Sie schluckte, und ein Schauer lief durch ihren Körper. »Es war keine menschliche Gestalt, die ich sah. Es war nichts, was ich je wieder vergessen werde. Ich fürchtete mich zu sehr, um zurück zu meinem Clan zu gehen, deshalb versteckte ich mich in einer Eiche in der Nähe des Schlosses. Selbst als diese Kreatur hineinging, konnte ich mich nicht bewegen. Ich konnte nichts anderes tun, als mich voller Scham und Angst zu verstecken.

Kurz vor der Morgendämmerung erhob sich eine rote Wolke aus dem Schloß. Sie drang durch die Mauern und breitete sich über dem Land aus wie ein riesiger, ekelhaft riechender Nebel. Männer und Frauen liefen aus dem Schloß und begannen, jeden Baum abzuschlagen und jede Pflanze auszureißen. Sie arbeiteten so schnell, Winston, wie Kampfameisen, die über alles auf ihrem Weg herfallen. Und dann schleppten sie die gefällten Eichen in das Schloß, und das Schloß … das Schloß … begann zu verblassen.«

»Es verschwand?«

»Aye, es verschwand. Mit jedem Mann und jeder Frau darinnen, einschließlich meines Bruders und Blue und dem Rest meines Clans. Und dann wurde die Erde schwarz wie ein Himmel ohne Sterne, und ich stellte fest, daß ich gefangen war, und fiel bald in einen tiefen Schlaf.«

»Wie Prinzessin Aurora in *Dornröschen?*«

Deliah löste sich aus Winstons Umarmung und drehte sich um, um ihn anzusehen. Ihr Gesicht war ausdruckslos, und ihren Augen fehlte das übliche Blitzen.

»Ich kenne diese Person nicht«, erklärte sie.

»Sie ist eine Gestalt aus einem Märchen.«

Sie zog die Augenbrauen hoch und versank in ein grüblerisches Schweigen. Es belustigte Winston, ihr zuzusehen, und ein Lächeln lag auf seinem gutaussehenden Gesicht, bis der nachdenkliche Blick ihre Augen verließ und sie ihn ansah wie jemand, der ein Problem gelöst hat.

»Glaubst du mir jetzt, daß Blue die Frau meines Bruders ist?«

Die Frage verblüffte ihn, und er lachte leicht nervös. »Das ist nicht wichtig.«

»Für mich schon.«

Winston seufzte. »Ich glaube dir, aber es gibt noch ein paar Dutzend Fragen, die ich dir stellen möchte.«

Sie nickte.

»Okay, Deliah, wo bist du die ganze Zeit gewesen?«

»Gewesen?«

»Gewesen«, wiederholte er. »Du hast dich in einer der Eichen versteckt und bist dann in einen tiefen Schlaf gefallen.«

»So war das.«

»Bist du ein Geist?«

Ein zweifelndes Lächeln huschte um ihren hübschen Mund. »Ich bin genauso lebendig wie du, Winston.«

»Also ...« Er stockte, als er versuchte, seine Gedanken zusammenzuhalten. »Magie hat dich hier gehalten?«

»Wo hätte ich sonst hingehen sollen?«

Winston seufzte ein wenig verärgert. »Du weichst meinen Fragen aus und gibst mir keine direkten Antworten.«

»Nein. Du stellst eigenartige Fragen.«

»Aus meiner Sicht sind sie nicht eigenartig.«

»Dann laß mich dir eine Frage stellen.«

Er zog eine Augenbraue hoch und überlegte, ob er ihr die Frage verweigern sollte, doch dann zuckte er mit den Schultern und bedeutete ihr, ihm jede Frage zu stellen, die sie ihm stellen wollte.

»Wovor fürchtest du dich, Winston Ian Connery?«

»Vor dem Versagen.«

»Und?«

»Versagen«, wiederholte er mit derselben ausdruckslosen Stimme.

»Und?«

»Warum sagst *du* es mir nicht?«

»Ah.« Sie seufzte, und es zeugte von ihrer Müdigkeit und ihrer Mutlosigkeit. »Ich *weiß*, daß du dich vor mir fürchtest. Davor, welche Gefühle ich in dir wecke.«

»Deliah ...«

»Wenn du ehrlich zu dir selbst wärst, dann würdest du wissen, daß das, was ich gesagt habe, die Wahrheit ist. Du bist so ganz anders als Lachlan und Roan. Als sie nervös waren, habe ich sie dazu gedrängt, Gedichte aufzusagen. Ganz besonders die Werke von Robert Burns. Er war ein wundervoller Poet. Aber ich kann weder das Verlangen in dir wecken noch kann ich deine Vergangenheit auslöschen. Selbst als ich dir die Rose gegeben habe ...«

»Wie bitte?«

»Die Rose«, murmelte sie. »Es war symbolisch. Es war meine Art, dir zu sagen, daß sie ihren Frieden finden würde.«

»Sie ist gestorben.«

»Aye, und ich kann sehen, daß ihr Tod dich noch immer beunruhigt. Aber warum, frage ich mich? Nichts kann ihr jetzt noch ein Leid antun.«

»*Du* hast das Wunder am Weihnachtsabend vollbracht?«

Sie zuckte abwehrend mit den Schultern. »Einiges davon habe ich getan, einiges Lachlan. Die Rose sollte deine Seele beruhigen, Winston, und sie sollte dich zu mir zurückbringen. Du bist zurückgekommen, aber nicht so, wie ich es gehofft habe. Du bist hierhergekommen, um zu sterben, und am Anfang habe ich es dir übelgenommen, weil du mir deine Gesellschaft verweigert hast.«

Ein Schatten von Feindseligkeit huschte über sein Gesicht. »Wer bist du?«

»Ich bin kein Gespenst und auch kein Geist. Ich bin keine Hexe oder ein Zigeunermädchen oder sonst etwas, was du dir vielleicht vorstellst. Ich bin Deliah. Ich bin jemand, in den du dich verliebt hast, genau in dem Moment, als du Baird Land betreten hast. Und ich bin jemand, der dich lieben kann, trotz deiner Fähigkeiten, trotz deiner Vergangenheit und trotz deines Widerwillens auf das zu vertrauen, was in deinem Herzen ist.«

Ganz plötzlich hatte Winston das Gefühl, als würden die Wände des Zimmers ihn ersticken. Seine Körpertemperatur stieg an, und die Panik nahm ihm den Atem. Er stand auf und wischte sich mit dem Handrücken den Schweiß von der Stirn, dann ging er zum Bett und drehte Deliah den Rücken zu.

»Es ist Zeit, daß du gehst. Zieh dir warme Sachen an und sieh zu, daß du etwas zu essen bekommst.«

»Winston.«

Sein Name drang an sein Ohr wie ein Flüstern, es liebkoste und erstaunte ihn.

»Winston«, wiederholte sie und legte die Hände auf seine Schultern. »Ich liebe dich, und ich schäme mich nicht, es zuzugeben.«

»Du kennst mich doch gar nicht!« wehrte er ab.

»Ich weiß alles von dir, und ich genieße jede Einzelheit, selbst das, was du deine dunklere Seite nennst.

Winston, ich habe Böses gesehen und habe darunter gelitten. Ich habe die Einsamkeit kennengelernt, aber ich habe stets gewußt, daß jemand kommen würde, der mich daraus befreit. Und das hast du getan. Jetzt, Winston, ist es an der Zeit, alles andere beiseite zu schieben und sich zu vereinen. Du und ich.«

Er wirbelte herum, ein ungläubiger Ausdruck lag auf seinem Gesicht. »Vereinen?«

»Aye. Du sollst mit mir schlafen.«

»Du bist verrückt!«

Sie schüttelte den Kopf. »Teile diese Intimität mit mir, Winston.«

»Verschwinde!«

»Winston ... liebe mich.«

»Nein!« Doch sobald das Wort aus seinem Mund gekommen war, wußte er, daß er verloren war.

9

In einem Versuch, ihren verlockend geschürzten Lippen zu entgehen und dem Verlangen, das ihm aus ihren Augen entgegenleuchtete und dem sanften Streicheln ihrer Fingerspitzen über sein Kinn, hob Winston schützend seinen geistigen Schutzschild und versuchte, in ihre Gedanken einzudringen. Tief in seinem Unterbewußtsein wußte er, daß es einen Grund dafür gab, warum er sie meiden sollte, warum er dem verräterischen Verlangen seines Körpers nicht nachgeben sollte, um sich das zu nehmen, was sie ihm bot. Aber ihr eigener Schutzschild war stärker. Er konnte nicht einmal in den kleinsten Teil ihres Gehirns vordringen. Es war, als würden ihre Gedanken in ihren riesigen Ausmaßen der Unendlichkeit angehören. Es waren Ausmaße, die so groß waren, daß es reines Glück wäre, einen Gedanken oder ein Bild entdecken zu können. Seine Unfähigkeit, ihre Gedanken zu lesen, irgend etwas zu berühren, das ihm helfen würde, seine Libido auszuschalten, machte ihn hilflos.

Er fühlte die sanfte Berührung ihrer Daumen auf seinen Augenbrauen. Als er die Augen schloß, strich sie ihm zart über die geschlossenen Lider. Wohlige Schauer liefen durch seinen Körper, und er zog scharf die Luft ein. Eine Sekunde lang glaubte er, goldenen, glitzernden Staub hinter seinen geschlossenen Lidern fallen zu sehen. Er fühlte, wie er sich entspannte. Er fühlte sich eigenartig gelassen und mit sich selbst in Frieden.

»Ich liebe dich, Winston Ian Connery«, flüsterte sie. »Nur du kannst diesen Schmerz in meinem Herzen ausfüllen. Nur ich kann dein Herz erfüllen.«

Er öffnete die Augen und starrte in ihre. Ihm kam der Gedanke, daß er nach ihr gesucht hatte – auf sie gewartet hatte – schon sein ganzes Leben lang. Jede verpfuschte Beziehung, jeder Gedanke, den er je daran verschwendet hatte, sich niederzulassen, war nur ein weiterer Weg gewesen, Zeit zu gewinnen, bis er *sie* fand. Er fragte sich, warum er sich davor gefürchtet hatte, an diesen Punkt seines Lebens zu kommen. Was war natürlicher, als sich in jemanden zu verlieben, der so zierlich und so wunderschön war wie Deliah? Was war natürlicher als der Wunsch, die körperlichen Intimitäten mit einer so lebhaften Lebenskraft zu teilen, wie sie sie besaß?

In ihren Augen konnte er einen Garten voller Blumen sehen, ihre leuchtenden Farben, Formen und Größen waren so wirklich, daß er meinte, wieder in seinem Traumreich zu sein, unter den Strahlen der Sonne, wo die Insekten voller Leben um ihn herumgesummt waren. Sie strahlte den immerwährenden Frühling aus. Neuheit. Wiedergeburt. So lange er bei ihr war, hatten die dunklen Bereiche seiner Seele keine Macht über ihn. Es gab keine Vergangenheit. Nur das Heute. Diesen Augenblick.

Seine Unsicherheit entfloh auf den Schwingen der Zufriedenheit, während er den Kopf senkte und sie küßte. Ihre Lippen waren warm und sanft und bereit, ihn zu beglücken. Er behielt seine Hände an den Seiten, bis sie die Decke fallen ließ, dann zog er ihren nackten Körper an sich und nahm sie zärtlich in seine Arme. Seine Finger strichen über ihr herrliches Haar, während sein Kuß eindringlicher wurde und er die sinnlichen Tiefen ihres Mundes erforschte. Es lag überhaupt nichts Unbekanntes darin, sie zu küssen oder sie in seinen Armen zu halten. Nichts von der Verlegenheit, die er kurz gefühlt hatte, als er seiner Phantasie erlaubte, sich eine Situation wie diese hier vorzustellen.

Der Duft von Blumen erfüllte die Luft. Vögel zwitscherten. Bienen summten. Ein sanfter Wind ließ das Laub der Bäume rascheln.

Mit einem leisen Stöhnen vergrub er seine Hände in ihrem Haar, bis er darunter die sanfte Haut ihres Rückens und ihres Pos entdeckte. Er zog sie noch enger an sich, drängte seine Erregung gegen sie. Sie schlang die Arme um seine Taille und stellte sich auf Zehenspitzen, bemüht, ihm so nahe wie möglich zu sein. Ein leises Schnurren kam aus ihrer Kehle, als er ihren Mund freigab und ihren Nacken mit Küssen bedeckte, um dann an ihrem Ohrläppchen zu saugen. Das Verlangen in ihm war so übermächtig, daß es seinen Entschluß hinwegfegte, langsam vorzugehen, jede Sekunde so zu genießen, als wäre es das letzte Mal, wo er sie sehen, hören, riechen, berühren und schmecken konnte.

»Ich kann nicht mehr warten«, flüsterte sie, und ihre Stimme klang rauh vor Verlangen. Sie nahm sein Gesicht in ihre Hände und sah ihn voller Bewunderung an. »Darf ich dich entkleiden?«

Bei ihrer Frage stieg eine heiße Röte in seine Wangen. Warum ihre Kühnheit ihn so verblüffte, wußte er nicht, doch sein männliches Ego begrüßte diese Aussicht voller Erregung.

Er schluckte, dann nickte er. Sie zögerte nicht. Ihre Hände glitten unter sein T-Shirt, und ihre Fingerspitzen strichen über die harten Muskeln seines Bauches. Dann zog sie ihm den Pullover über den Kopf und warf ihn achtlos beiseite, als nächstes folgte das T-Shirt. Ihr Blick hielt den seinen die ganze Zeit über gefangen, als sie seine Hose aufknöpfte und dann den Reißverschluß herunterzog. Winstons Herz klopfte so heftig, daß es beinahe schmerzhaft war. Er hielt den Atem an, als sie beide Hände auf seine Taille legte und dann ganz langsam sowohl seine Hose als auch seine Unterhose über seine Hüften hinunterschob. Ihre Hände glitten über seine Schenkel, und es schien ihm, als wären all seine Nervenenden elektrisch aufgeladen. Er bemerkte, daß er viel zu angespannt war, doch er hatte das Gefühl, als würde er den Zauber zerbrechen, wenn er sich bewegte.

Wieder schluckte er, weil ein dicker Kloß in seinem Hals saß, als er sah, daß sie vor ihm auf die Knie sank. Sie drängte ihn, die Füße zu heben, damit sie die störenden Kleidungsstücke entfernen konnte. Er hatte erwartet, daß sie sich wieder aufrichten würde, um in seine Arme zu sinken. Statt dessen streichelte sie seine Schenkel und drängte ihr Gesicht in die krausen schwarzen Haare zwischen seinen Schenkeln. Einen entsetzten Atemzug lang glaubte er, sie würde ihn in ihren Mund nehmen, und auch wenn er sich das in seiner Phantasie vorgestellt hatte, wußte er, daß er dann die Kontrolle über sich verlieren würde. Doch das tat sie nicht. Sie schloß die Hände um seinen Po und schien zufrieden damit zu sein, mit ihrer Wange und ihrem Gesicht über die weiche Haut seines Bauches zu streichen. Es war ungemein erregend, und er hatte das Gefühl, zu zerbrechen, doch gelang es ihm, sich unter Kontrolle zu halten, auch wenn sein ganzer Körper bebte unter der Anstrengung.

Als er sicher war, daß er nicht mehr ertragen konnte, keuchte er: »Deliah«, wie ein Mann, der gefoltert wird. Er zog sie in seine Arme und legte sie auf ein Bett, das aussah, als wäre es aus Blütenblättern von weißen Rosen gemacht. Er schob sich über sie und drängte sich zwischen ihre porzellanweißen Schenkel, dann küßte er sie voller Leidenschaft. Warmes, strahlendes Sonnenlicht schien auf seinen nackten Körper. Er merkte kaum, daß sie die Arme um seinen Hals schlang, daß sie ihn drängte, in ihre Wärme einzudringen. All seine Sinne sonnten sich in Gefühlen, die er nie zuvor in seinem Leben erlebt hatte. Er war befreit von allen seelischen Ketten, befreit von rein menschlichen Grenzen.

»Ich liebe dich«, flüsterte sie, und ihr Atem ging heftig, ihre Finger vergruben sich in seinem Haar. »Ich liebe dich so sehr, daß es weh tut, tief drinnen in meinem Innersten, und es ist ein Schmerz, den ich über alles schätze.«

Winston flog höher und höher. Er küßte ihre Augenlider, ihre

Nasenspitze, ihr Kinn, dann bedeckte er die sanft geschwungene Linie ihres Halses mit seinen Küssen. Er strich mit der Zungenspitze über ihr Schlüsselbein und dann in das Tal zwischen ihren Brüsten. Sie stöhnte auf, so voller Leidenschaft, daß ein erwartungsvoller Schauer durch seinen Körper lief, weil er ihr Freuden schenken würde, die größer waren als alles, was sie je erlebt hatte. Seine Zunge umspielte zuerst ihre eine Brustspitze, dann die andere, er saugte daran, bis die sich ihm verlangend entgegenreckten, mit einer Hand knetete er die sanfte Rundung ihrer Brust. Sie bog ihm ihren Körper entgegen, zeigte ihm, daß sie bereit war für ihn, doch er wollte jede Sekunde auskosten, wollte den steilen Berg der Freuden langsam mit ihr hinaufsteigen, ehe sie den Höhepunkt der äußersten Befriedigung erreichten.

Seine Hände glitten über ihren Körper und erforschten ihn. Zweimal drängte sich etwas Störendes in den Nebel seiner Leidenschaft. Zweimal ignorierte er die Warnung aus seinem Unterbewußtsein. Statt dessen sah er tief in ihre lebhaft blauen Augen und ertrank in der Liebe, die ihm daraus entgegenstrahlte. Sie war alles, was er je gebraucht hatte, um sein Leben vollkommen zu machen, um die Leere zu füllen, die er mit sich getragen hatte, solange er denken konnte.

Sein Mund suchte ihre leicht geöffneten Lippen, als er langsam in sie eindrang. Ihr Atem füllte seinen Mund, und er küßte sie voller Leidenschaft, als er tiefer in sie stieß. Instinktiv paßten sie sich dem Rhythmus des anderen an. Stoß um Stoß stiegen sie höher in die Bereiche, wo Gefühle zu etwas so Kostbarem werden, daß sie sich in ihrer Macht verloren.

Zum ersten Mal in seinem Leben mußte sich Winston nicht auf den Einfluß eines Außenstehenden verlassen, um durch ihn das Glück zu erfahren, das sie ihm schenkte. Und er stellte fest, daß auch er in der Lage war, Glück zu schenken. Er bemerkte den leichten Schweißfilm, der ihren Körper überzog. Ihr salziger Geschmack war wie ein Liebestrank. Er bemerkte, wie sich seine Muskeln zusammenzogen, um sie höher und höher zu führen, auf einer Woge des Verlangens, hinauf zur vollkommenen Erfüllung. Sie waren ein Paar perfekter weißer Tauben, die sich emporhoben in einem Strahl der Harmonie und Liebe, die so erhaben war, daß er sie nicht begreifen konnte, genausowenig wie er ein Wunder begreifen konnte.

Eng umschlungen erreichten sie zusammen den Höhepunkt. Ekstase erfüllte die Helligkeit um sie herum, als ein Schauer nach dem anderen durch ihre Körper lief. Köstlich langsam kehrten sie in die Wirklichkeit zurück, wie zwei vereinte Federn, die vom Himmel ganz behutsam zum Boden hinabschwebten.

Innig hielten sie einander in den Armen und genossen die Nachwirkungen ihrer Vereinigung. Als ihre Körper sich allmählich abkühlten, rollte Winston nur widerwillig zur Seite und zog Deliah an sich.

Erschöpft sagte keiner von ihnen ein Wort.

Winston stellte belustigt fest, daß sie in seinem Schlafzimmer waren und nicht im Reich des Gartens. Sie lagen auf seinem Bett, der Kälte ungeschützt ausgesetzt. Er bemerkte, daß Deliah einschlummerte. Vorsichtig zog er seinen Arm unter ihr hervor, drehte sich herum und legte die Decke, die sie zuvor auf den Boden hatte fallen lassen, über sie. Dann schob er den Arm unter ihren Körper und lächelte zufrieden, als sie sich an ihn kuschelte. Es dauerte nur Sekunden, bis sie beide fest eingeschlafen waren.

Beth hatte gerade ihre schlafende Tochter neben ihren Sohn in die antike Wiege gelegt, als Laura das Kinderzimmer betrat. Beth sah ihr in die tränenfeuchten Augen und fühlte, wie auch ihr die Tränen in die Augen stiegen. Sie ging zu Laura hinüber, verschränkte die Arme unter ihren vor Milch schweren Brüsten und seufzte tief auf.

»Aggie hat es dir gesagt?« fragte sie Laura und sah, wie diese nickte.

Lauras Kinn zitterte, während sie versuchte, ihre eigene Verzweiflung nicht zu zeigen. »Ich möchte nicht, daß sie geht, Beth.«

»Ich auch nicht.« Eine Träne rann über Beths blasse Wange. »Wie nimmt es Roan auf?«

»Nicht sehr gut. Er ... nun ja, er war schon schlecht gelaunt, ehe Aggie es uns gesagt hat.«

»Wegen ...«

»Nein, Beth. Seine Laune hat nichts mit eurer Rückkehr zu tun.« Laura seufzte auf. »Ich denke, er ist schlecht gelaunt, weil ich so viel Zeit hier bei den Kindern verbracht habe.«

Beth blickte zu der Wiege und lächelte schwach, dann sah sie Laura wieder an. »Du warst mir eine große Hilfe, aber du hast ihn vernachlässigt.«

»Ich weiß, aber es fällt mir schwer, nicht meine ganze Zeit bei den Babys zu verbringen. Ich werde es wiedergutmachen.«

Beth wollte etwas sagen, als Laura leise zu schluchzen begann. Ohne zu zögern, nahm Beth sie in ihre Arme. »So sehr ich mir auch wünsche, daß Aggie bleibt, so müssen wir doch an ihr Glück denken.«

»Ich weiß«, schluchzte Laura.

Beth zog sich ein wenig zurück und wischte mit dem Daumen Lauras Tränen ab. »Wissen die Jungen es schon?«

Laura nickte. »Sie sind in Kahls Zimmer und weigern sich, mit mir oder mit Roan zu sprechen. Sie sind wütend auf Aggie. Du weißt doch, wie Kevin sein kann. Er war sehr grob zu ihr.«

Beth blickte zu der Wiege, dann sah sie wieder Laura an. »Ich werde versuchen, mit ihnen zu reden, einverstanden?«

»Das würde vielleicht helfen. Hat ... äh ... hat Lachlan dich schon besucht?«

»Nein, und ich bin mehr als nur verletzt und wütend.«

Ein zitterndes Lächeln stahl sich auf Lauras Gesicht. »Männer.«

»Warum verbringst du nicht ein bißchen Zeit mit Aggie und Roan? Die Babys werden ein paar Stunden schlafen, und ich werde versuchen, ob ich mit den Jungen reden kann.«

»Ich bringe dir später etwas zu essen nach oben.«

»Eigentlich habe ich daran gedacht, die Babys mit nach unten zu nehmen. Ich werde verrückt hier oben.«

Laura lächelte. »Beth ... ich bin so glücklich, daß du wieder da bist. Wir hatten nie die Zeit, wirkliche Freundinnen zu werden. Es ist schön, eine Frau in meinem Alter hier zu haben.«

»Wenn du Lachlan siehst ...«

»Dann werde ich mit ihm reden«, versicherte Laura ihr.

»Ich wollte vorschlagen, daß du ihm einen Tritt in den Allerwertesten versetzt«, sagte Beth ironisch.

»Das läßt sich machen.« Laura wandte sich um und verließ das Zimmer.

Beth sah noch einmal nach den Babys, ehe sie nach unten zu Kahls Zimmer ging. Sie klopfte an die Tür und wartete gar nicht erst auf eine Antwort, ehe sie das Zimmer betrat. Die Brüder saßen auf dem großen Bett. Drei Augenpaare sahen ihr ernst entgegen. Kevins Blick drückte Unwillen über ihr Eindringen aus, doch sie ignorierte ihn.

Sie setzte sich an das Fußende des Bettes und betrachtete die drei traurig. »Eine Veränderung ist selten angenehm, aber wir müssen Aggies Wünsche respektieren«, begann sie vorsichtig.

»Warum?« fragte Kahl bitter. »Warum sollten wir uns etwas daraus machen, was *sie* will? Sie hat immer gesagt, daß sie uns liebt, aber jetzt will sie gehen.«

»Alle verlassen uns«, erklärte Kevin, und seine Stimme zitterte.

»Beth und Lannie sind zurückgekommen«, meinte Alby leise, und in seinen großen blauen Augen glänzten die Tränen. Er warf sich in Beths Arme und barg sein Gesicht an ihrer Schulter.

Beth strich ihm liebevoll über den Kopf.

»Wir alle lieben euch«, brachte sie erstickt hervor und sah jeden der Jungen an. »Und glaubt nicht, daß sich das je ändern wird. Aber manchmal können wir gegen das, was geschieht, nichts tun ... gegen die Veränderungen in unserem Leben. Wir müssen das Beste aus dem machen, was wir haben.«

»Sollen das vielleicht aufmunternde Worte sein?« fragte Kevin sarkastisch.

Alby warf seinem Bruder einen bösen Blick zu. »Laß sie in Ruhe.«

»Halt den Mund, Zwerg.«

»Das reicht«, schalt Beth den ältesten Bruder, und er blickte schmollend auf seine übergeschlagenen Beine.

»Du hast deine eigenen Gören, um die du dir Sorgen machen mußt«, meinte Kahl leise. »Um uns brauchst du dich nicht zu kümmern. Wir sind es gewöhnt, für uns selbst zu sorgen.«

Beth schwieg einen Moment. »Die Zwillinge können sich glücklich schätzen, euch drei zu haben«, meinte sie dann.

Alby blickte in Beths Gesicht. »Ja?«

»Natürlich.« Beth lachte leise und gab ihm einen Kuß auf die Stirn. »In gewisser Weise seid ihr ihre Cousins. Ihre *großen* Cousins, und ich weiß, daß sie sich auf euch alle drei verlassen können, damit ihr ihnen die Dinge beibringt, die Kinder wissen müssen.«

»Was denn zum Beispiel?« fragte Kevin mißtrauisch.

»Nun, wie man spielt. Wie man sich aufeinander verläßt, wenn die Erwachsenen zu beschäftigt sind, um aufzupassen.« Sie lächelte die drei liebevoll an. »Ich glaube, ich habe euch noch gar nicht gesagt, wie sehr ich euren Mut bewundere und eure Cleverness.« Erfreut stellte sie fest, daß die Laune der Jungen sich zu bessern schien. »Das letzte Weihnachtsfest war eine wirklich beängstigende Zeit, aber ihr wart alle so tapfer. Ihr habt bewiesen, daß ihr Veränderungen akzeptieren könnt und euch den Gegebenheiten anpassen könnt. Besser als die meisten anderen. Jungs, ich könnte nicht stolzer auf euch sein. Ich könnte nicht ...«, ihre Stimme brach, und Tränen traten in ihre Augen, »... ich könnte euch nicht mehr lieben, wenn ihr meine eigenen Kinder wärt.«

Und plötzlich wurde Beth überschüttet mit Umarmungen. Als die Jungen sich schließlich wieder auf das Bett setzten, wischten sie sich mit den Händen über ihre feuchten Wangen.

»Tante Beth?«

»Ja, Kevin?«

»Verläßt uns Aggie wirklich nur, weil wir so böse waren?«

Beth gab ein ersticktes Geräusch von sich. »Nein, mein Schatz. Wie kommst du denn auf diesen Gedanken?«

Er zuckte mit den Schultern. »Weil wir manchmal wirklich böse waren. Wegen uns hat sie ihre Energie viel zu schnell verbraucht.«

»Aggie betet euch drei an. Sie ist nur wegen euch so lange geblieben.«

»Aber warum geht sie jetzt weg?« schluchzte Alby.

»Hat sie euch das denn nicht gesagt?«

Alle drei schüttelten den Kopf, dann meinte Kevin beschämt: »Sie hat versucht, es zu erklären, aber wir haben sie nicht ausreden lassen. Das tut mir jetzt leid.«

»Ich bin sicher, daß sie das versteht«, versicherte Beth ihm. »Sie geht weg, weil sie ihren Sohn so sehr vermißt.«

»Den bösen Borgie?« Kahl verzog das Gesicht.

»Seid lieb«, schalt Beth, dennoch stahl sich ein Lächeln auf ihr Gesicht. »Okay, er war kein sehr netter Mensch, aber immerhin war er Aggies Sohn, und sie liebt ihn. Ich denke, sie stellt sich vor, daß er ganz allein ist im Himmel, und das macht sie traurig. Sie weiß, daß ihr uns alle habt, aber Borgie hat nur sie. Und es ist nicht fair, daß sie die ganze Zeit über so traurig ist, nicht wahr?«

»Nein.« Kevin seufzte. »Sie sollte glücklich sein.«

»Ja«, stimmte Kahl ihm zu, und auch Alby nickte.

»Also, Jungs, findet ihr nicht, daß wir diese letzten Stunden gemeinsam mit ihr verbringen sollten? Sollten wir ihr nicht ein gutes Gefühl geben, daß sie die richtige Entscheidung getroffen hat? Wir wollen doch nicht, daß sie uns verläßt und sich schuldig fühlt unseretwegen, nicht wahr?«

»Nein«, sagten alle drei wie aus einem Mund. Dann fügte Kevin noch hinzu: »Sie könnte zurückkommen, wenn sie das möchte. So wie du und Lannie.«

»Nein, mein Schatz, Aggie wird nicht zurückkommen.«

»Warum denn nicht?« fragte Kahl. »Wird der Highway im Himmel das nicht zulassen?«

Beth lachte laut auf, doch dann wurde sie wieder ernst. »Nein, ich fürchte, sie geht für immer. Ihr Platz ist bei ihrem Sohn.«

»Okay«, murmelte Kevin. »Aber vielleicht will sie uns ja gar nicht mehr sehen. Ich war wirklich gemein zu ihr.«

»Aggie liebt euch. Ich bin sicher, sie hofft ...«

»Aye«, sagte eine Stimme von der Tür. Alle Augen wandten sich zu Roan, der dort stand. Er grinste breit. Nur Beth konnte den Kummer in seinen Augen erkennen. »Tante Aggie hat gerade gesagt, wie gern sie eine Party hätte. Eine richtige Abschiedsparty mit der ganzen Familie.« Er verbeugte sich anmutig vor Beth. »Und mit allen anderen auch. Also, meine lieben Jungen, möchtet ihr mir nicht in der Küche helfen, beim Backen?«

»Beim Backen?« fragte Kevin skeptisch.

»Plätzchen und kleine Kuchen. Laura hat vor, Eishörnchen zu machen – kalte aber trotzdem leckere, wenn das Blitzen eurer Augen ein Anzeichen dafür ist. Also, Jungs, es ist Sache von uns Männern, uns um das Backen zu kümmern. Wollt ihr mir helfen?«

Die Jungen blickten zu Beth, dann wieder zu Roan und sprangen jubelnd vom Bett. Roan warf Beth einen dankbaren Blick zu, dann ermahnte er die Jungen, die Zwillinge nicht aufzuwecken, und ging mit ihnen zur Treppe. Doch ehe er nach unten ging, kam Beth hinter ihm hergelaufen und fragte ihn atemlos: »Roan, hast du Lachlan gesehen?«

»Als ich ihn zum letzten Mal gesehen habe, ging er gerade hinüber in die Remise.«

»Danke. Ich muß mit ihm reden.«

»Beth?« Roan winkte den Jungen zu, schon allein nach unten zu gehen, dann wandte er sich zu Beth und wartete, bis sie außer Hörweite waren. »Er hat sich von uns allen zurückgezogen. Bist du wirklich entschlossen, ihn jetzt zur Rede zu stellen?«

»Er ist nicht mehr in meine Nähe gekommen, seit wir hier angekommen sind. Und soweit ich weiß, hat er die Zwillinge nicht einmal gesehen. Ich bin verdammt wütend auf ihn, Roan. Ich muß mir das von der Seele reden.«

Zu ihrer Überraschung beugte sich Roan vor und gab ihr einen Kuß auf die Wange. Er zog sich mit einem Grinsen von ihr zurück, seine Augen blitzten. »Dann mach ihm die Hölle heiß, Mädchen. Aber zieh dir einen von Lauras Mänteln an und ein paar Stiefel. Sie hat bestimmt nichts dagegen. Sie hängen neben der Eingangstür an der Garderobe.«

»Danke, das werde ich. Ich werde nicht lange wegbleiben.«

Zehn Minuten später, nachdem sie noch einmal nach den Zwillingen gesehen hatte, die friedlich schliefen, ging Beth nach unten, zog Lauras pelzbesetzte Stiefel an, die ihr ein wenig zu groß waren, und schlüpfte in eine blaue, dreiviertellange Daunenjacke. Als sie durch die Tür nach draußen ging, erfaßte sie ein eisiger Wind und nahm ihr den Atem. Beinahe hätte sie dem

Wunsch nachgegeben, wieder ins Haus zurückzukehren. Doch das tat sie nicht. Sie blickte auf die Remise, die in einiger Entfernung stand, und fühlte, wie ihr ein dicker Kloß im Hals saß.

Wenn Lachlan absichtlich grausam sein wollte, dann hätte er keine bessere Art dafür wählen können. Im Tode hatte er sie umworben, sie verfolgt und schließlich ihr Herz gewonnen. Und jetzt, wo er lebte, behandelte er sie wie eine Aussätzige. Böse? *Nein!* Sie war schrecklich wütend und entschlossen, ihn ein bißchen leiden zu lassen – wenn es möglich war. Von dem, was Aggie, Deliah und Laura ihr erzählt hatten, war er *außer sich,* weil er wieder unter den Lebenden weilte. *Außer sich!* Hatte er den Verstand verloren?

Der Weg zur Remise erwies sich als glatt, und als sie es schließlich bis zur Tür geschafft hatte, war die eisige Kälte durch ihre Hose gedrungen, und ihre Beine waren bis zu den Knien eiskalt. Ohne eine Vorwarnung öffnete sie die Tür und betrat das Haus. Das Innere wurde von zwei Laternen erhellt. Auf einem Feldbett an der anderen Seite des großen Zimmers saß Lachlan. Er hatte die Ellbogen auf die Knie gestützt und das Kinn auf seine verschränkten Hände gelegt. Er war tief in Gedanken versunken und hatte nicht bemerkt, daß sie das Haus betreten hatte. In dieser Minute wurde Beth von ihren Gefühlen hin- und hergerissen. Auf der einen Seite wollte sie sich in seine Arme werfen. Auf der anderen Seite …

Ihr Instinkt ließ sie die andere Seite wählen, und sie schlug ihm auf den Kopf.

»Och!« brüllte er und sprang auf. In dem Moment, als er begriff, wer ihn geschlagen hatte, wich er vor ihr zurück, seine dunklen Augen in seinem blassen Gesicht schienen riesengroß.

Beth wich ebenfalls einen Schritt zurück, als sie feststellte, daß ein dichter roter Bart und ein Schnauzbart sein Gesicht bedeckten. Sie ließen seine Haut noch blasser aussehen und seine Augen noch dunkler als sonst.

»Beth«, brachte er heraus, und seine Stimme war nicht mehr als ein Krächzen.

»Wenigstens funktioniert deine Erinnerung noch«, sagte sie schnippisch. »Und das ist mehr, als ich von deinem Herzen behaupten kann, du elender Hundesohn!«

»Du sollst meine Mutter nicht beleidigen«, murmelte er und blickte zur Seite, um dem vorwurfsvollen Blick ihrer Augen zu entgehen.

»Du bist ein Feigling, Lachlan Baird.«

Er sah in ihr Gesicht und runzelte die Stirn. »Ich brauche Zeit, um nachzudenken, Frau!«

»*Du* brauchst Zeit, um nachzudenken? Du armes Baby.« Sie zog scharf den Atem ein, um dem Wunsch zu widerstehen, ihn noch einmal zu schlagen. Ihre Hände ballten sich zu Fäusten und öffneten sich dann wieder. Ihr Herz schlug wild in ihrer Brust. »Hast du dir die Zwillinge überhaupt schon einmal angesehen?« Er vermied ihren Blick. »Hast du?« rief sie zornig.

Er schüttelte den Kopf und machte eine hilflose Bewegung mit den Händen. »Ich kann sie noch nicht sehen, Beth. Ich bin nicht in der Lage, in der Nähe eines anderen zu sein.«

»Oh, du bist nicht in der Lage, das ist richtig.« Tränen brannten in ihren Augen. »Wie kannst du ihnen das antun? Wie kannst du *mir* das antun? Wolltest du mich nur unter der Bedingung lieben, daß du tot bliebst?«

Er sah sie an, als hätte sie ihm einen Fausthieb in den Magen versetzt. »Ich habe keine Zukunft in dieser Zeit, Beth! Ich kann dir und den Babys überhaupt nichts bieten!«

Beth konnte den Schmerz in seinem Gesicht nicht sehen und auch die Verzweiflung in seiner Stimme hörte sie nicht. Etwas in ihr starb in dieser Sekunde, und sie wußte, es war etwas, das kostbarer war als ihr Leben. Sie beugte sich zu ihm, Tränen rannen über ihre Wangen. »Wenn du auch nur ein halber Mann wärst, dann wäre deine erste Sorge deine Familie und nicht du selbst. Also versinke in Selbstmitleid. Geh, und krieche zurück in dein Grab und erinnere dich an die guten alten Tage, Mister, denn du hast recht. Du gehörst nicht hierher. Du hast ganz sicher keinen Platz in *meiner* Zukunft. Und du siehst aus wie der Tod persönlich. Nicht wie der Mann, den ich zu lieben glaubte.«

Sie floh aus der Remise und ließ die Tür hinter sich offen.

Lachlan sank auf das Feldbett zurück, wie eine Flickenpuppe, zu der er geworden war. Tränen brannten in seinen Augen, doch er weigerte sich, ihnen freien Lauf zu lassen.

Seine Beth hatte recht. Zurückzukriechen an seinen früheren Ort der letzten Ruhe war seine einzige Rettung.

Die Nasenflügel des Phantoms bebten, als er auf die Kinder in der Wiege starrte. Seit ungefähr einer Minute waren sie unruhig geworden, und er wußte, daß er bald hier verschwinden mußte. Er war total schwarz gekleidet, ein stahlgrauer Drei-Tage-Bart lag wie ein Schatten auf seinen Wangen, seine kalten grauen Augen betrachteten die Babys voller Verachtung. Ab und zu ging sein Blick zu dem gestickten, mit Spitze eingefaßten Kissen, das auf dem antiken Schaukelstuhl neben der Wiege lag. Es würde nicht schwer sein, die Zwillinge für immer zum Schweigen zu bringen. Seit er den Eingang in die Wand in der Bibliothek gefunden hatte und die schmalen Gänge zwischen den Wänden erforscht hatte, hatte er die Babys sehr oft weinen gehört. Und jedesmal, wenn ihr Weinen an seine Ohren drang oder ihm auf die Nerven ging, dachte er daran, sie umzubringen.

Er hatte keine Möglichkeit festzustellen, ob sie Teil der technologischen Zerstörung dieses Planeten werden würden. Sein Führer erlaubte ihm diese Voraussicht nur bei den Müttern der Zeuger. Oder vielleicht, so überlegte er, war die Tatsache, daß das Schreien der Kinder ihn so sehr irritierte, in der Tat ein Zeichen dafür, daß auch sie der Feind waren.

Ein Schluchzen weckte seine Aufmerksamkeit. Mit der Behendigkeit einer Katze öffnete er eine geheime Tür im hinteren Teil des Schrankes und schlüpfte in die Dunkelheit. Er ließ die Tür einen Spalt offen und lauschte. »Mammie liebt euch«, hörte er schon bald und wußte, daß die Mutter der Kinder zurückgekehrt war. Es kam ihm so vor, als läge Kummer in der Stimme …

Geräuschlos schloß er die Tür, stand eine Weile in der Dunkelheit und dachte über den Grund ihrer Verzweiflung nach. Wußte sie, daß ihre Babys dazu bestimmt waren, diese Welt zu zerstören?

Er biß die Zähne so fest zusammen, daß ein heftiger Schmerz durch seinen Kiefer fuhr. Da sie eine Mutter war, wäre sie nicht in der Lage, das zu beenden, was gar nicht auf die Welt hätte kommen dürfen. Aber er hatte keine gefühlsmäßige Bindung. Wenn die richtige Zeit gekommen war …

Hunger weckte Winston aus einem tiefen Schlaf. Er fühlte sich herrlich und zögerte, sich zu bewegen, ganz besonders, als er fühlte, daß er sich an den Rücken eines warmen Körpers schmiegte, mit dem er sein Bett teilte. Sein Magen knurrte, lauter diesmal, und er verzog das Gesicht. Dann grinste er und schmiegte sich enger an den warmen Körper, tief atmete er den Blumenduft ihres Haares ein. Sie schlief fest, sie rührte sich nicht, als er vorsichtig ihre Brust berührte. Die rosige Spitze war weich und nachgiebig. Kurz überlegte er, sie auf den Rücken zu drehen, damit er die Spitze zwischen seine Lippen nehmen konnte, doch dann entschied er sich, sich vorerst damit zufriedenzugeben, sie zu liebkosen. Die Finger seiner rechten Hand glitten über ihre Brust und wagten sich dann tiefer. Zärtlich streichelte er über ihre Rippen und über ihren flachen Bauch. Seine Hand glitt gerade wieder nach oben, als er etwas bemerkte, das ihn die Stirn runzeln ließ. Er zweifelte an der Richtigkeit seiner Entdeckung und fuhr noch einmal mit der Hand über ihren Bauch.

Wo der Bauchnabel hätte sein sollen, war nur glatte, seidige Haut.

Noch immer zweifelte er an seiner Wahrnehmung, er rückte ein Stück zurück und drehte sie dann auf den Rücken. Sie bewegte sich leicht, doch dann wurde sie wieder ruhig und schlief weiter.

Winston wußte gar nicht, daß er den Atem anhielt, als er vorsichtig die Decke zurückzog. Nur eine Sekunde lang betrachtete er ihren nackten Körper, ehe er sie wieder zurückdrehte und dann ihre Knie etwas hochschob. Als er begriff, daß die Kälte sie beinahe aufweckte, zog er schnell die Decke über sie beide, dann legte er sich auf den Rücken und starrte an die Decke.

Seine Augen hatten das bestätigt, was seine Berührung seinem Verstand gesagt hatte. Und er begriff langsam, daß er das, was er jetzt entdeckt hatte, bereits einmal gesehen hatte. Auf dem Turm. Als sie nackt im Mondlicht getanzt hatte.

Alle Menschen hatten einen Nabel. Doch Deliah hatte keinen.

Er war nicht länger hungrig, statt dessen fühlte er sich ganz elend, als er vorsichtig aus dem Bett stieg und benommen seine Unterhose, seine Hose, sein T-Shirt und den Pullover anzog. In seinem Kopf tobte ein Schlachtfeld voller Fragen, als er ein sauberes Paar Socken aus der Schublade holte und sich dann auf die Bettkante setzte, um sie anzuziehen. Er hatte vergessen, daß sie im selben Zimmer mit ihm war, daß er auf dem Bett saß, in dem sie einander geliebt hatten.

Sie hatte keinen Nabel.

Was hatte das zu bedeuten?

Er war ihr zuerst in der vierten Dimension begegnet.

War sie ein Geschöpf aus dieser Welt?

Sie hatte von einem Kloster erzählt, das einmal auf diesem

Land gestanden hatte, und davon, daß das Böse über diesen Ort gekommen war.

Sie hatte sich in einem Baum versteckt. Versteckt? Wie hatte sie in einem Baum einschlafen können?

Er sprang auf seine Füße, als etwas seinen Rücken berührte. Er wirbelte herum und sah Deliah an, die ihn verschlafen anlächelte.

»Du bist ja schon angezogen. Und ich habe davon geträumt, daß wir einander noch einmal glücklich machen würden.« Sie zog die Decke gerade so weit hinunter, daß sie eine ihrer Brüste enthüllte, dann klopfte sie auf die Matratze neben sich. »Komm, Winston.«

Seine Panik verschwand. Genau wie alles andere, bei dem Gedanken, was er für sie fühlte. Mit ausdruckslosem Gesicht fragte er: »Was bist du?«

Sie runzelte die Stirn, ein wenig neckend zuerst, doch dann begriff sie, daß er es ernst meinte. Ein trostloser Ausdruck trat in ihre Augen. Sie setzte sich auf und zog die Decke bis an ihr Kinn. Dann senkte sie den Blick und sah an sich hinunter. »Ich dachte, die Verzauberung würde noch bis heute abend dauern.«

»Welche Verzauberung?« fragte er bissig.

»Das Vergessen, das ich in dein Gesicht gestreut habe«, murmelte sie.

Winston dachte an den goldenen Staub, den er hinter seinen geschlossenen Lidern hatte fallen sehen, ehe sie begonnen hatten, einander zu lieben. Zorn stieg in ihm auf, und er holte ein paarmal tief Luft.

»Du bist eine Hexe.«

Ihr Kopf fuhr hoch, und ihre Augen weiteten sich ungläubig. »Nein. Sag so etwas nicht! Ich bin keine Hexe, keine gute und auch keine böse. Was ich bin, das wirst du niemals verstehen.«

»Versuche es.«

Sie schüttelte unnachgiebig den Kopf und zog sich von ihm

zurück. »Ich dachte, wenn ich dich von deinen Hemmungen befreie, würde das das Wissen einfacher machen, aber ich kann sehen, daß du mich nicht akzeptieren kannst. Du willst nicht akzeptieren, was du mit deinem Verstand nicht sezieren und begreifen kannst.

Nun, Winston, entweder findest du dich mit dem Schlimmsten ab, was du dir vorstellen kannst, oder du wirst die Wahrheit nie erfahren.« Sie schluchzte auf, dann schien sie sich für ihre nächsten Worte zu wappnen. »Ich liebe dich, mit all deinen Fehlern. Mit all deinen Höhen und Tiefen. Mit deiner Güte und deiner dunklen Seite. Ich akzeptiere dich, und ich verdiene das gleiche auch von dir. Mit weniger werde ich mich nicht zufriedengeben.«

Sein Gesicht wurde vor Verachtung ganz dunkel. »Du bist nicht menschlich.«

»Nicht? Ich weiß, daß ich ein Herz habe, denn du brichst es gerade, Winston Ian Connery. Ich muß auch eine Seele haben, denn ich fühle, wie sie in meiner Brust schrumpft. Ich blute, und ich weine. Und ich liebe dich mit der gleichen Leidenschaft wie …«

»Eine *menschliche* Frau?« spottete er.

Sie zuckte zurück, als hätte er sie geschlagen. Sie drängte die Tränen zurück, die in ihr aufstiegen, dann schlüpfte sie an der anderen Seite aus dem Bett und zog die Decke um sich. Mit dem Rücken zu ihm, sagte sie: »Ich bitte dich nicht um Vergebung, denn ich habe dir nichts angetan, was falsch war.«

Winston sah ihr nach, als sie das Zimmer verließ, sein Brustkorb hob und senkte sich heftig mit jedem Atemzug, den er machte. Er wollte weinen. Schreien. Etwas zerschlagen! Alles, um sich gegen den Betrug zu rächen, bei dem sich alles in seinem Inneren zusammenzog.

Hexe. Nymphe aus einer anderen Dimension. Was machte das schon. Sie hatte ihn irgendwie geblendet, damit er die

Wahrheit nicht sehen konnte, und er war innerlich wütend auf seine eigene Dummheit, weil er das alles hatte geschehen lassen.

Er hatte das Gefühl, beobachtet zu werden. Sein Kopf fuhr herum, und er entdeckte einen Pfau, der auf einer der Fensterbänke saß. Mit seinen kleinen schwarzen Knopfaugen funkelte er ihn an. Er wußte, es war lächerlich, aber er hätte schwören können, daß er eine gewisse Intelligenz in dem bunten Gesicht des Vogels erkennen konnte. Und genauso hätte er schwören können, daß dieser Voyeur *Braussaw* war.

Der Vogel stieß einen markerschütternden Schrei aus, dann klopfte er mit dem Schnabel zweimal gegen die Fensterscheibe. Winston machte ein paar Schritte auf das Fenster zu, doch dann zuckte er zurück, als der Vogel sich plötzlich vor seinen Augen in Luft auflöste. Einen Moment lang konnte er nicht denken. Er konnte sich nicht bewegen. Er hatte mehr als genug eigenartige Vorgänge in seinem Leben erlebt, doch das Baird Haus stellte sich als größte Herausforderung von allem heraus.

Schließlich ging er zum Fenster und blickte hinunter auf den Schneemann. Auf seinem Kopf saß ein unbeschädigter Vogel. Bewegungslos, doch jetzt hatte er sich in Richtung Haus gedreht. Winston fragte sich schon, ob er wirklich dieses verdammte Ding kaputtgeschlagen hatte, als er Roan bemerkte, der in Richtung Remise durch den Schnee stapfte. Winston brauchte seine übersinnlichen Fähigkeiten nicht, um ihm zu sagen, daß der Gutsherr über irgend etwas schrecklich wütend war.

Sein Magen knurrte laut und erinnerte ihn daran, daß er heute noch nichts gegessen hatte. Er sah, wie Roan die Remise betrat, dann schob er seine Hände in die Hosentaschen, verließ das Schlafzimmer und ging zur Treppe.

Lachlan hob den Kopf, den er auf die Hände gestützt hatte, als sich die Schritte näherten. Sein Gesicht war zu einer erschöpften Maske erstarrt, als er Roan entgegensah. Der zornige Ausdruck auf dem Gesicht seines Gegenübers sagte ihm, daß er sich wohl noch eine Moralpredigt würde anhören müssen. Er setzte sich gerade, legte die Hände auf die Knie und bereitete sich auf Roans Ausbruch vor.

Roan blieb vor Lachlan stehen, er streckte die Hand aus, packte Lachlan am Hemd und zog ihn grob auf die Füße. Die dicke Wolldecke, die um Lachlans Schultern gelegen hatte, fiel auf das Bett. Lachlans Kopf flog zurück, so heftig war Roans Angriff gewesen. Zu seiner Überraschung schüttelte Roan ihn, schob ihn dann abrupt auf das Bett und trat zwei Schritte zurück.

Lachlan atmete schwer, als er mit zitternden Knien aufstand. Er konnte seinen Blick nicht von der Wut in Roans Augen abwenden.

»Was hast du mit Beth gemacht?« brüllte Roan ihn an, und seine geballten Hände zitterten. »Es ist schlimm genug, daß du hier schmollst wie ein verwundetes Tier und jedem aus dem Weg gehst, als wären *wir* schuld an deiner verdammten Auferstehung! Aber wenn es um Beth geht, bin ich sehr empfindlich, du elender alter Mann!« Wütend fuhr er sich mit den Fingern durch sein hellbraunes Haar, als könne er sich damit beruhigen. Doch auch das half nicht, und er gestikulierte wild mit den Händen, als er weitersprach. »Sie hat bei all dem zu dir gestanden! Sie hat zu dir gehalten, als der Rest von Crossmichael dich in die Hölle verdammen wollte! Und jetzt hat sie dir zwei großartige Babys geschenkt, und was bekommt sie für all ihre Mühe, wie? Nur noch mehr Kummer!«

Roan stieß mit dem Finger auf Lachlans Gesicht zu, als er weitersprach. »Du warst schon immer ein selbstsüchtiger Schuft, nicht wahr, alter Mann?« schnauzte er ihn bitter an. »Nun, ich sage dir etwas, und es wäre besser, wenn es tief in deinen dicken Schädel eindringen würde, denn ich schwöre bei meiner Seele, Lannie, ich werde nicht danebenstehen und zusehen, wie du diese Frau noch einmal verletzt! Du hast es nie zu schätzen gewußt, wie glücklich du sein kannst. *Aye!*« fuhr er ihn voller Verachtung an. »Robert und Tessa haben dein elendes Leben abgekürzt, aber du hattest im Tod mehr als die meisten Menschen im Leben haben! Mach keinen Fehler, ich liebe Laura, und ich danke Gott jeden Tag dafür, daß er sie und mich wieder zusammengeführt hat, aber Beth ... Jeder Mann, der sich glücklich schätzen kann, ihre Liebe zu besitzen, sollte den Boden küssen, auf dem sie geht. *Sie* ist der beste Teil von dir, du dummer alter Mann! *Sie* ist das Herz dieses Hauses!«

Schwer atmend trat Roan noch einen Schritt näher an Lachlan. »Ich habe gesehen, wie sie vor ein paar Minuten ins Haus gekommen ist. Sie hat ausgesehen, als hätte man ihr das Leben ausgelöscht. Ich brauchte nicht gerade ein Genie zu sein, um festzustellen, daß du sie wieder einmal verletzt hattest. Ich werde das nicht zulassen, Lannie. Reiß dich zusammen und benimm dich wie ein Mann, der du eigentlich sein solltest!«

Einige Sekunden vergingen in Schweigen, Zeit genug, um Roans Zorn neu anzufachen.

»Hast du nichts zu sagen?«

Sein Blick ruhte noch immer auf Roans Gesicht, als Lachlan zu sprechen begann. »Du sollst mich nicht alt nennen.«

Roan fuhr zurück, als hätte Lachlan ihn geschlagen. Er trat ein paar Schritte von ihm weg, ein ungläubiger Ausdruck lag auf seinem Gesicht. Dann, als könne er sich nicht länger zurückhalten, fuhr seine Faust durch die Luft und landete an Lachlans Kinn. Der Schlag war so heftig, daß der frühere Gutsherr auf das Feldbett zurückfiel. Er war viel zu benommen, um sich zu bewegen, das Geräusch seines heftig gehenden Atems erfüllte die Stille. Auch Roan atmete schwer, als er mit seiner schmerzenden Hand wedelte, als wäre er erschrocken, daß er es tatsächlich gewagt hatte, zuzuschlagen. Sein Zorn verschwand unter einer Mischung aus Schuldgefühl und Scham. Er hatte ein aufbrausendes Temperament, doch war er kein Mann, der körperliche Gewalt anwandte. Lachlan hatte schon immer die Fähigkeit besessen, ihn zu provozieren, doch er konnte sich nicht daran erinnern, daß er schon einmal den unbändigen Wunsch gehabt hatte, ihn zu verletzen, wie gerade eben.

»Verdammt«, murmelte er und trat drei Schritte zurück, dann starrte er in Lachlans Gesicht, auf dem sich seine Verzweiflung widerspiegelte, als sei diese eine tödliche Waffe. »Sobald das Wetter besser wird, werde ich Laura und die Jungen von hier wegbringen. Behalte dein Haus und deine verdammten Besitztümer. Möge es dich alles über den Rest deiner mitleiderregenden Existenz hinwegtrösten.«

Roan ging zur Tür, während Lachlan sich aufsetzte und vorsichtig die schmerzende, pochende Stelle an seinem Kinn befühlte. An der Tür blieb Roan plötzlich stehen und wandte sich zu Lachlan um.

»Aggie geht gleich nach dem Abendessen hinüber. Wir haben für sie eine Party ausgerichtet, und du bist nicht eingeladen. Du hast uns schon genug Kummer gebracht. Deshalb bitte ich dich, Lannie, bleibe weg, bis sie gegangen ist. Morgen kannst du dein verdammtes Haus zurückhaben. Nimm alles, um das du so hart gekämpft hast all diese Jahre.«

Roan schloß die Tür hinter sich und ließ Lachlan in der Stille zurück, die so laut war, daß sie ihm in den Ohren dröhnte.

»Aggie geht weg?« murmelte er, und sein Gesicht spannte sich an unter seinem Kummer. »Oh, Aggie. Geh nicht weg.«

Er brach zusammen und schluchzte heftig. Ob er nun ein Mann war oder nicht, er konnte die Tränen nicht zurückhalten. Er konnte den Schmerz nicht verdrängen, der ihn zu verzehren drohte. Er war verzweifelt, verängstigt und einsam, doch hatte er keine Ahnung, wie er diese dunklen Mächte vertreiben sollte.

Seine Beth ... Er würde niemals die Qual vergessen, die er in ihren Augen gelesen hatte, denn er wußte, daß sie ihm seine Schwäche niemals verzeihen würde. Und Roan, der einzige Freund, den er je gehabt hatte, haßte ihn. Und jetzt ging auch noch Aggie weg, und er wußte, daß er der Grund dafür war. Sie alle gehörten ins Baird Haus. Sie waren die Magie, das Herz des Baird Landgutes.

Er bemerkte nur vage, daß jemand neben ihm saß, doch zuckte er zusammen, als sich Arme um ihn legten und er gegen etwas Warmes und Festes gedrückt wurde.

»Lachlan«, seufzte eine Frauenstimme in einem sanft scheltenden Ton. »Du hast wirklich eine besondere Art, in einigen Leuten das Schlimmste hervorzubringen.«

Verwirrt und am ganzen Leib zitternd, zog Lachlan sich ein wenig zurück und zwang sich, in das Gesicht der Frau zu sehen. Das Gesicht, das zu leuchten schien, als er unter Tränen darauf blickte, gehörte ...

»Laura?«

10

Ein etwas schüchternes Lächeln lag um Lauras Mund. »Wenigstens hast du mich nicht Tessa genannt. Ich dachte sicher, daß du mich in die Reihe deiner Bewunderer einreihen würdest.«

Trotz der Pein in seinem Inneren gelang ihm ein leises Lachen. »Was tust du hier? Es ist kalt.«

»Das habe ich bemerkt«, meinte sie ironisch, dann nahm sie vorsichtig sein Kinn in die Hand und untersuchte sein Gesicht. »Hat Roan das getan?«

»Nein.« Er zuckte innerlich zusammen, als sie herausfordernd eine Augenbraue hochzog. »Aye«, gestand er brummend. »Aber ich habe ihn herausgefordert. Du darfst ihm keinen Vorwurf machen.«

»Als er wütend ins Haus gerannt kam, wußte ich, daß etwas passiert war.« Sie legte die Hände in den Schoß und betrachtete ihn ernst. »Lachlan, du siehst unmöglich aus. Ganz zu schweigen davon, daß ein Bart dir absolut nicht steht. Warum tust du dir das nur an?«

Lachlan senkte die Lider. »Ich weiß auch nicht, warum. Roan hat gesagt, ich soll mich zusammenreißen.« Er sah in ihre wunderschönen grünen Augen und zuckte mit den Schultern. »Aber genau das ist das Problem, Laura. Ich weiß nicht mehr, wer oder was ich überhaupt bin. Ich bin ein Vertriebener. Es ist, als würde ich zwischen zwei gegnerischen Kräften stehen, die mich in die eine und die andere Richtung zerren, und ich habe keine Ahnung, welche Seite die richtige ist.« Wieder traten Tränen in seine Augen und machten seine Mutlosigkeit noch größer. »Ich wollte niemanden verletzen, Laura. Ganz gleich, was ich auch tue, ich bin immer verantwortlich dafür, daß jemand darunter leidet.«

Laura schwieg eine Weile nachdenklich, dabei sah sie ihn mit bemerkenswerter Ruhe an.

»Okay, Lachlan, ich möchte, daß du mir sehr gut zuhörst. Ich gebe zu, tot zu sein und dann ins Leben zurückzukommen, kann sehr – wollen wir sagen – beunruhigend sein?«

Er nickte grimmig.

»Wahrscheinlich genauso beunruhigend wie festzustellen, daß man die Reinkarnation eines mörderischen Luders ist mit einem Hang zum Reichtum, richtig?«

Nicht nur ihre Worte verblüfften Lachlan, sondern auch der humorvolle Ton, in dem sie diese ausgesprochen hatte. Ein schwaches Grinsen erschien um seinen Mund. »Schon möglich«, gestand er ihr.

»Eine zweite Chance ist beängstigend, Lachlan, denn wir müssen so viel gutmachen aus der Zeit, als wir zum ersten Mal hier waren.« Sie seufzte tief und starrte dann blicklos vor sich hin. Dann betrachtete sie ihn wieder, doch diesmal lag ein ernster Ausdruck in ihren Augen. »Du bist Lachlan Baird, ein Mann, der sich von seiner Familie getrennt hat, um seinen Weg im Leben zu finden. Ein Mann, der ein unglaubliches Haus gebaut hat und durch eine Tragödie ein Vermächtnis geschaffen hat, das noch viele Generationen lang im Gedächtnis der Menschen weiterleben wird. Du bist Lachlan Baird, dessen Liebe für eine Frau sie zum Sterben in das Baird Haus gebracht hat, damit sie im Tod nicht genauso einsam sein würde wie im Leben. Und du bist Lachlan Baird, der nicht nur seinen Mördern vergeben hat, sondern ihnen sein Herz und sein Heim geöffnet hat.«

Tränen verschleierten ihren Blick, als sie einen Finger liebevoll unter sein Kinn legte. »Wie kannst du daran zweifeln, wer und was du bist, Lachlan? Du hast als ein Mann aus Fleisch und Blut begonnen, und wundersamerweise bist du denjenigen, die dich lieben und die dich in ihrem Leben brauchen, zurückgegeben worden.«

»Laura«, brachte er erstickt hervor. »Ich kann nicht glauben, daß du mir so viel Freundlichkeit schenkst.«

»Für die meiste Zeit teilen wir beide eine schreckliche Vergangenheit, Lachlan. Manchmal kehrt meine Scham über die Taten von Tessa zurück und verfolgt mich, aber ich überwinde sie. Und weißt du, wie ich das mache?«

Er schüttelte den Kopf.

»Ich erinnere mich an den letzten Weihnachtsabend, als ich auf dem Boden lag, mit diesem schrecklichen Messer in meiner Brust und du dich über mich gebeugt hast. Ich erinnere mich an den Ausdruck in deinen Augen. Sie sagten mir, daß du mir alles verzeihen würdest.« Sie streckte die Hände aus und umschloß seine Hände damit. »Sie haben mir gesagt, du hättest meine Schmerzen auf dich genommen, wenn du das gekonnt hättest.«

»Der Dolch war für mich bestimmt, nicht für dich.«

»Darum geht es doch gar nicht, Lachlan.« Sie gab seine Hand frei und legte eine Hand über ihr laut hämmerndes Herz. »Vor langer Zeit warst du mein – Tessas – Ehemann. Ich kann die vielen Male gar nicht zählen, bei denen ich mich gefragt habe, wie verschieden unser Leben wohl gewesen wäre, wenn ich dich und nicht Robert geliebt hätte. Wenn ich damals nur ein halb so mutiges Herz gehabt hätte wie jetzt. Aber mir diese Fragen zu stellen, ändert nichts an unserem Schicksal. Gar nichts. Wir sind alle dort, wo wir sein sollen. Zusammen. Und wir bemühen uns, unser Leben so gut zu leben, wie wir es können.

Ich weiß, daß du dich fürchtest, Lachlan. Vielleicht ist der Grund dafür, daß ich besser als die anderen verstehe, was du durchmachst, der, daß ich noch *immer* Angst habe vor Tessa. Ich weiß, daß es nicht mein Zeitalter ist, doch bin ich trotzdem damit verbunden durch ihre Erinnerungen, genau wie du stets mit dem achtzehnten Jahrhundert verbunden sein wirst. Aber das bedeutet nicht, daß wir uns jetzt von der Vergangenheit leiten lassen sollen.«

»Aye«, stimmte ihr Lachlan verträumt zu und starrte ins Nichts. »Ich war damals ein recht ordentlicher Geschäftsmann. Und es besteht kein Grund dafür, daß ich es nicht auch in dieser Zeit schaffen sollte.«

Ein strahlendes Lächeln lag auf Lauras Gesicht. »Ich höre schon, wie es in deinem Gehirn arbeitet.«

»Aye. Aye.«

»Du hast nach wie vor das Baird Haus. Und deinen Reichtum ...«

»Nein«, unterbrach er sie und hob eine Hand, um seine Worte zu unterstreichen. »Das gehört jetzt alles dir und Roan.«

»Lachlan ...«

»Laura, ich werde nicht zurücknehmen ...«

»Was rechtmäßig dir gehört?« Sie lachte spöttisch und hoffte, ihn damit beeindrucken zu können, wenn sie ihm zeigte, wie lächerlich es war, etwas zu verweigern, was ihm bereits gehörte.

Lachlan legte die Finger unter das Kinn. »Roan hat einmal davon gesprochen, das Baird Haus zu einem Zufluchtsort zu machen. Denkt er noch immer daran?«

Sie nickte.

»Die meisten der Zimmer sind unbenutzt.«

Wieder nickte sie. »Es gibt eine Menge leerer Zimmer. Einige habe ich noch nicht einmal gesehen.«

»Genug Platz allein für *zwei* wachsende Familien in der zweiten Etage. Die erste Etage könnte für die Öffentlichkeit geöffnet werden. Selbst diese Remise hier könnte zu einem großartigen Haus umgebaut werden.«

»Ich persönlich bin der Meinung, daß du und Roan hölliglich dynamische Partner sein würdet.«

Sein Gesicht erhellte sich ein wenig. »Ist *hölliglich* wirklich ein Wort?«

Sie lachte. »Wenn nicht, dann sollte es aber eines werden.«

»Aye. *Hölliglich.* Es spricht sich wunderbar aus.«

Wieder lachte Laura, und zum ersten Mal seit seiner Rückkehr strahlte Lachlan vor Hoffnung.

»Und ich hatte Angst vor der Zukunft«, meinte er, beinahe atemlos. »Dabei starrt die Zukunft mir die ganze Zeit über ins Gesicht. Ach, Laura, ich kann wirklich ein alter Dummkopf sein.«

»Vielleicht ein wenig störrisch ab und zu, aber ich denke, du hast ein Recht dazu. Allerdings bin ich auch der Meinung, daß du Beth zu Füßen liegen und sie um Verzeihung bitten solltest.«

Lachlan stieß pfeifend den Atem aus. »Himmel. Sie war bereit, mich zu erschlagen, als sie ging.«

»Sie war hier?«

Er nickte. »Roan hat sie gesehen, als sie ins Haus zurückkam. Deshalb ist er zu mir gekommen. Oh, Laura, ich habe ein schönes Durcheinander angerichtet. Ich habe die Zwillinge nicht einmal angesehen. Ich hatte viel zuviel Angst, mein eigenes Versagen in ihren kleinen Gesichtern zu entdecken.«

»Du solltest sie dir gut ansehen, Lachlan, und ich kann dir versprechen, du wirst kein Versagen finden. Sie sind wunderschöne, gesunde Babys.«

»Hat sie ihnen schon einen Namen gegeben?«

»Nein. Ich denke, sie hofft, daß du dich an der Namenssuche beteiligen wirst.«

»Roan hat gesagt, daß Aggie heute geht.«

»Nach dem Abendessen.« Laura runzelte verwirrt die Stirn. »Sie hat etwas ganz Eigenartiges gesagt, Lachlan. Sie hat behauptet, *Deliah* sei endlich damit einverstanden, sie freizulassen.«

»Deliah?«

»Die junge Frau, die Winston im Pavillon gefunden hat. Sie war nackt und halb erfroren. Wir wissen noch immer nicht sehr viel über sie, aber sie behauptet, sie würde zum Haus gehören.«

»Deliah«, murmelte Lachlan und runzelte tief in Gedanken die Stirn. »Der Name kommt mir bekannt vor, doch es ist eine weit entfernte Erinnerung. Ich kann sie nicht so recht fassen. Weißt du, was ich meine?«

»Ist sie jemand aus deiner Vergangenheit?«

»Nein. Vielleicht.« Lachlan schüttelte den Kopf. »Ich weiß nur, daß ich den Namen schon einmal gehört habe. Ich kann ihn fast hören, wie er in meinem Kopf flüstert.«

Laura räusperte sich. »Das Beste habe ich dir noch gar nicht gesagt. Sie glaubt, sie ist die Magie im Haus.«

Lachlan dachte eine Weile darüber nach, dann stand er auf. Ein dumpfer Schmerz erwachte hinter seinen Schläfen. Er fühlte sich etwas unsicher und schwindelig, doch Lauras Worte dröhnten in seinem Kopf.

»Lachlan, was ist los? Du siehst aus, als würdest du gleich ohnmächtig werden.«

Er machte eine abweisende Bewegung mit der Hand. »Es sind nur deine Worte, die in meinem Kopf etwas aufgeweckt haben. Deliah. Deliah.« Er machte ein paar Schritte, dann kehrte er zu dem Bett zurück. »Manchmal, als ich in der Grauzone war, dachte ich, daß jemand bei mir war. Ich fühlte eine Anwesenheit. Nichts, was ich sehen konnte, aber eher etwas, das auf mich aufgepaßt hat. Um die Wahrheit zu sagen, ich habe nie viel darüber nachgedacht.«

Laura stand auf und trat vor Lachlan. »Willst du damit sagen, daß du glaubst, sie stammt aus der Grauzone?«

»Ich weiß es nicht.« Lachlan seufzte. »Ich kann nicht richtig denken.« Er blickte durch den großen Raum der Remise. »Es ist verdammt kalt hier drinnen. Ich könnte schwören, daß ich höre, wie das Eis auf meiner Haut klirrt.«

»Warum hast du denn den Ofen nicht angemacht?«

Lachlans Blick folgte ihrer ausgestreckten Hand. Er konnte an der Wand gegenüber von der Tür einen runden Ofen erkennen.

»Den habe ich gar nicht gesehen.«

»Roan hat ihn eingebaut. Hör mal, Lachlan, komm mit ins Haus. Es ist viel wärmer dort, und du gehörst dorthin.«

»Aye. Ich muß dorthin zurückgehen, doch hauptsächlich, um unterwürfig um Verzeihung zu bitten. Nicht nur Beth, sondern auch Roan. Und Aggie. Laura, ich kann sie nicht gehenlassen, ohne mich von ihr zu verabschieden. Aber ich weiß, daß sie mich nicht sehen will.«

»Ich weiß, daß dir sehr viel an ihr liegt«, versicherte ihm Laura freundlich. »Und wenn ich ganz ehrlich zu dir sein soll, ich denke, es würde sie wirklich traurig machen, wenn du *nicht* zu ihrer Party kommen würdest.« Laura grinste schelmisch. »Ehe du allerdings deinen großen Auftritt hast, solltest du ein Bad nehmen und dich umziehen.«

Lachlan verzog das Gesicht, als er auf sein Hemd heruntersah. »Was stimmt denn nicht mit meiner Kleidung?«

»Außer daß sie stinkt und schrecklich altmodisch ist?« neckte Laura ihn.

Lachlan hob den rechten Arm und schnüffelte dann. »Oh, ich rieche wirklich nicht sehr gut. Also gut, ich werde ein Bad nehmen. Aber ich habe keine Ahnung von der Kleidung eines modernen Mannes. Ist meine weggeworfen worden?«

»Nein, sie ist in einem Koffer auf dem Dachboden.«

Er zog belustigt eine Augenbraue hoch.

»Lachlan, wahrscheinlich wird sie … muffig riechen.«

»Muffig gefällt mir. Es ist mein zweiter Name.«

Laura lachte und hob dann resigniert die Hände. »Okay. Wenigstens bist du mit einem Bad einverstanden und damit, diese Sachen anzuziehen. Und rasiere dir dieses Durcheinander aus dem Gesicht.« Sie zupfte spielerisch an seinem Bart. »Ich leihe dir einen Rasierapparat von Roan. Wir werden dich heimlich zurück ins Haus bringen. Als ich gegangen bin, waren Beth und die Babys im Eßzimmer, zusammen mit Aggie, und Roan wollte mit den Jungen etwas backen. Während du in dem großen Schlafzimmer dein Bad nimmst, hole ich dir deine Sachen vom Dachboden.«

»Roan war sehr ablehnend, er wollte nicht, daß ich zu der Party komme.«

Laura nickte. »Er ist mehr verletzt als böse.«

Lachlan seufzte, dann erschien plötzlich ein übermütiges Blitzen in seinen Augen. »Ich könnte ihm eine hübsche Flasche Scotch mitbringen. Unsere besten Stunden haben wir mit einem oder zwei Gläschen verbracht.«

Laura rollte mit den Augen. »Wenn es unbedingt sein muß. Aber du sollst dich nicht betrinken.«

»Nein. Laura?«

»Was ist?«

»Ich kann dir nicht genug danken.«

»Du schuldest mir gar nichts, Lachlan. Wir gehören zur Familie, und das wird immer so bleiben.«

Mit einem rauhen Aufstöhnen zog Lachlan sie in seine Arme und drückte sie. »Du bist ein großartiges Mädchen, Laura.« Er gab sie wieder frei und zwickte sie spielerisch unter dem Kinn. »Also werde ich Scotch mitbringen.«

»Ich habe es ernst gemeint, daß du dich nicht betrinken sollst. Beth wird sonst die Flasche auf deinem Kopf zerbrechen.«

»Autsch.« Er lachte leise. »Das würde sie wirklich tun.« Er schlug mit der rechten Hand ein Kreuz über seinem Herzen. »Ich gebe dir mein Wort, daß ich mich ausgezeichnet benehmen werde.«

»Willkommen zurück, Lannie.« Sie lächelte, nahm ihn an der Hand und führte ihn aus der Remise.

Kevin warf eine Handvoll Mehl nach Winston, der an dem kleinen Tisch in der Küche saß und versuchte, seinen Kaffee zu trinken. Winston schloß die Augen und spuckte, während Roan, Kevin und Kahl vor Lachen brüllten. Winston versuchte vergebens, sich das Mehl aus dem Gesicht zu wischen, während er hörte, wie Roan, wenn auch lachend, mit Kevin schalt. »Kevin! Es ist nicht nett, die Küche noch schmutziger zu machen, aber ich bin auch sicher, daß Mr. Connery kein Mehl im Gesicht mag!«

Winston stellte die Kaffeetasse, die voller Mehl war, auf den Tisch und begann, sich das Mehl von Hemd und Hose zu klopfen.

»Roan, es ist nicht nett von dir, zuerst an die Küche zu denken und dann an mich«, meinte er und prustete, dann wandte er sich zu Kevin, der sich vor Lachen krümmte. »Und was dich betrifft ...« Ehe Kevin reagieren konnte, hob Winston ihn auf seinen Arm, rollte ihn herum und rieb sein Kinn am Bauch des Jungen. Kevin quietschte vor Vergnügen und trat wild um sich. Winston wiederholte die Geste noch einmal, dann stellte er Kevin wieder auf die Füße und zerzauste ihm das Haar. »Beim nächsten Mal, mein Junge«, versprach er ihm, »werde ich mich revanchieren. Hast du verstanden?«

Kevin deutete giggelnd mit der Hand auf das mit Mehl bestäubte Gesicht Winstons und lachte so, daß Tränen über sein Gesicht rannen.

Winston wandte sich an Roan und zuckte mit den Schultern. Noch immer kichernd zog Roan die Schürze aus, die er um seinen Bauch gebunden hatte, und warf sie Winston zu.

»Du bietest eine traurige Ansicht«, gluckste Roan, und seine Augen blitzten vergnügt. Er rieb sich mit dem Arm über die Rippen. »Ich habe so sehr gelacht, daß mir alles weh tut.«

Als Winston das Mehl von seiner Kleidung, seinem Gesicht und seinem Haar gewischt hatte, hatte sich auch Kevin wieder beruhigt, er stand vor der Ofentür und schnüffelte.

»Kevin, Kahl«, befahl Roan mit seiner respekteinflößendsten Stimme. »Wascht euch.«

Kahl verzog das Gesicht. »Hey! Dürfen wir denn die Füllung nicht machen?«

»Ja.« Kevin trat neben seinen Bruder und verschränkte die Arme vor der Brust. »Das ist das Beste am ganzen Kuchen!«

»Okay. Aber ich möchte, daß ihr euch zuerst die Hände wascht. Also los.«

Die Jungen liefen aus der Küche und heulten wie wilde Indianer auf dem Kriegszug.

Seufzend deutete Roan mit dem Daumen zur Tür. »Ich möchte wissen, woher sie all die Energie nehmen.«

»Ich auch.« Winston grinste. »Sie sind gute Jungen. Du bist ein glücklicher Mann.«

Roan nickte. »Das bin ich.« Ein neckender Ausdruck trat in seine Augen. »Da wir gerade von glücklich reden, wie stehen denn die Dinge zwischen dir und Deliah?«

Winston wandte sich abrupt um und legte die Schürze auf den Tisch, dann versuchte er die heiße Röte zu unterdrücken, die ihm bei Roans Frage in die Wangen gestiegen war. »Sie ist ein Geheimnis für mich«, sagte er und hoffte, daß seine Stimme unverfänglich klang.

»Sag mir, Winston, glaubst du an Liebe auf den ersten Blick?«

Bei dieser Frage wandte sich Winston um. Er hatte das Gefühl, als sei alles Blut aus seinem Kopf gewichen. »Nein, das tue ich nicht. Warum fragst du das?«

»Deliah.« Der abschätzende, eindringliche Ausdruck in Roans Augen vertiefte sich. »So wie sie dich ansieht, würde ich behaupten, daß es mehr ist als nur eine Verliebtheit.«

»Das ist das Haus«, wehrte Winston ab und versuchte zu lächeln.

Roan nickte zustimmend, doch Winston war überzeugt davon, daß er seinem Gastgeber nichts vormachen konnte.

Roan sah sich das Durcheinander in der Küche an. »Ich mache mich wohl besser an die Arbeit«, meinte er.

Laura kam in die Küche, sie lächelte Winston an, dann legte sie die Arme um Roans Hals und gab ihm einen Kuß auf den Mund.

»Hallo, mein Großartiger.« Sie griente ihn an, legte den Kopf zurück und sah in sein Gesicht. »Möchtest du mir nicht helfen, ein wenig Schnee zu sammeln für meine Eistüten?«

»Ich würde viel lieber dich in meine Arme nehmen und dich wegtragen ins ...« Roan warf einen Blick auf Winston und errötete. »Ah, Winston. Hast du nicht gesagt, du hättest noch etwas anderes zu tun?«

»Ich verstehe einen Wink mit dem Zaunpfahl.«

Grinsend ging Winston ins Eßzimmer, doch als er dort Deliah erblickte, wandelte sich sein Lachen in Verdruß. Sie hielt eines der Babys im Arm. Das Strahlen in ihrem Gesicht und die beruhigenden Geräusche, die sie machte, weckten einen heftigen Schmerz in seiner Brust. Wie üblich, so hatte sie auch jetzt ihr Haar offen. Sie trug ein dreiviertellanges königsblaues Kleid, das die Farbe ihrer Augen noch hervorhob. Das Kleid hatte einen Rollkragen, lange Ärmel, keine Taille und einen Rock mit lockeren Falten. Dazu trug sie rot-schwarze Socken an den Füßen, und bei dem bizarren Kontrast hätte er beinahe laut aufgelacht. Doch das tat er nicht. Als sie aufsah, verschwand auch ihr Lächeln aus ihrem Gesicht. Winston biß sich nervös auf die Unterlippe und ging schnell zur Tür, die in den Flur führte. Er hatte die Tür beinahe erreicht, als er hörte, wie Beth rief: »O, verflixt!« Er schaute zu ihr hinüber. Sie stand am Tisch, auf dem das andere Baby auf einer Decke lag. Gerade befestigte sie die Windel und warf Winston einen bittenden Blick zu.

»Aggie ist mit den Jungen nach oben gegangen. Ich bin gerade getauft worden.« Sie lächelte ihren Sohn an. »Er hat perfekt gezielt. Winston, würdest du ihn bitte halten, während ich mir etwas anderes anziehe?«

Winston machte eine schwache, abwehrende Geste mit der Hand. »Ich kann nicht gerade gut mit Babys umgehen.«

»Unsinn.« Beth wickelte den Jungen in die Decke und trug ihn zu Winston. »Er wird schon nicht zerbrechen. Deliah kann sie nicht beide gleichzeitig halten. Ich verspreche, ich werde nicht lange bleiben.«

Noch ehe er sie ernsthaft davon überzeugen konnte, daß er diese Verantwortung nicht auf sich nehmen wollte, hielt er schon das strampelnde Bündel im Arm. Er stand wie versteinert und musterte das wunderschöne rosige Gesicht in der weißen Decke.

»Er wird dich schon nicht beißen«, sagte Deliah leise.

Ihre Blicke trafen sich, und Winston schluckte, weil ein dicker Kloß in seinem Hals saß.

»Du bist viel zu angespannt. Du mußt ihn sanft schaukeln, dann wird er bald einschlafen.«

Winston brauchte einige Versuche, dann schaffte er es, das Baby zu schaukeln. »Er hat mich angelacht«, murmelte er.

»Das sind die Gase, hat man mir erklärt«, sagte Deliah und lachte leise. »Obwohl es mir ein Rätsel ist, warum Gase ein Baby dazu bringen sollten, zu lachen.«

»Er ist so klein.«

Deliah stand auf und kam zu ihm, die Babys waren zwischen ihnen beiden. »Sie ist noch kleiner. Sieh dir nur mal ihre Finger an. Hast du schon je etwas so Kostbares gesehen?«

»Nein«, hauchte er glücklich. Dann sah er Deliah in die Augen und wurde wieder ernst.

Es gab keinen Grund für weitere Worte. Winston setzte sich auf einen der Stühle am Tisch, während Deliah sich einen Platz in der Nähe des Kamins suchte und ihm den Rücken zuwandte.

Beth lief inzwischen in das große Schlafzimmer, knöpfte ihren Pullover auf und ging zum Bad. Sie war gerade an der

Schwelle angekommen, als sie ein nasses Handtuch auf dem Boden bemerkte und hörte, wie das Wasser aus der Wanne ablief. Sie blinzelte, ihr Atem ging schneller, und sie umklammerte den Pullover vor ihrer Brust. Langsam wandte sie sich wieder um und ging ins Schlafzimmer zurück. Und dort, nicht einmal vier Meter von ihr entfernt, saß Lachlan auf einem Hocker, den Rücken ihr zugewandt. Er kämmte sein nasses Haar und hatte gar nicht bemerkt, daß sie den Raum betreten hatte.

Beth schaute das Porträt über dem Kamin an. Sie erinnerte sich wieder, daß sie geglaubt hatte, es sei ein Bild eines seiner Vorfahren, vielleicht ein Bild des Lachlan Baird, der dieses Haus gebaut hatte. Doch schon sehr bald hatte sie herausgefunden, daß *er* dieser Mann war, ein Mann, der schon seit mehr als einem Jahrhundert tot war und der sie geliebt hatte, in diesem Bett, das ihr gegenüber stand.

Plötzlich war der feuchte Pullover gar nicht mehr wichtig. Sie wußte, wenn sie nicht sofort aus diesem Zimmer hier verschwand, würde sie entweder ohnmächtig werden oder ihm an die Kehle gehen. Sie war nicht sicher, wovor sie sich mehr fürchtete. Ihre Beine waren schwer, ihre Knie steif, als sie zur Tür ging, die in den Flur führte. In ihren Augen schien die Tür immer weiter wegzurücken, die Entfernung immer größer zu werden. Sie war nur noch wenige Meter davon entfernt und wollte gerade einen erleichterten Seufzer ausstoßen, als plötzlich etwas an ihr vorüberhuschte, die Tür ins Schloß fiel und sie in Lachlans dunkle Augen sah.

»Beth«, flüsterte er rauh.

Sie konnte nicht antworten.

Wassertropfen rannen ihm über die Stirn und das Gesicht. Wenn sein Haar naß war, kräuselten sich die dunklen, kastanienbraunen Strähnen und hingen über seine Schultern. Er hatte sich den Bart und den Schnurrbart abrasiert. Sie sah das Grübchen in seinem Kinn und die tiefen Höhlen in seinen Wangen.

Beths Welt schien zu schrumpfen, und nur noch sie beide existierten. Wie viele Tränen hatte sie wegen seiner Abwesenheit geweint, wegen seiner grausamen Entschlossenheit, sie und die Zwillinge zu ignorieren. Wie oft hatte sie gefühlt, daß ihr das Herz brach, in den einsamen Stunden, die sie in den dunklen Nächten wachgelegen hatte, während sie sich danach sehnte, daß er sie tröstete.

Nach allem, was sie zusammen durchgemacht hatten …

Sie hatte darüber nachgedacht, wie sie reagieren würde, wenn sie ihn wiedersah. Entweder würde sie ihn schlagen oder sie würde ihn einfach stehenlassen, das waren die Alternativen gewesen. Doch jetzt war keines von beidem möglich. Ihre Arme hingen schwer an ihren Seiten, und ihre Beine drohten ihr den Dienst zu versagen. In ihren Ohren hörte sie das Rauschen von Wasser, ihr Herz war schwer, und sie hatte Mühe zu atmen. Sie konnte nichts anderes tun als ihn anzustarren.

Er trug ein dunkelgrünes, langärmeliges Hemd, das offen stand und seinen breiten, kräftigen Brustkorb zeigte. Schwarze, enganliegende Hosen und schwarze Stiefel dazu ließen ihn aussehen wie einen Piraten. Er brauchte kein Schwert. Sein selbstsüchtiger Wunsch, sich von allem fernzuhalten, war Waffe genug. Scharf genug, um ihren Glauben zu zerstören, daß die Liebe alle Hindernisse überwinden konnte.

»Sag doch etwas«, bat er, und seine Augen flehten sie an, aus ihrer Erstarrung aufzuwachen. »Selbst eine Ohrfeige wäre mir lieber als dieses Schweigen, Mädchen.«

Noch immer konnte Beth nicht antworten. Sie wußte, wenn sie versuchen würde, sich zu bewegen oder zu sprechen, dann würde der Damm brechen, und sie würde die Kontrolle über sich verlieren. Und sie war nicht sicher, was dann geschehen würde. Sie würde weinen, schreien oder ihn sogar verprügeln, doch das würde die Leere in ihrem Innern nicht vertreiben.

Tränen traten in ihre Augen, quollen hervor, aus einem Brunnen tief in ihrem Inneren, als er zögernd seine Hände um ihr Gesicht legte. Sie wollte sich von ihm zurückziehen, wollte ihn wegstoßen. Doch ihr verräterisches Herz jubelte über seine Berührung. Die Wärme seiner sanften Hände schien ihr bis ins Mark zu dringen. Ihr Kopf wurde plötzlich ganz leicht, und sie brauchte ihren ganzen Willen, um sich nicht an ihn zu schmiegen und alles zu vergessen, was seit ihrer Rückkehr geschehen war. Doch die Wunde in ihrem Herzen blieb, und sie war nötig, um sie nicht zusammenbrechen zu lassen. Sie brauchte sie, um ihren Stolz aufrechtzuerhalten. Wenn es um Lachlan ging, würde sie allem entsagen, wenn sie ihm nachgab. Sie hatte in letzter Zeit gelernt, daß sie ihren Standpunkt behaupten mußte, ganz gleich, wieviel Schmerz es ihr oder ihm bringen mochte. Ihre Jugend war verschwunden in den Jahren, in denen sie für ihre kranke Mutter gesorgt hatte. Als sie nach Schottland kam, um ihre beste Freundin aus Kinderzeiten, Carlene, zu besuchen, hatte sie geglaubt, daß das der Anfang ihres Lebens sein würde. Statt dessen hatte sie Lachlan Baird gefunden, den Geist des Baird »Kist« Hauses, und hatte erfahren, daß auch Carlene schon seit einiger Zeit tot war. Carlenes Einladung war auf Drängen von Lachlan erfolgt. Er wollte, daß sie Beth nach Schottland holte, weil er wußte, daß Beth bald sterben würde. Sie war unwissend in dieses Haus gekommen, um zu sterben. Sie hatte nie die Möglichkeit eines neuen Lebens bekommen, nur die einer neuen *Existenz,* einer, in der Lachlan eine führende Rolle spielte. All das war nur geschehen wegen des Porträts, das Carlene von Beth gemacht hatte, in ihrer Heimatstadt Kennewick im Staate Washington. Dasselbe Porträt, das jetzt über dem Kamin im Wohnzimmer hing. Lachlan war irgendwie durch dieses Bild mit ihr in Verbindung getreten, über all die Entfernung, und hatte entschieden, daß dies *seine* Frau war. Die Frau, mit der er die Ewigkeit teilen würde. Und eine Ewigkeit hätten sie miteinander verbracht, wären sie nicht ins Leben zurückgekehrt.

Und hätte er sie nicht verlassen, zu einer Zeit, in der sie ihn am nötigsten gebraucht hatte.

Worte formten sich in ihrem Kopf, wanderten bis zu ihrem Hals, doch ihre Lippen erreichten sie nie. Noch ehe sie etwas sagen konnte, zog er sie in seine Arme und küßte sie voller Leidenschaft. Im ersten Moment richteten sich all ihre Sinne auf ihn. Der moschusartige, männliche Geruch mischte sich mit dem Duft der Seife. Sein Körper war so kräftig und muskulös. Er war so groß und stark. Leise stöhnte er auf, als sein Kuß eindringlicher wurde. Seine Arme umhüllten sie, und sie fühlte seine starken Muskeln und Unterarme. Sie hörte, wie sein Herz raste unter seiner breiten Brust.

Viel zu bald beendete er den Kuß, und sie sah unter Tränen in seine Augen. Er mußte wissen, daß er die letzten beiden Wochen nicht mit einem einzigen Kuß auslöschen konnte! Glaubte er wirklich, daß sie so schwach war? So leichtgläubig?

Einige Sekunden lang hielt er ihre Augen mit seinen fest, als wolle er ihre Stimmung ergründen, ihre Gedanken. Dann erschien ein Grinsen um seinen Mund und er sagte: »Ich wußte, daß du nicht lange böse auf mich bleiben könntest, meine Beth.«

Ihre Beherrschung schwand, sie trat ein paar Schritte zurück und wischte sich mit dem Handrücken über den Mund. »Du *Bastard!* Wie kannst du es wagen, einfach so hier hereinzukommen, als hättest du irgendwelche Rechte auf mich!«

»Aber die habe ich.«

Beth schnappte wütend nach Luft. Tränen rannen über ihre Wangen. »Den Teufel hast du, du *Arsch!*«

Seine Augen blitzten wütend auf, er stützte die Hände in die Hüften und beugte den Oberkörper etwas vor. »Ich schwöre dir, Mädchen, ich werde dir den Mund mit Seife auswaschen, wenn …«

»Und ich werde dir in die Eier treten, daß sie dir durch deine Nase fliegen, wenn du es auch nur versuchst!« drohte sie ihm und hob dann triumphierend ihr Kinn, als er schockiert über ihre Worte zurückwich. »Wir sind *nicht* verheiratet, und ich bin *nicht* dein Besitz.«

Lachlan riß sich, so gut es ging, zusammen und sah sie mit gerunzelter Stirn an. »Ich bin der Mann in unserer Familie ...«

»Du bist ein nutzloses Stück ... Stück ... Scheiße!« zischte sie, zu wütend, um darüber nachzudenken, was sie sagte. Von der würdevollen Beth, der sanften, damenhaften Beth, war nichts mehr zu sehen.

»Oh!« rief er und fuhr sich mit den Händen über sein Gesicht. »Ich habe mich geirrt, als ich mir falsche Sorgen um dich und die Babys gemacht habe. Okay? Ist es das, was du hören willst, Beth? Dieser Mann, der hier vor dir steht, hat sich *geirrt!* Glaubst du, ich weiß das nicht? Gütiger Himmel, ich versuche, so gut ich kann, alles wiedergutzumachen!«

Beth schüttelte unerbittlich den Kopf. »Ich würde eher sagen, du bist geil, Lannie, *alter* Junge, und du hast geglaubt, mit einem Kuß könntest du zurück in mein Bett kriechen!«

Sein Gesicht nahm einen Ausdruck äußerster Ungläubigkeit an, dann stieß er ein gepreßtes Lachen hervor. »Geil, sagst du? Zunächst einmal, mein Liebling, so einfach hast du es mir nie gemacht, wenn es darum geht. Und außerdem, mein ... süßes ... Feuer, es ist *mein* Bett, das du mir verweigerst.«

»Schön, dann werde ich ins Kinderzimmer ziehen.«

Beth versuchte, sich an ihm vorbeizuschieben, doch seine Wut war jetzt genauso groß wie die ihre. Grob packte er sie an den Armen und zog sie an sich, dann küßte er sie, hart und strafend, um ihre Entschlossenheit, sich ihm zu widersetzen, ins Wanken zu bringen. Sie versuchte sich zu wehren und grub die Zähne tief in seine Unterlippe. Er brüllte auf, gab sie frei und sprang zurück. Dann legte er einen Finger auf die blutende Wunde und starrte darauf mit einem Gesichtsausdruck, als würde er gleich ohnmächtig werden.

»Behandele mich nie wieder so, Lachlan Baird!«

Beth rannte aus dem Zimmer in den Flur und auf die Treppe zu. Sie verlangsamte ihre Schritte, als sie die Treppe hinunterlief, weil ihr Tränen den Blick verschleierten, Tränen, die sie nicht zurückhalten konnte.

»Wir sind noch nicht fertig miteinander«, grollte eine Stimme hinter ihr.

Das Herz schlug laut in ihrer Brust. Lachlan folgte ihr, er hatte die Absicht, ihren Streit auszutragen, wie, das konnte sie sich nicht vorstellen. Es gab nichts mehr, was sie ihm noch sagen konnte. Er konnte sie küssen, konnte sie in seinen Armen halten und ihr Liebesworte zuflüstern. Doch nichts würde etwas an der Tatsache ändern, daß ihm mehr an seinem elenden Körper lag als an den Zwillingen oder an ihr. Sie war gefühlsmäßig wesentlich besser ausgerüstet, um ihre Zukunft ohne ihn aufzubauen. Ohne Vertrauen besaß die Liebe keine Grundlage.

Sie lief ins Eßzimmer und hoffte, wenn die anderen anwesend waren, würde Lachlan sich wieder in die Remise zurückziehen und sie in Ruhe lassen. Sie sah in erstaunte Gesichter. Roan und Laura, Winston und Deliah, Agnes, sie alle sahen ihr entgegen. Alby saß am Tisch und beugte sich über ein Malbuch, er hielt einen orangenen Buntstift in der Hand.

»Beth, was ist los?« fragte Agnes.

»Verdammt, Beth ...«

Lachlan blieb abrupt hinter Beth stehen, als er die anderen in dem Zimmer entdeckte. Seine Brust hob sich unter einem tiefen Seufzer der Verärgerung, und er wollte sich gerade entschuldigen, als sein Blick auf die beiden Bündel fiel, die Agnes und Winston in ihren Armen hielten. Ein Dröhnen erfüllte seine Ohren, das Bild verschwamm vor seinen Augen. Sein Herz sank in seinen Magen und hob sich dann wieder bis in seinen Hals.

Laura schrie auf. Dieser unerwartete, schrille Schrei erschreckte alle. Die Babys begannen zu weinen, und die Erwachsenen sahen voller Verwunderung zu, wie Laura auf den Sitz ihres Stuhles sprang, der am Kopf des Tisches stand.

»Eine Ratte!« schrie sie hysterisch und deutete auf das geschnitzte Sideboard. »Eine *riesige* Ratte!«

Roan und Winston handelten sofort. Roan zog seinen linken Schuh aus, und Winston reichte Beth ihren Sohn, dann griff er einen der Kerzenständer, die auf dem Tisch standen. Die weißen Kerzen fielen aus den silbernen Haltern, als die beiden Männer zum Sideboard liefen.

»Aufhören!« schrie Deliah.

Beide Männer wandten sich um und sahen sie fragend an.

Während Beth und Agnes mit den Babys auf dem Arm dicht nebeneinander vor dem Kamin standen, blieb Lachlan an der Tür stehen. Alby kniete auf seinem Stuhl, und Laura, die kreidebleich von einem Bein auf das andere hüpfte, schlang die Arme um sich selbst.

Nur Deliah hatte die Ruhe bewahrt. »Ihr beide solltet euch schämen«, schalt sie, und sah mit ihren lebhaft blauen Augen die beiden Männer an. »Diese winzige Kreatur kann euch doch nichts antun!«

Sie hockte sich auf den Boden, machte ein Geräusch, das dem einer Maus sehr ähnlich war. Nach einem Augenblick kam ein kleines graues Geschöpf unter dem Sideboard hervor und wieselte auf sie zu. Es sprang in ihre ausgestreckte Hand und zitterte vor Angst, seine winzige Nase schnupperte in die Luft.

Deliah stand auf und legte die Hand vor die Brust, dann sah sie die anderen an, die sie betrachteten, als sei sie von einem anderen Stern. Die Babys hatten sich wieder beruhigt. Deliah streichelte der Maus zärtlich über den Kopf und den Rücken, bis auch sie sich in ihrer Hand beruhigte.

»Es ist viel zu kalt draußen für das arme Tierchen«, sagte sie, und ihr Blick forderte jeden im Raum heraus, ihrem Wunsch zu widersprechen. »Wir müssen ihr eine Unterkunft geben, bis der Winter vorüber ist.«

»Es ist eine … R-ratte«, stotterte Laura.

»Es ist eine sehr winzige Maus«, widersprach Deliah. »Eine sehr junge, sehr winzige Maus.«

»Wie …«, Winston machte einen Schritt auf Deliah zu, »… hast du das gemacht, daß sie so einfach zu dir gekommen ist?«

»Sie weiß, daß ich ihr nichts tun kann«, sagte sie mit einem Anflug von Ungeduld in ihrer Stimme. »Alby, hast du nicht etwas, was wir zu einem Haus für dieses arme Ding machen könnten? Wenigstens für eine kurze Zeit.«

»Ja!« rief Alby fröhlich und lief aus dem Zimmer.

»Es ist kein Haustier!« rief Laura und sah noch entsetzter aus als zuvor.

»Laura, sieh sie dir noch einmal an«, drängte Deliah. Sie ging zu dem Stuhl, damit Laura die Maus besser sehen konnte. »Sie wird dich nicht beißen. Sie ist doch noch ein Baby, und sie ist ganz allein in diesem großen Haus.«

»Das ist beruhigend – daß sie allein ist, meine ich«, murmelte Laura.

»Ihre Eltern sind tot, und sie weiß nicht, was sie anfangen soll«. Deliah machte beruhigende Geräusche, dann hob sie die Augen bittend zu Laura. »Sie ist hungrig und verängstigt. Hast du denn kein Herz für sie?«

Unsicher kletterte Laura von dem Stuhl herunter und schaute zögernd auf das kleine Nagetier in Deliahs Hand. Sie verzog das Gesicht zu einer Grimasse und zuckte dann mit den Schultern. »Ich denke, sie ist … niedlich. Der Schwanz gefällt mir allerdings nicht so gut.«

Deliah lächelte. »Wenn du ihr einen Namen gibst, Laura, dann wird sie dir keine Angst mehr machen.«

»Ich soll ihr einen Namen geben?« fragte Laura verständnislos.

»Aye.«

Laura verzog angeekelt das Gesicht. »Ich soll einem Nagetier einen Namen geben?«

»Hast du noch nie ein Haustier gehabt?« fragte Deliah sie.

Laura nickte. »Als ich ein kleines Mädchen war. Da hatte ich eine Katze.«

»Nun?«

»Okay, okay.« Laura schluckte und betrachtete die Maus vorsichtig. Dann umspielte ein zaghaftes Lächeln ihren Mund, und ihr Gesicht entspannte sich ein wenig. »Sie ist wirklich niedlich, nicht wahr? So wie sie mit der Nase schnuppert.« Sie warf Roan einen Blick zu. »Hast du einen Vorschlag?«

Roan zog zweifelnd die Augenbrauen hoch und trat dann neben Laura, um die Maus zu betrachten. »Wie wäre es denn mit … Spot? Wir können ja so tun, als sei sie der Haushund. Aber ich erwarte nicht, daß sie für uns die Zeitung herbeiholt.«

Laura stupste ihn spielerisch mit den Ellbogen in die Rippen, und Roan lachte.

»Wiggles«, sagte sie schließlich. Sie reckte sich, als sei sie stolz darauf, einen Namen für etwas gefunden zu haben, das sie noch eine Minute zuvor mit Entsetzen erfüllt hatte. »Das ist ein hübscher Name für sie, nicht wahr?«

»Ihr seid alle verblödet«, murmelte Lachlan, der noch immer an der Tür stand.

Deliah antwortete ihm mit eisigem Ton: »Dies sind Agnes' letzte Stunden bei uns. Ich werde nicht zulassen, daß du sie uns verdirbst.«

Lachlan warf Beth einen bösen Blick zu, und Beth, die neben Agnes stand, erwiderte ihn. Agnes jedoch betrachtete ihn mit mütterlicher Fürsorge.

»Lannie«, sagte sie und machte, mit seiner Tochter auf ihrem Arm, ein paar Schritte auf ihn zu. »Ich möchte, daß du hierbleibst, zu meiner Party.«

Lachlan fuhr sich mit der Zungenspitze über die Wunde an der Innenseite seiner Lippe, dann schüttelte er den Kopf. Er fühlte, wie heiße Tränen hinter seinen Lidern brannten, als sein Blick zwischen Agnes' Gesicht und dem engelhaften Profil seiner Tochter hin und her ging. Braune Löckchen drängten sich unter ihrem rosafarbenen Mützchen hervor. Er wollte seine Kinder so gern genauer ansehen. Er wollte sie in seinen Armen halten. Doch etwas Kaltes und Erstickendes stieg in ihm auf, es machte ihm schreckliche Angst und schuf eine Mauer von Gefühlen zwischen ihm und den Menschen, die er liebte.

»Lannie?« Agnes machte noch einen Schritt auf ihn zu. »Ich habe das, was ich gesagt habe, nicht so gemeint.«

»Aye, Aggie«, antwortete er erstickt und ging rückwärts durch die Tür. »Ich werde dich vermissen, du alter Rabe.«

»Geh nicht«, bat Beth erstickt. »Lachlan, bitte.«

Lachlans Augen begegneten ihrem flehenden Blick, aber er schüttelte starr den Kopf. »Ich kann das nicht tun. Himmel, Beth, ich kann noch nicht mit meiner Sterblichkeit umgehen!«

Er hastete den Flur hinunter, in Richtung Haustür. Beth sah ihm versteinert nach, ihr Gesicht war feucht von Tränen.

11

Während der Feier begleitete viel Lachen Agnes' liebste Geschichten aus ihrem Leben. Bei ihren Erzählungen von ihrer Kindheit mit acht Geschwistern in Edinburgh und ihrer Erfahrung als alleinerziehende Mutter mit ihrem Sohn waren die anderen aufmerksame Zuhörer. Alle waren anwesend, bis auf Lachlan. Sogar Wiggles war dabei, auch wenn er in einem kleinen Vogelkäfig saß, den Kevin auf dem Dachboden gefunden hatte, und der jetzt auf dem Sideboard stand. Er erfreute sich an Brot und Käse und steckte ab und zu die Nase in eine winzige Schale mit Wasser, die man ihm in den Käfig gestellt hatte.

Als die Dämmerung kam und vorüberging, wurde die Stimmung der Menschen um den Tisch immer ernster. Die Jungen waren ungewöhnlich still, ab und zu warfen sie Agnes traurige Blicke zu. Laura weinte während des größten Teils des Abends. Ein wehmütiger, trauriger Ausdruck lag auf Roans gerötetem Gesicht. Beth hielt ihren Sohn im Arm und schien oft gedankenverloren, wenn sie in sein Gesicht sah – sein Gesicht, in dem sie schon jetzt die Züge von Lachlan wiedererkannte, die sie einmal so sehr geliebt hatte. Er hatte dunkles Haar und dunkle Augenbrauen, dunkle Augen, volle Lippen und ein Grübchen in seinem Kinn, alles genauso wie bei seinem Vater. Ihre Tochter sah eher aus wie Beths Mutter. Sie besaß eine Stupsnase und blaue Augen, ihr dunkelbraunes Haar war lockig wie das von Beth.

Winston beobachtete die meiste Zeit über Deliah aus den Augenwinkeln, auch wenn er Agnes' Geschichten genoß. Seit sie den Kuchen und die Eishörnchen gegessen hatten, hielt sie

Beths und Lachlans Tochter auf dem Arm. Nicht einmal hatte sie ihn angesehen. Sie benahm sich, als wäre er gar nicht im Zimmer oder als ob seine Anwesenheit sie nicht im mindesten interessieren würde. Er war nicht sicher, was ihn wütender machte. Und er war auch nicht sicher, was er davon halten sollte, mit einer Frau zusammengewesen zu sein, die keinen Nabel besaß, denn ihre offensichtliche Liebe zu Babys zeigte eine unmißverständliche mütterliche Neigung.

Deliah blickte zu ihm auf, als hätte sie seine Gedanken erraten. Schnell sah er weg und fühlte, wie eine heiße Röte in seine Wangen stieg. Wenn er zuviel über sie nachdachte oder sich zu sehr mit der wahnsinnigen Verblüffung über ihre körperliche Abnormalität beschäftigte ... Aber wie konnte er an etwas anderes denken? Wie oft hatte er sich den Kopf zermartert und versucht, sich an andere Fehler zu erinnern, die sie vielleicht haben mochte? Doch nichts anderes fiel ihm ein, außer der Tatsache, daß er davon überzeugt war, daß sie etwas vor ihm verbarg. Etwas anderes als ihre Herkunft.

»Es ist Zeit«, erklärte Agnes.

Alle im Zimmer schwiegen. Winston musterte Deliah. Er brauchte keine übersinnlichen Fähigkeiten, um ihren Kummer zu fühlen. Trotz ihrer nach außen hin tapferen Miene zeigte sich die Tiefe ihrer Verzweiflung in ihren Augen. In diesem Moment konnte er seine Liebe zu ihr nicht länger verleugnen. Er war entschlossen, dieses Wissen für sich zu behalten, doch er konnte sie sich selbst gegenüber nicht länger abstreiten. Er beobachtete sie, und es störte ihn nicht, daß sie seine Verwandlung ahnte, während er darüber staunte, daß sie so ätherisch und unschuldig erschien, ganz besonders nachdem sie einander in der letzten Nacht so wild geliebt hatten.

Kein Nabel.

Bei dem Gedanken runzelte sich seine glatte Stirn. Tier, Pflanze, Mineral? War ihre äußere Hülle nur eine Illusion?

Agnes stand auf. Winston lehnte sich in seinem Stuhl zurück und beobachtete den Abschied mit der gleichen Distanz, die er einsetzte, wenn er arbeitete. Die Jungen umarmten Agnes einer nach dem anderen, sie beugte sich zu ihnen hinunter und streckte ihnen die Arme entgegen. Winston fühlte die Wogen ihrer Traurigkeit. Es war unmöglich, ihnen zu entgehen, doch entschied er sich, sich gegen einen zu großen Einfluß davon zu wappnen. Er mochte und bewunderte Agnes Ingliss, doch kannte er sie nicht gut genug, um seine Gefühle auch nach außen hin zu zeigen – so gekünstelt das auch sein würde. Und es würde nicht genügen, zuviel des Kummers der anderen in sich aufzunehmen und wie eine dumme alte Gans in Tränen auszubrechen.

Laura kam als nächste. Sie schnüffelte, doch bemühte sie sich sehr, ihre Gefühle unter Kontrolle zu halten. Sie wartete, bis die Jungen ein Stück zurückgetreten waren. Schließlich legte sie Agnes die Arme um ihre schmalen Schultern. Während der Umarmung, in der Laura dann doch in Schluchzen ausbrach, während sie Agnes all die Gründe nannte, warum sie nicht gehen sollte, stand Roan langsam auf. Wenn man ihn ansah, hätte man glauben können, er sei ganz ruhig, bis auf den traurigen Blick seiner Augen. Aber Winston sah, was sich dahinter verbarg. Er sah tief in die Seele des Mannes, und es bekümmerte ihn, bis dorthin vorzudringen. Er hatte nicht die Absicht gehabt, sich in die Gedanken seines Gastgebers zu drängen, doch es war einfach geschehen, so natürlich wie das Atmen.

Agnes' bevorstehende Trennung von ihren Freunden und ihrer noch lebenden Familie war eine nagende Wunde in Roans Herzen. Er hatte seine Frau und seinen kleinen Sohn bei einem Feuer verloren. Seine Eltern und seine jüngere Schwester hatten ihn verlassen, um ihr Glück in den Vereinigten Staaten zu machen, und das hatten sie auch geschafft. Winston wußte das von dem wenigen, das er von Roan erfahren hatte. Roan war ein

Mann, der nur wenig vom Leben erwartete und noch weniger von einer Beziehung. Agnes war seine einzige Familie gewesen, seit er elf Jahre alt war, und jetzt verließ auch sie ihn. Winston fühlte Panik in Roan. Panik und Zweifel an seiner Fähigkeit, ohne ihre Führung das Familienleben zu meistern. Das überraschte Winston. Von allen Männern, die er kannte, einschließlich Lachlan Baird, bewunderte er Roan am meisten. Roan war im Gegensatz zu anderen Männern offen und grundehrlich, doch in seinem Inneren war er sehr komplex. In Roans Gedanken einzudringen war ähnlich wie eine Fahrt in einer Achterbahn im Dunkeln. Eine Reise auf der Schnellstraße, deren Ende nicht in Sicht war. Er hatte kein anderes Ziel, als die Zukunft von Laura und den Jungen zu sichern, und er hatte auch keine vorgefaßte Meinung von dem, was die Welt ihm schuldig war. Roan war das Beste, was die Menschheit zu bieten hatte. Er war ein Mann von Ehre. Ein Mann der Ergebenheit. Ein Mann des Herzens, sogar zu einem Fremden, so wie es Winston gewesen war.

Winston sah weg, als Roan Aggie umarmte. Die Gefühle im Raum schienen ihn einzuhüllen, und er wollte unter ihrem Einfluß auf seine körperliche Matrix nicht reagieren. Ganz plötzlich fühlte er sich leicht schwindelig. Er zwang sich, tief durch die Nase zu atmen, während er gleichzeitig die Lippen zusammenpreßte. Vor seinen Augen verschwamm alles. Nur schwach bemerkte er, daß Deliah ihn beobachtete. Er glaubte, etwas durch die Luft schweben zu sehen, dann stellte er fest, daß etwas auf seine Stirn zugeflogen kam. Es war eine strahlend blaue Faser, die auf ihn zukam. Als sie näherkam, fühlte er, daß sanfte Wogen psychischer Energie von ihr ausgingen. Er schloß die Augen und versuchte, zuzusehen, wie sie durch seine Stirn drang. Als sie dann ganz aus seinem Blickfeld verschwand, fühlte er eine heiße Welle durch seinen Körper rinnen. Das Schwindelgefühl verschwand. Es war, als hätte er einen Schuß reines

Adrenalin erhalten. Sein Blut rauschte durch seine Adern, und er blinzelte Deliah dankbar an.

Warum? dachte er, und ihr Geschenk erstaunte ihn.

Weil du kurz davor warst, dich zu unterwerfen, antwortete sie ihm lässig und erstaunte ihn durch die Klarheit ihrer telepathischen Mitteilung.

Er starrte ihr in die Augen, die so blau waren wie das Mittelmeer. Augen, die von zeitlosem Wissen und abgrundtiefen Geheimnissen kündeten. Er schluckte und richtete sich in seinem Stuhl auf. Die Luft um ihn herum bewegte sich, und er sah von Deliah weg und entdeckte Agnes, die neben ihm stand. Ihr Gesicht war sanft und mütterlich, ihre Augen blitzten voller Hoffnung, Erregung und Erwartung. Sie konnte es kaum erwarten, ihre Reise zu beginnen.

Verlegen stand Winston auf. Zuerst konnte er nichts anderes tun als in dieses weise Gesicht zu schauen. Die letzte Person, die er umarmt hatte und die nicht seine Geliebte gewesen war oder werden würde, war seine Großmutter gewesen. Er konnte sich nicht daran erinnern, daß seine Eltern ihn je berührt hatten. Andererseits war es ihm nicht erlaubt worden, sie zu umarmen. Zum ersten Mal in seinem Leben machte ihn diese kalte Mauer wütend, die sie zwischen ihm und sich errichtet hatten. Er verabscheute die Art, wie sie ihn körperlich und seelisch ausgegrenzt hatten. Er verabscheute es, nur ein Teil des Mannes geworden zu sein, der er hätte sein sollen. Ein seelisch *vollständiger* Mann, nicht nur ein Mann, der in der Lage war, durch die Gefühle der anderen zu leben.

»Ich habe Sie nur eine sehr kurze Zeit gekannt, Winston, aber das weiß ich von Ihnen«, begann Agnes leise zu sprechen. »Sie sind ein freundlicher Mann mit einem großen Herzen, und was Sie im Namen der Gerechtigkeit getan haben, ist nicht nur ein kleines Wunder.« Sie lächelte schwach und legte ihre faltige Hand auf sein Herz. »Aber das Leben ist kurz, junger Mann, und ohne Liebe ist es verdammt einsam. Deshalb sage ich Ihnen das, und hören Sie mir gut zu, denn ich habe ein sehr langes Leben gelebt, und ich habe meine Lektionen im Leben gelernt.

Öffnen Sie die Augen, ehe Sie sich in der Dunkelheit verlaufen. Akzeptieren Sie das, was Ihnen Ihr Herz als Wahrheit sagt, und folgen Sie Ihrem Herzen, wo auch immer es Sie hinführt.«

Sie stellte sich auf Zehenspitzen und drückte ihre kühlen Lippen auf seine Wangen. Dann stellte sie die Füße in den flachen, marineblauen Schuhen wieder auf den Boden, und ihr Lächeln wurde breiter. »Passen Sie auf meine Deliah auf. Sie ist ein kostbarer Schatz, der leider sonst auf unserer Welt fehlt. Versprechen Sie mir das, Mr. Winston. Ich kann Deliahs Schicksal keinem Außenseiter überlassen. Versprechen Sie mir, daß Sie gut auf sie aufpassen werden.«

Ihre flehentliche Bitte hatte ihn mit Panik erfüllt, dennoch hörte er sich selbst sagen. »Das werde ich. Ich verspreche es.«

Agnes ging zu Beth, die den Kopf über den schlafenden Sohn in ihren Armen gebeugt hatte. Winston fühlte, wie seine Brust eng wurde. Er hörte, daß Beth leise weinte, und es traf ihn ins Herz. Agnes strich Beth über den Kopf, ihre Hand zitterte, und ihr Kinn bebte.

»Ich werde dich vermissen, Kind«, sagte Agnes, und die Gefühle überwältigten sie, so daß sie ihre Worte kaum herausbrachte. »Ich hätte eine Tochter haben können ...«

Beth sprang auf. Sie hielt das Baby zur Seite, damit es nicht zwischen ihnen beiden zerdrückt wurde, dann legte sie den linken Arm um Agnes und klammerte sich an sie. Jetzt schluchzte sie heftig, und ihr Schluchzen schien den gesamten Raum zu erfüllen. Kahl lief los, und die Jungen folgten ihm ins Wohnzimmer und von dort in den Flur und die Treppe hinauf. Roan sank auf einen Stuhl, als könnten seine Beine ihn nicht länger tragen. Laura setzte sich auf seinen Schoß. Auch sie weinte und legte ihre Wange auf seine Schulter.

»Verdammt, Aggie, es tut so weh, dich gehen zu lassen«, weinte Beth bitterlich.

Agnes zog sich von ihr zurück und fuhr sanft mit dem Finger über Beths feuchte Wangen. »Ooh, ich weiß, Beth. Wenn ich nicht so sicher wäre, daß ich das Richtige tue …«

»Nein. Vergib mir, Aggie«, sagte Beth mit zitternder Stimme. »Du hast das Recht, zu deinem Sohn zu gehen. Ich erinnere mich daran, ihn gesehen zu haben. Es sind nur Bruchstücke in meiner Erinnerung, aber ich erinnere mich an ihn.«

»Eines Tages werden wir alle wieder vereint sein.« Agnes nickte mit dem Kopf. »Aye, wir alle werden wieder zusammensein. In der Zwischenzeit werden du und Lannie – nun, du hast den Teufel schon einmal gezähmt.« Sie lachte, dann holte sie tief Luft und blickte zu Deliah. »Ich fühle, wie sich das *Licht* öffnet.«

Deliah nickte und stand auf. Sie ging um den Tisch herum und reichte das Kind, das sie in ihrem Arm hielt, Laura, dann trat sie zurück. Ihr Gesicht war blaß und angespannt. »Ich muß jetzt alle bitten, zu gehen«, sagte sie. »Ich habe nicht das Recht, euch das *Licht* sehen zu lassen.«

Roan wollte gerade protestieren, als er die Bitte in Agnes' Augen las, das zu tun, worum Deliah ihn bat. Einer nach dem anderen verließen sie das Zimmer, Beth folgte Winston zögernd. Als niemand mehr außer Deliah und Agnes im Zimmer waren, öffnete Deliah mit tauben Fingern ihr Kleid und ließ es zu Boden fallen. Sie trat aus dem Kleid und begann dann die Verwandlung.

Agnes sah voller Verwunderung zu, als die junge Frau zu einer Vision des Wunders wurde. Deliah begann den Tanz des Übergangs ihres Clans, und schon bald kam ein weißes Strahlen durch die Decke und hüllte Agnes ein.

Der Tanz ging weiter, bis das *Licht* verloschen war und mit sich die Seele, den Geist einer Frau genommen hatte, die ihre eigene Art von Wunder in das Baird Haus gebracht hatte.

Nicht einmal der Tod war so kalt gewesen wie diese Nacht. Eingehüllt in zwei große wollene Decken saß Lachlan auf seinem Grab, den Rücken gegen den Grabstein gelegt, auf dem sein Name stand, und starrte verzweifelt in den dunklen, grauen Himmel. Es schneite nicht länger, aber die Temperatur war unter den Gefrierpunkt gesunken. Dennoch war sie nicht zu vergleichen mit der arktischen Kälte, die er dort fühlte, wo eigentlich sein Herz sein sollte.

Er hatte einen Lichtschimmer gesehen, der vom Himmel gekommen und in das Haus eingedrungen war. Er wußte, was es war. Während er hier draußen saß, sich den Hintern abfror und mit seiner Unentschlossenheit kämpfte, hatte der Himmel für ihn entschieden. Jetzt hatte er keine Möglichkeit mehr, sich von Aggie richtig zu verabschieden. Er konnte ihr nicht mehr sagen, wieviel sie ihm bedeutet hatte. Er hatte sich diese Gelegenheit entgehen lassen wegen seiner idiotischen Unfähigkeit, mit sich selbst ins reine zu kommen. Was war nur mit ihm los? Wie konnte er sich vor der Vaterschaft fürchten? Vor einem Neubeginn mit Beth? Vor dem *Leben?*

Mit einem erstickten Schrei reiner Qual barg er das Gesicht in seinen Händen.

»Aggie! Aggie, verzeih mir!«

Er weinte eine Weile. Er weinte, bis sein Körper die Kälte nicht länger ertragen konnte und sein Gewissen seine Gedanken nicht länger ertragen konnte.

Lachlan stolperte auf das Haus zu, Gedanken an seinen Vorrat an Scotch gaben ihm die Kraft, nicht aufzugeben.

22:00 Uhr.

Winston konnte nicht schlafen, und ihm ging die Stille im Haus auf die Nerven. Er war noch immer angezogen, doch hatte er einen Morgenmantel über seine Kleidung gezogen und ihn in der Taille zugebunden. Er schaute blicklos in die Nacht, er stand auf dem Turm und hatte seine Unterarme auf die Zinnen gestützt. Er hielt keine Ausschau nach irgend etwas. Eher suchte er die Einsamkeit und die Kälte, um seinen Verstand zu klären. Er mußte analysieren, was in ihm vorging. Um Agnes Ingliss zu trauern ergab keinen Sinn. Er hatte sie kaum gekannt. Sie hatte gehen wollen. Was ihn am meisten verwirrte, war, daß das, was er fühlte, von ihm selbst kam, doch das würde bedeuten, daß er einen Kern von Gefühlen besaß. Und das war absurd.

Er seufzte tief auf und blickte in die Ferne. Einige Lichter in den Gebäuden der Stadt Crossmichael konnte er erkennen. Also gab es vielleicht noch andere Menschen, die genauso ruhelos waren wie er. Warum tröstete ihn das? Loch Ken konnte er kaum erkennen, er fand, daß es aussah wie ein breites dunkles Band, das über der Landschaft lag. Er versuchte sich vorzustellen, wie der See wohl an einem Frühlings- oder Sommerabend aussehen würde, wenn das Mondlicht auf dem Wasser lag. Der Frühling war zwar gekommen, doch das Wetter verspottete die offizelle Ankunft der neuen Jahreszeit. Er nahm sich vor, etwas vollkommen Uncharakteristisches zu tun, um die wärmere Jahreszeit zu feiern, wenn sie wirklich kam. Vielleicht würde er einen Baum pflanzen. Eine Eiche.

Ein Schauer lief über seinen Rücken, und er blickte auf den Boden unter ihm. In einiger Entfernung stand eine Eiche, in der Nähe der Hauptstraße. Er fühlte eine Bewegung, und seine übersinnlichen Fähigkeiten sträubten sich. Seine Nasenflügel bebten. Er zog die Augen zusammen, und sein Gesicht spannte sich an. Schon bald entdeckte er eine Gestalt, die um die Rhododendronhecke herumging und sich dem Haus näherte. Von seinem Standpunkt, fünf Stockwerke hoch, erschien sie winzig, sie war nicht mehr als eine Silhouette gegen die Helligkeit des Schnees. Doch er wußte, daß es Deliah war.

Zweifellos hält sie Zwiesprache mit der Natur, dachte er bitter.

Etwa dreißig Meter vor dem Haus blieb sie stehen und sah zu

ihm hinauf. Er konnte die Einzelheiten ihres Gesichtes nicht erkennen, doch das brauchte er auch nicht. Er hatte sich seit langem ihre Gesichtszüge eingeprägt und auch die Gefühle, die sich in ihrem Gesicht spiegelten.

Trotz seiner Entschlossenheit, sie aus seinem Inneren zu verbannen, fühlte er einen wohlbekannten Schmerz in seiner Brust. Sein Puls ging schneller.

Sie betrat das Haus, und Winston richtete sich auf, seine Hände lagen noch immer auf den kalten Steinen der Zinnen vor ihm. Wenn er sich auf die Tür im Dach stellte, könnte sie sie nicht aufstoßen und an seinen momentanen Aufenthaltsort eindringen. Wenn er sein Gewicht benutzte, um ihr den Zugang zum Turm zu verwehren, brauchte er nicht in ihre Augen zu sehen und sich zu fragen, wie viele Sekunden es wohl dauern würde, ehe sie seine Entschlossenheit, sie nicht zu berühren, schwächen würde.

Er wandte sich abrupt um und keuchte dann auf, als er sie an der gegenüberliegenden Seite der Tür stehen sah. Sein Herz schlug ihm bis in den Hals, und er konnte nicht mehr atmen. Es war nicht möglich, daß sie in weniger als einer Minute auf den Turm gestiegen war. Es war nicht möglich, daß sie die Tür hatte öffnen und wieder schließen können, ohne daß er das Knarren der Scharniere der alten Holztüre gehört hätte.

Andere bizarre Dinge durchdrangen den Nebel, der über seinem Verstand lag. Das Dach des Turmes war in silberblaues Mondlicht gehüllt – nur das Dach des Turmes. Als er hochschaute, entdeckte er ein Portal in dem wolkenbedeckten Himmel, ein Portal, durch das er samtene Dunkelheit sehen konnte, besetzt mit leuchtenden Sternen. Die Luft um ihn herum war warm, sie streichelte seine Haut mit der Zärtlichkeit der Berührung einer Liebenden. Düfte weckten seinen Geruchssinn. Es waren Frühlingsdüfte von Blumen und Bäumen und fruchtbarer Erde.

Er biß die Zähne so fest zusammen, daß er den Schmerz in seinem Kinn fühlte, dann wandte er ihr den Rücken zu und starrte blicklos auf die massive Eiche in der Nähe der Hauptstraße. Fieberhaft fragte er sich: *Wie macht sie das? Wie kann sie in meinen Kopf eindringen und solche Illusionen schaffen, daß ich sie von der Wirklichkeit nicht unterscheiden kann?*

Er schluckte, weil er einen dicken Kloß im Hals verspürte. »Was willst du?« hörte er sich selbst fragen.

»Gesellschaft.«

Ihre sanfte Stimme klang in seinen Ohren, und er ärgerte sich darüber, daß sie eine solche Macht über ihn hatte.

»Ich bin hier heraufgekommen, um allein zu sein«, sagte er, und seine Verärgerung wurde noch größer.

»Aye, *allein,* das bist du am liebsten.«

Obwohl ihre Worte ihn trafen, lag in ihrer Stimme keine Bosheit, und auch das ärgerte ihn. Sie besaß die unerträgliche Fähigkeit, ruhig zu bleiben, wenn er innerlich brannte. Ab und zu ein böser Blick oder ein leises Schelten schienen alles zu sein, zu dem sie fähig war. Das war nicht normal. Teufel, wenn er in der Stimmung war, sich zu streiten, dann wollte er eine anständige Reaktion. Wort um Wort. Zorn um Zorn. Schlag für Schlag, wenn es nötig war, obwohl er sich nicht vorstellen konnte, je gegenüber einer Frau oder einem Kind die Hand zu heben. Er war nicht in der Lage, mit Passivität oder Freundlichkeit fertig zu werden. Schreien würde vielleicht die Spannung lösen, die er in seinem Inneren fühlte.

»Bist du mal wieder unterwegs?« fragte er sarkastisch, entschlossen, sie entweder dazu zu bringen, sich mit ihm zu streiten oder ihn allein zu lassen.

»Nein. Ich war schon vorher hier oben und dachte, ich hätte das Leuchten eines Feenringes da unten an der Eiche gesehen. Doch es war leider nur mein trauriges Herz, das mir einen kleinen Streich gespielt hat.«

Er wendete den Kopf und warf ihr einen verdrießlichen Blick zu. »Ein Feenring? Ich nehme an, du glaubst auch noch an den Weihnachtsmann?«

»Ich glaube an alles, was gut und natürlich ist. Ganz im Gegensatz zu dir, Winston Ian Connery.«

Ah, dachte er, *sie will einen Streit. Wann immer sie meinen ganzen Namen ausspricht, lauert das bißchen schlechte Laune, das sie besitzt, ganz nahe unter der Oberfläche. Schön, Mädchen. Ich bin einverstanden.*

Doch dann begriff er, daß er sie zu lange gemustert hatte, denn das Mondlicht erhöhte noch ihre Lieblichkeit, und ihr Anblick traf ihn bis in die Seele. Ihre Augen leuchteten wie feurige Saphire in einem Meer aus porzellanzarter Haut. Dunkle, geschürzte Lippen, ein wenig geöffnet, luden zum Küssen ein. Die kleine Nase und die sanften Grübchen in ihren Wangen. Die anmutige Linie ihres Halses ging über in die stolz erhobenen Schultern. Der lange, dunkelblaue Morgenmantel war in der Taille gebunden, der Ausschnitt zeigte einen Teil ihres Nachthemdes und gerade genug der sanften Rundung ihrer Brust, daß sein Blut vor Verlangen zu singen begann. Wie immer, so trug sie auch jetzt ihr Haar offen, die glänzenden Strähnen reflektierten das Mondlicht, als würden sie von innen leuchten.

Er wandte den Kopf, senkte das Kinn auf die Brust und schloß die Augen. Das lief alles nicht so, wie er gehofft hatte. Sie besiegte ihn ohne einen Kampf. Sie drang ohne Mühe in seine Gedanken ein und gewann die Schlacht, ehe sie richtig begonnen hatte.

Er stellte fest, daß sie neben ihm stand, als sie zu sprechen begann. »Wir sollten einander trösten und nicht versuchen, unseren Kummer noch zu vergrößern.«

Er hob den Kopf und sah sie von der Seite an. Sie starrte vor sich hin, ihr Kinn hob sich, als wolle sie sich auf alles vorbereiten, was er ihr sagen könnte.

»Es ist so leer hier ohne Aggie«, sagte sie und seufzte. »So lange war sie ein Teil dieses Hauses, daß ich es mir gar nicht vorstellen kann, ihre Stimme nie wieder zu hören.«

»Sie ist dort, wo sie sein sollte«, erklärte er abweisend.

Deliah drehte sich um und stützte den Unterarm auf die Mauer des Turms. »Ist das die Art, wie du es schaffst, keinen Schmerz zu fühlen, Winston? Indem du so tust, als würde dich nichts rühren?«

»Ich glaube, ich habe dir gesagt, daß ich allein sein möchte.« Er sah in ihre Augen, sein Blick war hart und unnachgiebig. »Soll ich gehen oder möchtest du gehen?«

Lange begegnete sie seinem Blick, ihr Gesichtsausdruck verriet nichts von ihren Gedanken.

»Es macht dir Spaß, grausam zu sein, nicht wahr? Es muß tröstend für dich sein zu wissen, daß du die Macht hast, andere mit einem Wort oder einem Blick zu verletzen. Gibt dir das das Gefühl, geschützt zu sein, Winston? Hilft es dir, die Tragödien und Freuden des Lebens zu ignorieren, indem du dich hinter deiner mentalen Mauer versteckst? Das glaube ich nicht.«

Er wandte sich zu ihr, stützte den Arm auf die Mauer und schaute sie giftig an. »Eine kleine Heilige sind wir, nicht wahr?«

»Du nicht.« Sie lachte freudlos. »Du hast nichts Heiliges an dir, Winston Ian Connery. Und ich würde an deiner Stelle nicht ausprobieren, einen Streit mit mir anzufangen. Bei mir bist du nicht in deinem Element.«

Seine schwarzen Augenbrauen zuckten herausfordernd hoch. Ein warmer Wind fuhr ihm durch sein Haar, und ein paar Strähnen fielen ihm in sein Gesicht. Er strich sie zur Seite. »Ist das so?« entgegnete er.

Sie nickte.

»Deliah, mögen deine Illusionen dich trösten.«

Der Hauch eines Lächelns erschien in ihren Augen. »Wenn

du schlecht gelaunt bist, dann kommt dein schottischer Akzent durch. Das gefällt mir.«

»Oh, ich bin stets bestrebt, zu gefallen«, knirschte er, und seine Stimme troff vor Sarkasmus. Er sprach weiter, sein schottischer Akzent wurde noch deutlicher. »Sag mir, Deliah, Mädchen, was ist der wirkliche Grund dafür, daß du uns elenden Sterblichen das Privileg versagt hast, das *Licht* zu sehen? Ist es vielleicht der Grund, daß du mehr zu verbergen hast, als sogar *meine* nutzlose Vorstellungskraft sich denken kann?«

»Du machst dich über mich lustig«, stellte sie fest und seufzte.

»Da hast du verdammt recht, Mädchen. Wenn ich dich nicht gerade auf den Kopf schlagen will, was muß ich tun, damit du mich allein läßt?«

»Die Wahrheit erkennen, aus deinem Herzen sprechen.«

Ihre leisen Worte hingen zwischen ihnen wie eine Regenwolke, die kurz davor ist, aufzubrechen. Winston wandte sich ab, er biß die Zähne zusammen und atmete tief durch die Nase.

»Du bist verblüffend«, sagte sie mit Resignation in der Stimme. »Ich begreife die Feindseligkeit nicht. Mein Clan wußte nichts vom Krieg. Wir haben niemals unsere Stimme und auch nie die Hand gegeneinander gehoben. Und es ist auch nicht unsere Art, nachtragend zu sein. Aye, wir waren uns zu oft nicht einig untereinander. Und wir waren auch nicht schuldlos an einem unfreundlichen Wort ab und zu, aber wir haben nie die Unterschiede untereinander beurteilt.«

Sie seufzte tief auf und schaute verträumt in den Himmel. »Mein Bruder war damals meine ganze Freude. Ich habe noch nie einen besser aussehenden jungen Mann gesehen. Oh, und er war so charmant. Meine Schwestern und ich fanden, daß wir Glück hatten, einen so hübschen Bruder zu haben. Er konnte mit einem Blick den Morgentau zum Schmelzen bringen.«

Sie schluckte schwer, dann sprach sie weiter. »Aber sein

Charme war sein Verderben. Und der meines Clans. Meines ganzen Königreiches.

Ich frage mich immer, Winston, wie alles so enden konnte. Wie konnte mein Bruder unsere Art zu leben vergessen? Ich habe oft gehört, wie meine Eltern über die Veränderungen gesprochen haben, die er nach seiner ersten Begegnung mit Lady Lindsay zeigte, und wie der Zorn ihres Mannes uns eines Tages alle treffen würde. Ich habe mir damals um nichts anderes Gedanken gemacht als um das Glück meines Bruders. Er war anders als die meisten von uns. Er sah das Leben anders und das, was er sich von der Zukunft erhoffte.

Einmal kehrte er aus Lady Lindsays Bett in einer so schlechten Laune zurück, daß er gar nicht mehr wie mein Bruder war. Seine Hände hatte er zu Fäusten geballt, und als ich ihn fragte, was los sei, hat er mir mit einer Faust gedroht. Ich habe noch nie einen solchen Zorn gesehen wie in seinen Augen an diesem Abend. Ich habe niemals verstanden, was eine solche Wut in ihm hatte auslösen können, daß er sie an anderen auslassen wollte.« Sie seufzte tief und schwermütig auf. »Wenigstens habe ich es nicht verstanden, bis ich dich kennengelernt habe.«

Winston zuckte vor Überraschung zusammen und lachte angespannt auf. Sie betrachtete ihn nachdenklich.

»Also … es amüsiert dich also, mich wütend zu machen, nicht wahr? Wäre ich eine bessere Frau, wenn ich dir ins Gesicht schlagen würde? Würde eine solche Tat mich in deinen Augen menschlicher machen?«

Mit gerunzelter Stirn gestand er ihr: »Nein.«

»Aber warum provozierst du mich dann?«

»Das weiß ich nicht.«

Sie nickte und blickte wieder in die Richtung der großen Eiche. »Du wirst es niemals akzeptieren, nicht Bescheid zu wissen, nicht wahr?«

»Wovon redest du überhaupt?«

»Du weißt genau, wovon ich rede«, antwortete sie gereizt und musterte ihn giftig.

»Du hast von Eltern gesprochen«, sagte er, und sein Blick ging zu ihrem Bauch. »Bist du ausgebrütet worden?«

Verblüfft von dieser Frage, zog sie sich von ihm zurück, ihre Augen waren geweitet vor Erstaunen. »Ausgebrütet? *Ausgebrütet?*« Sie schüttelte sich und stieß ein verärgertes Stöhnen aus. »Du ... du ... das übersteigt jede Provokation!«

»Wirklich?« fragte er und grinste ironisch.

»Du hast keine Ahnung von der Natur oder von Magie, nicht wahr?« ereiferte sie sich. Ihre wunderschönen Augen blitzten, und ihre Schultern reckten sich. »Du akzeptierst nur das, was dir *normal* erscheint, aber ich bin normaler als du!«

»Ich habe einen Nabel«, erklärte er lässig.

»Du hast auch ein nabelartiges Gehirn, aber ich würde damit nicht angeben, wenn ich du wäre!«

»Erkläre mir, was das bedeuten soll.« Auch wenn er seine Worte mit Humor ausgesprochen hatte, so hatten sich doch seine Augen zu Schlitzen zusammengezogen.

»Das bedeutet, es ist klein und abgegrenzt!«

Er nickte.

»Wenn unsere Clans mit Kindern gesegnet werden, dann kommen diese aus der reinsten Liebe«, erklärte sie und hob trotzig ihr Kinn. »Nein, wir kommen nicht aus dem Bauch des anderen, wir kommen aus dem Bauch von MuNas Magie. Ehepaare müssen reinen Herzens sein, um mit Kindern gesegnet zu werden, und *meine* Eltern hatten siebzehn Kinder!«

»Es gibt *siebzehn* von deiner Sorte?« Er blickte zum Himmel. »Das ist beruhigend zu wissen.«

Als er sie wieder ansah, entdeckte er zu seinem Erschrecken Tränen in ihren Augen. Diesmal war er zu weit gegangen, und er wußte nicht, wie er die Qual wiedergutmachen konnte, die ihr zitternder Körper ausstrahlte.

»Es *waren* siebzehn. Ich bin die einzige, die noch übriggeblieben ist, um deine dunkle Seele zu beruhigen.«

»Deliah …«

»Nein. Du sollst nicht lügen, und ich werde dich mit all deinen Vorurteilen respektieren.« Sie schluckte, und das Geräusch klang laut in seinen Ohren. »Ich habe den Fehler gemacht zu glauben, daß ich dort war, wo ich sein sollte. Hier. Bei dir. Ich wollte dir das geben, was ich keinem anderen geben konnte. Aber ich kann kein Licht in eine Seele bringen, die so dunkel ist wie die deine. Ich kann die Leere in dir nicht füllen, denn du *wünschst* dir diese Leere mehr als alles andere in deinem Leben. Du hältst sie zu fest, mein lieber Schotte. Ich liebe dich deshalb nicht weniger, aber ich kann es nicht ertragen, noch mehr Wunden in meinem Herzen davonzutragen.«

Sie hob die rechte Hand mit der Handfläche nach oben, so hoch wie sein Kinn. Winston starrte auf die schlanken, anmutigen Finger und widerstand dem Wunsch, sie mit seiner eigenen Hand zu bedecken. Er wußte, daß sie nicht erwartete, daß er sie berührte. Warum sie die Hand allerdings ausgestreckt hatte, verstand er nicht.

»Du glaubst, ich hätte dich verzaubert.«

Er blickte in ihre Handfläche, und für den Bruchteil einer Sekunde sah er ein sternenförmiges blaues Licht aufleuchten und dann wieder verschwinden. Ihm wurde kurz schwindelig.

»Ich habe dich nicht verzaubert. Ich habe nichts als Liebe, aber Liebe genügt nicht, um dich für mich zu gewinnen.

Ich kann das Baird Land nicht verlassen. Wenn ich das tue, würde ich die kleine Verbindung zu meiner Vergangenheit leugnen. Und ohne meine Vergangenheit, meine Erinnerungen an meine Familie und meinen Clan, wäre ich nicht mehr als ein toter Ast, der darauf wartet, daß die Erde ihn zurückholt.«

Sie senkte langsam die Hand. Ihr trostloser Gesichtsausdruck ließ ihre Augen noch größer erscheinen.

»Ich habe dir erzählt, daß ich Poesie mag. Es gab Zeiten, da habe ich Lachlan dazu gebracht, in seiner Bibliothek zu sitzen und laut zu lesen. Von all den Gedichten, die ich gehört habe, erinnere ich mich an eines ganz besonders. Es heißt: *Ein Versprechen.* Ich kenne den Dichter nicht, aber deshalb war ich glücklich, als ich heute abend glaubte, den Feenring an der alten Eiche gesehen zu haben.

Er, der das Feengrün bestellt,
Kein Glück soll er je haben.
Und ihm, der den Feenring verrät,
Geschehe Not und Weh.
Doch wer am Feenring vorübergeht,
Wird Kummer und Gram nicht kennen;
Und wer den Feenring reinigt,
Wird eines leichten Todes sterben.

Ich habe Antworten gesucht, indem ich an den Feenring glaubte, aber ich habe keine Antworten gefunden. Du bist genauso, Winston. Aber ich kann nicht an das glauben, was nicht sein kann. Ich kann nur leben und hoffen, daß meine verbleibenden Jahre nicht zu lange sein werden und daß mein Tod leicht ist und meine Rückkehr zur Erde fruchtbar.

Indem ich dir das sage, verspreche ich dir, daß ich dir nicht wieder nahekommen werde. Ich werde dich nicht suchen, um meine Einsamkeit zu lindern. Und ich werde dich auch nicht suchen, um glücklich zu sein. Du willst Freiheit von der Welt? Du hast sie, Winston. Mit meinem Segen, geh weiter bis zu deinem Ende, lehne das ab, was hätte sein können – was hätte sein *sollen* – zwischen uns. Finde deinen Frieden in der Einsamkeit, wenn du das kannst. Finde deine Liebe in winzigen, flüchtigen Winden. Ich bin fertig mit dir, Winston. So wie mit der Hoffnung, die ich einmal in meinem Herzen für dich gehegt habe.«

Sie gab ihm den Ausweg, den er aus ihrer Beziehung wollte, doch aus einem unerklärlichen Grund ängstigte ihn das. Er fühlte sich plötzlich, als hätte er das Kostbarste in seinem Leben verloren, als würde er damit einen lebenswichtigen Teil von sich selbst verlieren. Eine kleine Stimme in seinem Inneren riet ihm, das, was gerade geschehen war, noch einmal zu überdenken. Es war noch immer Zeit, das, was falsch war, ungeschehen zu machen. Er hatte die Zeit, sich dem Versprechen einer Zukunft voller Liebe und Glück zu öffnen. Aber diese kleine Stimme war nicht laut genug oder nicht drängend genug, um seine instinktive Angst zu überwinden, die hauptsächlich daher rührte, daß er nicht daran glaubte, Liebe verdient zu haben. Er glaubte nicht daran, *sie* verdient zu haben. Dabei zählte nicht, daß sie nicht menschlich war. Es zählte auch nicht, wie groß das Rätsel oder die Spekulationen um ihre Herkunft waren. Er liebte sie. Das Gefühl, daß es richtig war, mit ihr zusammen zu sein, sollte alles andere überstrahlen. Doch das war nicht so. Nach einer so langen, verschlungenen Reise durch das Leben brauchte er nur noch eine schmale Brücke zu überqueren. Doch er konnte sich nicht dazu überwinden, auch nur einen Schritt in diese Richtung zu machen.

Unfähig, etwas zu sagen, öffnete er die Tür und stieg hinunter in die Dunkelheit, hinter sich schloß er die Tür wieder.

Er hatte die Absicht gehabt, in sein Zimmer zurückzukehren und zu meditieren, bis er in der Lage war zu schlafen. Statt dessen stellte er fest, daß er nach unten ging und sich nach einer Tasse Kaffee sehnte. Er wollte gerade nach rechts in die Küche gehen, als ein Eindruck sich in sein Bewußtsein schob. Mit grimmig verzogenem Mund und gerunzelter Stirn eilte er in die Bibliothek, wo er Lachlan auf dem Sofa fand. Eine leere Flasche Scotch lag neben ihm auf dem Boden, gleich neben seiner Hand. Winston hob die Flasche auf, betrachtete sie kopfschüttelnd und stellte sie auf einen der niedrigen Tische. Das

Feuer im Kamin brannte nur spärlich. Nachdem er es wieder angefacht hatte, deckte er Lachlan mit einer gestrickten Decke zu, die über der Sofalehne lag. Danach verließ er das Zimmer wieder.

Erneut erhielt er einen Eindruck, der ihn seine Richtung ändern ließ. Ein lebhaftes Bild von Alby, der sich aus der Haustür schlich und in der Nacht verschwand.

Alby versuchte, den Mund zu schließen, damit die kalte Luft nicht in seinen Lungen brannte. Er hatte den Wunsch, zu schreien, aber er konnte es nicht. Seine kleinen Beine kämpften gegen den Schnee, während er versuchte, um das Haus herumzugehen. Sein Weg brauchte viel mehr Zeit als damals, als er versucht hatte, bis zum Ende der Ländereien zu gehen.

Er hatte keine Angst davor gehabt, allein nach draußen zu gehen, nachdem er den bösen Mann vom Fenster seines Schlafzimmers aus gesehen hatte. Er fürchtete sich viel mehr vor den Neckereien seiner Brüder, falls er nicht hinausgegangen wäre, um nachzusehen, ob ihre Fallen die gewünschte Wirkung gehabt hätten.

Der Jüngste zu sein war nicht einfach. Er mochte es nicht, die ganze Zeit über Angst zu haben. Er mochte es nicht, wenn Kevin ihn einen Feigling nannte oder wenn Kahl ihm ständig sagte, daß er ein solches Baby sei. Aber wenn der böse Mann wirklich in die Falle gegangen war und Alby derjenige war, der ihn gefunden hatte, dann würden seine Brüder stolz auf ihn sein müssen. Sie würden damit aufhören müssen, dauernd auf ihm herumzuhacken.

Alby stolperte und fiel mit dem Gesicht in einen weichen Haufen Schnee. Die Kälte brannte auf seiner Haut, und er wünschte sich so verzweifelt, weinen zu können, daß er kaum wieder auf die Füße kam. Nur eine grollende Stimme hinter ihm gab ihm die Kraft, zu fliehen.

»Du kleiner *Bastard!*«

Alby rannte, seine kleinen Arme bewegten sich steif. Er lief in hüpfenden Schritten, seine Augen waren vor Angst weit aufgerissen und starrten in die Dunkelheit. Entsetzen packte ihn, schien ihm das Herz zusammenzudrücken und ihm den Atem zu nehmen. Er ähnelte einem verirrten Pinguin, der sich bemüht, die Freiheit zu finden.

Hinter seinen vom Schnee verkrusteten Wimpern sah er jemanden aus dem Haus kommen. Die Entfernung schien ihm entsetzlich weit, und einen kurzen Moment hielt er inne und glaubte, daß der böse Mann vor ihm an der Haustür angekommen war.

»Al-by!«

Es dauerte, ehe sein Verstand die Stimme registrierte. Winston. Winston rief ihn. Er rief ihn von der Haustür.

Der böse Mann war in großen Schwierigkeiten.

Obwohl Alby das Gefühl hatte, so schnell wie der Wind zu laufen, so bahnte er sich in Wirklichkeit nur sehr langsam einen Weg durch den tiefen Schnee.

»Alby?«

Und dann kam Winston auf ihn zugelaufen, und Alby begann zu schluchzen.

»Alby!«

Ein Schrei drang aus seiner Kehle, als er unerwartet hochgerissen wurde, der Reißverschluß seiner Jacke schnürte ihm schmerzhaft die Luft ab. Er wurde geschüttelt, und in seinen Ohren dröhnte das wütende Schreien, von dem er wußte, es kam von dem bösen Mann. Der böse Mann hatte ihn hinten an seiner Jacke gepackt. Er schüttelte ihn heftig. Er verfluchte ihn mit einer Stimme, die eher einem Tier als einem Menschen zu gehören schien.

»Du bist tot, du verdammtes kleines Gör!«

Alby zweifelte nicht an den Worten des bösen Mannes. Er

konnte sich nicht bewegen. Er konnte nicht schreien. Er konnte nicht atmen.

Als die Nacht noch dunkler wurde, fragte er sich, ob Lachlan und Beth wohl auch eine solche Angst gehabt hatten, als sie starben.

12

Winston konnte seinen Augen nicht trauen, als er Alby zuerst etwa zwanzig Meter weiter entdeckte. Er hätte den weißgekleideten Jungen vor dem weißen Hintergrund beinahe nicht erkannt. Einen Moment überlegte er, Alby den Weg zurück zum Haus allein machen zu lassen, doch dann begriff er, daß der Junge Schwierigkeiten hatte, zu gehen. Winston lief los, doch dann blieb er stehen, als er plötzlich eine riesige Gestalt aus dem Nichts kommen sah, die Alby hochhob. Schließlich gewann die Wut die Oberhand über seinen Schock, und er rannte weiter. Der dicke Schnee war wie Eis unter den harten Sohlen seiner Schuhe, und es fiel ihm schwer, die Balance zu halten. Er dachte nicht darüber nach, wer der Mann sein könnte, der den Jungen so grob behandelte, er wußte nur, wer immer es auch sein mochte, er würde Winstons Faust kennenlernen, wenn er ihn endlich erreicht hätte. Sicher war Winston böse auf den Jungen, weil er bei Nacht allein das Haus verlassen hatte, aber ihm würde niemals der Gedanke kommen, Hand an den Jungen zu legen, geschweige denn, ihn zu schütteln wie einen tollwütigen Hund, der ein Kätzchen in seinen Fängen hielt.

Etwa zehn Meter, bevor er den Mann erreicht hatte, blitzte so etwas wie Stahl auf, und Winston blieb stehen, die Arme ausgebreitet, sein Gesicht erstarrt in einer Maske des Entsetzens. Zuerst konnte er den Blick nicht von der langen gezackten Klinge mit dem schwarzen Griff lösen, die der Mann in der Hand mit dem schwarzen Handschuh hielt. Die tödliche Spitze war auf Winston gerichtet, während der Mann Alby mit der anderen Hand hielt, als sei der Junge federleicht. Dann blickte Winston in die blassen Augen des Mannes, deren Bosheit noch verstärkt wurde durch die schwarze gestrickte Maske, die den Rest seines Gesichtes verbarg. Und die Wahrheit traf ihn wie eine Bombe.

Das *Phantom!* Es lebte. Es lebte und bedrohte Albys Leben.

Jetzt erkannte Winston auch, daß der Junge sich bemühte, ihn anzusehen, und als er den entsetzten Ausdruck auf dem Gesicht des Jungen erkannte, hätte Winston beinahe die Kontrolle über sich verloren.

»Laß ihn in Ruhe«, verlangte Winston von dem Phantom und verringerte vorsichtig den Abstand zwischen ihnen. »Laß ihn runter, oder ich werde dich mit meinen bloßen Händen umbringen!«

Ein Lächeln von einer solchen Bösartigkeit leuchtete in den Augen des Phantoms, daß Winston glaubte, er hätte ganz sicher Albys Leben noch mehr in Gefahr gebracht. Doch da wurde Alby freigegeben. Er fiel auf den Boden und blieb dort bewegungslos liegen. Winstons Blick ging von dem Jungen zu dem Phantom, und er öffnete und schloß die Hände, die an seinen Seiten hingen.

»Ich habe über unsere erste Begegnung nachgedacht«, sagte das Phantom, und seine Worte waren überraschend deutlich, trotz der gestrickten Maske vor seinem Mund. »Der große Detektiv Connery.« Er lachte. »Der schon bald *verstorbene* große Detektiv, würdest du das nicht auch sagen?«

Der Cockney-Akzent war so eisig wie die Nachtluft. »Wie es scheint, war dein Tod äußerst übertrieben.«

Das Phantom zuckte mit den Schultern. »Du machst es mir so einfach.« Er lachte leise. »Sag mir, du arroganter Junge, blutest du so rot wie *normale* Menschen?«

Winston biß sich auf die Innenseite seiner Unterlippe und

machte noch zwei Schritte in die Richtung des Mannes. »Roter als du.«

»Das klingt wie eine Herausforderung.«

»Aye. Mann gegen Mann. Du und ich. Tritt weg von dem Jungen. Es besteht keine Notwendigkeit, das Risiko einzugehen, ihn zu verletzen.«

Das Phantom musterte Alby, der sich benommen aufsetzte, und sah dann Winston aus engen Augenschlitzen an. »Ich denke, es würde dich wirklich zerreißen, mitanzusehen, wie dieser kleine Bastard zu Tode blutet, ehe du selbst stirbst, nicht wahr?«

Die Wut heizte Winstons Blut auf. »Nicht einmal du bist so krank.«

»Oh, bin ich das nicht?« fragte sein Gegenüber fröhlich.

Ein Schrei kam aus dem Mund des Phantoms, als Alby seine Zähne in seinen Unterschenkel grub. Instinktiv trat er zu, und der Junge flog davon. Wutentbrannt zückte das Phantom nun die zehn Zentimeter lange Klinge, um den Mann zu treffen, der auf ihn losstürmte.

Seit ihrer Flucht aus der Wurzel im Keller war es Deliah nicht mehr so kalt gewesen. Selbst wenn sie inmitten der Hitze des Sommers auf dem Turm stehen würde, hätte sie das Gefühl, als hätte sich ihr Blut in einen Strom aus Eis verwandelt. Sie hatte von Winstons Leere gesprochen, wo doch ihre eigene Leere viel schwerer zu füllen war. Sie hatte einmal die Liebe und die Sicherheit ihrer Familie und ihres Clans gekannt. Nie wieder. Ohne Winston waren ihre Träume verweht wie ein trockenes Blatt im Wind.

Plötzlich fühlte sie sich so müde, wie sie es niemals für möglich gehalten hätte. Ihr Herz war schwer vor Kummer, ein hohler Schmerz wühlte in ihrer Brust.

»Ich liebe dich so sehr«, flüsterte sie unter Tränen in die Nacht.

Sie wollte sich gerade von der Wand abstoßen, als sie Winstons Stimme hörte, der nach Alby rief. Ein erschöpftes Lächeln spielte um ihren Mund. Die Jungen heckten ständig etwas aus, das sie nicht tun sollten. Sie hatte nach ihnen gesehen, ehe sie zu der Eiche ging. Kevin und Kahl schliefen fest, doch Alby lag mit weit offenen Augen in seinem Bett, und als sie ihn gefragt hatte, ob sie ihm Gesellschaft leisten sollte, hatte er gesagt, er wolle nachdenken.

Nachdenken. Was konnte ein Dreijähriger nachzudenken haben, das ihm eine so gerunzelte Stirn einbrachte?

Der Schrei eines Fremden riß sie aus ihren Träumen, und sie untersuchte die Vorderseite des Hauses, um den Grund herauszufinden. Die Linie des Daches verdeckte den Mond, doch dann sah sie zwei Erwachsene, die auf dem Boden miteinander kämpften, und eine viel kleinere Gestalt, die von ihnen wegkroch.

Winston?

Wieder hörte sie einen Schrei, doch dieser kam unmißverständlich von Winston, und die Pein, die daraus zu hören war, alarmierte sie.

Mit einer Schnelligkeit, die aus ihrem Instinkt heraus kam, öffnete sie den Morgenmantel und ließ ihn zu Boden fallen, dann zog sie den elastischen Ausschnitt ihres Nachthemdes bis beinahe zur Taille hinunter. Zuerst bemerkte sie die Knospen, die sich in ihrem Rücken bildeten, danach das eindringliche, beinahe brennende Prickeln, als sich die Knospen öffneten und sich ihre Flügel entfalteten. Als sie voll ausgebreitet waren und sie sie bewegt hatte, um ihre Flugfähigkeit zu testen, sprang sie auf die Zinnen und flog davon.

Luftströmungen halfen ihr, nach unten zu segeln. Sie sah, wie die beiden Männer sich voneinander lösten. Einer stach mit einem Messer mit langer Klinge zu, und der andere fiel zurück und preßte die Hände vor die Brust. Dann sprang die erste Gestalt, die völlig schwarz gekleidet war, auf die andere zu – auf Winston, erkannte sie mit schrecklicher Klarheit.

Mit der Behendigkeit und der Geschwindigkeit eines Adlers flog sie zu der Eiche an der Hauptstraße, wo sie schnell Zweige von den Ästen brach. Dann flog sie zurück zu den Männern und schwebte kurz über ihnen, um die Lage zu analysieren.

Winston hatte seinen Angreifer gerade abgewehrt und versuchte, ihm zu entkommen, indem er auf Händen und Füßen davonkrabbelte. Der Angreifer stand auf. Das Mondlicht spiegelte sich in der polierten Klinge, die er drohend hoch erhoben hatte. Alby lief an Winstons Seite, er weinte und schrie den Mann an, sie in Ruhe zu lassen.

Für das, was sie vorhatte, brauchte Deliah mehr Platz zwischen Mann, Jungen und dem Fremden. Sie stieß nach unten und bahnte sich einen Weg in die Nähe des Mannes in Schwarz. Er schrie überrascht auf und stieß mit dem Messer zu, dabei verfehlte er ihre Flügel nur um wenige Zentimeter. Wieder stieß sie auf ihn hinunter. Sie traf ihn mit den nackten Fersen an der Brust, und er stolperte einige Meter zurück, ehe er hinfiel, fluchend und Drohungen ausstoßend.

Deliah hing nur wenige Meter über dem Boden, sie blies auf die Zweige in ihrer Hand. Blauer Nebel kam von ihren Lippen und besprengte die Zweige. Dann warf sie sie auf den Boden, genau in die Mitte zwischen dem Fremden, der gerade wieder auf die Beine kam, und ihren Schützlingen auf dem Boden hinter ihr.

In dem Augenblick, als die Zweige den Boden berührten, wuchsen unzählige Äste aus ihnen. Schnell schlangen sie sich ineinander, wuchsen nach oben und zu den Seiten und bildeten eine zweieinhalb Meter breite und zwei Meter hohe Mauer, die der Fremde nicht durchdringen konnte.

Einige gewalttätige Minuten lang versuchte er, die Barriere zu durchbrechen, er schlug wild mit dem Messer nach den

Zweigen und brüllte vor Wut, weil seine Aktion vergebens war. Als er schließlich davonlief, hinter die Remise, begann Deliahs wild schlagendes Herz sich etwas zu beruhigen. Sie stellte die Füße auf den Boden und wandte sich um.

Der Anblick, der sich ihr bot, hätte sie beinahe dazu gebracht, zu fliehen, doch sie weigerte sich, sich noch länger zu verstecken.

Albys Augen waren vor Erstaunen weit aufgerissen, er hockte neben Winston und sah zu ihr auf. Winstons Gesichtsausdruck dagegen schmerzte sie. Es lag sowohl Erstaunen in seinen Augen als auch Entsetzen und Verachtung. So sehr sie auch versucht hatte, sich seine Reaktion vorzustellen, so war das, was sie jetzt sah, schlimmer als alles, was sie sich in ihren Gedanken hatte ausmalen können.

»Bist du verletzt, Alby?«

Er schüttelte heftig den Kopf.

»Winston?«

»Er blutet schlimm«, brachte Alby erstickt hervor und blickte auf den roten Fleck, der auf Winstons Brust immer größer wurde. »Der böse Mann hat ihn geschnitten.«

Deliah kniete neben Winston nieder. Er lag auf dem Rücken und hatte sich auf die Ellbogen gestützt. Seine Augen waren weit aufgerissen, er blinzelte schnell, als er sie anstarrte. Sein Mund stand offen, sein Gesicht war angespannt und blaß.

»Winston, kannst du mir sagen, wie schwer verletzt du bist?«

Sein Kopf bewegte sich verneinend.

»Alby, bist du in der Lage, ins Haus zu laufen? Ich brauche Hilfe für Winston.«

Alby schluckte, dann nickte er. Er warf einen Blick auf den beinahe endlos weiten Weg zur Haustür, dann sah er zu der Mauer aus Zweigen. »Ich hole Onkel Roan«, versprach er, stand auf und stolperte zum Haus.

Winston sah ihm einen Moment nach, doch dann sah er wieder Deliah an, als sie begann, sein Hemd aufzuknöpfen. Er hörte, wie sie leise aufkeuchte, dann blickte er auf seine Brust, die mit Blut bedeckt war.

»Du wirst schnell einen Verband brauchen«, sagte sie atemlos, und ihre Blicke trafen sich. »Kannst du gehen?«

Er nickte, doch als er versuchte, sich zu bewegen, fiel er auf den Rücken zurück.

»Keine Zeit, auszuprobieren, ob deine Beine dich tragen«, sagte sie und legte einen Arm um seinen Rücken und einen unter seine Knie. »Ich kann dich nicht zum Haus tragen, aber ich kann mit dir fliegen.«

Winston atmete heftig, als sie ihn in ihre Arme nahm und mit ihm davonflog, als wäre er gewichtslos. Eiskalte Luft wehte um sie während des kurzen Fluges, und er stellte fest, daß er zur Tür sehen mußte und nicht in ihr Gesicht, wenn er nicht Gefahr laufen wollte, daß sein Magen sich hob.

Sie landete auf der Treppe vor dem Haus mit der Anmut eines Schmetterlings. »Kannst du die Tür öffnen?«

Benommen streckte er die Hand aus, drückte die Klinke hinunter und öffnete dann die eine Seite der Haustür. Sie schleppte ihn durch das Gewächshaus, in ihrem Gesicht war zu lesen, wie sehr sie sich dabei anstrengte. Doch die Mühe hielt sie nicht davon ab, ihn aus der Kälte zu bringen. Eine der inneren Türen stand offen, und sie trat hindurch in die Eingangshalle.

»Laß mich runter«, verlangte er mit zittriger Stimme. »Ich will verdammt sein, wenn jemand sieht, daß ich wie ein Kind getragen werde.«

Mit einem Grunzen stellte sie ihn auf die Füße und half ihm, sich gegen die Wand zu lehnen.

»Gütiger Himmel«, murmelte eine Stimme hinter ihr.

Sie wandte sich um und entdeckte Lachlan, der an der Tür zur Bibliothek stand, mit ausdruckslosem Gesicht und einem trüben Blick in seinen blutunterlaufenen Augen.

»Dieser Scotch hat einen sehr vielversprechenden Kick«, lallte er, dann fiel er auf seinen Hintern. Er saß mit ausgebreiteten Beinen, die Arme hingen matt an der Seite herunter, sein Kopf schwankte hin und her. Eine Sekunde später sank er nach hinten und blieb bewußtlos liegen.

Deliah runzelte mißbilligend die Stirn, dann sah sie wieder zu Winston, der sie stirnrunzelnd betrachtete.

»Aye, ich bin eine Fee. Ein geringschätziges Wort von dir, und ich werde dich in eine eklige grüne Kröte verwandeln!«

»Was zum …?«

Die Stimme gehörte Roan, der gerade die Treppe hinunterkam. Sein Schock, Deliahs Flügel zu sehen, überstieg noch Albys Geschichte von dem bösen Mann, der Winston verwundet hatte.

Deliah wurde zornig, als sie seine ungerechtfertigte Faszination über ihre Schwingen bemerkte. Sie reckte die Schultern und verlangte mit hochmütiger Stimme: »Trage ihn in sein Zimmer. Ich muß die Zutaten für einen heilenden Verband holen.«

Roan schüttelte ungläubig den Kopf, dann legte er Winstons linken Arm um seine breiten Schultern.

»Ich kann gehen!« schrie Winston wütend, als sein Gastgeber versuchte, ihn auf den Arm zu nehmen. »Mit ein bißchen Hilfe kann ich gehen!«

»Ich gebe dir Hilfe«, murmelte Roan, sein Blick lag noch immer auf Deliahs Gesicht.

»Es dauert nicht lange«, sagte sie. Sie preßte die Flügel auf dem Rücken zusammen und lief hinaus in die Nacht.

Zweimal wäre Winston beinahe ohnmächtig geworden, ehe er endlich in seinem Bett lag.

»Was ist passiert?« drängte Roan und zog eine der Decken bis zu Winstons Taille. »Wer hat dich verletzt?«

»Das Phantom. Er hat Alby angegriffen. Ich habe versucht, ihn aufzuhalten.«

Roan sah Winston voller Entsetzen an. »Aber du hast doch gesagt, er sei tot.«

»Ich habe mich geirrt.« Winston stöhnte auf, als er den Schmerz von seiner Wunde in seinem ganzen Körper fühlte. »Der Bastard ist entkommen.«

»Deliah?«

»Sie hat ihn davon abgehalten, seine Arbeit an uns beiden zu vollenden«, fauchte Winston. Er wollte die Wunde in seiner Brust untersuchen, doch er fürchtete sich davor, feststellen zu müssen, daß die Wunde tödlich war. Statt dessen sprach er weiter. »Hast du es gesehen? Hast du die Flügel auf ihrem Rücken gesehen?«

»Aye, und ich schwöre, ich habe in meinem ganzen Leben noch nie etwas so Eigenartiges gesehen.«

»Eine Fee«, murmelte Winston, und seine Augen fielen ihm zu, doch er wehrte sich dagegen, einzuschlafen. »Das hätte ich nie vermutet. Nicht in meinen wildesten Phantasien hätte ich geglaubt, daß so etwas möglich wäre. Eine Fee ...«

Laura betrat das Zimmer, ihre Augen waren verschlafen und gerötet. »Was ist passiert?«

Beth kam ins Zimmer gelaufen, offensichtlich war sie hellwach und sehr besorgt. Sie trat zu Laura und Roan an Winstons Bett und verzog das Gesicht, als sie die Wunde in Winstons Brust sah. »Was ist passiert?«

»Feen«, murmelte Winston.

»Du weißt es?« fragte Beth ungläubig.

»Was?« fragte Laura, verwirrt von diesem eigenartigen Wortwechsel.

»Deliah«, sagte Roan leise. »Sie hat Flügel.«

»Richtig«, entgegnete Laura sarkastisch, doch dann runzelte sie die Stirn, als sein ernster Gesichtsausdruck nicht verschwand. Sie blickte zu Winston. »Hat Deliah das getan?«

»Seht ihr! Seht ihr! Ich habe es euch gesagt«, rief Alby, der seine verschlafenen Brüder in das Zimmer führte und mit ihnen an Winstons Bett trat. Er deutete auf Winstons Brust. »Und der böse Mann hat ein Schwert gezogen und hat ihn ganz *weit* aufgeschlitzt!«

»Alby«, stöhnte Winston und versuchte, seine Lage zu beschönigen. »Es war ein Messer, kein Schwert.«

»Es war so *groß* wie ein Schwert«, bestand Alby auf seiner Behauptung.

Laura wurde leicht grün im Gesicht, nachdem sie sich auf Winstons Bett gesetzt und die Wunde untersucht hatte. Sie war fast zehn Zentimeter lang und lief quer über den unteren Teil seines Brustkorbes. »Wir müssen ihn in ein Krankenhaus bringen.«

»Das finde ich auch«, stimmte Roan ihr zu und konnte seinen Blick nicht von der Wunde lösen. »Aber die Autos sind eingefroren. Ich könnte zu den Lauders laufen und hoffen, daß sie ein Telefon haben.«

»Zu den Nachbarn laufen?« fragte Beth ungläubig. »Sogar über die Felder zu laufen, auf denen der Schnee so tief liegt, wird eine Ewigkeit dauern.«

»Wir brauchen Hilfe!«

»Ich bin in Ordnung«, sagte Winston, dann verzog er das Gesicht, als er versuchte, sich zu bewegen. Seine Haut war grau geworden, und unter seinen Augen lagen dunkle Schatten. »Wir müssen zu einem Telefon und die örtliche Polizei anrufen. Das Phantom wird nicht weit kommen. Während unseres Kampfes habe ich Teile seiner Gedanken auffangen können. Er ist hinter Laura her.« Winston sah Lauras entsetzten Gesichtsausdruck und griff nach ihrer Hand. »Wir werden ihn nicht in deine Nähe lassen. Ich verspreche dir, Laura, ich werde den Bastard erwischen, und wenn es das letzte ist, was ich tue.«

»Nicht in deinem Zustand.« Roan legte eine Hand in seinen Nacken und seufzte tief auf. »Es ist zu spät, um zu Shortbys zu kommen und dort das Telefon zu benutzen. Wir brauchen einen Arzt, und wir brauchen Hilfe mit dem Phantom. Verdammt! Ich hätte mir wenigstens ein Handy zulegen sollen.«

»Nicht.« Beth legte eine Hand auf Roans Schulter. »In diesem Haus ist man nicht vorbereitet.« Sie blickte zu den Jungen, und es gelang ihr sogar, zu lächeln. »Es ist ein wenig spät für euch drei, um noch wach zu sein, nicht wahr?«

»Nein.« Kahl reckte den Kopf, um Winstons blutende Wunde besser sehen zu können. »Wir sind jetzt hellwach.«

»Es ist Zeit, zu ...«, begann Laura, dann keuchte sie auf, als etwas in das Zimmer geflogen kam und zum Bett schwebte. Roan und Beth traten zurück, erstaunt und voller Verwunderung über das zehn Zentimeter große Wunder, das neben dem Bett schwebte. Zweifellos war es eine geschrumpfte Deliah, doch eine Deliah mit durchsichtigen Flügeln auf dem Rücken. Sie hielt etwas in ihren winzigen Händen, doch es war zu klein, als daß jemand es hätte erkennen können. Mit dem Kopf bedeutete sie Roan und Beth und den Jungen, ein Stück zurückzutreten. Nachdem sie das getan hatten, legte sie den Kopf zurück und schloß die Augen, als würde sie sich intensiv auf etwas konzentrieren. Dann holte sie tief Luft und wuchs vor ihren Augen, bis sie wieder einen Meter fünfundsechzig war. Die Flügel blieben intakt, durchscheinend schimmerten sie blau und grün. Ein blasses silbernes Netzwerk von Adern war deutlich zu sehen, es pulsierte im gleichen Rhythmus wie ihr Herzschlag.

»Was für ein Weib!« rief Kevin anerkennend.

Die Erwachsenen ignorierten ihn, sie waren zu fasziniert von Deliahs Erscheinung, um sich ablenken zu lassen. Deliahs Haar, das Nachthemd, ihr Gesicht und die Arme waren voller Schmutz und Schnee.

»Es war schwierig, eine der Wurzeln zu erreichen«, sagte Deliah und setzte sich neben Winston auf das Bett. Ihre Flügel flatterten sanft, doch sie schien es nicht zu bemerken. Sie schien auch den vorsichtigen Blick in Winstons Augen nicht zu sehen. Ihre ganze Konzentration richtete sich auf die knorrige Wurzel in ihrer linken Hand. »Der Schnee ist sehr tief an der Eiche.« Jetzt sah sie in Winstons blasse Augen, und ihr Gesicht nahm den Ausdruck einer Frau an, die im Leben keine Illusionen mehr hat. »Schlucke deine Verachtung für mich hinunter«, schalt sie ihn mit rauher Stimme. »Du mußt dich auf die Magie konzentrieren, damit sie wirkt. Ich kann das nicht allein tun.«

Sie sah Beth an und bat leise: »Wir brauchen ein nasses, warmes Handtuch. Während ich die Magie herbeirufe, bitte ich dich, die Wunde zu säubern.«

»Vergiß es«, zischte Winston.

Deliah sah ihn ungeduldig an. »Ich kann Ranken herbeizaubern, die dich festhalten. Mache dich nicht über meine Fähigkeiten lustig, Winston. Ich bin sehr angespannt und nervös, und ich brauche all meinen Verstand, um das hier zu erledigen.«

»Du wirst an mir keine Magie benutzen!«

»Winston«, schalt Beth.

Deliah zog die Schultern zurück, ihr Blick forderte ihn heraus, sich ihr zu widersetzen. »Du würdest wirklich eine hübsche Kröte abgeben, mein Freund. Also, soll ich jetzt deine Heilung einleiten oder soll ich meinem Ärger in einer etwas phantasievolleren Weise Luft machen?«

Eine Sekunde sah Winston sie böse an, dann brummte er: »Mach schon.«

Deliah blickte auf die Wurzel. Sie legte die rechte Hand über die linke und umschloß die Wurzel. Mit leiser, singender Stimme murmelte sie:

Wurzel des Lebens, die mein Herz gefangen hält,
Gewähre mir die Heilung, an die mein Clan glaubt.
Wurzel der Magie, die mein Herz gefangen hält,
Hilf mir, die Tat eines anderen ungeschehen zu machen.

Wurzel der Liebe und Ehre, die mein Herz gefangen hält,
Nimm von mir meine Saat der Heilung.
Wurzel des Erbarmens, die mein Herz gefangen hält,
Von der Erde zu der Hand zu demjenigen in Not.«

Beth kehrte an Winstons Seite zurück. Ein Auge warf sie auf den blauen Schein, der zwischen Deliahs Händen pulsierte, dann konzentrierte sie ihre Aufmerksamkeit darauf, Winston das Blut von der Brust zu wischen und ihn ab und zu aufmunternd anzulächeln. Er war angespannt und starrte auf Deliahs Hände mit einer Mischung aus Entsetzen und Ablehnung. Seine Hände hatte er zu Fäusten geballt, und sein Atem ging schwer. Kleine Schweißtropfen standen in seinem kreidebleichen Gesicht, obwohl es im Raum kühl war.

Deliahs Augen blickten glasig, als sie ihm tief in seine Augen sah. Er konnte die Anspannung in seinem Gesicht als Spiegelbild in ihren rätselhaften Augen sehen, und ein zitternder Atemzug kam über seine Lippen, ehe er ihn unterdrücken konnte. Sein Blick ging zu ihren Händen. Ein blauer Schein war zu sehen, er schien von ihrer Haut auszugehen und nicht von der Wurzel. Sie drehte die Hände, so daß jetzt die rechte Hand unten war. Ihre linke Hand ging zu ihrem Schoß, während die andere, in deren Handfläche jetzt die blaue, tonartige Masse lag, sich zu seiner Brust tastete. Heiße Flüssigkeit stieg ihm in den Hals, und er schluckte, seine weit aufgerissenen Augen musterten die bizarre Masse. Sie pulsierte im selben Rhythmus wie sein Herz. Er konnte den Schlag hören, er paßte sich dem wilden Hämmern seines eigenen Herzens an.

Als sie die Hand über die Wunde legte – eine Bewegung, die er wie in Zeitlupe erlebte –, versuchte er, seine wachsende Panik zu unterdrücken. Selbst als Kind hatte er nie an etwas so Phantastisches geglaubt wie an den Weihnachtsmann oder den Osterhasen, an Monster, die sich in Schränken oder den Schatten verstecken. Solange er sich erinnern konnte, war die Realität Alptraum genug für ihn gewesen, es waren die Dinge, die ihn in der Nacht wachhielten, als er noch ein kleiner Junge war und er unter seiner Bettdecke gezittert hatte. Die Wirklichkeit, die in seinem Kopf offen gelegen hatte seit seiner Geburt, war normalerweise viel phantastischer als etwas, das sich jemand in seiner Vorstellungskraft einbilden konnte. Er hatte abstrakten Wahnsinn aus äußerlichen übersinnlichen Strömungen erlebt. Er hatte Wehen und Geburt miterlebt. Den Tod. Jeden Bereich der physischen und geistigen Existenz, den ein Mensch kannte. Wenigstens glaubte er das.

Deliahs Blick war beängstigend in seiner beharrlichen Eindringlichkeit, mit der sie ihm in die Augen sah, während sie gleichzeitig die zerstampfte Wurzel auf seine Wunde legte. Zuerst fühlte er nur Kälte und die faserige Oberfläche auf seiner fiebrigen Haut. Er verzog das Gesicht, dann warf er der Fee einen flehenden Blick zu. Der Hauch eines Lächelns trat auf ihre Lippen. Ihre rechte Hand lag nach wie vor über der Wurzel. Das Leuchten verschwand nicht, obwohl es schien, als würde es langsam nachlassen.

Sie wiederholte den Singsang, ihre verwehende Stimme bezwang ihn. Sie schien in die dunkelsten Winkel seines Verstandes einzudringen und erschuf eine Dämmerung der Ruhe, die ihn erfüllte. Er spürte, wie er sich entspannte. Die Matratze unter ihm schien wie eine Wolke, die ihn wiegte.

Heiß brannte seine Wunde. Er keuchte auf und hätte ihre Hand und die Masse weggerissen, doch seine Glieder waren schwer und träge, sie bewegten sich nicht, ganz gleich wie sehr er sich auch darum bemühte. Eine brennende Flüssigkeit schien durch die offene Wunde zu dringen. Er hörte Beth schreien. »Es tut ihm weh! Deliah, hör auf!« Doch Deliah starrte ihn in einer Art Trance an. Er wollte sie bitten, aufzuhören, doch er konnte sich nicht zwingen, die Worte auszusprechen.

Sekunden später wurde das brennende Gefühl zu einem angenehmen Prickeln. Seine Wunde juckte, und er wand sich und wünschte, er könnte sich kratzen, um dieses Gefühl zu vertreiben. Er sah, daß der blaue Schein kaum noch zu erkennen war. Als er schwächer wurde, wurde auch das Prickeln schwächer, bis er schließlich nichts mehr fühlte und der Schein verschwunden war. Mit einem tiefen Atemzug, der wahrscheinlich ihre Art war, sich aus der Verzauberung zu lösen, hob Deliah die rechte Hand. Die anderen im Zimmer keuchten auf. Die Luft bewegte sich durch eine unsichtbare Macht. Winston starrte auf die glatte, unversehrte Haut seiner Brust. Die Masse von der Wurzel war verschwunden, nichts erinnerte mehr daran, daß sie überhaupt existierte hatte. Er fühlte die Matratze unter sich, fühlte seinen unversehrten Körper. Er fühlte körperlich neue Energie und geistige Erfrischung.

»Mein Gott«, flüsterte Laura und hob die Hand an den Hals.

Die Fingerspitzen von Deliahs Hand glitten über Winstons Brustkorb. Angenehme Schauer liefen durch seinen Körper, und er stellte fest, daß er atemlos war und sexuell erregt. Um das letztere zu verbergen, rollte er sich auf die Seite und setzte sich auf. Zu seiner Überraschung war ihm nicht schwindelig. Er hatte keine Nachwirkungen der Stichverletzungen oder des Zaubers, in den sie ihn eingehüllt hatte.

»Geht es dir wieder gut, Winston?« fragte Deliah leise.

Zu seinem Ärger rührte sogar ihre Stimme an seine Libido. Wären nicht die anderen im Zimmer gewesen, so hätte er zweifellos Deliah an sich gezogen, sich über sie geschoben und wäre so tief in sie eingedrungen, daß sie beide eine unzertrennliche Einheit gebildet hätten. Ein heftiger Schauer lief durch seinen Körper. Er biß die Zähne zusammen, stand auf und holte tief Luft. Als er dann die anderen ansah, gelang ihm sogar der Anflug eines Lächelns, und um seine Verlegenheit über seine harte Erregung zu überspielen, scherzte er: »Alles, was ich jetzt noch brauche, ist ein Schlückchen Scotch, und dann bin ich so gut wie neu.«

»Scotch«, sagte Deliah leidenschaftslos und rollte mit den Augen. Sie wandte sich zu den anderen um und sagte: »Er ist wirklich ein Schotte, ein wahrer Schotte.«

Lachlan stöhnte leise auf und öffnete die Augen einen Spalt. Nicht nur war sein Mund schmerzhaft ausgetrocknet, er war davon überzeugt, etwas wäre über eine Zunge gekrochen und dort gestorben. Schmerz hämmerte hinter seinen Schläfen und zwischen seinen Augen. Zu sagen, daß er angefüllt war mit Schmerzen, wäre noch untertrieben. Nicht einmal als er starb, hatte er sich so elend gefühlt.

Trotz der Gegenwehr seines Körpers gelang es ihm, sich aufzusetzen und die Füße in den Stiefeln auf den Boden zu stellen. Das Zimmer war in einen rötlichen Schein gehüllt, und es war so kalt, daß seine unbedeckten Hautstellen brannten.

Er stand von dem Sofa auf wie ein Mann, der unter Arthritis leidet. Dann verschränkte er die Arme und rieb sie, um sich ein wenig aufzuwärmen. Zahllose Insekten schienen in seinem Kopf herumzuschwirren, und seine blutunterlaufenen Augen brannten, als er versuchte, zur Tür zu schauen. Er war ganz sicher, daß die Tür hin und her schwang, doch wollte er nicht zugeben, daß er mehr als eine angemessene Menge seines geliebten Scotch getrunken hatte.

Er rülpste laut und verzog dann bei dem ekelhaften Nachgeschmack angewidert sein Gesicht.

»Beth wird mich verprügeln, wenn sie mich so sieht«, brummte er auf Gälisch. »Oh! Lannie, du Dummkopf, was hast du nur getan?«

Zwischen Anfällen von Schüttelfrost trottete er in die Eingangshalle und ging dann zur Küche. Starker schwarzer Kaffee und etwas Kräftiges im Magen waren seine einzige Hoffnung, den Mißbrauch seiner körperlichen Existenz zu beheben. Er ärgerte sich darüber, daß er den Scotch gebraucht hatte, um sich dem inneren Kampf zu stellen, den er seit seiner Rückkehr gekämpft hatte. Wie *verdammt* lächerlich war es doch, das Wunder nicht zu preisen und statt dessen in Ängsten unterzugehen, für die nur er verantwortlich war. Er war ein *Vater*! Und er sollte so stolz sein wie Braussaw, doch leider hatte er bei seiner Wiedergeburt – das hatte er erkannt, während er sich mit Scotch angefüllt hatte – seinen Verstand verloren.

Er ging an der Treppe vorüber und wollte gerade in die Küche gehen, als ein leises Klicken ihn innehalten ließ. Die Tür des Wohnzimmers stand ein wenig offen. Ein schmaler Streifen Licht war durch die Öffnung zu sehen. Normalerweise hätte Lachlan die Bewegung ignoriert, in dem Glauben, daß jemand anders im Haus seinen Hunger oder seinen Durst stillen wollte. Doch diesmal überzog eine Gänsehaut seinen Körper, und ein rotes Warnlicht schien vor seinem inneren Auge zu blinken.

Unerklärlicherweise war er plötzlich völlig nüchtern und aufmerksam, er schob die Tür leise ein Stück weiter auf und warf einen Blick in das Zimmer. Er konnte nichts Ungewöhnliches entdecken, doch dann bemerkte er, daß die Tür zum Eßzimmer ebenfalls einen Spaltweit offenstand. Ohne ein Geräusch ging er durch das Zimmer, er schob die Tür auf und steckte den Kopf hindurch. Ein weiteres leises Geräusch lenkte seine Aufmerksamkeit zu dem Sideboard an der anderen Seite des Zimmers, links von ihm. Ungefähr sechs Meter von ihm entfernt entdeckte er eine dunkel gekleidete Gestalt, die die Schubladen mit den Bestecken durchsuchte, in der linken Hand hielt die Gestalt eine Taschenlampe.

Rasende Wut erwachte in Lachlan und breitete sich schnell in seinem Körper aus. Die Gaslampen in dem Zimmer waren heruntergedreht worden, doch er erkannte genug, um zu wissen, daß ihm jemand seinen kostbaren Besitz raubte.

Unbehindert durch den Kater, der ihn noch Sekunden zuvor geschwächt hatte, rannte er in den Raum. Er wurde durch die Taschenlampe geblendet, die sich sofort auf ihn richtete. Er sprang auf, seine Wut überstieg die Logik. Der Eindringling grunzte vor, als Lachlan auf ihn sprang und sie beide zu Boden fielen. Die Seite der Taschenlampe schlug gegen Lachlans Kopf, und hinter seinen Augenlidern schienen bunte Lichter zu explodieren. Dennoch ging Lachlan mit seinen Fäusten auf den Eindringling los. Stöhnen und Schreie entrangen sich den Kehlen beider Männer.

Es gelang dem Fremden, Lachlan von sich zu stoßen, und er kam wieder auf die Beine. Er lief zur Tür. Doch noch ehe er die Hälfte der Strecke geschafft hatte, hob Lachlan etwas von dem Sideboard und warf es nach ihm. Er traf den Eindringling heftig im Rücken, der fiel nach vorn und landete der Länge nach auf dem Boden. Ein lautes Klirren folgte, dann hörte man Lachlans laute Flüche auf Gälisch.

Nur schwach hörte Lachlan, daß irgendwo im Haus etwas klopfte. Das Echo drang durch die Wände, wie eine riesige, betäubende Glocke, die läutete, um ihn vor einer bevorstehenden Gefahr zu warnen. Doch seine Wut kannte nur ein Ziel.

Als der Eindringling benommen versuchte, auf die Knie zu kommen, griff Lachlan ihn wieder an. Sie rollten über den Boden, die Fäuste flogen, und Flüche folgten.

Das geheimnisvolle Klopfen wurde lauter.

»Lachlan!«

Der berüchtigte wiedergeborene Geist ignorierte den Schrei der Frau und nutzte die momentane Unaufmerksamkeit des Fremden, als das Licht im Raum plötzlich heller wurde. Er schlug die Faust in das von der gestrickten Maske bedeckte Gesicht und traf das Kinn des Mannes. Der Kopf flog zurück, und der Hinterkopf des Mannes schlug auf den Fußboden. Schwer atmend senkte Lachlan den Kopf und blinzelte mit den Augen, weil das Licht ihn blendete. Sein Körper schmerzte mehr als je zuvor, und sein Herz raste so sehr, daß seine Brust wehtat.

Von weitem drangen Stimmen an seine Ohren. Aus seiner Lage über dem bewußtlosen Mann starrte er in das von der Maske bedeckte Gesicht.

»Lachlan, ist dir etwas geschehen?«

Er stieß den angehaltenen Atem aus, dann wandte er sich um, drehte sich zur Seite und setzte sich auf den Fußboden.

»Lachlan?«

»Halt den Mund!« brüllte er und schlug die Hände vor die Ohren. »Dabei kann ein Mann ja nicht denken!«

Er sah auf zu der Frau und wollte sie mit weiteren ermahnenden Worten bedenken, als ihr Anblick ihm einen heftigen Schock versetzte. Plötzlich konnte er nichts anderes tun als sie nur anzustarren, seine dunklen Augen waren weit aufgerissen, sein Gesicht bleich und angespannt. »Gütiger Himmel!« quietschte er.

Er sah, wie sie vor ihm zurückwich, ihre Flügel flatterten und drückten ihre Verzweiflung aus.

»Deliah!« rief Winston und kam ins Zimmer gelaufen. Er blieb so lange stehen, bis auch die anderen den Raum betreten hatten. Dann warf er der Frau einen Blick zu, bei dem Lachlan ein kalter Schauer über den Rücken rann.

»Wir haben Gesellschaft«, erklärte er knapp. »Die Polizei steht vor der Tür. Ich würde vorschlagen, daß du ...«

Ein Schrei durchdrang die Stille.

13

»Zieh deine Flügel ein!« befahl Winston Deliah, dann sprang er vor, noch ehe Lachlan reagieren konnte, und zerrte den Fremden auf die Füße. Der Mann wollte gerade noch einmal kreischen. Seine entsetzten Augen beobachteten Deliah, als wären ihr Hörner gewachsen und leuchtende, rote Augen.

Laute Stimmen näherten sich und Schritte von mehreren Leuten. Winston, der nahezu außer sich war, packte den Mann am Kragen, seine Finger sehnten sich danach, sich um seinen Hals zu legen und zuzudrücken. Er sah nicht hinter sich, um festzustellen, ob Deliah ihm gehorcht hatte. Er konnte auch Lachlan nicht ansehen, als dieser zitternd auf die Beine kam. Er konnte nichts anderes tun, als in die blaßgrauen Augen des Fremden zu starren, von dem er glaubte, er sei das Phantom.

»Hundesohn«, knurrte Winston und schüttelte den Mann.

In seinem fieberhaften Zorn sah er, wie Speichel zwischen den dicken Lippen des Mannes hindurchrann. Er verzog verächtlich das Gesicht und schüttelte ihn noch einmal.

»Lassen Sie ihn los!« befahl eine tiefe Stimme.

Winston biß schmerzhaft die Zähne zusammen und kämpfte gegen sein eigenes häßliches Verlangen, das Leben dieses Mannes zu beenden. Erinnerungen an die siebenundvierzig Opfer waren in seinem Kopf eingebrannt. Er erinnerte sich an jede schmutzige Einzelheit ihres Leidens und an die gequälten letzten Gedanken der Opfer, ehe sie gestorben waren. Seine Hände legten sich um den Hals des Mannes, und er drückte mit den Daumen auf die Kehle. Dennoch blieb das Phantom bewegungslos, seine Augen waren noch immer auf Deliah gerichtet. Winston bemerkte gar nicht, daß er vor Zorn bebte oder daß zwei uniformierte Männer seine Arme packten. Er atmete schwer durch geblähte Nasenflügel und drückte noch fester zu.

Dann drang eine Stimme durch den mörderischen Nebel. »Winston, laß ihn los! Er hat seinen Diebeszug beendet!«

Diebeszug ... Diebeszug ... Diebeszug ...?

Das Wort dröhnte in seinem Kopf und verwirrte ihn. Er fühlte, daß er weggerissen wurde und daß ihm der linke Arm auf den Rücken gedreht wurde.

Nun verteidigte Lachlan Winston. »Lassen Sie ihn los!«

»Sobald ich weiß, was hier, verdammt noch mal, los ist!« brüllte ein anderer Fremder zurück.

»Sie hat Flügel!« schrie der Mann in Schwarz, dann lachte er hysterisch. »Sie hat sie unter ihrem Nachthemd versteckt. Sehen Sie nach! Sehen Sie nach, dann werden Sie es selbst sehen!«

»Nun«, lachte der zweite Beamte freudlos. »Wenn das nicht Robbie Donnely höchstpersönlich ist.« Er streckte die Hand aus und zog dem Mann die Skimaske vom Gesicht. Dichtes, stahlgraues Haar fiel dem Mann ins Gesicht, und ein goldener Ring in seinem linken Ohr war zu sehen. »Aye, Donnely, du Schuft. Du hattest eine geschäftige Nacht heute, nicht wahr?«

Winston löste sich aus dem Griff um seinen Arm und ging an die Stelle, wo ein schwarzer Sack neben einem Stuhl auf dem Fußboden lag. Er hockte sich hin und schüttete den Inhalt auf den Boden.

»Was haben wir denn hier?« fragte der Beamte, der Winston festgehalten hatte, mit trockenem Humor.

Silberne und goldene Gegenstände, angefangen von Juwelen bis hin zu Statuen lagen auf dem Boden. Ein Stück gehörte nicht zu der Sammlung. Es war ein langes, gezacktes Messer mit Blutspuren auf der Stahlklinge.

»Nichts anfassen«, befahl der Beamte und warf Winston einen warnenden Blick zu. »Wir sind schon seit Monaten hinter diesem Bastard her.«

»Das ist eine List«, erklärte Winston und starrte den Eindringling an. »Vor kurzem hat er versucht, mich umzubringen.«

»Wirklich?« murmelte der Beamte und warf Donnely einen Blick zu.

»Ich habe das verdammte Ding gefunden!« jammerte Donnely. »Draußen im Schnee!«

Der zweite Beamte, der Donnely Handschellen anlegte, sah seinen Partner mit gerunzelter Stirn an. »Soll ich Verstärkung rufen? Der Wagen ist weit weg, und draußen ist es sehr glatt.«

»Wir haben kein Telefon«, erklärte Lachlan, der jetzt, wo der Adrenalinstoß vorüber war, leichenblaß aussah.

»Was ist hier los?« Beth kam ins Zimmer gelaufen und sah entsetzt aus, als sie Lachlan entdeckte. Sie lief zu ihm und berührte sanft sein verletztes Gesicht und die blutende Unterlippe. »Was ist mit dir geschehen?« fragte sie, und die Verzweiflung ließ ihre Stimme rauh klingen. Ihr Blick folgte dem von Lachlan zu dem Fremden, dann betrachtete sie Lachlan fragend.

»Ich habe hier ein Geräusch gehört und ihn gefunden, als er das Sideboard durchwühlt hat«, erklärte Lachlan und funkelte den Fremden böse an. Dann wanderte sein Blick zum Boden in der Nähe der Tür. Ein ersticktes Geräusch kam aus seinem Mund. Er schob sich an Beth vorbei, die ihm verwirrt nachsah, und hob einige der Scherben auf, die überall auf dem Boden verstreut lagen. Als er sich wieder aufrichtete und zu den anderen umwandte, hielt er ein paar der Scherben in seiner offenen Hand. Er sah aus wie ein Mann, der etwas verloren hat, das seinem Herzen lieb war. Ein Mann, der so verzweifelt war, daß er es kaum ertragen konnte.

»Das war der kostbare Briefbeschwerer meiner Großmutter«, brachte er erstickt hervor und sah mit Tränen in den Augen auf den Mann in Schwarz. »Ich habe nicht gewußt, mit was ich geworfen habe, um Ihre Flucht aufzuhalten.« Er ballte seine Hand, die Scherben schnitten in seine Haut, und er drohte dem Fremden mit der Faust. »Das ist mehr wert als Ihre elende Haut!«

»Beruhigen Sie sich«, verlangte der erste Beamte, ein Mann, der mindestens zehn Jahre älter war als sein Partner. Seine vor Kälte geröteten Wangen waren rundlich, seine blauen Augen so klar wie die Nachtluft. »Sir, wie ist Ihr Name?« fragte er, während er einen Block und einen Stift aus seiner Innentasche zog.

»Lachlan Baird.«

Winston fühlte einen Anflug von Panik und sein Blick traf sich mit dem des Gutsherrn, der seinen Fehler sofort bemerkt hatte. Roan, der am Kamin stand, trat vor und zwinkerte Winston und Lachlan verschwörerisch zu, weil auch er Lachlans Fehler bemerkt hatte. Erst als der Beamte Lachlans Namen aufschrieb, schlich sich so etwas wie Mißtrauen in seinen Gesichtsausdruck. Er warf Lachlan einen ungeduldigen Blick zu und schnaufte.

»Lachlan Baird, wie? Nun, ist das nicht etwa der Name des berüchtigten Geistes, der angeblich in diesem Hause spukt, wie?«

»Aye«, sagte Lachlan und reckte die Schultern.

»Sind Sie ein Nachkomme?«

»Ach, Mann, ich wurde umgebracht, ehe ich eine eigene Familie gründen konnte!«

Nach Lachlans Worten legte sich eine zermürbende Stille über den Raum. Sogar Robbie Donnely war erstarrt wie eine Statue. Seine Haut hatte die Farbe ausgebleichter Knochen angenommen.

Lachlan starrte in die ernsten Gesichter, die ihn ansahen.

»Verdammt, Lannie, was hast du getan?« brummte Roan und fuhr sich mit der Hand durch das Haar.

»Also«, meinte der ältere der beiden Beamten, »Sie sind also der Geist, nicht wahr? Wollten Sie das damit sagen?«

»Ich bin kein Geist«, murmelte Lachlan. Er öffnete die Hand, um die mit Blut verschmierten Teile des Kristalls zu zeigen. »Nicht mehr. Ich bin wieder da.«

Der ältere Beamte nickte voller Humor mit dem Kopf. »Sie sehen recht gut aus für jemanden der – wieviel? – hundertfünfzig Jahre alt ist. Haben Sie getrunken, Sir?«

Lachlan schluckte und blickte schuldbewußt zu Beth. »Aye, Sir, das habe ich, aber ich bin schon wieder nüchtern.«

Beth trat neben Lachlan und hakte ihn beschützend unter. Sie versuchte, den Beamten anzulächeln, doch das gelang ihr nicht. »Er ist verletzt und hat Schmerzen. Die Befragung kann doch sicher noch etwas warten.«

Der Beamte hielt den Stift über seinen Block und fragte mit Ironie in der Stimme. »Sie müssen Beth Stables sein.«

Beth entschied, daß es wohl besser sei, ihn wegen ihres Nachnamens nicht zu korrigieren, deshalb nickte sie nur und riß dann entsetzt die Augen auf, als ihr klar wurde, was sie getan hatte.

Der Beamte brummte etwas vor sich hin, dann ließ er die Hände sinken und seufzte verärgert auf. »Wissen Sie, ehe ich heute abend meine liebe Frau verlassen habe, habe ich zu ihr gesagt, ich hätte so ein unangenehmes Gefühl, daß es heute eine verrückte Nacht werden würde. Stellen Sie sich meine Überraschung vor, als ich gerade meine Schicht begann und einen Anruf von Ihren Nachbarn bekam, den Lauders, daß man Sie beraubt hat und daß sie gesehen haben, daß der Räuber in Richtung Kist – Entschuldigung – Baird Haus gelaufen ist.«

»Herr Polizeibeamter«, sagte Winston und trat vor den Mann.

»Clare«, antwortete dieser düster und betrachtete Winston ungeduldig. »Bruce Clare. Und wie ist Ihr Name, Sir?«

»Winston Connery. Ich habe früher für die Shields Agentur gearbeitet. Ich glaube, wir sind uns begegnet, als ich Weihnachten in der Stadt war.«

Die Augen des Mannes signalisierten Winston, daß er ihn wiedererkannte. »Ich erinnere mich an Sie. Sie waren hinter dem Phantom her, wenn ich mich nicht irre.«

Winston nickte und sah dann zu Robert Donnely. »Hinter ihm.«

»Hinter ihm?« Nach einem Augenblick des Erschreckens lachte der Beamte. »So gern ich auch das Phantom verhaften würde, Mr. Connery, dieser verdammte Dummkopf hier ist nicht mehr als nur ein Dieb. Und dazu auch noch ein besonders schlechter Dieb. Er hat mehr Zeit im Gefängnis verbracht als in seinem eigenen Zuhause. Da braucht man nur die Daten nachzusehen. Aber ich kann Ihnen sagen, daß er kein Serienkiller ist.«

Winstons Brust wurde eng. Er wußte nicht, ob der Grund dafür Erleichterung oder Enttäuschung war. »Er ist mit dem Messer auf mich losgegangen«, sagte er und deutete auf das Messer, das inmitten der gestohlenen Schätze lag.

»Wir werden einen Bericht schreiben, Mr. Connery, da können Sie sicher sein. Stimmt es wirklich, daß es hier kein Telefon gibt?«

Winston nickte zustimmend.

Der ältere Beamte seufzte erneut resigniert auf. »Wir konnten die Einfahrt nicht hochfahren.« Er sah den Dieb an und legte dann die Stirn in Falten. »Ich nehme an, wir werden seine Königliche Hoheit hier die Straße hinunterschleifen müssen.«

»Sie haben diese Frau da noch nicht durchsucht nach ihren Flügeln!« rief Donnely und deutete mit dem Kopf in Richtung auf Deliah.

Der ältere Beamte trat um Winston herum und sah die anmutige Frau an. »Sie sind zauberhaft genug, um ein Engel zu sein, Miss.« Er lächelte, dann warf er Donnely einen bösen Blick zu. »Sie müssen sich wirklich irgendwo mächtig den Kopf angestoßen haben. Aiken, bring ihn hier raus und warte in der Eingangshalle auf mich. Ich komme gleich. Donnely ...«, er packte den Mann an seinem Ohr, als er an ihm vorüberging, und zog heftig daran, »... benehmen Sie sich. Ich bin nicht in der Stimmung für theatralische Mätzchen. Verstanden?«

»Sie hat Flügel«, sagte Donnely und machte ein finsteres Gesicht. »Riesige Flügel, wie ein Schmetterling!«

»Die einzigen Schmetterlinge in diesem Raum sind in Ihrem Kopf«, erklärte Bruce Clare, dann schwieg er, als sein Partner Donnely in den Flur führte. Er wartete, bis dieser ihn nicht mehr hören konnte, ehe er sich an die Gruppe der Menschen wandte, die noch in dem Raum waren. »Wir haben genug, um ihn zu verurteilen, aber ich erwarte einen *eingehenden* Bericht von Ihnen allen.« Er steckte die Beweisstücke wieder in den Sack und hob ihn hoch. »Es wird eine Weile dauern, ehe Ihnen Ihr Besitz zurückgegeben wird. Sie müssen ein bißchen Geduld haben. Wir arbeiten so schnell wir können.«

»Wir wissen es zu schätzen, daß Sie rechtzeitig hier waren«, sagte Winston.

»Unsere Ankunft war so rechtzeitig auch nicht, allerdings haben wir, wie es scheint, Donnelys Leben gerettet.« Bruce Clare stieß erschöpft die Luft aus. »Wo sind Sie verwundet worden, Mr. Connery? Nach dem Blut an dem Messer ...«

»Er hat mich nur an der Schulter getroffen«, erklärte Winston schnell, und seine rechte Hand legte sich auf die Stelle, die hinter seinem geborgten blauen Pullover verborgen war.

»Brauchen Sie einen Arzt?«

»Nein ... danke. Deliah hat meine Wunde versorgt«, erklärte er leicht verlegen, weil er wußte, daß dem Beamten nicht die heiße Röte entgangen war, die ihm bei seinen Worten ins Gesicht gestiegen war.

Der Polizeibeamte Bruce Clare trat einen Schritt zur Seite und richtete seine Aufmerksamkeit auf die offensichtlich schüchterne Deliah. »Sind Sie Deliah?«

Sie nickte.

»Wie ist Ihr Familienname, Miss?«

Sie sah verständnislos Winston an, dann ging ihr Blick zurück zu dem Beamten. »Ich bin einfach nur Deliah«, sagte sie.

»Einer dieser Tricks, den ihre Eltern hatten«, meldete sich Roan und grinste dumm, auch sein Gesicht war gerötet. »Kein Familienname, meine ich.«

Clare nickte, als würde er kein einziges Wort von dem glauben, was er gehört hatte. »Also gut, Leute. Wir werden uns alle ein anderes Mal darüber unterhalten, wenn ihr alle in einer besseren Stimmung seid. Inzwischen solltet ihr die Türen gut abschließen. Ich wünsche eine gute Nacht.«

Keiner bewegte sich, ehe die beiden Beamten und Donnely das Haus verlassen hatten. Dann war es Lachlan, der das Schweigen brach, als er sich mit der unverletzten Hand vor die Stirn schlug.

»Oh! So eine verdammte Dummheit! Was habe ich mir nur dabei gedacht?«

»Nur die Wahrheit.« Roan seufzte erschöpft. »Verdammt, aber ich habe auch nicht geholfen, die Dinge zu klären, wie? Dieser Tag war eine verteufelte Erfahrung.«

»Ich hätte schwören können, es sei das Phantom gewesen«, murmelte Winston, dem es ganz übel wurde bei dem Gedanken, daß er einen fast unschuldigen Mann beinahe erdrosselt hatte. Diebstahl und Mord waren sehr unterschiedliche Verbrechen. Er erinnerte sich an die Unterhaltung, die er draußen mit dem Mann gehabt hatte, und fragte sich nun, ob er sich den Wortwechsel nicht nur eingebildet hatte, weil er jetzt nicht so richtig in seine Vorstellung zu passen schien. Manchmal unterhielten die Menschen sich in Gedanken mit sich selbst und glaubten dann später, daß jemand anders diese bestimmten Worte laut ausgesprochen hatte. So etwas war ihm noch nie passiert. Und doch war es möglich, daß er auf den Mann losgegangen war und wirklich erwartet hatte, daß genau dieses Wortgefecht stattgefunden hatte. Seit vier Jahren war das Phantom ein wirklicher Dämon in Winstons Gedanken.

Etwas zerrte an seinem Gewissen, doch die Bedeutung war viel zu verschwommen, um sie zu verstehen. Er fühlte sich erschöpft und voller Selbstverachtung.

»Winston, ist alles in Ordnung mit dir?« fragte Deliah leise. »Du bist so weiß wie eine Wolke.«

»Ich bin verrückt!« brachte er heraus, wütend auf sich selbst. »Ich brauche einen Drink.«

»Da stimme ich dir zu«, murmelte Roan und ging hinter Winston her zur Tür des Wohnzimmers.

»Aye«, sagte Lachlan. Er wischte sich die Kristallsplitter aus der Hand und folgte den beiden anderen Männern hinaus in den Flur.

Vor Groll röteten sich Deliahs Wangen, als sie Beth ansah, die blaß geworden war und mit ausdruckslosem Blick zur Tür starrte.

»Beth, fühlst du dich nicht wohl?«

Mit ihren dunkelblauen Augen betrachtete sie Deliah ernst. Es dauerte einen Moment, ehe sie den Kopf schüttelte. »Ich denke, ich bin ganz einfach nur die Männer leid, Deliah. Es muß schön sein, sich so von jeder Verantwortung frei zu fühlen.«

Beths Kummer machte sie traurig, sie legte ihr tröstend eine Hand auf die Schulter. »Es war falsch von mir, Lachlan dir gegenüber zu verteidigen. Für sein Benehmen gibt es keine Entschuldigung. Und auch nicht für das Benehmen der anderen.«

»Willkommen in der Welt der männlichen Mentalität.« Beth seufzte.

»Aye, sie sind stolz, aber es ist nicht *ihre* Welt. Hast du je von *Vater* Natur gehört?«

Trotz ihrer Verzweiflung mußte Beth lachen. »Nein.«

»Und das wirst du auch nie hören, das kann ich dir versprechen.«

Beth nickte. »Es ist Zeit, die Babys zu füttern.«

»Kann ich dir irgendwie helfen? Soll ich eines von ihnen halten, während du das andere stillst?« fragte Deliah aufgeregt.

Mit einem dankbaren Lächeln schüttelte Beth den Kopf. »Das schaffe ich schon. Ich möchte mit ihnen allein sein. Ich hoffe, du denkst nicht, daß ich zu selbstsüchtig bin.«

»Nein. Wenn sie meine Kinder wären, würde ich mehr als nur ein wenig Zeit allein mit ihnen verbringen wollen. Aber wenn du mich brauchst, werde ich kommen.«

Deliah erstarrte, als Beth ihr den Arm um den Hals legte. Die Umarmung war kurz aber befriedigend.

»Danke. Oh, und Deliah?« Ein schelmisches Lächeln umspielte Beths Mund. »Ich persönlich liebe deine Flügel. Nur wenn du sie beim nächsten Mal herausholst, dann solltest du damit durch Winstons Gesicht flattern. Er könnte einen kleinen Stoß gebrauchen, was seinen Humor angeht.«

Deliah errötete. »Gute Nacht, Beth.«

»Das wünsche ich dir auch.«

Deliah ging mit Beth zur Tür, dann lehnte sie sich an den Türrahmen und ließ ihre Gedanken wandern, dabei starrte sie blicklos vor sich hin. Es war ein wirklich ungewöhnlicher Tag gewesen, und sie konnte das Gefühl nicht abschütteln, daß es eine lange Nacht werden würde. Sie konnte die Männer hören, die einander zuprosteten, dann hörte sie die Gläser klingen – ein Ritual, das sie verwirrend fand. Doch die meisten Dinge, die die Menschen als ihre Bräuche ansahen, kamen ihr wie lächerliche Rituale vor. Dennoch wollte sie zu ihnen gehören. Jahrzehnt um Jahrzehnt hatte sie sich danach gesehnt, mit ihnen leben zu können. Sie wollte ihre Sprache sprechen und ihre Wege gehen. Sie wollte sich kleiden und essen wie sie und die Welt aus ihrer Perspektive sehen.

Es war nicht einfach.

Sie ging in das Eßzimmer zurück und sammelte resigniert die Bruchstücke des Briefbeschwerers aus Kristall zusammen. Sie nahm die Stücke in die linke Hand, legte die rechte Hand über die Scherben, dabei war ihr Gesicht ausdruckslos, ihre Haltung uncharakteristisch losgelöst. Ein kurzer Blitz blauen Lichtes explodierte zwischen den Scherben, dann war der Briefbeschwerer wie durch ein Wunder wieder intakt, die Prismen fingen den warmen Schein der Gaslichter an den Wänden ein. Sie legte ihn zurück auf das Sideboard. Ihre Schultern waren leicht nach vorn gesunken, ihre Stimmung war von einer Trauer umwölkt, die sie nicht abschütteln konnte, als sie in den Flur ging und dann den Raum betrat, in dem die Männer waren.

Sie standen hinter dem Tresen, ihr Gesichtsausdruck sagte Deliah deutlich, daß sie sich nicht darüber freuten, gestört zu werden. Sie wappnete sich gegen ihre schlechte Laune, schloß die Tür hinter sich und verschränkte die Arme vor der Brust, wie eine Schulmeisterin auf dem Kriegspfad.

»Nun«, spottete sie und hob das Kinn verächtlich. »Ihr drei bietet einen recht traurigen Anblick.«

»Geh weg«, brummte Winston, dann hob er sein Glas an die Lippen und trank es leer. Er leckte sich über die Lippen, dann hielt er Lachlan das leere Glas hin, damit dieser es noch einmal auffüllte. Der Gutsherr tat das auch, mit ein wenig zu viel Begeisterung, wie Deliah fand. »Flieg weg.« Winston grinste und zwinkerte ihr zu, ehe er noch einen großen Schluck von seinem Scotch nahm. Noch einmal zwinkerte er, dann schüttelte er sich und rülpste so laut, daß Deliah zusammenzuckte. Zu ihrem Ärger lachten seine Trinkkumpane laut auf.

»Was seid ihr doch für großartige, wundervolle Männer«,

sagte sie, und ihr Temperament gab ihren Worten einen scharfen Unterton. »Mutig. Vertrauenswürdig. Wirkliche Meister.« Ihre rechte Hand legte sie vor den Mund. Sie kicherte, auf eine Art, die verdächtig spöttisch klang, dann senkte sie die Hand. »Entschuldigt. Ich meinte natürlich Trottel. Trottel mit leerem Kopf, das seid ihr alle drei.«

Die Wucht, mit der Winston sein Glas abstellte, machte ihr klar, daß er sich nicht unbedingt über ihre Beleidigung freute. Er stieß sich von der Bar ab und bedachte sie mit einem giftigen Blick. »Dies ist die Zuflucht eines *Mannes*. Hier sind nur Frauen erlaubt, die uns nicht auf die Nerven gehen, und du gehörst bei weitem nicht in diese Kategorie. Also geh, Deliah. Wir haben uns das Recht verdient, ein wenig Frieden und Ruhe zu genießen.«

»Verdient habt ihr das? Ha! Du, Winston Ian Connery, mit deinem eingebildeten bösen Mann und deinen verdammten Launen gehst mir doch nur auf den Wecker!«

Lachlan entglitt sein Glas aus der Hand. Er sah sie mit unbewegtem Gesicht an. »*Bahookie,* Mädchen. Es schickt sich nicht für eine Frau, zu ...«

Im Bruchteil einer Sekunde zog Deliah den Rücken ihres Nachthemdes hinunter, ließ die Flügel sprießen und sprang auf den Tresen. Ihre Flügel flatterten heftig, als sie die Hände in die Hüften stützte und sich mit einem wütenden Gesicht zu den Männern beugte.

»Aber ich bin keine Frau, nicht wahr?« fragte sie wütend, und ihre Stimme zitterte. »Ich bin eine Fee. Eine ... eine *Mißgeburt* für die Menschen, nicht wahr? Also, was macht es dann schon aus, ob ich bahookie sage oder sogar *Arsch.* Das letztere fühlt sich auf meiner Zunge noch viel besser an!«

Entrüstet waren Roan und Lachlan am Beginn ihrer Tirade ein Stück zurückgetreten, während Winston nur den gesenkten Kopf schüttelte.

»Nörgelnde Frauen sind wir?« Mit der nackten Zehenspitze trat sie die halbleere Flasche Scotch in die Luft und schlug mit der linken Hand danach. Die Flasche prallte gegen die Wand, gleich neben das Portrait des Richters.

Lachlans Gesicht verzog sich wütend. »Oh! Du darfst meinen Scotch nicht mit solcher Mißachtung behandeln! Das ist nicht ... respektvoll!«

»Du bist ein Feigling, Lachlan Baird! Du hast mehr Respekt für eine Flasche als für deine Frau und die Babys!« zeterte sie. »Und du, Roan!« Sie reckte sich und deutete wütend mit dem Finger auf ihn. »Du bringst mich dazu, mich zu schämen, weil ich an dich geglaubt habe!«

»Also, einen verdammten Moment ...«

»Halte deinen Mund!« schrie sie und imitierte Lachlan. Der Zorn in ihrer Stimme machte Roan ganz benommen. »Du bist genauso schwach wie Lachlan. Du wendest dich dem Scotch zu, um dich zu wärmen, und nicht dem Herz deiner Seele!«

»Das reicht«, warnte Winston sie mit leiser, wütender Stimme. Doch sie war viel zu wütend, um jetzt aufzuhören. Es war beinahe so, als hätte sie die Worte schon viel zu lange in sich verschlossen und könnte ihren Fluß jetzt nicht mehr aufhalten. Sie wollte auch gar nicht aufhören, nicht, wenn in ihrem Inneren alles brannte und es ihr wie Lava in den Hals stieg.

»*Es reicht?* Weißt du eigentlich, was ich sehe, wenn ich dich anschaue, Winston Ian Connery?«

Er seufzte erschöpft. »Ich bin sicher, du wirst es mir erzählen.«

»Aye. *Aye.* Ich werde es dir erzählen! Ich sehe Nächte ohne Sterne, Tage ohne Sonne und eine Zukunft ohne Hoffnung. Ich sehe einen Mann, der sich mehr zu Hause fühlt in einer Welt, in der alles grau ist, als zusammen mit den anderen Menschen im harten Licht der Wirklichkeit.«

Tränen traten in ihre Augen, doch noch immer konnte sie

nicht aufhören. »Ich sehe eine dunkle Aura um dich herum, und sie enthält keine Energie. Du brennst aus, so sicher wie ein kleines Streichholz. Aber du bist zu blind und zu störrisch, um zu sehen, daß du schon sehr bald nicht mehr sein wirst als Asche im Wind!«

»Hol tief Luft und beruhige dich«, empfahl Winston leise, obwohl seine Augen blitzten und er sie dafür verurteilte, das ausgesprochen zu haben, was er sich als Wahrheit anzuerkennen weigerte.

»Das würde dir sehr gefallen, nicht wahr?« fuhr sie ihn an, und ihre Flügel flatterten irritiert. »Nun, du armer, armer Mann, ich bin nicht die stille kleine Maus, als die du mich so gern haben würdest! Ich bin nichts anderes als eine ermüdende Feenprinzessin, die viel zuviel zu sagen hat und die mehr als nur eine durchschnittliche Intelligenz besitzt.« Sie schnippte mit den Fingern vor seinem Gesicht. »Und habe ich bereits erwähnt, daß ich mehr Macht besitze in meinen kleinen zierlichen Fingern als ihr alle zusammen! Wie entmannend muß sich das auf euer Ego auswirken!«

Sie stützte die Hände in die Hüften und reckte stolz die Schultern. »Ich werde nicht um dich weinen, Winston Ian Connery. Ich werde deinetwegen keinen Schmerz fühlen. Und ich werde mich nicht wie ein Mensch kleiden, nur um dir zu gefallen!«

Winston riß ungläubig die Augen auf, als sie sich bückte und nach dem Saum ihres Nachthemdes griff.

»Ich höre, wie mich die Remise ruft«, stotterte Lachlan entsetzt und senkte den Blick.

»Oh, Lachlan«, flötete sie und hielt kurz inne, um ihn süffisant anzulächeln. »Möchtest du nicht sehen, daß ich keinen Bauchnabel habe? Überhaupt keinen?«

Mit einem gutturalen Brummen schlang Winston die Arme um ihre Beine. Deliah quietschte überrascht auf und fuhr hoch, als er ihre Beine zwischen seiner muskulösen Brust und seinen stahlharten Armen gefangenhielt. Sie schlug mit den Flügeln, dann hielt sie inne, weil sie begriff, daß sie sich verletzen würde, würde sie sich befreien und gegen die Decke fliegen.

Roan stieß heftig den angehaltenen Atem aus und folgte Lachlan zur Tür hinaus. »Ich denke, ihr beide solltet euch allein unterhalten«, murmelte er. »Ruf uns, wenn du uns brauchst.«

»Feiglinge«, murmelte Winston und starrte ihnen böse nach. Sobald sich die Tür hinter den beiden geschlossen hatte, sah er auf Deliahs hochrotes Gesicht. »Ich werde dich loslassen, wenn du versprichst, dich zu beruhigen, Mädchen. Sonst nicht.«

Alles Feuer war in ihr erloschen. Jetzt wollte sie nur noch weinen, doch ihr Stolz verbot ihr das. »Ich verspreche es.«

Winston blickte zu dem Platz hinter dem Tresen. Er war besorgt, daß sie sich die Flügel am Tresen stoßen würde oder an den Regalen mit den Flaschen dahinter, deshalb trug er sie um den Tresen herum und stellte sie vor der Bank auf die Füße. Mit einem langen, tiefen Seufzer verschränkte er die Arme vor der Brust und zog kritisierend eine Augenbraue hoch.

»Also hast du doch Temperament im Blut«, meinte er ironisch.

Noch vor einer Minute hatte sie so viel zu sagen gehabt und war so zornig gewesen und so entschlossen, ihm begreiflich zu machen, wie lächerlich sein Benehmen war. Doch jetzt hatte sie keine Kraft mehr zum Kämpfen, nicht einmal ein Fünkchen mehr. »Ich habe nichts mehr zu sagen«, erklärte sie erschöpft.

Winston hatte bemerkt, daß ihre Flügel sich etwas gesenkt hatten. Sie hielt die Augen zu Boden gerichtet, und ihm entging nicht, daß ihr Kinn leicht zitterte. »Deliah.« Er seufzte noch einmal, doch diesmal zeugte sein Seufzer nur von seiner eigenen Erschöpfung. »Ich hatte Angst um dich im Eßzimmer. Ich war nicht böse auf dich.«

Sie sah ihn bockig an. »Angst, warum?«

»Es war schon schlimm genug, daß dieser Dieb dich so gesehen hat. Und die Beamten? Haben wir denn nicht schon genug Probleme in diesem Haus?«

»Glaubst du etwa, daß ich ein vollkommener Dummkopf bin?« fragte sie leise.

»Kein vollkommener.«

Sie wandte sich ab und ging zum Tresen, wo sie die Ellbogen aufstützte und ihr Kinn in die Hände legte. »Du hast mich in einem Atemzug befreit und gefesselt, Winston«, erklärte sie verzweifelt.

Ein Gedanke kam ihm, und sein Gesicht hellte sich auf. »Vorher, als du gesagt hast, du hättest dich in der Eiche vor der Magie von Lord Sutherland versteckt, da hast du doch von den Wurzeln gesprochen, nicht wahr?«

Ohne ihn anzusehen, antwortete sie irritiert: »Natürlich in den Wurzeln. Dort haben wir geschlummert, im Herbst und im Winter.« Sie runzelte die Stirn, dann stützte sie das Kinn erneut in ihre Hände. »Hast du etwa geglaubt, ich hätte mich in den Ästen versteckt? Ich habe Verstand genug, um so etwas nicht zu tun.«

Winston feixte und lachte dann leise. »Natürlich habe ich geglaubt, du hättest die Äste gemeint. Also hast du dich in den Wurzeln versteckt. Und was ist dann geschehen?«

»Ich habe geschlummert.« Sie reckte sich, legte die Handflächen auf den Tresen und starrte abwesend an die Wand ihr gegenüber. »Zuerst, als ich aufwachte, habe ich geglaubt, ich hätte nur eine kleine Weile geschlafen. Doch das war nicht so. Die Arbeiten am Fundament dieses Hauses haben mich aufgeweckt. Und da war es schon zu spät, um zu fliehen. Wir können nicht durch feste Objekte hindurchgehen. Ich habe die Grauzone geschaffen, um meinen Verstand zu behalten. Als Lachlan starb, habe ich seinen Geist zurückgebracht. Ich war so verzweifelt einsam – obwohl … er hat nie mit mir gesprochen. Ich glaube, er wußte gar nicht, daß ich da war, doch wenigstens konnte ich über ihn wachen und so tun, als gehöre er zu meinem Clan.«

»*Du* hast die vierte Dimension geschaffen?«

Sie wandte den Kopf, um ihn anzusehen. »Aye, das war ich. Es war die einzige Möglichkeit, mich in diesem Haus zu bewegen. Aber ich war nur ein Schatten.« Sie seufzte.

»Schließlich«, sprach sie mit leiser Stimme weiter, »haben einige Menschen die vierte Dimension mit ihren Gedanken entdeckt. Wie du zum Beispiel. Du warst noch ein Junge, als du zum ersten Mal dieses Reich gefunden hast und Antworten von mir haben wolltest. Also siehst du, Winston, ich kenne dich schon eine sehr lange Zeit. Aber erst, als du hierhergekommen bist, habe ich gewußt, daß ich dich liebe. Doch was hat das mir schon genützt.«

»Du hast gesagt, du seist eine Prinzessin.«

Jetzt wandte sie sich völlig zu ihm um, Traurigkeit lag in ihren Gesichtszügen. »Ich hatte fünfzehn ältere Schwestern. Es hat niemals die Möglichkeit bestanden, daß ich eines Tages über das Feenland herrschen würde. Als mein Bruder geboren wurde, war er der erwählte Erbe. Männer herrschten, wenn es möglich war, doch wir Frauen schafften die Gesetze.«

»Also besitzt du keine Familie, keinen Clan.«

Sie sah zur Seite. »Es gibt andere Königreiche in der Welt, doch würde ich dort nie mehr als ein Besucher sein.« Ihre Augen standen voller Tränen, als sie Winstons unsicherem Blick begegnete. »Blue war die erste Winterfee, die dem Feenland geboren wurde. Sie hat während der kalten Monate niemals geschlafen. Wenn wir im Frühling aufwachten, erzählte sie uns Geschichten davon, wie großartig die Winterwelt war, daß der Schnee glänzte wie Sterne, daß die Eiszapfen an den Ästen hingen wie Dolche aus Kristall, wie anders unser Königreich aussah, wenn es in Weiß gehüllt war. Ich habe immer geglaubt, ich hätte mir all das vorstellen können, was sie erzählt hat. Wenigstens glaubte ich das, bis ich selbst diese weiße Welt berührt und gerochen hatte. Meine Schwestern hatten nie die Möglichkeit, den Herbst und den Winter zu erleben. Mein Bruder ... nun ja, er hat oft genug diesen Übergang gemacht, selten hat er mit uns geschlummert, doch ich glaube nicht, daß er irgend etwas in dieser Welt zu schätzen wußte außer Lady Lindsay.«

»Das tut mir leid für dich«, sagte Winston leise.

Sie versteinerte. »Du sollst mich nicht bemitleiden.«

»Nein. Es ist kein Mitleid, Deliah. Ich weiß, wie es ist, wenn man allein und anders ist.«

»Wirklich?« fragte sie mit rätselhafter Stimme. »Du hast dir deine Welt geschaffen, Winston. Meine wurde mir durch böse Magie gestohlen. Meine Familie und mein Clan wurden von dieser Erde gewischt, so einfach, wie deine Hand den Staub von einem Möbelstück wischt. Sicher, deine Eltern haben dir ihre Liebe nicht gezeigt, so wie meine es getan haben. Aber ich würde mir meine Seele nicht von ihnen beflecken lassen, wenn sie wie deine Eltern gewesen wären.«

»Das ist leicht gesagt.«

»Nein. Es ist gar nicht leicht. Du hast mich mehr verletzt, als ich es je für möglich gehalten hätte. Und ich bin deshalb wütend geworden. Aber ich kann nichts daran ändern, was oder wer ich bin, Winston, ganz gleich, wie böse du auf mich bist oder wie sehr du mich verachtest. Du kannst meine Liebe zu dir nicht töten. Du kannst mir höchstens begreiflich machen, daß es keine Magie gibt, die groß genug ist, um dich dazu zu bringen, mich zu lieben.«

»Deliah, ich bin nicht böse auf dich, und ich verachte dich auch nicht.«

»Dann hast du aber eine eigenartige Art und Weise, mir das zu zeigen, Winston Ian Connery.«

Ein schiefes Lächeln umspielte seine Lippen, als sie wieder einmal seinen vollen Namen benutzte. Wann immer sie ihn aussprach, schien ein wohliger Schauer um sein Herz herumzuwirbeln. Weil er sich nach dem grausamen Erlebnis von vorhin noch ein wenig schwindelig fühlte, sagte er, ohne groß über seine Worte nachzudenken: »Es ist *eigenartig* zu wissen, daß ich mich in eine Fee verliebt habe.«

Sobald er die Worte ausgesprochen hatte, zuckte er überrascht zurück. Deliahs Augen weiteten sich, ein rosiger Schimmer breitete sich über ihre Wangen aus, während Winston eine heiße, ärgerliche Röte ins Gesicht stieg.

»Was hast du gesagt?« fragte sie atemlos und hob ihre Hände, um sie auf seine Brust zu legen. Doch dann hielt sie mitten in der Bewegung inne.

Verwirrung, Panik und Verlegenheit spiegelten sich auf seinem Gesicht wider, und er trat nervös von einem Fuß auf den anderen. »Das war ein Versprecher«, murmelte er und schaffte es nicht, ihr in die Augen zu sehen.

»Wohl eher ein Ausrutscher deines Herzens«, strahlte sie, und ihre Flügel flatterten heftig. »Winston, liebst du mich?«

Sein Hals wurde ganz eng, während er sich zwang, ihr in die Augen zu sehen. Ganz plötzlich hatte er Platzangst. Kleine Schweißperlen traten ihm auf die Stirn und die Oberlippe. Er wußte, daß er zitterte, doch konnte er nicht damit aufhören.

Sie hob die rechte Hand und legte sie zärtlich an seine Wange. Er konnte sich nicht länger zurückhalten.

»Winston, zu wissen, daß du mich liebst, ist alles, was ich brauche. Zu wissen, daß es einen Platz gibt für mich in einem kleinen Teil deines Herzens genügt mir, um glücklich zu sein.

Ich weiß, daß du ein Mann bist, der in der Zukunft von einer Familie träumt. Ich kann dir keine Kinder schenken. Soweit ich das weiß, könnte unsere Liebe so tief und so rein sein wie ein frischer See, doch wäre sie noch immer nicht genug, um unsere Welten zu überwinden und uns Kinder zu schenken.

Eines Tages wirst du eine menschliche Frau finden, die dir all das geben wird, was du dir je gewünscht hast, und ich bete, daß du sie schon sehr bald findest. Dich zu lieben gibt mir nicht das Recht, dich auch zu besitzen. Es gibt mir nicht das Recht, dir das Geschenk eines Nachkommens zu verweigern. Ich bitte dich nur darum, daß dein Herz meine Liebe annimmt und daß du mir den Frieden schenkst zu wissen, daß ich dir geholfen habe, deine Seele zu heilen, wenn auch nur ein wenig.«

Winston zog sie in seine Arme und preßte seine Lippen in einem leidenschaftlichen Kuß auf ihre. Er warf alle Zweifel und Unsicherheiten beiseite und sonnte sich in dem herrlichen Gefühl, den ihr Duft und das Gefühl, sie in seinen Armen zu halten, ihm schenkte. Ihr Körper paßte sich seinem an, sie schmiegte sich an ihn, und es fühlte sich so richtig an, daß er glaubte, sie würden unzertrennlich sein. Seine Hände streichelten ihr weiches Haar, sie glitten über die sanfte Rundung ihrer Wirbelsäule und umfaßten ihren festen Po. Die ganze Zeit über hatte sie die Arme um seine Taille geschlungen und klammerte sich an ihn, als wolle sie ihn nie wieder loslassen.

Er gab dem Wunsch nach und strich sanft mit dem Handrücken über einen ihrer Flügel. Sie zog den Kopf zurück, ein leises Keuchen kam über ihre geöffneten Lippen. Verwundert starrte sie in seine Augen, ihr Gesicht strahlte, und sie kam ihm schöner vor als je zuvor. Es machte ihn atemlos, und er streichelte noch einmal über ihren Flügel. Diesmal schloß sie die Augen und stöhnte voller Verlangen auf.

»Fühlt es sich gut an, wenn ich deine Flügel berühre?«

Eigentlich hätte er gar nicht zu fragen brauchen, denn sie hatte ihm die Antwort bereits gegeben. Dennoch hatte er die Frage gestellt, und er freute sich, als sie ihm antwortete. »Es ist beinahe so schön, als dich in mir zu fühlen«, hauchte sie und sah mit einem Blick voller Liebe und Leidenschaft in seine Augen, daß sein Herz einen kleinen Sprung machte. »Winston, darf ich heute nacht mir dir zusammen im Bett liegen?«

Wieder hämmerte sein Herz laut in seiner Brust. »Du willst nur mit mir im Bett liegen?« neckte er sie.

Ein belustigtes Funkeln lag in ihrem Blick. »Nein, mein gutaussehender Schotte. Ich werde dich in mir haben. Und ich werde dich glücklich machen, bis die Sonne am Horizont aufsteigt, bis die Morgendämmerung den Mantel der Nacht vertreibt. Und ich verspreche dir, Winston, du wirst es nie bedauern, mich bei dir zu haben. Wenn die Zeit kommt, wo wir uns trennen müssen, werde ich gehen, ohne daß du in deinem Herzen Schmerz oder Schuldgefühle spüren mußt.«

Winston hätte sie am liebsten auf der Stelle in sein Schlafzimmer getragen. Statt dessen küßte er sie mit all der Sehnsucht, die er schon so lange in sich gefühlt hatte. Sie sollte nicht glauben, daß ihn nur ihr Körper interessierte. Eine schnelle Befriedigung war noch nie sein Stil gewesen. Doch ihre süßen sanften Lippen rissen ihn mit. Er zog ihr Nachthemd hoch, seine Hände konnten es nicht erwarten, ihre intimsten Stellen zu berühren. Doch als er gerade ihr Nachthemd bis zu den Hüften hochgezogen hatte, klopfte es laut an der Tür. Er gab Deliah sofort frei, und sie trat schnell ein paar Schritte von ihm weg und ließ ihr Nachthemd fallen, als sich die Tür öffnete.

»Winston?«

Es war Roan. Deliah errötete, und Winston blickte finster.

»Was ist, Roan?«

Die Tür öffnete sich noch ein Stück weiter, und Roan trat über die Schwelle. Er schien verlegen, die beiden unterbrochen zu haben, doch er zwang sich zu einem kleinen Lächeln. »Lannie und ich wollen versuchen, ob wir es bis zu Shortbys schaffen. Möchtest du nicht mitkommen?«

Winston warf einen Blick auf seine Uhr. Es war noch keine elf Uhr. »Wann schließen sie denn?«

»Um drei Uhr am Morgen. Wir müssen unbedingt einmal aus dem Haus«, meinte Roan.

Winston warf Deliah einen Blick zu. Er war überrascht, als er sah, daß sie ihre Flügel eingezogen hatte. Ein vorsichtiger Ausdruck lag in ihren Augen und eine unausgesprochene Frage, die er nicht gern beantworten wollte.

»Ich werde mitkommen«, erklärte er Roan, obwohl er ihn bei seinen Worten nicht ansah, sondern Deliah. Das Strahlen wich aus ihren Augen bei seinen Worten, und ihr Gesichtsausdruck wurde verschlossen. Er fühlte ihren Kummer und nahm ihn zögernd in sich auf. Er wollte ihr nicht erklären, daß er die Chance nutzen wollte, seine Situation mit den Männern zu besprechen, wenn er mit ihnen zu Shortbys ging. Er wollte seine Chance, seine Möglichkeiten auszuloten. Was sie nicht wußte – ein Gedanke, den er aus seinem Kopf verbannt hatte –, war die Tatsache, daß es für ihn außer ihr nie wieder eine andere Frau in seinem Leben geben würde, wenn er sie noch einmal liebte. Kinder oder keine Kinder, er würde sich nur noch an sie binden.

Aus einem Grund, den er nicht einmal vor sich selbst erklären konnte, wollte er Roans und Lachlans Zustimmung haben.

»Bist du auch sicher?« fragte Roan zögernd.

Winston nickte und wandte sich dann zu Roan. »Wir drei sollten es eigentlich schaffen, meinen Wagen wieder zum Laufen zu bringen.«

»Das ist auf jeden Fall besser, als zu Fuß in die Stadt zu gehen.« Roan lächelte Deliah entschuldigend an. »Wir werden auf ihn aufpassen.«

Winston wandte sich zu Deliah um, auch wenn sie das Gesicht abwandte und ihm so sagte, daß sie nicht berührt oder zärtlich auf die Wange geküßt werden wollte. »Wir werden miteinander reden, wenn ich zurückkomme«, versicherte er ihr.

Ein harter Blick lag in ihren Augen, als sie ihn ansah, ein Blick, der ihn überraschte und nervös machte. Ohne ein weiteres Wort folgte er Roan in den Flur. Deliah kam hinter ihnen her, ihre Schultern waren nach vorne gesunken, ihre Bewegungen waren lethargisch. Lachlan wartete an der Tür des Wohnzimmers, sein langer Mantel ließ ihn noch größer aussehen als er war. Er lächelte breit, als er Deliah sah, und streckte ihr den Briefbeschwerer aus Kristall entgegen.

»Danke, Mädchen«, sagte er fröhlich. »Es bedeutet mir sehr viel, zu …«

Ein Blitz, der aussah wie blaue Elektrizität, erschien im Inneren des Kristalls, und mit einem leisen Geräusch explodierte er und fiel in tausend Scherben. Lachlans Hand war nicht verletzt, doch die Scherben des Kristalls waren überall auf dem Boden verstreut.

Drei Augenpaare starrten sie ungläubig an, doch Deliah schien völlig ungerührt. Lachlan sah enttäuscht aus, er murmelte etwas auf Gälisch, das die anderen nicht verstehen konnten.

»Ich werde das aufkehren«, sagte Roan, er schob sich an Deliah vorbei und ging zur Küche.

Winston lief nach oben, um seinen Mantel zu holen. Lachlan starrte noch immer Deliah an, als versuche er, ihr Motiv zu begreifen, warum sie diesen Schatz erneut zerstört hatte.

Sie hatte kein Motiv. Sie verstand selbst nicht, was geschehen war, sie wußte nur, daß sie einen Schwall von Energie freigesetzt hatte, der schuld daran war, daß der Briefbeschwerer wieder zerstört wurde.

Es dauerte nur einige Minuten, bis die Scherben aufgekehrt und in den Abfalleimer in der Küche geworfen worden waren. Winston kam nach unten, im Mantel und mit Handschuhen, und Lachlan hatte sich so weit wieder erholt, daß er es kaum erwarten konnte, das Haus zu verlassen. Die drei gingen durch die Hintertür, die zur Straße hinausging, wo Winston seinen Wagen geparkt hatte. Deliah wartete im Flur, bis sie hörte, wie sich die Küchentür hinter ihnen schloß, dann trat sie auf die Treppe und sah den Männern verloren nach, wie sie sich kraftvoll einen schmalen Weg den Hügel hinunter zur Straße bahnten. Sie beobachtete sie lange, wie sie den Wagen vom Schnee befreiten und das Eis von den Fenstern kratzten. Sie wartete, bis es Winston endlich gelungen war, den Motor zu starten. Dann wechselten die Männer sich ab und schaufelten mit der Schaufel, die Roan mitgenommen hatte, einen Weg für den Wagen frei. Sie schoben und schaukelten das Auto, dann schaufelten sie weiter, schoben und schaukelten erneut den Wagen, bis sie ihn endlich auf der Straße hatten. Einer der drei stieß einen Jubelruf aus. Und dann saßen sie alle drinnen und fuhren in Richtung Crossmichael los. Als Deliah die Rücklichter des Wagens nicht länger sehen konnte, brach sie in Tränen aus.

»Deliah?«

Laura trat neben sie, und Deliah lief in die Küche zurück, sie weinte so heftig, daß sie kein Wort herausbrachte. Als Laura sie tröstend in die Arme nahm, weinte Deliah an ihrer Schulter weiter, krampfartiges Schluchzen ließ ihren Körper erbeben.

»Was ist geschehen?«

Nach einer Weile gelang es Deliah zu flüstern: »Sie sind weg.«

»Wer?« Laura packte Deliahs Oberarm und schob sie ein wenig von sich weg, um ihr ins Gesicht sehen zu können. »Wer, Deliah?«

»Winston, Lachlan und Roan.«

»Wo sind sie hin?«

»An einen Ort, der Shortbys heißt.«

Deliah sog zitternd den Atem ein, ging zu dem kleinen Tisch an der Wand und setzte sich auf einen der beiden Stühle. »Wir wollten uns gerade lieben. Und dann hat Roan ihn gefragt, ob er nicht mit ihm und Lachlan kommen wollte. Er hat nicht einmal gezögert, Laura.«

Mit blassem und angespanntem Gesicht tappte Laura wütend mit dem Fuß auf den Boden. »Shortbys, wie? Roan hat nicht einmal den Anstand besessen, mir zu sagen, daß er weggeht.«

»Anstand?« fragte Deliah bitter. »Es liegt überhaupt kein Anstand in der Art, wie sie uns behandeln. Ich öffne ihm mein Herz und meine Seele, nur um dann in Erwartung auf einen Drink beiseite geschoben zu werden.«

»Sie haben getrunken, ehe sie gegangen sind?«

»Aye. In dem anderen Zimmer, wo all die Flaschen zum Trinken stehen.«

»In der Bar?«

Deliah nickte.

»Was zum Teufel ist nur so verlockend am Scotch?« rief Laura ärgerlich.

»Das ist wohl eine Männersache, glaube ich. So ein Ritual der Bindung.« Deliah seufzte traurig. »Es schmeckt ekelhaft und hat mich innerlich verbrannt.«

»Du willst doch nicht etwa behaupten, du hättest mit ihnen getrunken?«

»Nein. Ich habe vor einiger Zeit mal probiert. Laura?«

»Was ist?«

»Besitzen wir denn gar keine Zuflucht? Wie geht eine menschliche Frau mit einem solchen Schmerz um?«

»Wir rächen uns«, erklärte Laura hitzig.

Beth kam in die Küche, gerade als Laura ein großes silbernes Tablett auf den Tisch stellte. Deliah, die auf einem Stuhl am Fenster saß, winkte Beth, sich zu ihnen zu setzen. Laura holte einen weiteren Stuhl aus einer Ecke und stellte ihn an den Tisch, dann setzte Beth sich zwischen die beiden Frauen.

»Ich wollte gerade nach oben kommen und dich zu unserer Teeparty einladen«, sagte Laura.

Drei Tassen, drei Löffel, eine große silberne Teekanne, Sahne und eine Schale mit Zucker standen auf dem Tablett. Auch eine Schale mit noch warmen Schokoladenkeksen mit Nußstücken drin stellte sie dazu.

»Ich muß leider ablehnen«, erklärte Beth kläglich, obwohl ihr beim Anblick des Tees und der Kekse das Wasser im Mund zusammenlief.

»Willst du nicht wenigstens einen Schluck Tee und einen Keks probieren?«

»Laura, die Babys werden Verdauungsprobleme bekommen.«

Laura zog die Nase kraus. »Kann ich dir denn etwas anderes holen?«

»Nein, danke.« Beth gähnte und entschuldigte sich. »Ich muß bald ins Bett. Dieses Stillen alle zwei bis drei Stunden erschöpft mich. Ich weiß schon gar nicht mehr, was Schlaf wirklich ist.«

»Wie alt müssen denn die Babys sein, ehe sie die ganze Nacht durchschlafen?« wollte Laura wissen.

»Ich habe keine Ahnung.«

»Da kann ich dir auch nicht helfen«, murmelte Deliah.

»Deliah, stimmt etwas nicht?«

Es gelang Deliah, Beth anzulächeln, doch noch ehe sie antworten konnte, erzählte Laura Beth, was geschehen war. Als Beth hörte, daß die Männer zu Shortbys gefahren waren, schloß sie kurz die Augen und biß die Zähne zusammen.

»Ich schwöre, die Jungen machen weniger Schwierigkeiten als die Männer«, meinte Laura zornig. Sie füllte zwei Tassen mit dem dampfenden Tee und reichte eine davon Deliah. »Verdammt, wir sind heute nacht beinahe ausgeraubt worden! Und sieh nur, wie unsere galanten Beschützer sich Sorgen machen, daß wir allein im Haus sind.«

»War Lachlan betrunken, als sie losgefahren sind?« wollte Beth von Deliah wissen.

»Er war ein wenig beschwipst, aber nicht betrunken.«

Beth schluckte. »Ich weiß nicht, was ich noch tun soll. Ich bin müde, und ich bin es leid. Aber ich kann nicht einfach die Zwillinge nehmen und verschwinden, nicht wahr? Ich besitze keine Identität, kein Geld, und es gibt keinen Ort, an den ich gehen könnte.«

»Du hast recht«, sagte Laura. »Du bist wirklich in einer schlimmen Lage. Teufel, sind wir nicht drei tolle Frauen? Ich bin die Reinkarnation einer Mörderin. Du bist gerade von den Toten zurückgekehrt.« Laura seufzte tief auf, als ihr Blick auf Deliah fiel. »Und du bist eine Fee.«

Als sie die Worte laut ausgesprochen hörte, begann Beth zu lachen. »Himmel, ist das alles bizarr!«

»Die drei verrückten Typen«, erklärte Laura ironisch.

»Hmm.« Beth schwieg eine Weile nachdenklich. »Ich weiß einfach nicht, was ich tun soll, aber hier kann ich nicht bleiben. Das ist Lachlans Haus und dein und Roans Zuhause. Ich gehöre hier nicht hin.«

»Ich schon«, meinte Deliah rauh. »Dieses Haus ist auf den Überresten des Königreiches meines Clans gebaut, und ich werde nicht hier weggehen.«

»Wir werden alle drei hierbleiben«, erklärte Laura mit gerunzelter Stirn. »Wir haben genausosehr das Recht, hierzubleiben, wie die Männer. Ich kann nicht … ich kann nicht glauben, daß sie einfach abgehauen sind, um sich zu vergnügen, und uns einfach hiergelassen haben, damit wir wie pflichtschuldige, unterwürfige kleine Frauen auf sie warten.«

»Sie sind uns gegenüber kalt«, erklärte Deliah.

Schweigen senkte sich über den Raum. Dann hörte man die große Standuhr auf der ersten Etage Mitternacht schlagen. Stumm lauschten die Frauen dem Klang, der durch das ganze Haus dröhnte, bis Beth so voller Verzweiflung aufseufzte, daß die beiden anderen sie erschrocken ansahen.

»Ich will einfach nur Lachlan wiederhaben«, sagte sie leise und mit feuchten Augen. »Wir haben so viel durchgemacht, um dorthin zu kommen, wo wir waren. Alles scheint völlig durcheinander zu sein.«

Laura nickte. »Er kapiert die Vaterschaft wirklich nicht ein bißchen«, meinte sie und starrte in die Tasse in ihrer Hand. »Ich denke, ich bin gerade die Richtige, um so etwas zu sagen.« Sie lachte nervös auf. »Als mir klar wurde, daß ich die Jungen großziehen mußte, bin ich in Panik geraten. Ich habe mich gefühlt, als hätte mir jemand mein Leben weggenommen und mir stattdessen etwas Fremdes und Einengendes dafür gegeben. Jetzt kann ich mir mein Leben ohne sie nicht mehr vorstellen.«

Unerwartet brach Deliah in Tränen aus. Sie barg ihr Gesicht in den Händen und weinte lange und heftig, bis sie sich schließlich zusammenriß. Schniefend und zittrig hob sie den Kopf und wischte sich schnell mit den Händen die Tränen von den Wangen. »Ich weiß gar nicht, was mit mir los ist«, brachte sie mit rauher, zittriger Stimme hervor. »Entweder möchte ich heulen, oder mein Temperament geht mit mir durch.«

Wieder traten Tränen in ihre Augen, doch sie bemühte sich zu lächeln. »Ich bin in letzter Zeit so verwirrt. Ich denke immer wieder an meinen Clan, an meine Familie. Ganz besonders an meinen Bruder. Ich vermisse ihn so sehr. Und ich denke ständig, daß er wissen würde, wie ich mit Winston umgehen soll. Aber ich kann ihn nicht fragen, nicht wahr?« Wieder rannen Tränen über ihre Wangen. »Sie sind für mich alle verloren, und mir gefällt es nicht, wie einsam meine Tage und Nächte sind. Es ist nicht richtig, daß ein Herz einen solchen Schmerz fühlen muß.«

»Oh, Liebling«, tröstete Beth sie. »Es wird nicht ewig so sein. Eine Beziehung ist niemals einfach. All deine Probleme werden sich schon bald auflösen.«

»Sie hat recht«, stimmte Laura ihr zu. »Bei Roan und mir geht es auch auf und ab. Aber die guten Zeiten gleichen die schlechten Zeiten immer wieder aus, und das wird auch so bleiben. Liebe ist niemals ohne Schmerz, Deliah. Und du hast doch eine Familie. Hier, bei uns.«

»Ich weine in letzter Zeit viel zu schnell«, schnüffelte Deliah, dann lächelte sie, und ihr Lächeln hätte den kältesten Winterabend erwärmen können. Sie holte tief Luft und reckte die

Schultern. »Ich weiß, daß Winston mich liebt. Und auch wenn seine Launen mich wütend machen, so möchte ich trotzdem nicht, daß er sich ändert, nur um mir zu gefallen.« Erneut seufzte sie. »Ich muß noch so viel lernen über die Menschen, daß es mir angst macht.«

»Mit der Ausnahme, daß dir Flügel wachsen und du Wunder wirken kannst, bist du genauso menschlich wie wir«, meinte Beth.

»Du bist so gut zu mir, Beth.«

»Wieder hat Beth recht«, stimmte ihr Laura zu und lächelte die beiden anderen freundlich an. Sie hob die Teetasse zum Toast. Deliah hob ihre Tasse auch, und Beth goß ein wenig Tee in die Tasse, die für sie bestimmt gewesen war. »Auf die drei verrückten Typen. Mögen wir all die Hürden überwinden, die das Leben für uns bereithält!«

»Hört, hört!«

»Aye!«

Zu Beths und Lauras Verblüffung brach Deliah in heftiges Schluchzen aus.

»Wenn Winston genau jetzt durch diese Tür kommen würde, ich schwöre, ich würde ihn mit der Bratpfanne zu Boden schicken«, erklärte Laura mit gerunzelter Stirn.

Zur endgültigen Verwirrung der beiden Frauen begann Deliah jetzt zu lachen. Sie lachte und lachte, und auch wenn ihr Lachen nicht sehr fröhlich klang, so schien sie doch nicht aufhören zu können.

»Das wird eine lange Nacht werden«, seufzte Laura.

14

Lachlan fiel praktisch aus dem Rücksitz von Winstons Audi ins Freie, er hob beide Arme über den Kopf und stieß einen Jubelschrei aus, der laut durch die sternenklare Nacht klang. Winston und Roan lachten über die Begeisterung des Gutsherrn, in einem »Motorfahrzeug« zu fahren, Roan wischte sich die Lachtränen aus dem Gesicht, als er sich aus dem Beifahrersitz schob. Von Anfang an hatte Roan jeden Rutscher, jeden Halt und jedes neue Anfahren auf dem Weg in die Stadt geliebt. Er hatte sich sogar über die Heizung gewundert, die eigentlich erst angefangen hatte, warme Luft in das Innere des Wagens zu blasen, kurz bevor sie auf den Parkplatz von Shortbys eingebogen waren.

»Ich möchte durch ganz Schottland fahren«, brüllte Lachlan begeistert und wandte sich mit noch immer hoch erhobenen Armen um. »Durch die ganze verdammte Welt …«

Seine Stimme überschlug sich, als die Beine unter ihm nachgaben, und er auf den eisigen Boden fiel. Selbst das erschien ihm noch komisch, er rollte sich herum und lag dann mit ausgestreckten Gliedern auf dem Rücken und lachte, bis ihm die Seiten schmerzten.

»Oh, er hat den Verstand verloren«, prustete Roan. Er griff nach Lachlans rechter Hand und Winston nach seiner linken, dann zogen die beiden ihn wieder auf die Beine. »Ganz ruhig, alter Mann«, warnte ihn Roan.

»Du sollst mich nicht *alt* nennen«, ächzte Lachlan, dann brach er wieder in lautes Lachen aus.

Als die drei Männer endlich an der Tür der Kneipe angekommen waren, hatten sie sich ein wenig beruhigt. Roan öffnete die Tür und führte seine Begleiter zum Tresen. Neun Gäste genossen die gemütliche Wärme im Inneren des Hauses, drei von ihnen beschäftigten sich mit einem Spiel Darts. Alle Augen, einschließlich der von Silas MacCormick, dem Besitzer und Barkeeper, der hinter dem Tresen stand, richteten sich auf das Trio.

»Silas, mein Freund«, begrüßte Roan ihn fröhlich. »Wie ist es dir, verdammt noch mal, ergangen?«

»Nicht so gut wie dir, wie es scheint«, meinte Silas, und seine blauen Augen zogen sich zusammen, als er die Ankömmlinge freundlich angriente. Er nickte Winston zu. »Mr. Connery. Ich freue mich, Sie wiederzusehen.«

Winston lächelte ihm zu, dann setzte er sich links neben Roan auf einen der Barhocker. Beide Männer sahen Lachlan an, dessen Gesicht voller Verwunderung war, als er sich in dem großen Raum umsah und jede Einzelheit in sich aufnahm, angefangen von der Einrichtung bis hin zu den anderen Gästen.

»Gütiger Himmel, das ist viel zuviel«, strahlte Lachlan. Er zog seinen dicken Mantel aus und setzte sich neben Winston. Dem Mann hinter der Bar schenkte er ein breites Lächeln, als er den Mantel über seinen Schoß legte.

Silas zog seine weißen Augenbrauen hoch und nickte Lachlan zu. »Also, das hier ist ein echter Charakter«, behauptete Silas und grinste Lachlan an. Sein Blick wanderte zu Lachlans Hemd. »Sind Sie vielleicht auf dem Weg zu einem Maskenball, Sir?«

Lachlan schlug sich mit der offenen Hand gegen die Brust, dann streckte er beide Arme weit aus. »Ich lebe in einem Maskenball, mein guter Mann, und ich habe einen entsetzlichen Durst. Ich möchte ein Glas Bitter, wenn das möglich ist.«

»Kommt sofort. Roan ... Mr. Connery?«

»Winston bitte.«

Der alte Mann verzog nachdenklich das Gesicht. »Ich glaube, diese Marke haben wir nicht.«

Roan und Winston sahen einander voller Verlegenheit an, als Lachlan in lautes Lachen ausbrach und mit der Hand auf den gefliesten Tresen schlug.

»Er war viel zu lange im Haus eingesperrt«, erklärte Roan und grinste Silas verlegen an. »Ich trinke ein dunkles Bier.«

»Ich auch«, meldete sich Winston.

Lachlans Blick fiel auf einen Weidenkorb mit gesalzenen, gewundenen Sachen. Er dachte kurz nach, dann griff er sich eine davon, zögerte und biß dann hinein. Er kaute langsam, runzelte die Stirn und konzentrierte sich ganz auf den Geschmack. Plötzlich breitete sich ein anerkennendes Grinsen auf seinem Gesicht aus. »Was ist das?«

»Haben Sie noch nie eine Brezel gegessen?« fragte Silas und stellte einen Krug aus Keramik vor Lachlan. »Von wo kommen Sie denn?«

»Baird Haus«, antwortete Lachlan ohne nachzudenken und steckte den Rest der Brezel in den Mund.

Winston und Roan war nicht der unbewegte Gesichtsausdruck auf dem faltigen Gesicht von Silas entgangen. Roan räusperte sich, dann meinte er: »Frag lieber nicht, Silas. Ich glaube, mit der Antwort könntest du nicht fertigwerden.«

Silas füllte noch zwei Krüge und stellte sie vor Roan und Winston. Winston hob seinen Krug sofort und nahm einen großen Schluck von dem lauwarmen Getränk, dann schmatzte er mit der Zunge.

»Nun, Roan«, meinte Silas, er feixte und stützte die Ellbogen auf den Tresen. »Wie geht es in deinem Leben?«

»Ich könnte nicht glücklicher sein.«

»Das ist eine Bemerkung, die mich verdrießlich macht.« Silas seufzte und stieß sich von dem Tresen ab. »Wann werde ich endlich diese Frau kennenlernen? Ich glaube fast, sie ist einer dieser verfluchten Geister, die in diesem Haus herumspuken.« Er lachte, doch sein Lachen erstarb sofort, als er den eindringlichen Blick in Lachlans dunklen Augen sah.

Über den Rand seines Kruges erklärte Lachlan mit rauher Stimme: »Das Baird Haus ist nicht verflucht. Es ist ein Ort, der viel großartiger ist als jeder andere in Dumfries und Galloway.«

»Lannie«, schalt Roan ihn leise und zwang sich zu einem Lächeln. »Trink dein Bitter und sei still.«

Silas wurde blaß. Winston beobachtete ihn, er schaltete sich in seine Gedanken ein und bemerkte, daß Silas' Mißtrauen, das er allerdings schnell wieder beiseite schob, der Wahrheit über Lachlan ziemlich nahe kam. Doch stellte er auch fest, daß der Mann sich davor fürchtete, noch mehr über das Baird Haus zu sagen, und das erleichterte Winston. Wenn erst einmal herumerzählt würde, daß Lachlan Baird und seine amerikanische Lady nicht nur vom Tode auferstanden sondern, auch noch Eltern von Zwillingen geworden waren ...

Er schob den Gedanken schnell von sich und sah Silas zu, der zum anderen Ende des Tresens ging, wo ein Mann von ungefähr Mitte dreißig auf einem Barhocker saß. Er hatte kurzes, dunkles, lockiges Haar und trug eine silberne gerahmte Brille. Über einen Arm hatte er einen Wollmantel gelegt, und etwas, das aussah wie eine Kamera, hing über seiner linken Schulter. Winston schaltete sich kurz in die Gedanken des Mannes ein. Er schien recht freundlich zu sein, doch es störte Winston, daß der Mann damit beschäftigt war, einen Artikel zu Ende zu schreiben, der um acht Uhr am nächsten Morgen fertig sein sollte.

»Lachlan«, sagte Winston leise. »Du mußt vorsichtig sein mit dem, was du sagst.«

»Aye, aye«, brummte Lachlan und trank seinen Krug leer. »Aber es fällt mir schwer, nicht das auszusprechen, was mir im Kopf herumgeht.«

»Dann mußt du es lernen. Und zwar schnell«, mischte sich Roan ein. »Füll deinen Mund mit Bier und Brezeln.«

»Ich denke, das werde ich schon schaffen.« Lachlan grinste.

Eine Minute oder zwei vergingen schweigend, dann wandte sich Lachlan an Winston. »Ich finde, du hättest bei deinem Mädchen bleiben sollen.«

Winston erstaunte diese Bemerkung, dann gab er schnell zurück: »Und du solltest nicht deine Frau und deine Kinder ablehnen.«

Roan stöhnte auf und stellte seinen Krug ab. Er beugte sich vor und warf seinen Begleitern einen besorgten Blick zu. »Sind wir hierhergekommen, um über unsere Frauen zu reden oder um uns zu entspannen?«

»Deliah«, murmelte Winston und starrte vor sich hin.

Lachlan verzog das Gesicht. »Beth.«

Roan rollte mit den Augen und stieß den Atem aus. »Aye. Laura.« Er winkte Silas, ihnen die Krüge wieder aufzufüllen. Nachdem das geschehen war, nippte er ein paarmal daran und runzelte dann nachdenklich die Stirn. »Ich habe mich vernachlässigt gefühlt. Und deshalb habe ich mich auch der Vernachlässigung schuldig gemacht.«

»Aber warum vernachlässigt?« fragte Lachlan.

»Warum?« Roan lachte freudlos auf. »Sie verbringt jede freie Minute mit den Jungen und mit *deinen* Babys, das ist der Grund. Frauen haben so eine Art, mit …«

Roan brachte die Worte nicht heraus. Alle Farbe wich aus seinem Gesicht, dann errötete er, als er in seinen Krug starrte. Winston, der ohne zu wollen Roans Gedankengang mitbekommen hatte, unterbrach ihn. »Deine Ex-Frau hat das Sorgerecht über deinen Sohn bekommen. Roan, du hast getan, was du konntest. Du hattest doch keine Ahnung, daß ein Feuer ausbrechen würde.«

»Da stimme ich zu«, sagte Lachlan und beugte den Kopf vor,

um Roans Profil besser sehen zu können. »Roan, kein Mann kann seinen Sohn mehr lieben, als du es getan hast.«

»Ich war nicht für ihn da«, gestand Roan, und seine Stimme bebte vor unterdrückten Gefühlen. »Ich war nur ein Teilzeitvater, und verdammt, mit Lauras Neffen mache ich das genauso. Ich weiß nicht, warum, aber ich fürchte mich davor, jemanden zu nahe an mich heranzulassen.« Er seufzte, dann nahm er noch einen Schluck des dunklen Bieres und stellte den Krug unsicher ab. »Ich liebe diese Jungen. Gott weiß, daß ich ohne sie verloren wäre.« Er sah seine Begleiter an. »Aber mir scheint, daß ich ihnen nicht alles geben kann. Und Laura auch nicht. Ich muß ewig einen Teil von mir zurückhalten.«

Lachlan zuckte matt mit den Schultern. »Roan, selbst wenn das nur ein Teil von dir ist, den du ihnen gibst, bist du ein viel großartigerer Mann als ich. Ich habe mich ganz gegeben, und ich kann dir sagen, es hat traurigerweise etwas gefehlt.«

Ein ironisches Grinsen umspielte Winstons Mund, als er seinen Krug hob und zuerst mit Roan und dann mit Lachlan anstieß. »Nun, meine Freunde, eure Frauen sind wenigstens *menschlich*«, sagte er so leise, daß nur sie es hören konnten.

Lachlan lachte, und Roan grinste, dann meinte er: »Ich weiß nicht, Winston, ich finde, ihre Flügel sind sehr sexy.«

»Sagt mir, ihr Männer«, sprach Winston weiter, »was würdet ihr an meiner Stelle tun?«

»Ich würde mir wahrscheinlich meinen verdammten Hals brechen«, meinte Lachlan.

Winston runzelte bei dieser Antwort die Stirn. »Wieso das denn?«

Lachlan lehnte sich zurück und blickte auf Winstons Schuhe. »Das sind ein paar ziemlich dünne Schuhe.«

Roan stöhnte gespielt gequält auf.

Winston grinste. »Ernsthaft, würdet ihr ein Problem haben mit einem geflügelten Wunder?«

»Nun ja …«, Lachlan kratzte sich den Kopf und grinste zweifelnd, »… ich würde ihr auf jeden Fall nicht den Rücken kehren. Sie ist ein feines Mädchen, Winston.«

»Das ist sie«, stimmte ihm Roan zu, hob seinen Krug und nahm noch einen Schluck. »Eigentlich sind wir alle drei glückliche Männer. Die Flammen unseres Herzens sind wunderschön, intelligent und – also gut, Flügel würden für mich wirklich ein kleines Problem bedeuten«, fügte er humorvoll hinzu.

»Ach, Roan, Deliah ist so zart wie ein Schmetterling!« rief Lachlan aus.

»Aye, und wahrscheinlich auch so flüchtig«, gab Roan zurück. »Sie flattert hier … sie flattert dort.«

»Dein Gehirn flattert auch«, murmelte Lachlan.

»Schon gut«, unterbrach Winston die beiden. »Tut mir leid, daß ich überhaupt gefragt habe.«

Roan beugte sich zu Lachlan und zwinkerte ihm zu, dann schlug er Winston auf die Schulter. »Wir machen doch nur Spaß mit dir, Winston. In Wirklichkeit denke ich, daß du ein verdammter Dummkopf bist, wenn du deine Liebe für sie in Frage stellst.«

»Auf die drei verdammten Dummköpfe«, sagte Lachlan.

Die Krüge klirrten aneinander.

»Wie geht es euch Männern?« fragte Silas vom anderen Ende des Tresens. »Braucht ihr Nachschub?«

Roan warf seinen Begleitern einen Blick zu. »Nein. Für den Moment haben wir alles«, antwortete er. Dann grummelte er vor sich hin. »Die Frauen werden uns das Fell über den Kopf ziehen, wenn wir besoffen nach Hause kommen.«

»Dieser Ausdruck gefällt mir nicht«, meinte Lachlan. »Besoffen. Das klingt, als hätte ich die Kontrolle über mich verloren. *Beschwipst* ist das richtige Wort für uns.«

Winston gluckste und schüttelte den Kopf. »Betrunken würde mir auch genügen.«

Lachlan wiederholte das Wort. »Beschwipst«, bestand er auf seinem Wort, dann hob er die Hand und winkte Silas herbei, der auch sofort kam.

»Noch ein Bitter?«

Lachlan schüttelte den Kopf. »Haben Sie einen Schwipsbecher?«

Silas' Lächeln verschwand. »Einen was?«

»Einen Schwipsbecher«, wiederholte Lachlan ungeduldig. »Sie wissen schon ... von dem man beschwipst wird, Mann!«

Mit einem verwirrten Schulterzucken ging Silas an das andere Ende des Tresens zurück. Roan stieß ein unterdrücktes Lachen aus.

»Was ist denn ein Schwipsbecher?« fragte Winston, und in seinen Augen blitzte das Lachen.

Verärgert über ihr Unwissen, trank Lachlan seinen Krug leer, ehe er antwortete. »Das ist ein Trinkgefäß, das aussieht wie drei abgerundete Urnen, die zusammengeklebt sind. Man füllt sie mit Scotch, Rum – was auch immer –, reicht sie jemandem und sagt, er solle eine der Urnen leeren, als Geste der Freundschaft. Der Witz an der Sache ist, daß die Urnen im Inneren untereinander geöffnet sind. Derjenige, der daraus trinkt, trinkt schließlich dreimal so viel wie erwartet und wird beschwipst – betrunken oder besoffen, egal wie man es nennen will. Ich kann nicht glauben, daß ihr noch nie ordentlich beschwipst wart.«

»Nun«, Roan seufzte gespielt ernst, »aber ich bin schon einmal in einem Stahlvogel geflogen. Ein fairer Ausgleich, finde ich.«

Lachlan bedachte Roan mit einem bösen Blick. »Ich weiß, was ein Flugzeug ist. Ich habe sie am Himmel gesehen. Aber ich kann es nicht vergleichen mit der Freude, die es bringt, einen Schwipsbecher zu leeren.«

»Fliegend beschwipst klingt sehr verlockend«, meinte Roan.

»Hört, hört«, stimmte Winston ihm zu.

»Fliegend beschwipst«, murmelte Lachlan nachdenklich vor sich hin, dann nickte er anerkennend mit dem Kopf. »Beschwipst wäre die einzige Möglichkeit, mich in einen dieser Apparate zu bekommen.«

»Wen haben wir denn hier?« spottete plötzlich eine laute Stimme hinter den drei Männern. Roan war der einzige, der Arnald Markeys rauhe Stimme erkannt hatte. Er war einer der Männer, mit denen Roan sich vor dem Weihnachtsabend geprügelt hatte. »Nun, wenn das nicht der Herr des Kist Hauses ist!«

»Verschwinde«, brummte Roan und hielt dem Mann den Rücken zugewandt. Er warf Winston und Lachlan einen warnenden Blick zu, damit sie sich von dem Mann nicht provozieren lassen sollten.

»Ah, Lord Ingliss, verzeihen Sie die Einmischung.« Markey erhob die Stimme, um die Aufmerksamkeit der anderen auf sich zu lenken. »Ich habe mich gerade gefragt, was Sie wohl dazu gebracht hat, sich unter uns Tagelöhner zu begeben. Haben Sie denn keine Angst, daß wir einfachen Menschen auf Sie abfärben?«

Roan widmete sich angelegentlich seinem Bier, an dem er nippte. Winston biß die Zähne zusammen und starrte vor sich hin. Lachlan jedoch wandte sich auf seinem Hocker um und grinste den Mann hämisch an.

»Verraten Sie mir, Sir«, begann Lachlan, offensichtlich gut gelaunt. »Kommt das, was hier so stinkt, von Ihnen oder tragen Sie etwas Totes in Ihrer Tasche mit sich herum?«

Roan schluckte und verzog das Gesicht. Auch Winston wußte, was kommen würde.

Markey schob den Kopf vor, so daß sein Gesicht dem von Lachlan ganz nahe war. Er entblößte die Zähne, von denen in der oberen Reihe einer fehlte, und lächelte höhnisch: »Ich glaube nicht, daß ich das Mißvergnügen hatte, Ihren Namen zu kennen, Sir.«

»Lachlan Baird.«

»Oh … Mist«, stöhnte Roan.

Winston fuhr sich mit der Hand über das Gesicht.

Markey reckte sich, sein Gesicht nahm den Ausdruck komischer Verwirrung an. Zwei andere Männer, größer und kräftiger, verließen ihre Plätze und traten neben ihn.

»Lachlan Baird?« fragte Markey mit unsicherer Stimme. »Sind Sie verwandt mit diesem Teufel aus dem Kist Haus?«

»Lannie«, warnte ihn Roan, doch Lachlan stand dennoch auf und legte seinen Mantel auf den Hocker. Er war beinahe einen ganzen Kopf größer als Markey und mindestens fünf Zentimeter größer als seine schlechtgelaunten Begleiter.

»Das könnte man sagen«, antwortete Lachlan mit einem verzerrten Lächeln.

»Könnte man das, wie?« murmelte Markey, dann sog er schnaufend die Luft ein und reckte seine schmalen Schultern, während sein Blick über Lachlans altmodische Kleidung ging. »Sie glauben wohl, Sie sind ein Seeräuber, wie?«

Lachlan grinste noch immer.

Markeys Nasenflügel bebten. »Sie haben sicher ein Schwert in ihrem Arsch versteckt, wie?«

Roan wirbelte auf seinem Hocker herum und stand auf. »Fangen Sie nichts an, was Sie nicht auch zu Ende bringen können«, warnte er die drei kräftigen Männer.

»Nach den letzten Prügeln, die Sie bezogen haben, Ingliss, würde ich an Ihrer Stelle aufpassen, was ich sage«, spottete McKenna, der rothaarige Mann mit dem Bart, der neben Markey stand.

»Meinen Sie etwa den kleinen Liebesklaps, den Sie mir gegeben haben, McKenna?« forderte Roan ihn heraus.

Mit einem tiefen Seufzer stand Winston auf und trat zu seinen Begleitern. Er war kein Mann, der sich normalerweise auf eine Prügelei einließ, doch er wußte, was kommen würde, und hatte sich entschieden, es zusammen mit Roan und Lachlan durchzustehen.

»Liebesklaps?« fuhr McKenna auf, und ein sadistisches Leuchten breitete sich auf seinem Gesicht aus. Seine dunklen Augen richteten sich auf Winston, dann spitzte er die Lippen, küßte die Luft und richtete seine Aufmerksamkeit dann wieder auf Lachlan. »Sie sind ein hübscher Junge.« Seine Begleiter lachten und fachten seine Vorliebe für eine Prügelei an. »Also haben wir hier eine Ähnlichkeit mit dem berüchtigten Geist selbst. Aber Sie sind auch nur ein weiterer Verlierer, nicht wahr, hübscher Junge?«

»Nicht hier in meinem Lokal!« rief Silas wütend hinter dem Tresen hervor. »Die letzte Prügelei hat mich ordentlich viel Geld gekostet!«

Der dritte Anstifter, ein Mann von Anfang vierzig, mit Namen Willy Canabra, legte eine Hand an seinen Unterleib und säuselte: »Wer von euch Jungen möchte denn gern mit mir an meinen Tisch kommen und eine Weile auf meinem Schoß sitzen?«

Lachlan warf seinen Begleitern einen lässigen Blick zu, dann grinste er Canabra schelmisch an. »Nun, Junge, das ist ein sehr verlockendes Angebot, aber ich denke da eher an etwas anderes.«

Canabra schnaufte. »Bei der ersten Verabredung benutze ich nicht die Zunge.«

»Lachlan«, warnte Winston ihn, da er sich in seine Gedanken eingeschaltet hatte. »Sie sind die Schwierigkeiten nicht wert, die sie uns einbringen werden.«

Lachlan zuckte mit seinen breiten Schultern. »Ich will mit diesen Herren hier nur eine Bindung eingehen, Winston. Du brauchst dir nicht gleich Sorgen zu machen.«

Canabra betrachtete Lachlan anzüglich, von Kopf bis Fuß. Dann entblößte er die Zähne, die ihm nach der letzten Prügelei mit Roan noch geblieben waren, und spottete mit nachgeahmter Frauenstimme: »Ich liebe einen Mann, der sich mit seiner Kleidung nicht nach der Mode richtet. Aber ich finde, ein wenig Rüschen um den Hals wären hier angebracht. Sind Sie nicht auch der Meinung, Mr. Baird?«

»Aye, ein paar Rüschen.« Markey lachte.

Der Rothaarige verzog das Gesicht, offensichtlich gefiel ihm die Wendung nicht, die die Neckereien genommen hatten.

Markey wagte einen Schritt auf Lachlan zu. Roan wollte dem Mann gerade den Weg verstellen, doch Lachlan hob den linken Arm, in einer Geste, die Roan zeigte, daß er zurückbleiben und sich nicht einmischen sollte. Das belustigte Markey, und er begann zu lachen, seine Augen blitzten vor Bosheit.

»Versteckst du eine Scheide unter deiner Hose?« stichelte Markey. »Um genauer zu sein, hast du überhaupt Eier, Mann?«

Markey stieß einen schrillen Schrei aus, als Lachlan mit der rechten Hand den Unterleib des Mannes packte und mit der linken das rotkarierte Hemd. Als Silas um den Tresen gelaufen kam und Roan und Winston nach Lachlans Armen griffen, zog der frühere Geist des Baird Hauses Markey von den Füßen, als wäre er nicht mehr als ein Gepäckstück, und warf ihn von sich. Markey flog auf einen der runden Tische, der zusammenbrach und mit ihm auf den Boden krachte.

Eine Kamera blitzte mehrere Male, als die Hölle losbrach.

Der Audi rutschte zur Seite, auf den steilen Abhang neben der Straße zu. Er wäre kopfüber in den Abgrund gestürzt, wäre er nicht über eine niedrige Mauer aus Eis gerutscht, auf der er aufsaß und dann mit den Rädern in der Luft hängenblieb. Brüllend vor Lachen fiel Lachlan aus der offenen Fahrertür und kullerte auf den Boden. Winston kletterte behutsam vom Rücksitz, während Roan, erschrocken und überaus vorsichtig, weil sein Magen sich hob, auf der Beifahrerseite ausstieg. Als er auf festem Boden stand, holte er tief Luft, um sich zu beruhigen. Die kalte Luft half ihm, das Gefühl der Übelkeit zu vertreiben.

»Du bist ein verdammter Irrer!« keuchte Winston und warf Lachlan einen bösen Blick zu. Er lehnte sich an den Wagen und sah zu, wie Lachlan wieder auf die Beine kam. Zweimal stand er auf, und zweimal fiel er auch wieder hin, er lachte immer noch.

Roan ging um den Wagen herum und half Lachlan auf die Füße. »Beruhige dich, Mann! Du brüllst laut genug, um die Toten aufzuwecken!«

Roans unbewußte Wortwahl fachte Lachlans Vergnügen nur noch an. Er stand giggelnd auf unsicheren Füßen. Alles, was ihn auf den Beinen hielt, waren Roan und Winston, die zu beiden Seiten neben ihm standen und seine Arme hielten.

»Mit ein bißchen Glück werden die Frauen schon schlafen«, brummte Roan, und er und Winston gingen vorsichtig los und führten Lachlan zwischen sich. »Mein Kopf wird es nämlich nicht aushalten, wenn jetzt jemand zu schimpfen beginnt.«

Winston schwieg. Es war unverantwortlich von ihm gewesen, Lachlan fahren zu lassen. Sie hatten Glück, daß sie heil zurück am Gutshaus angekommen waren. Aber es hatte keine anderen Autos auf der Strecke gegeben, und der Gutsherr hatte so sehr gedrängt, und Winston war betrunken genug, daß es ihm gleichgültig gewesen war, daß der Wagen beinahe einen Abhang hinuntergestürzt wäre.

Ein leises Wehen von Zärtlichkeit fuhr durch Winstons Kopf und brachte ihn dazu, abrupt stehenzubleiben. Er ignorierte vollkommen, daß Lachlan und Roan zu Boden fielen, als er sich umwandte. Sein Blick huschte über den Schnee. Er glaubte, einen leuchtenden grünen Ring am Fuße der Eiche zu sehen, doch schon war er auch wieder verschwunden, und er war unsicher, ob er überhaupt etwas gesehen hatte. Dann glaubte er, von weither Stimmen zu hören. Die Worte waren unverständlich, winzige Laute nur in seinen Ohren.

»Was ist?« fragte Roan verwirrt, er war wieder aufgestanden und hielt Lachlan fest, der schwieg und nur heftig atmete.

»Nichts«, antwortete Winston und führte alles auf zuviel Bier zurück und auf die Schläge, die er bei Shortbys einkassiert hatte. »Wir machen besser, daß wir ins Haus kommen, ehe wir hier einfrieren.«

»Ich glaube, meine Eier sind schon an meinen Beinen angefroren«, stöhnte Lachlan.

»Ein charmantes Bild«, meinte Roan.

Leise und vorsichtig bahnten die drei sich einen Weg über den Privatweg zum Haus. Es war Roans Vorschlag, daß sie durch die Rhododendronbüsche gehen sollten, anstatt dem Weg zur Remise zu folgen, es wäre eine Abkürzung, erklärte er, die ihnen mindestens fünf Minuten Zeit ersparte. Und momentan schienen fünf Minuten eine schrecklich lange Zeit, wenn man die bitterkalte Nacht bedachte.

Allerdings erwies es sich als Fehler, den Weg durch die Büsche zu suchen.

Winston war der erste, der fühlte, wie sich etwas um sein Schienbein schlang. Etwas Festes und Unnachgiebiges. Er fiel nach vorn und zog die anderen mit sich, sie alle fielen hinein in etwas, das aussah wie ein riesiges, zähes Spinnennetz. Flüche auf Schottisch, Gälisch und Englisch tönten durch die Nacht. Arme und Beine wehrten sich gegen die Fesseln. Roan gelang es, bis hinter die Büsche zu kriechen, ehe das Netz sich fester um ihn zusammenzog. Er fiel auf den Boden und stieß einen Schwall von Flüchen aus.

Zu ihrer großen Bestürzung erfüllten schrille Jungenschreie die Luft, und sie wurden wiederholt mit harten Gegenständen angegriffen.

»Da hast du es!« schrie eine wohlbekannte Stimme. »Wir haben keine Angst vor dir!«

»Kevin!« keuchte Roan und rettete sich gerade noch vor einem ernsthaften Schlag auf den Kopf mit einem hölzernen Baseballschläger für Kinder.

Einige Sekunden herrschte Schweigen. »Onkel Roan?« hörte man dann eine Stimme.

»Kevin«, ächzte Roan. »Was ist hier los?«

»Wir dachten, du seist der böse Mann«, sagte Kahl.

»Gütiger Himmel«, stöhnte Lachlan.

»Worin sind wir denn hier gefangen?« fragte Roan wütend.

»In unserer Falle«, erklärte Kevin. »Sie hat toll funktioniert, nicht wahr?«

»Wir haben sie überall hier draußen«, prahlte Alby.

Winston lag auf der Seite. »Schneidet uns hier raus«, befahl er.

»Das können wir nicht«, erklärte Kahl. Er zuckte mit seinen schmalen Schultern. »Wir dürfen keine Schere und auch kein Messer haben.«

»Dann holt etwas!« brüllte Roan.

»Okay, okay!«

Kevins Schritte entfernten sich in Richtung Haus.

»Woher habt ihr diese Schnüre?« fragte Roan Kahl und warf dem Jungen unter seinem feuchten Haar her, das ihm ins Gesicht hing, einen bösen Blick zu.

»Das ist keine Schnur. Es ist Wolle. Wir haben sie alle zusammengebunden.«

»Wolle …« Roans Stimme erstarb, als ihm das Unglaubliche klarwurde. »Von den fehlenden Pullovern?«

»Aber sicher«, erklärte Kahl. »Wir konnten doch nicht zulassen, daß der böse Mann …«

»Es gibt keinen bösen Mann!« donnerte Roan los und riß an der festen Wolle.

»Jawohl!« schrie Alby. »Er hat mich gepackt, weißt du das denn nicht mehr?«

»Das war ein Dieb«, sagte Winston. »Er wollte nur die Wertsachen aus dem Haus.«

»Aye«, stimmte ihm Lachlan bei. »Aber die Polizei hat ihn mitgenommen.«

Die Jungen verstummten.

Schon bald hörte man ein anderes Geräusch. Es war das Geräusch großer Schwingen in der Luft.

Winston schloß fest die Augen und biß die Zähne zusammen, um nicht aufzustöhnen.

»Jungen«, hörte er Deliah sagen, »geht ins Haus zurück. Wir kommen gleich nach.«

»Aber ...«

»Kevin, tu was ich dir sage.«

Die Jungen liefen zum Haus, und Deliah kniete sich neben Roan. Während sie die festen Wollfäden durchschnitt, schalt sie mit ihm. »Ihr könnt von Glück sagen, daß der ganze Haushalt wach ist, denn sonst hätten wir morgen früh hier drei erfrorene Leichen gefunden!«

Roan hielt sich zurück und sagte nichts, er riß an den Fäden, während Deliah Lachlan freischnitt und dann auch Winston. Als sie sich endlich befreit hatten und wieder auf den Beinen standen, trat Deliah ein paar Schritte zurück, stützte die Hände in die Hüften und flatterte unmißverständlich verärgert mit den Flügeln.

»Ein herrliches Beispiel gebt ihr drei den Jungen! Beeilt euch. Beth und Laura sind ganz krank vor Sorge.«

Mit diesen Worten erhob sie sich in die Luft und flog zurück zum Haus.

»So wie ich meine Beth kenne – und ich kenne sie ziemlich genau –, ist sie eher krank vor Zorn«, knurrte Lachlan verbissen.

»Mist«, murmelte Winston.

Sie gingen Seite an Seite zum Haus, schweigend, und sie sahen aus wie drei Männer, die erwarten, auf die Guillotine geführt zu werden. Ein paar Meter vor dem Haus meinte Winston: »Wartet«, und deutete auf etwas zwischen dem Haus und der Remise. Auch wenn es nur eine Silhouette war, so war ein großer ausladender Baum dort zu sehen. Ein Baum, wo Deliah die abgebrochenen Eichenzweige auf den Boden geworfen hatte, um eine Mauer zwischen dem Dieb und Winston und Alby wachsen zu lassen.

»Verdammt«, murmelte Roan und sah zu dem Baum, der mindestens dreieinhalb Meter hoch war.

»Sollen wir uns das einmal ein wenig näher ansehen?« fragte Winston.

Lachlan schüttelte ernst den Kopf. »Wir stellen uns am besten der Musik und bringen es hinter uns.«

Sie betraten das Haus, Lachlan ging voran, Roan folgte ihm und Winston trottete hinter ihnen her, die Hände tief in den Hosentaschen vergraben. Der Flur war leer, genau wie die Bibliothek. Sekunden später fanden sie die Frauen, die im Wohnzimmer auf sie warteten. Die Luft war angefüllt mit Feindseligkeit. Die Jungen saßen auf dem größeren Sofa, sie wanden sich und hatten schuldbewußt die Lider gesenkt. Von den Frauen schien Laura diejenige zu sein, die am wütendsten war. Ihre Wangen waren hochrot, und sie betrachtete die drei mit ihren lebhaften grünen Augen. Sie kam ein paar Schritte auf sie zu, blieb dann vor ihnen stehen und betrachtete ihre aufgesprungenen Lippen und die blutigen, blau unterlaufenen Gesichter.

»Du«, begann sie und deutete auf Winston, »hast die Jungen aufgeregt mit deinem Unsinn über böse Männer! Ich habe gerade erst herausgefunden, daß sie sich in jeder Nacht aus dem Haus geschlichen haben und Wolle benutzt haben, um eine Falle für deinen Killer zu bauen!«

»Es tut mir leid.«

»Ist das alles, was du dazu zu sagen hast?« fragte sie wütend.

Winston betrachtete die Jungen, die ihn jetzt unter halb gesenkten Lidern hervor ansahen. »Das Phantom habe ich mir nur eingebildet. Es gibt niemanden da draußen, der jemandem etwas antun will.«

Die Jungen warfen einander einen verschwörerischen Blick zu und murmelten etwas vor sich hin.

Laura stieß verärgert den Atem aus, dann hob sie beide Hände. »Wir alle haben gelitten darunter, daß wir hier im Haus eingesperrt sind, aber ist es nicht einfach großartig, daß Männer einfach aus einer Laune heraus verschwinden können und ihr Vergnügen haben können?«

»Laura ...«

»Halt den Mund, Roan. Ich bin so verdammt zornig ...« Sie holte tief Luft, um sich zu beruhigen. »Du glaubst wohl, *Scotch* und *Bier* sind die Antwort auf all deine Probleme, nicht wahr?«

»Nein. Laura ...«

»Nun, ich hoffe, es wird dich in der Nacht warmhalten, denn ich werde das, verdammt noch mal, ganz sicher nicht tun.«

Lachlans Gesicht lief rot an, und er trat einen Schritt vor. »Du bist zu streng. Wir sind doch nur weggefahren, um etwas zu trinken. Schließlich sind wir zurückgekommen, oder?«

»Wie großmütig von euch«, spottete Beth, die hinter dem Sofa stand. »Und es ist offensichtlich, daß ihr in eine Prügelei geraten seid.«

»Einer der Gäste hat meine Männlichkeit beleidigt«, regte sich Lachlan auf.

Beth kam um das Sofa herum und stellte sich neben Laura. Deliah war ein Stück weiter weggeblieben, sie hockte vor dem Kamin und wärmte vor dem Feuer ihre Hände. Ihre Flügel hatte sie wieder eingezogen, das Haar fiel ihr über den Rücken und hüllte sie ein.

»Es war falsch von uns, das Haus zu verlassen«, meinte Winston vorsichtig, sein Blick hing an Deliah.

»Falsch?« rief Lachlan. »Es ist das Recht eines Mannes, zu ...«

»Halt den Mund«, warnte ihn Beth mit mühsam unterdrücktem Zorn. »Momentan steht deine Männlichkeit ernsthaft in Frage, also halte verdammt noch mal den Mund, ehe ich etwas tue, was du wirklich bedauern wirst.«

Lachlan öffnete den Mund, um etwas zu sagen, doch dann schloß er ihn wieder und zog die Stirn in Falten.

»Findest du es komisch, die Jungen so zu verängstigen, daß sie das Gefühl haben, sie müßten *Fallen* aufstellen?« fragte Laura Roan.

»Natürlich nicht.« Roan streckte ihr bittend beide Hände entgegen. »Verdammt, Laura, es tut mir mehr leid, als ich dir sagen kann. Es wird nicht wieder geschehen. Ich schwöre auf Aggies ...«

»Du hast verdammt recht, daß es nicht wieder geschehen wird«, unterbrach ihn Laura sowohl mit ihren Worten als auch mit einer Geste ihrer rechten Hand. »Ich kenne dich gar nicht mehr, Roan. Ich kann zur Zeit nicht einmal mehr deinen Anblick ertragen.«

»Laura«, fuhr Lachlan auf, dann sah er in Beths blitzende Augen, und er hielt seine Worte zurück.

»Ich liebe dich, Laura«, erklärte Roan leise. »Ich will dich heiraten.«

»Du Bastard«, brachte sie heraus, Tränen traten in ihre Augen. »So leichtgläubig bin ich nun auch wieder nicht, Roan. Und ich glaube nicht, daß einer von euch wirklich weiß, was er will. Wir sind das ganz sicher nicht.«

»Laura ...«

»Nein, Roan.« Sie holte tief Luft und reckte dann die Schultern. »Ich möchte heute abend kein Wort mehr von dir hören. Ich denke sogar, es wäre das beste, wenn ihr drei für eine Weile in die Remise ziehen würdet.«

»Es ist kalt dort draußen«, sagte Deliah und stellte sich wieder hin.

Laura warf ihr einen bösen Blick zu, dann schüttelte sie den Kopf. »Es gibt dort einen Ofen und genügend Schlafsäcke und Decken.« Ihr Blick traf sich mit dem von Roan, und sie stieß zittrig die Luft aus. »Wir alle müssen erst einmal unsere Prioritäten in Ordnung bringen und uns entscheiden, wie der nächste Schritt aussehen soll. Eine Trennung für eine Weile kann die Dinge auch nicht schlimmer machen, als sie es sowieso schon sind.«

Roan nickte trübe. »Also gut.«

»Aber sie sind verletzt«, versuchte Deliah leise zu widersprechen.

Winston sah sie an und lächelte leicht. Es erstaunte ihn, daß sie sich um ihr Wohlergehen Sorgen machte, nachdem er sie so schlecht behandelt hatte. Um sie zu beruhigen, sagte er: »Es sind nur ein paar Schnitte und blaue Flecken. Nichts Ernsthaftes. Es wird schon nicht so schlimm sein.«

Deliah senkte den Kopf und drehte sich zur Seite, damit er nicht in ihr Gesicht sehen konnte. Er brauchte sich nicht in ihre Gedanken einzuschalten, um zu wissen, daß sie kurz davor stand, in Tränen auszubrechen, und es zerriß ihn innerlich, weil er wußte, daß er allein für ihren Kummer verantwortlich war. Er dachte daran, sich bei ihr zu entschuldigen, doch dann war er davon überzeugt, daß jeder Versuch, den er machen würde, ihre Situation nur noch verschlimmern würde.

Er musterte Lachlan und sah, daß dieser Beth anstarrte mit einer Mischung aus Bedauern und tiefem Kummer. Aber er wußte, daß Lachlans Stolz größer war als sein Bedürfnis, Beth zu sagen, wie sehr er sie liebte. Und er wußte auch, daß Beth nicht in der Stimmung war, ihm zuzuhören, selbst wenn es ihm gelingen würde, das Schweigen zwischen den beiden zu beenden.

Ein ersticktes Geräusch kam aus Kahls Mund, und Winston blickte zu den Jungen. Sie verkrafteten die bevorstehende Trennung der Frauen von den Männern nicht sehr gut, und er wünschte, er besäße die Fähigkeit, sie zu trösten. Doch das konnte er nicht. Er konnte ihnen genausowenig sein Herz und seine Arme öffnen, wie er es Deliah gegenüber konnte.

Statt dessen hatten Roan, Lachlan und er ein verteufeltes Durcheinander angerichtet, was ihre Beziehung zu den Frauen anging.

»Wir werden uns versichern, daß das Haus gut abgeschlossen ist, dann gehen wir«, meinte Roan und starrte auf seine Füße. »Wenn ihr etwas braucht …«

»Das werden wir nicht«, unterbrach ihn Laura knapp, obwohl ihre Stimme zitterte. »Wir können selbst abschließen.«

Roan nickte, dann sah er sie lange an, ehe er sich umwandte und das Zimmer verließ. Lachlan und Winston folgten ihm hinaus in die Nacht. Sie waren zwischen dem Haus und der neuen Eiche, als sie hörten, wie hinter ihnen die Riegel vor die Türen geschoben wurden. Alle drei blieben wie angewurzelt stehen. Jeder sah schweigend zum Haus zurück, dann gingen sie weiter zur Remise.

15

Winstons Beine wurden mit jedem Schritt schwerer und schwerer, den er durch den Korridor aus Licht machte. Es war ein endloses Strahlen, mit engen Wänden von äußerster Dunkelheit. Ein Ort ohne Geräusch und Geruch, ein Ort, an dem man nicht einmal festen Boden unter den Füßen fühlte. Ein Teil seines Verstandes konzentrierte sich auf die Möglichkeit, durch das Nichts unter ihm zu fallen, während ein anderer sich darum bemühte, das Ende seiner Reise zu sehen, und noch ein anderer Teil sich davor fürchtete, was ihn in der Dunkelheit zu beiden Seiten von ihm erwartete. Er war allein und isoliert von allem, was ihm auch nur entfernt bekannt war. Und er fürchtete sich, daß er nie wieder zurückkehren würde zu den Menschen, die er mittlerweile als seine Familie ansah.

Eine wehende Stimme kam durch den Korridor auf ihn zu. »Ich werde dich ewig lieben, mein lieber Schotte.«

Deliah! Er versuchte, ihren Namen zu rufen, doch kein Geräusch kam über seine Lippen. Verzweifelt suchte er den Kontakt zur Realität, seine Gedanken breiteten sich aus und flehten: *Finde mich, Deliah! Zeige mir den Weg zurück!*

Er wartete. Und wartete. Und wartete. Doch sie antwortete nicht. Nicht mit Worten. Nicht mit Telepathie. Sie erlaubte ihm nicht einmal, einen Hauch ihrer Anwesenheit zu erahnen. Er fühlte sich jetzt viel zu verlassen, zu isoliert und viel zu verzweifelt, um diesem Ort zu entkommen.

Deliah, ich brauche dich! Verlaß mich jetzt nicht. Zeig mir den Weg zurück zu dir!

Aber warum sollte sie das tun? Er hatte alles in seiner Macht Stehende getan, um sie zu vertreiben, sie zu verletzen, sie dazu zu bringen, ihre Verbindung abzubrechen, um ihn davor zu bewahren, sich den Dämonen seiner Unfähigkeit zu lieben zu stellen.

Zeuger. Wer seid ihr? Was wollt ihr von mir?

Sei ... du. Sei ... du. Sei ... du.

Die Worte dröhnten höhnisch in seinem Kopf.

Deliah!

Plötzlich stand er außerhalb der Remise. Herrliches Sonnenlicht schien auf ihn hinunter, und das Herz hüpfte in seiner Brust bei dem Anblick der neuen Eiche. Sie war sechs Meter hoch, ihr dicker Stamm setzte sich aus vielen kleineren Bäumen zusammen, die nebeneinander gepflanzt worden waren. Das Blätterdach war voller leuchtendgrüner Blätter, durch die er mehrere Pfauen entdeckte, die zu ihm hinuntersahen. Vögel zwitscherten fröhlich, sie flogen von Ast zu Ast. Unzählige Schmetterlinge flatterten mit ihren bunten Flügeln zwischen Wildblumen und Sträuchern voller roter und weißer Blüten, die um den Baum herum wuchsen.

Eine verschwommene, durchsichtige Gestalt erschien neben der Eiche. Deliah. Glänzende silberne Stoffstreifen hingen von ihren Schultern und in ihrem Haar. Sie tanzte auf Zehenspitzen mit der Anmut einer Ballerina, sie wirbelte herum und drehte sich, die Arme hoch über den Kopf erhoben, ihr strahlendes Gesicht hochgehoben zu den Ästen, als würde sie ihnen huldigen. Sie summte eine Melodie, die sein Herz glücklich machte, ihre Stimme war eindringlich, süß und verlockend. Ihre Flügel zierten sie wie ein schimmernder Umhang, durch den ein heftiger Wind wehte.

Zu bald schon verschwamm sie mit der Landschaft, und Winston fühlte einen heftigen Schmerz des Verlustes. Er schloß die Augen und wünschte sie zurück, doch als er die Augen wieder öffnete, blieb sie verschwunden.

Er keuchte auf, als Raum und Zeit unerwartet schnell an ihm vorüberflogen und ihn in einer Art Vorwärtsbewegung mit sich zogen. Ganz plötzlich hielt diese Bewegung an, und er fand sich an einem völlig anderen Ort, im Halbdunkel, das nur von einer einzelnen Laterne auf einem Tisch erhellt wurde. Geöffnete Dosen, leeres Einwickelpapier und Tüten waren auf dem Zementboden verstreut. Auf dem Tisch standen erloschene, teilweise benutzte Kerzen in provisorischen Haltern. Sie formten zwei Linien zu beiden Seiten eines mit Juwelen besetzten Dolches. Die Klinge glänzte beängstigend, und er erkannte ein keltisches Knotenmuster, das sich um eine Reihe Runen rankte. Der Griff des Dolches war schwarz mit eingelegtem silbernen Muster, das sich um die Juwelen wand. Er erkannte den Dolch. Er hatte ihn einmal gesehen, tief in Lauras Brust, vor noch gar nicht so langer Zeit.

Er holte tief Luft und bedauerte das sofort. Die Luft war abgestanden und roch nach Schweiß und einer Ansammlung von Lebensmitteln.

Schweinerinde. Der Geschmack füllte seinen Mund, und dennoch hatte er sie noch nie gegessen.

Der Raum war ungefähr dreieinhalb mal dreieinhalb Meter groß, feucht und kalt und so still wie ein Grab. Etwa einen Meter weiter entdeckte er eine Holztür mit einem Haken als Verschluß. Sie war verschlossen. Hinter der Tür hörte er leise Schritte, Schuhe scharrten über den Boden. Panik ergriff ihn, als er sah, wie der Haken langsam geöffnet wurde. Höher und höher hob er sich, bis er senkrecht nach oben stand, dann bewegte er sich nicht mehr. Und dann öffnete die Tür sich langsam und knarrend.

Winston riß die Augen auf. Er atmete schwer durch die Nase und starrte in die Dunkelheit, verwirrt und verängstigt, innerlich kämpfte er darum herauszufinden, wo er war. Und dann hörte er …

Schnarchen.

Beinahe hätte er laut aufgelacht, so groß war seine Erleichterung. Lachlan schnarchte auf seinem Feldbett, ungefähr vier Meter von ihm entfernt. Es war gar nicht so dunkel, wie er zuerst geglaubt hatte, denn jetzt, nachdem seine Augen sich an die Dunkelheit gewöhnt hatten, erkannte er Roans Schlafsack auf dem Boden, und die Beule darin war Roan. Winston war in Sicherheit unter seinesgleichen, drei Meter entfernt von dem Ofen, der tröstende Wärme ausstrahlte.

Er schloß die Augen und machte es sich bequem in der dicken, weichen Sanftheit seines – hoffentlich – nur zeitweiligen Bettes.

Deliah. Er hoffte, wenn er nur eindringlich genug an sie dachte, würde sie, wenn er einschlief, zurückkehren und ihn in seinen Träumen besuchen.

Als Winston am nächsten Morgen aufwachte, stöhnten seine Gefährten über Schmerzen in ihren Muskeln und den steifen Gelenken. Auch er jammerte, als er sich aus seinem Schlafsack befreite. Offensichtlich waren sie aus der Prügelei bei Shortbys doch nicht so unbeschadet hervorgegangen. Ihre Körper hatten sich nur etwas Zeit gelassen, um zu protestieren.

Nacheinander gingen die Männer hinaus, um sich zu erleichtern, dann versammelten sie sich vor dem Ofen, in dem Roan gleich nach dem Aufwachen ein neues Feuer angezündet hatte. Sie saßen auf leeren Kisten, die Ellbogen auf die Knie gestützt, und leckten sich über die Lippen, um die Trockenheit und den schlechten Geschmack in ihren Mündern zu vertreiben. Nach einer Zeit sahen sie einander vorsichtig an. Dann brummte Roan: »Ich brauche Kaffee. Mengen und Mengen und Mengen starken Kaffee.«

»Ich hätte auch nichts einzuwenden gegen ein heißes Bad und eine Rasur«, meinte Lachlan und fuhr sich mit der Hand über den Stoppelbart an seinem Kinn.

Winston schnüffelte und sah Lachlan schlechtgelaunt an. »Ich hätte auch nichts dagegen, wenn du baden würdest.«

»Ha ... ha.«

Roan fuhr sich mit beiden Händen über das Gesicht und versuchte dann, mit den Fingern durch sein zerzaustes Haar zu fahren. »Kaffee, ein heißes Bad, eine Rasur und Laura, um meine Knochen zu wärmen. Das ist für einen Mann doch nicht zuviel verlangt, nicht wahr?«

Winston lachte zynisch auf. »Nur, wenn du den Wunsch hast, zu sterben. Ich glaube kaum, daß die Damen genügend Zeit gehabt haben, um sich abzukühlen.«

»Ich kann dir garantieren, daß Beth noch eine ganze Weile wütend sein wird«, meinte Lachlan und verzog das Gesicht. »Dabei kann ich ihr nicht einmal einen Vorwurf machen.« Er sah seine Gefährten von der Seite an und grinste. »Aber wir hatten eine großartige Zeit bei Shortbys, nicht wahr?«

»Großartig?« fragte Winston entrüstet. »Fäuste, die in mein Gesicht schlagen, das ist nicht unbedingt meine Auffassung einer großartigen Zeit.«

Roan zuckte mit den Schultern. »Eigentlich haben diese Idioten das meiste abbekommen. Canabra sah aus wie eine zerplatzte Tomate, nachdem ich mit ihm fertig war. Das war ein verdammt gutes Gefühl. Er hat mich von jeher schon so schrecklich wütend gemacht.«

Trotz seiner aufgeplatzten Lippe mußte Winston lachen. »Wie hieß der Rothaarige gleich?«

»McKenna«, sagte Roan.

»Ah, McKenna. Ungefähr zwei Minuten, nachdem die Prügelei begonnen hatte, wußte er schon, daß er sich mehr aufgeladen hatte, als er bewältigen konnte. Canabra und Markey haben immerhin genügend Verstand bewiesen zu wissen, wann sie aufhören mußten.«

»Aye«, meinte Lachlan wehmütig. Er blickte voller Stolz auf

seine geschwollenen, aufgeschürften Fingerknöchel. »Ich hätte nichts dagegen, mich noch einmal mit Markey zu messen. Ich denke, er wird eine Zeitlang nicht geradeaus urinieren können.«

Roan und Winston lachten.

»Natürlich«, seufzte Lachlan und rutschte ungemütlich auf seiner Kiste hin und her, »wird dieser Tritt, den ich in meinen Hintern bekommen habe, mich eine ganze Weile krumm gehen lassen.«

Winston erstickte fast vor Lachen, und Roan wischte sich eine Lachträne von der Wange.

»Verdammt«, lachte Roan, dann holte er tief Luft, um sich ein wenig zu beruhigen. »Ich denke, wir sollten eine Weile nicht mehr zu Shortbys gehen. Silas war wütender, als ich ihn je zuvor gesehen habe.«

»Aber wir haben für den Schaden bezahlt«, meinte Winston.

»Aye, aber …«

Es klopfte an der Tür, und alle drei sprangen auf. Roan war der erste, der zur Tür lief und sie öffnete. Er entdeckte Laura, die gerade zurück zum Haus strebte, und als er nach unten sah, stand da ein großer Picknickkorb vor seinen Füßen. Er schüttelte den Kopf, hob den Korb hoch, schloß die Tür und kehrte zu den Männern vor dem Ofen zurück. Morgenlicht fiel durch das Fenster neben dem Ofen. Er setzte sich wieder auf seine Kiste, nahm den Korb auf den Schoß und öffnete ihn.

»Laura ist doch nicht sehr wütend«, erklärte er fröhlich und holte eine große Thermoskanne aus dem Korb. Er reichte sie Winston, dann holte er drei Tassen hervor und gab sie Lachlan. »Wir haben hier eine Pfanne, einen Pfannenwender, sechs Eier und geschnittenen Speck.« Er suchte weiter im Korb herum. »Einige hübsch geschnittene Kartoffeln und eine Schüssel mit Butter. Plastikteller, Löffel, Messer und Gabeln.« Er blickte auf und runzelte die Stirn. »Allerdings keinen Pfeffer und auch kein Salz. Hmm. Aber wenigstens werden wir nicht verhungern.«

»Ich ernenne dich zum Koch«, brummte Lachlan.

»Warum gerade mich?« Roan verzog das Gesicht.

»Ich werde kochen.« Winston seufzte. »Nachdem ich eine Tasse Kaffee getrunken habe.«

Eine Stunde später, nachdem sie ihren Magen gefüllt und die Thermoskanne geleert hatten, saßen sie lethargisch vor dem Ofen. Roan rülpste. Lachlan kratzte sich am Kopf. Winston holte tief Luft und schloß halb die Augen.

»Und was tun wir jetzt?« fragte Winston.

»Ich wäre dafür, etwas zu schlafen«, meinte Roan und gähnte.

»Ich muß etwas Dampf ablassen«, murmelte Lachlan, dann reckte er sich und gähnte ausgiebig.

»Wieso stinkt dieser Raum hier nach Brauerei, jedesmal, wenn einer von uns atmet?« fragte Winston.

»Aber atmen müssen wir nun mal«, meldete sich Roan.

In Lachlans Augen trat ein übermütiges Leuchten. »Es gab einmal eine Zeit ...«

»Bring mich bloß nicht zum Lachen«, warnte Roan ihn und kicherte. Er wurde wieder ernst und puhlte mit dem Daumennagel ein Stück Speck zwischen seinen Zähnen hervor. »Wir könnten die Einfahrt freischaufeln. Ich habe einige zerbrochene Äste in den Rhododendronbüschen entdeckt, und die Schubkarre könnte wieder mit Holz und Anmachholz aufgefüllt werden. Ich bin sicher, daß es genügend Arbeit gibt, um uns aus weiteren Schwierigkeiten herauszuhalten.«

»Aye«, stimmte ihm Lachlan zu. »Und wir sollten die Schneeverwehungen um das Haus herum wegschaufeln. Wir können kein Wasser im Keller gebrauchen.«

Lachlan sah, daß Winston die Stirn runzelte. »Woran denkst du?«

»An den Dolch«, antwortete er.

Lachlan zog die Augenbrauen hoch. »Sprichst du etwa von

dem berüchtigten MacLachlan-Dolch? Von dem Dolch, mit dem ich umgebracht wurde und der Laura beinahe getötet hätte?«

Winston nickte, und seine Augen ruhten auf Lachlans belustigtem Gesicht. »Ich habe in der letzten Nacht davon geträumt. Warum heißt er der MacLachlan-Dolch?«

»Mein Großvater mütterlicherseits hat ihn mir gegeben. Meine Mutter stammte aus dem MacLachlan-Clan. Beide Seiten ihrer Familie waren MacLachlans, ihre Wurzeln gingen zurück bis zum Anfang des Clans. Ihr Vater war nicht sehr glücklich darüber, daß sie einen Baird heiratete, obwohl er zu meinen Brüdern und mir sehr gut war. Großvater war ein schroffer alter Kerl, und er hatte das weißeste Haar, das ich je bei einem Mann gesehen habe.

Aus irgendeinem Grund mochte er mich wirklich, als ich noch sehr klein war. Als ich ungefähr neun Jahre alt war, hat er mir erklärt, ich besäße das Wissen. Bis zum heutigen Tag weiß ich nicht, was er damit gemeint hat. Er nahm mich oft an den Wochenenden mit zum Fischen und zum Jagen, bis zu der Zeit, als ich ungefähr zwanzig Jahre alt wurde. Oft haben wir unter den Sternen kampiert, und er hat mir Geschichten aus der Vergangenheit unserer Familie erzählt.« Er lachte leise, dann sprach er weiter. »Die meisten der Geschichten haben mich schrecklich geängstigt. Offensichtlich besaß unser kleiner Teil des Clans mehr als nur einige eigenartige Charaktere. Einer *seiner* Brüder behauptete, ein *Werwolf* zu sein, und er war nicht einmal der eigenartigste von allen.«

Roan verzog das Gesicht und grinste, während Winston lächelte und den Kopf schüttelte.

»Nun ja«, sprach Lachlan weiter. »Der MacLachlan-Dolch wurde zuerst beim Ur-Ur-Urgroßonkel Broc meines Großvaters gefunden. Rechtmäßig hätte er an meinen ältesten Bruder Patrick weitergegeben werden sollen, doch mein Großvater behauptete, daß ich das *Wissen* besäße, und ich sollte ihn deshalb schützen.«

»Schützen vor was?« fragte Roan.

Lachlan zuckte mit den Schultern. »Großvater war nicht gerade sehr gut darin, Einzelheiten zu erklären.«

»Wenn man bedenkt, daß er dazu benutzt wurde, dich umzubringen und daß beinahe auch Laura damit umgebracht wurde, würde ich eher sagen, daß der Dolch vor sich selbst beschützt werden mußte«, meinte Winston.

Ein Schauer ging durch Lachlans Körper. »Vielleicht.«

»Sind die Edelsteine echt?« wollte Winston wissen.

»Aye. Insgesamt sind drei Smaragde und drei Saphire auf einer Seite und fünf Rubine auf der anderen. Früher einmal waren es sechs Rubine. Ich weiß nicht, wo der eine verloren gegangen ist. Vor langer Zeit habe ich den Dolch bekommen.«

Winston pfiff leise durch die Zähne. »Weißt du, was die Runen bedeuten?«

»Nein. Weißt du es?«

Winston schüttelte den Kopf. »Nein. Ich war nur neugierig. Weißt du, wo der Dolch jetzt ist?«

»Als ich ihn zum letzten Mal gesehen habe, wurde er Laura abgenommen und neben mich auf den Boden gelegt.«

Roan runzelte die Stirn. »Wenn ich genau darüber nachdenke, habe ich ihn seitdem nicht mehr gesehen. Ich habe nach dieser Nacht überhaupt nicht mehr daran gedacht.«

»Winston«, begann Lachlan zögernd, »weißt du vielleicht etwas, das du uns nicht sagst?«

Winston lachte laut auf und hob beide Hände. »Nein. Wie ich schon sagte, ich habe davon geträumt und war nur neugierig. Eigentlich war es auch nur ein Bruchteil meines Traumes.«

»Also brauchen wir uns über das verdammte Ding keine Sorgen zu machen?«

»Lachlan, ich schwöre, ich verheimliche dir nichts.«

Lachlan stieß den Atem aus. »Gott sei Dank. Um ehrlich zu sein – und damit will ich das Vertrauen meines Großvaters in mich nicht mißachten –, ich wäre froh, wenn ich ihn nie wiedersehen würde.«

»Da stimme ich dir zu«, meinte Roan und stand auf. Er streckte die Arme aus, dehnte den Rücken und ging zur Tür. Er öffnete sie, trat über die Schwelle und füllte seine Lunge mit frischer Luft.

Winston packte die Sachen zurück in den Korb, während Lachlan die Kisten an die Wand stellte, um den Ofen herum. Winston folgte Lachlan mit dem Korb in der Hand nach draußen, wo Roan neben der neuen Eiche stand und sich den Stamm ansah.

»Seht euch das einmal an«, meinte Roan und strich über die rauhe Rinde. »Er ist seit gestern abend noch gewachsen.«

Das war nicht alles, was Winston auffiel. »Bilde ich mir das nur ein oder ist die Temperatur wirklich gestiegen und der Schnee und das Eis schmelzen?«

»Der Frühling ist gekommen.« Roan grinste.

Lachlan sah sich die Landschaft an. »Aye, so ist es. Über Nacht. Es wird allerdings eine Weile dauern, bis der ganze Schnee geschmolzen ist.«

»Seht mal.« Roan deutete auf einen der Zweige. »Knospen. Dabei war dieser Baum vor ein paar Tagen noch nicht einmal hier. Und habt ihr schon einmal einen solchen Stamm gesehen? Das ist unglaublich.«

Winston legte den Kopf in den Nacken und betrachtete die obersten Äste. Mit der Ausnahme, daß der Baum noch keine Blätter hatte, sah er genauso aus wie in seinem Traum.

»Ein Wunder, würde Deliah sagen«, murmelte Winston vor sich hin, dann sah er auf den Korb. »Ich werde versuchen, in die Küche zu kommen. Ich möchte den Korb ausleeren und die Teller und das Besteck spülen.«

Lachlan warf Roan einen hoffnungsvollen Blick zu, dann sah er Winston an. »Es würde nicht schaden, wenn du zufällig einer der Frauen begegnen würdest und ihr sagen könntest, wie leid uns das alles tut.«

»Laura und Beth werden wahrscheinlich dir gegenüber nicht so zornig sein«, meinte Roan. »Immerhin bist du unser Gast. Und Deliah war eher um dein Wohlergehen besorgt und gar nicht so schrecklich wütend.«

Winston zog eine Augenbraue hoch. »Haben Beth oder Laura euch schon einmal damit gedroht, euch in eine Kröte zu verwandeln?«

»Das kann sie doch nicht getan haben«, meinte Roan und zuckte mit den Schultern. »So etwas würde sie niemals tun.« Sein Gesicht verzog sich in komischem Zweifel, dann fragte er: »Würde sie das tun?«

»Bis du siehst, daß ich wirklich zurückkomme, solltest du lieber aufpassen«, meinte Winston ironisch. Er salutierte, dann ging er auf das Haus zu.

»Ein tapferer Mann«, murmelte Lachlan.

»Oder ein dummer.«

Die beiden Männer sahen einander an, dann begann Lachlan zu lachen.

Winstons Magen zog sich zusammen, als er die Hintertür des Hauses erreicht hatte. Er blickte durch das kleine Fenster in der Tür und sah niemanden in der Küche. Als er die Hand auf die Klinke legte, öffnete sich die Tür.

»Hal-lo«, rief er, als er über die Schwelle trat.

Die Stille in dem Raum machte ihn unsicher, doch er schloß die Tür hinter sich und stellte den Korb auf die Anrichte mitten in dem Raum. Der Geruch nach Frühstück lag in der Luft, und in dem großen Zimmer war es warm, ein Anzeichen dafür, daß der Herd benutzt worden war.

»Frische Hörnchen oder Muffins«, sagte er leise vor sich hin.

»Vielleicht sogar frisch gebackenes Brot.« Er pfiff leise vor sich hin, als er den Inhalt des Korbes auf die Anrichte stellte. Einige Dinge warf er in den großen Abfalleimer neben der Doppelspüle. Die Butter trug er zum anderen Ende des Raumes, wo er die Tür zu einem großen Schrank öffnete. Ein Eisschrank stand darin, ein riesiges Ding aus geschnitztem Holz. Er stellte die Butter hinein, dann sah er, daß das Stück Eis darin, das die Speisen kühl hielt, fast ganz geschmolzen war. Er schloß die Tür des Schrankes, zog eine tiefe Schale unter dem Schrank hervor, so wie er es Roan hatte tun sehen, während sie gebacken hatten. Er goß das Wasser in den Ausguß, schob die Schale an ihren Platz und ging dann zu dem Haken neben der Tür und holte die Eiszange. Wie er es bei Roan beobachtet hatte, ging er nach draußen, zu der niedrigen Holzkiste gleich neben der Treppe. Er hob den Deckel der Kiste, klemmte das Holzstück darunter, daß er offen blieb, und sah, daß noch drei Blöcke Eis in der Kiste lagen, jeder davon in dickes braunes Papier gehüllt. Roan hatte erklärt, daß der Eismann in dem kalten Wetter an jedem Freitag sieben Blöcke Eis lieferte, die eine Woche lang hielten, während er bei heißem Wetter an jedem Morgen einen Eisblock lieferte. Ohne Elektrizität war es die einzige Möglichkeit, verderbliche Sachen kühl zu halten.

Winston holte einen Eisblock heraus, legte ihn auf den Boden und schloß die Kiste wieder. Dann nahm er den Block auf die Schultern und trug ihn in die Küche. Dort legte er ihn in den Eisschrank, neben die Reste des anderen Blocks. Als er damit fertig war, widmete er sich wieder seinem Korb und stellte die benutzten Teller, Pfannen und Bestecke in die Spüle.

Auch wenn das Rohrsystem im Haus so eingerichtet war, daß von den angezündeten Kaminen Wasser zum Baden und Waschen erhitzt wurde, so mußte das Wasser in der Küche auf dem Ofen heiß gemacht werden. Winston griff gerade nach einem der größeren Kessel, die an Haken über der Anrichte hingen, als er Deliah bemerkte, die an der Tür zum Eßzimmer stand. Er erstarrte, und das Herz schlug ihm bis in den Hals.

Winston ließ die Arme sinken und schluckte. Sie sah in diesem Moment eher wie ein Teenager aus und nicht wie eine Frau, die schon Jahrhunderte überlebt hatte. Ein überweiter roter Pullover hing ihr bis auf die Oberschenkel, die langen Ärmel hatte sie hochgeschoben. Dazu trug sie eine cremefarbene Hose, die nur ihre nackten Füße sehen ließ.

Sie schien wesentlich gelassener zu sein als Winston, als sie den Korb nahm und ihn in einen der unteren Schränke des massiven Sideboards aus Eiche stellte. Ihr Haar hatte sie zu einem dicken Zopf geflochten, der bei jeder ihrer Bewegungen auf ihrem Rücken hin und her schwang.

Winston runzelte die Stirn, als sein Kopf plötzlich völlig leer war, und er ließ seine Augen durch den Raum wandern, um sich wieder zu fangen. Deliah kam auf ihn zu. Sie blieb am anderen Ende der Kücheninsel stehen, ungefähr zwei Meter von ihm entfernt, und sah ihn mit einem unergründlichen Ausdruck in ihrem Gesicht an. Dennoch wollte ihm kein Wort der Begrüßung über die Lippen kommen, deshalb wollte er die Küche schnell wieder verlassen, als er unbewußt den Blick senkte. Wie gebannt starrte er auf ihre Brüste und auf die hart aufgerichteten Brustspitzen, die sich deutlich unter dem Pullover abzeichneten. Es dauerte Sekunden, ehe sie etwas sagte, und ihre Stimme klang so beiläufig und nüchtern, daß er noch verwirrter wurde.

»Ich kann mich einfach nicht daran gewöhnen, die einengende Unterwäsche zu tragen.«

»Gestern abend«, sprach sie weiter, »hat Laura gefragt, warum weibliche Feen Brüste haben, wo wir doch keine Kinder gebären können und unsere Kinder nicht stillen. Ich habe ihr erklärt, wie wir uns vermehren und daß wir in dem Stadium geboren werden, das ihr als die Zeit des Kleinkindes bezeichnet, und daß wir uns tatsächlich in den ersten beiden Jahren von Muttermilch ernähren. Nach diesem Stadium wandeln wir uns zu unserer mittleren Phase, die wesentlich länger ist und sich mit dem vergleichen läßt, was ihr die Teenager-Jahre nennt.«

Winston zwang sich endlich, in ihre Augen zu sehen, er hörte, wie er schluckte. Heiße Röte stieg ihm in die Wangen, und kleine Schweißtropfen traten auf seine Stirn.

»Ich bin sicher, die Frage meiner Brüste wäre dir früher oder später gekommen.«

»Hmm …«

»Fühlst du dich nicht wohl, Winston?« fragte sie leise. »In der Remise?«

Er nickte und schluckte noch einmal. Seine Handflächen juckten, und er bewegte die Finger, um das Gefühl zu vertreiben.

»Darf ich näherkommen?«

Die Frage verblüffte ihn. »Ich wünschte, das würdest du tun.«

Ohne zu zögern kam sie auf ihn zu und blieb nur eine Armeslänge vor ihm stehen. Sie betrachtete ernst seine aufgesprungene und geschwollene Unterlippe, den kleinen Kratzer auf seiner rechten Wange und den dunklen blauen Fleck an der linken Seite seines Kinnes, der immer deutlicher wurde.

»Hast du Schmerzen?«

»Nicht sehr. Es ist nur ein wenig unangenehm.«

Sie runzelte die Nase. »Männlichen Feen wächst kein Haar im Gesicht.«

»Ich muß mich rasieren.«

Ruhig sah sie ihm in die Augen. »Ich kann dich heilen, wenn du es erlaubst.«

»Wieder mit einer Wurzel?«

Sie lächelte schelmisch. »Nein, aber ich werde dich dazu berühren müssen.«

Dieser Gedanke gefiel Winston so sehr, daß ihm ganz schwindelig wurde. »Wenn es dir nicht zuviel Mühe macht.«

Sie betrachtete ihn noch eine Minute, dann hob sie die Hände, legte sie auf seine Schultern und lehnte sich gegen ihn. Winston war sicher, daß sie sein Herz schlagen hören konnte. Sicher wußte sie, wie sehr er nach ihr verlangte. Sie stellte sich auf Zehenspitzen und preßte die Lippen auf den Kratzer auf seiner Wange. Er fühlte Feuchtigkeit an der Stelle, dann ein prickelndes Gefühl, das tief in die Wunde drang. Als sie sich seinem Kinn widmete, zögerte sie, und er ahnte, daß ihr sein Stoppelbart nicht gefiel. Wieder fühlte er die Feuchtigkeit und das gleiche Prickeln bis tief unter seine Haut. Sie stellte sich kurz auf die Füße und betrachtete seine Unterlippe. Zu seiner Überraschung schürzte sie dann die Lippen und er sah, wie ein schaumiger Tropfen Spucke aus ihrem Mund kam. Er wäre beinahe zurückgezuckt, als sie diesen auf die Wunde drückte, doch diesmal ließ sie sich Zeit, und er fühlte, wie sich ihre Lippen zärtlich über der Wunde schlossen. Das Prickeln war diesmal noch viel eindringlicher, beinahe unangenehm, doch dann war es unvermittelt wieder verschwunden. Als sie sich von ihm löste, zog er die Unterlippe in seinen Mund und fuhr mit der Zunge darüber. Sie war glatt und weder aufgerissen noch geschwollen.

Er lachte leise und zittrig. »Das ist das erste Mal, daß ich dankbar dafür bin, daß mich jemand angespuckt hat. Danke.«

Sie nickte.

»Warst du heute morgen schon draußen? Es scheint so, als sei endlich der Frühling gekommen.«

Zu seinem Entsetzen füllten sich Deliahs Augen mit Tränen, und sie wandte ihm den Rücken zu.

»Habe ich etwas Falsches gesagt?«

Sie schüttelte den Kopf, doch er sah an der starren Haltung ihrer Schultern, daß sie sich über etwas aufregte.

Er seufzte tief auf, dann sah er sich um. »Hast du die neue Eiche gesehen?« fragte er.

»Ich weiß, daß sie da ist.«

In ihrer Stimme lag eine so tiefe Verzweiflung, daß Winston ihr die Hände auf die Schultern legte, sie zu sich umdrehte und sie in seine Arme nahm. Sie wehrte sich nicht, sie barg ihr Gesicht an seiner Schulter und klammerte sich an sein Hemd. Ihr Körper bebte einen Moment vor Schluchzen, dann hörte er, wie sie tief den Atem einzog, in dem Bemühen, ihre Gefühle unter Kontrolle zu bringen.

»Sprich mit mir, Deliah«, flüsterte er und streichelte ihren Kopf. »Warum bist du so unglücklich?«

Ein abwehrender Ton kam über ihre Lippen, ehe sie den Kopf hob. Sie sah ihn nicht an, ihre Finger lösten sich aus seinem Hemd, sie zupften nur noch leicht daran, als würde es ihr einen gewissen Schutz bieten, wenn sie beschäftigt wären.

»Ich kann nicht an den Frühling denken, ohne mich schmerzlich nach meiner Familie zu sehnen. Der Frühling ist die Jahreszeit, die wir am meisten schätzten. Im Frühling haben wir die Erneuerung gefeiert, mit Liedern und Tänzen, und wir haben die Ankunft der Kinder erwartet.«

Winston küßte sie auf die Stirn, dann legte er ihr einen Finger unter ihr Kinn. Noch immer glänzten Tränen in ihren Augen, als sie vorsichtig zu ihm aufsah.

»Es ist alles verloren, Winston.«

»Nicht alles. Du bist hier.«

Ein leiser Seufzer kam über ihre Lippen. »Allein kann ich das Land nicht hegen und pflegen.«

Winston lächelte. »Es gibt Gärtner, die dir dabei helfen können.«

»Aye« antwortete sie trübe. »Sie können Unkraut jäten. Sie können pflanzen. Sie können das heranziehen, was sie gesät haben. Aber nur eine Fee kann die Magie der Erde hegen und pflanzen. Es ist diese Magie, die das Verderben verhindert. Es ist diese Magie, die die Blätter davon abhält, schon vor ihrer Zeit braun zu werden, und die die Blumen während der ganzen Zeit blühen läßt.«

»MuNa verläßt sich auf uns, Winston, um ihr Reich zu schützen. Ich kann das nicht allein schaffen.«

»Deliah ...«

Winston zog scharf den Atem ein, als er hörte, wie sich die Tür des Eßzimmers öffnete und Laura auf der Schwelle stehenblieb. Ihre Augen waren rot und geschwollen, ihr Gesicht angespannt und blaß. Er hatte das Gefühl, etwas sagen zu müssen, deshalb brachte er gepreßt hervor: »Danke für das Frühstück. Ich bin gekommen, um den Korb zurückzubringen.«

Einige Sekunden vergingen in angespanntem Schweigen, während derer Deliahs Blick zwischen ihm und Laura hin- und herpendelte.

»Ich werde euer Mittagessen so gegen zwölf fertig haben«, sagte sie dann leidenschaftslos, ihr ernster Blick lag auf Deliah.

»Ich gehe wohl besser«, meinte Winston.

»Laura, kann er nicht bleiben?« bat Deliah.

Winston öffnete den Mund, um etwas zu sagen, doch Laura kam ihm zuvor. »Winston, bleib, wenn du das möchtest. Ich bin nicht böse auf dich. Ich hatte gestern abend nicht das Recht, meinen Ärger an dir auszulassen.«

»Du hattest ganz entschieden das Recht«, widersprach er ihr statt einer Entschuldigung. Er sah in Deliahs strahlendes Gesicht und fühlte schmerzliches Bedauern. »Deliah, ich kann nicht bleiben. Nicht, solange Roan und Lachlan hier nicht willkommen sind.«

Ein Ausdruck des Kummers trat in ihr Gesicht. »Sie müssen ihren eigenen Frieden schließen. Winston, wir beide müssen miteinander reden. Bitte, bleib bei mir.«

Winston atmete tief durch und rollte die Augen gen Himmel,

ehe er Deliah fest ansah. »Es wäre nicht richtig, wenn ich hierbleiben würde.«

Er konnte nicht anders, als sie an sich zu ziehen und sie hart und voller Leidenschaft zu küssen. Dann gab er sie abrupt frei und ging zur Tür. Nachdem er die Tür geöffnet hatte, sah er sich noch einmal nach ihr um und wußte, daß sein Gesicht genauso trostlos und traurig aussah wie das ihre. Doch er konnte vor sich selbst nicht rechtfertigen, warum man ihm vergeben sollte und Roan und Lachlan nicht.

»Es tut mir leid«, war alles, was er herausbrachte. Er schloß die Tür hinter sich.

Was als ein wunderschöner Frühlingstag begonnen hatte, erschien ihm jetzt grau und düster, so düster wie der Schmerz in seinem Herzen.

16

Ein bitterer Geschmack füllte Winstons Mund, als er mit müden Schritten auf die Remise zuging, die Hände tief in die Hosentaschen geschoben, den Kopf gesenkt. Deliahs Gesicht, überschattet von Enttäuschung und Kummer, ging ihm nicht mehr aus dem Sinn. Wieder und wieder sagte er sich, daß er umkehren und das beenden sollte, was er in der Küche begonnen hatte. Er war so kurz davor gewesen, ihr sein Herz zu öffnen, ihr zu gestehen, wie elend er sich fühlte, wenn er von ihr getrennt war. Er wollte ihr schwören, sie zu lieben, solange er lebte und auch noch danach. Doch er war mittlerweile zu einem Künstler des Ausweichens geworden. Er fand ständig eine Entschuldigung, wenn er sich in einer Lage befand, in der die Gefahr bestand, etwas zu fühlen, das mehr war, als er benötigte, um seinen Job zu tun. Als er sie diesmal verlassen hatte, war ihm beängstigend klargeworden, daß er verantwortlich gewesen war für die Haltung seiner Familie ihm gegenüber. Selbst als kleiner Junge hatte er sie gefühlsmäßig von sich gewiesen, er hatte die Gesellschaft seiner übersinnlichen Welt ihnen vorgezogen. Kein Wunder, daß sie keine Bindung zu ihm hatten eingehen können. Wie konnten normale Eltern hoffen, die hohe mentale Mauer zu überwinden, die er um sich herum aufgebaut hatte? Seine Eltern waren nicht perfekt gewesen, aber welche Eltern waren das schon? Die Tatsache, daß sie sich nicht dazu hatten überwinden können, ihren einmal gewählten Weg für ein Kind wie ihn aufzugeben, machte sie nicht selbstsüchtig oder kalt oder zu schlechten Eltern. Sie hatten für ihn das getan, was sie konnten. Daß sie ihn gefühlsmäßig alleingelassen hatten, war das Resultat jahrelanger Frustration und Enttäuschung. Seine Mutter konnte kein weiteres Kind bekommen. Er war alles, was sie hatte. Er hatte sich niemals in die Gedanken seiner Eltern eingeschaltet, und jetzt kannte er den Grund dafür. Es war nicht ihr Versagen, das er sich zu sehen gefürchtet hatte, sondern sein eigenes.

Er hatte als Kind niemals geweint. Er hatte niemals ein Lieblingsspielzeug gehabt, niemals ein Lieblingsprogramm oder ein Lieblingslied. Er war von früh an ein leidenschaftlicher Leser gewesen, doch der Grund dafür waren nicht die Geschichten selbst gewesen, sondern die Tatsache, daß er dem Weg der Gedanken hatte folgen und tatsächlich die Autoren bei der Schaffung ihres Werkes hatte sehen können. Psychometrie machte es ihm nicht nur leicht, jeden Gedanken und jede Stimmung während der Erschaffung des Werkes zu erfahren, sie zeigte ihm auch lebhafte Bilder, als sei der Prozeß der Erschaffung des Buches ein Film, der sich in seinem Kopf abspielte. Er wußte alles über den Autor, einschließlich seiner kreativen Gedanken, die jede Geschichte und jeden Charakter in dem Buch formten. Als er dreizehn Jahre alt war, konnte er das Buch eines Autors nehmen und sich in den Fluß seiner Gedanken und seiner Geschichten einfühlen. Hellseherei. Seine Talente hatten es ihm so leicht gemacht, sich seiner eigenen Realität zu entziehen und durch das Leben der anderen zu leben.

Als er an der neuen Eiche angekommen war, wußte er, daß Roan und Lachlan nicht in der Remise waren. Er blieb stehen und stieß verärgert die Luft aus. Als er den Kopf wandte, entdeckte er die beiden Männer bei den Rhododendronbüschen und ging zu ihnen hinüber. Die Luft war kalt, doch er fror nicht in seinem Hemd, und der Schnee wandelte sich langsam zu Matsch.

»Ihren Einfallsreichtum muß man bewundern«, hörte er Lachlan amüsiert sagen.

Winston blieb ein paar Meter vor ihnen stehen. Sie hockten zwischen den Büschen und lösten die Wolle aus den Ästen. Zwischen ihnen auf dem Boden lag schon ein beachtlicher Knäuel Wolle.

»Wenn du meinst«, brummte Roan. Er riß an einem Faden dunkelgrüner Wolle und fiel dann auf seinen Hintern, als der Faden sich aus den Ästen löste. Er lachte, dann stieß er ein Geräusch aus, das eher einem unterdrückten Aufschluchzen glich. »Verdammt, das ist kalt«, rief er, kam blitzartig wieder auf die Beine und untersuchte sein nasses Hinterteil.

»Zuviel Kaffee«, neckte Lachlan ihn, und seine dunklen Augen blitzten vergnügt.

»Oder zu wenig Kontrolle über die Blase«, meinte Winston.

Die beiden Männer musterten ihn grienend. Lachlan richtete sich auf und massierte seine Oberschenkel. »Wie war es?« wollte er von Winston wissen. »Immerhin bist du keine Kröte, also hast du entweder Deliah nicht gesehen oder sie fühlt den nahenden Frühling.«

Winston bemühte sich, sich nichts anmerken zu lassen, doch es entging ihm nicht, daß Roan ihn mit gerunzelter Stirn betrachtete. Als er sich kurz in seine Gedanken einschaltete, erkannte er, daß Roan seine Fassade durchschaute, und das machte ihn noch verletzlicher. Er war Sklave seiner verwirrten Gefühle.

»Ich habe sie gesehen«, gestand er und zwang sich zu einem Lächeln. Doch gelang es ihm nicht, Roans Blicken auszuweichen. »Sie ist nicht gerade glücklich mit dieser ganzen Situation, aber sie ist nicht böse auf mich.«

»Gut«, meinte Lachlan.

Roan nickte, er zupfte an dem nassen Stoff seiner Hose.

»Ich habe auch Laura gesehen.« Roan schaute an ihm vorbei, als Winston weitersprach. »Sie wirkte, als hätte sie geweint und gar nicht geschlafen.«

»Verdammt«, murmelte Roan.

»Und was ist mit Beth?«

»Ich habe sie nicht gesehen, Lachlan.«

Lachlan nickte betrübt und sah hinüber zum Haus. Winston zog sofort seinen Schutzschild hoch, um zu vermeiden, daß er die grimmige Stimmung der beiden anderen fühlte. Er war schon melancholisch genug. Ein drängendes Bedürfnis, zurück zum Haus zu laufen, ließ einen Schauer durch seinen Körper laufen. Diesem Wunsch zu widerstehen, verlangte seine ganze Fähigkeit, sich unter Kontrolle zu halten. Um Zeit zu gewinnen und sich in eine annehmbare Apathie zu versetzen, trat er hinter Roan, hockte sich hin und begann, die Wolle von den Ästen zu lösen. Einige Minuten vergingen, ehe Lachlan fragte: »Was willst du eigentlich hier draußen bei uns, Junge?«

Der Humor in der Stimme des Mannes ließ Winston auflachen, doch als er dann aufblickte und sah, daß die beiden Männer ihn mit gerunzelter Stirn betrachteten, wurde er sehr schnell wieder ernst. Sie erinnerten Winston an zwei Bücherstützen. Seite an Seite, die Arme vor der Brust gefaltet und die Augenbrauen über den eindringlichen Augen gerunzelt.

Winston stand auf und schob die Hände in die Hosentaschen. »Was ist los?«

»Das solltest du uns sagen«, meinte Roan brummig.

»Aye.« Lachlan bedachte ihn mit einem giftigen Blick. »Ich dachte, wir wären Freunde, Winston.«

Winston widerstand dem Wunsch, sich in ihre Gedanken einzuschalten, statt dessen zuckte er leichthin mit den Schultern. »Das sind wir doch auch.«

»Ach, ich verstehe.« Roan klang eingeschnappt. »Du bist vielleicht derjenige mit den übersinnlichen Fähigkeiten, aber Lannie und ich sehen uns als Männer, die eine sehr gute Menschenkenntnis besitzen.«

Winston begann, seinen Schutzschild herunterzulassen. Er

konnte nicht verstehen, was die beiden störte, und er war auch nicht in der Stimmung für ein Spielchen. Er wollte sich gerade in ihre Gedanken einschalten, als Lachlan vortrat und ihm mit dem Finger drohte.

»Nein, Junge. Einer gegen einen, Mann gegen Mann, warum verschwendest du deine Zeit hier draußen mit uns?«

Zorn stieg in Winston auf, so schnell und so unerwartet, daß er sprach, noch ehe er nachgedacht hatte. »Die gleiche Frage stelle ich mir auch!« Er deutete zum Haus. »Dort drinnen ist eine Frau, die mich gebeten hat, bei ihr zu bleiben. Aus einem verdammten, *falschen* Sinn für Loyalität zu euch beiden lasse ich mich hier von euch beschimpfen, anstatt mich von ihr lieben zu lassen!«

Winston ging im Kreis um die beiden herum, während all der Zorn der letzten beiden Wochen wieder in ihm aufkochte. Als er schließlich Roan und Lachlan mit hochroten Wangen gegenüberstand, fühlte er, wie es in seinen Schläfen pochte. »Würde einer von euch beiden mir bitte erklären, warum ihr euren Stolz über eure Liebe und den Respekt zu euren Frauen setzt? Könnt ihr das erklären? Könnt ihr von den Höhen eures Testosterons lange genug herunterkommen, um darüber nachzudenken, wie die Frauen sich wegen unseres Benehmens fühlen?« Er lachte wie ein Mann, der kurz vor einem Zusammenbruch steht, und wedelte mit beiden Händen, um das Ausmaß seines Ärgers zu demonstrieren. »*Wir* sind schuld an all dem. Sie haben mehr Rückgrat als wir alle zusammen, und mir gefällt, verdammt noch mal, mein Anteil an ihrem Kummer absolut nicht!«

Die Männer starrten Winston lange schweigend an, dann warf Lachlan Roan einen ärgerlichen Blick zu. »Was sind die Höhen des Testosterons?«

Roan verzog verdrossen das Gesicht. »Das hat was mit Männern zu tun, glaube ich.«

Lachlans Gesicht verzog sich spöttisch, als er Winston ansah. »Also hat dich die Loyalität zu deinen Freunden von Deliah losgerissen, wie?« Er schnalzte mit der Zunge und schüttelte den Kopf. »Du solltest dich schämen, Winston. Ich bin ein alter Mann, und Roan, nun ja, er ist ein stolzer *Ingliss.* Das sind zwar nicht die besten Entschuldigungen, aber wir besitzen auch nicht deine Bildung und deine Weltgewandtheit. Freundschaft ist großartig, Junge, aber sie ist kein Ersatz für die Liebe einer Frau.«

»Hast du mich jetzt beleidigt?« fragte Roan Lachlan verwirrt.

»Aye.« Lachlans kluger Blick ruhte noch immer auf Winston. »Ich habe uns beide beleidigt. Für einen guten Zweck.«

Roan schnaufte, doch verkniff er sich einen Kommentar.

Winston fuhr sich mit der Hand über den Mund und seufzte tief auf, um sich zu beruhigen. »Es tut mir leid. Ich hatte die Wahl zu gehen, und ich habe euch beide als Entschuldigung benutzt, um zu vermeiden …«

»Um der Wahrheit auszuweichen, daß du sie liebst«, beendete Lachlan ernst den Satz.

»Wir sind hier draußen, um den Frauen die Möglichkeit zu geben, sich zu beruhigen«, sagte Roan. »Deliah besitzt nicht das Temperament von Laura und Beth. Du machst hier niemandem was vor, außer dir selbst, Winston. Du kannst lächeln und so tun, als seist du ein Mann, der keine Sorgen hat, aber deine Augen verraten dich.«

Eine Welle von Gefühlen schwappte in Winston empor und bildete einen dicken Kloß in seinem Hals, so daß er nichts entgegnen konnte. Er wandte sich um zum Haus und verschränkte die Arme vor der Brust. Kurz darauf standen Roan und Lachlan zu beiden Seiten von ihm. Die Hände hinter dem Rücken verschränkt, sahen sie zusammen mit ihm zum Haus. Erneut wurde Winston klar, wie ähnlich die beiden Männer einander waren. Sie sahen eher aus wie zwei Brüder, die sich nahestanden, und nicht wie Männer, die früher einmal Freunde gewesen waren. Selbst ihre Herzen schlugen im gleichen Rhythmus. Sehr eigenartig.

»Wenn ich der Meinung wäre, daß Laura bereit ist, mit mir zu reden, dann würde ich mich jetzt mit ihr in unserem Bett kuscheln und unsere eigene Form von Frühlingsglück schaffen.«

»Aye.« Lachlan seufzte. »Ich würde kriechend um Vergebung flehen und ihr dann den restlichen Tag über ins Gedächtnis rufen, warum sie sich überhaupt in mich verliebt hat.« Er wandte den Kopf und betrachtete ernst Winstons Profil. »Aber Beth ist dazu noch nicht bereit, denn sonst hätte ich von ihr gehört. Und wenn nicht das ...«, er betrachtete das Haus voller Sehnsucht, » ... dann hätte ich wenigstens gesehen, wie sie aus einem der Fenster nach mir Ausschau hält. Aber weil sie sich weder sehen noch hören läßt, bedeutet das, daß ich sie *tief* mit meinen Taten verletzt habe. Ich gebe ihr nicht nur Zeit, um sich abzukühlen, sondern ich brauche die Zeit auch, um all meinen Mut zusammenzunehmen, damit ich ihr gegenübertreten kann.«

Roan senkte den Kopf und scharrte mit dem rechten Fuß auf dem Boden. »Wir sind dafür verantwortlich, daß du in diese ganze Sache hineingezogen worden bist.« Er schaute auf und begegnete Winstons Blick. »Laß dich nicht durch unsere Dummheit von Deliah fernhalten.«

»Ich bin aus freien Stücken mit zu Shortbys gekommen«, erklärte Winston entmutigt. Seufzend schloß er kurz die Augen. Als er sie wieder öffnete, sah er zum Himmel. »Ich habe es mir selbst nie erlaubt, Freunde zu haben. Es war ...«, er lächelte schüchtern und betrachtete seine Füße, »... eine Erfahrung. Eine Erfahrung, die ich nicht beenden möchte.«

Er tat ein paar Schritte, dann wandte er sich um und sah Roan und Lachlan an. »Ich verdanke euch beiden sehr viel. Meine geistige Gesundheit, zum Beispiel. Ich möchte nicht, daß ihr glaubt, ich sei undankbar, aber ich liebe Deliah, und ich sollte nicht nur bei ihr sein, ich *muß* bei ihr sein.«

Ein breites Grinsen breitete sich auf den Gesichtern seiner Freunde aus.

»Junge«, meinte Lachlan. »Das ist es doch, was wir dir die ganze Zeit gesagt haben.«

»Du verschwendest deine Zeit«, meinte Roan und seufzte übertrieben tief auf, doch seine Augen blitzten.

Mit wild klopfendem Herz nickte Winston. »Ich werde später kommen und euch besuchen.« Er ging ein paar Schritte rückwärts auf das Haus zu. »Viel später.« Sein Gesicht verzog sich zu einem Grinsen, und er fühlte sich äußerst beflügelt, als hätte der Frühling die dunkelsten Ecken seines Verstandes und seines Herzens erwachen lassen. »Laßt Beth und Laura nicht zu lange warten.«

»Wenn die Dinge bis heute abend noch nicht erledigt sind«, meinte Roan, »dann habe ich vor, morgen früh das Haus zu stürmen.«

Ein Schauer lief durch Lachlans Körper. »Genau das gleiche habe ich auch gedacht. Himmel, Mann, ich denke, wir verbringen viel zuviel Zeit miteinander.«

Mit einem Lachen wandte Winston sich ab und begann dann zu laufen, so schnell, wie der glatte Untergrund es erlaubte. Er sah sich nicht mehr um, sondern richtete seine ganze Aufmerksamkeit auf das Haus. Als er die Küchentür erreicht hatte, stellte er sich Deliahs Reaktion auf seine Rückkehr vor. Wie hatte er nur so dumm sein können, sie wieder zu verlassen? Woher hatte er überhaupt die Kraft genommen, aus der Küche zu gehen, wo er doch ganz genau wußte, daß all das, was er sich vom Leben ersehnte, gleich hier war und über ihn wachte?

Er betrat die Küche und erschreckte Beth. Sie blickte auf von der Spüle, ihr Gesicht war blaß, die Augen weit aufgerissen.

»Entschuldigung«, sagte er atemlos und schloß die Tür hinter sich. Er wußte, daß er lächerlich benommen aussehen mußte, doch das war ihm gleichgültig. »Ich muß Deliah sehen.«

»Ich glaube, sie ist in ihrem Zimmer.«

»Danke.« Er lief zur Tür des Eßzimmers, doch dann blieb er stehen. »Beth?«

Sie sah ihn über ihre Schulter hinweg vorsichtig an. »Ich weiß, es geht mich nichts an ...«

»Dann laß es«, sagte sie kalt und machte sich wieder daran, das Geschirr abzuwaschen.

Winston holte tief Luft. »Ich muß es tun. Bitte.«

Einen Moment glaubte er, daß sie ihm weiter den Rücken zukehren würde, doch dann griff sie nach dem Handtuch am Haken neben der Spüle, trocknete sich die Hände ab und wandte sich zu ihm um. Sie war in ihrem Nachthemd und hatte einen Morgenmantel darübergezogen. Ihr hellbraunes, lockiges Haar war zerzaust. Unter ihren Augen lagen tiefe Schatten. »Sprich es dir von der Seele«, forderte sie ihn trübe auf.

Erneut verspürte er den dicken Kloß in seinem Hals. Er räusperte sich, trat nervös von einem Bein auf das andere und begann zu reden. »Ich weiß, es gibt keine Enschuldigung für die Art, wie Roan, Lachlan und ich uns benommen haben.« Noch einmal räusperte er sich. »Das ist viel schwieriger, als ich geglaubt habe.«

»Wenn du hier Lachlan verteidigen möchtest – das interessiert mich nicht.«

Als er die richtigen Worte gefunden hatte, sprudelten sie aus ihm heraus. »Beth, es ist seine Liebe zur dir, die ihm angst macht.«

»Das ist doch lächerlich. Verdammt, Winston, ich habe nie geglaubt, daß mir jemand einmal so weh tun könnte, wie er es getan hat! Ich will verflucht sein, wenn ich ihm das durchgehen lasse!«

»Ich mache dir doch gar keinen Vorwurf! Aber es würde dich

nicht so tief verletzen, wenn du ihn nicht lieben würdest, Beth. Alles, was ich dir vorschlagen möchte, ist, wenn er zu dir kommt, ihm zuzuhören, was er dir zu sagen hat.«

Tränen traten in ihre Augen, und sie zitterte vor unterdrücktem Zorn. »Bevor ich ihm eines seiner Schwerter in den Leib ramme oder danach?«

Ein ersticktes Lachen kam aus Winstons Kehle, ehe er es unterdrücken konnte. »Vorher, hoffe ich. Es tut mir leid, wenn ich dich verärgert habe.«

Sie wandte sich wieder zur Spüle um. »Mach dir lieber Sorgen um Deliah. Winston?«

»Ja, was ist?«

Sie sah ihn nicht an, mit leiser Stimme sagte sie: »Es fällt ihr wirklich sehr schwer, mit all dem Aufruhr hier fertigzuwerden. Du solltest nichts tun oder sagen, was die Sache noch schlimmer macht, als sie sowieso schon ist.«

»Falls sie nichts dagegen hat, meinen Antrag anzunehmen, hoffe ich, sie sehr glücklich zu machen.«

Beth wirbelte herum, ihre Blässe verschwand unter einem glücklichen Strahlen. »Sie glaubt …«

»Was?«

Beth hob die Hand an den Mund. »Ich hätte nichts sagen dürfen«, lenkte sie ein.

»Beth, bitte verrate es mir.«

Sie nickte. »Sie glaubt, sie ist deiner nicht wert und auch nicht des Lebens unter uns. Winston, sie liebt dich so sehr.«

Er lächelte, und es kam tief aus seinem Herzen. »Ich weiß, und ich war ein verdammter Idiot.«

»Niemand ist perfekt«, stichelte sie und errötete dann. »Danke, daß du es mir gesagt hast.«

»Bist du abergläubisch, Beth?«

»Wieso?«

»Weil ich dich bitten werde, mir die Daumen zu drücken.«

Beth lachte leise. »Das werde ich tun. Darf ich Laura davon erzählen?«

»Nur, wenn du glaubst, daß auch sie mir die Daumen drücken wird.«

»Das kann ich ziemlich sicher garantieren«, meinte Beth, nun atemlos vor Aufregung. Ihre Augen leuchteten, und ihre Haltung zeugte von neuer Energie, die sie schon so lange nicht mehr gefühlt hatte. »Es wird schön sein, daß es etwas Fröhliches gibt, worauf wir uns konzentrieren können.«

Aus einem Impuls heraus ging Winston um die Kochinsel herum und drückte einen Kuß auf Beths Wange. Sie zuckte überrascht zusammen, und ihre Augen weiteten sich, während Winston schnell ein paar Schritte zurücktrat und über und über rot wurde. »Frühlingsfieber«, meinte er, grinste verlegen und lief dann aus der Küche.

Deliahs Schlafzimmer lag im ersten Stock, gleich neben dem Aufgang zum Turm. Er blieb vor ihrer Tür stehen, die Hand hatte er schon erhoben, um anzuklopfen, während ein nervöser Schauer durch seinen Körper rann. Obwohl er ihre Liebe zu ihm nicht in Frage stellte, so mußte er doch an den Ausdruck der Verzweiflung in ihren Augen denken, als er sie in der Küche zurückgelassen hatte. Wie weit konnte man eine Fee drängen, ehe sie ihre Gefühle in sich verschloß? Würde sie ihn abweisen, um sich selbst zu schützen? Würde sie ihn abweisen, damit er den tiefen Kummer fühlte, den sie seinetwegen gelitten hatte?

Ganz plötzlich hatte er schreckliche Angst, die Schwelle zu überschreiten und ihr gegenüberzutreten. Er hatte schreckliche Angst, daß sie in der kurzen Zeit, seit sie zuletzt miteinander geredet hatten, ihr Herz gegen ihn verschlossen hatte.

Mit feuchten Händen drückte Winston den Türgriff hinunter, öffnete die Tür und betrat das Zimmer. Er entdeckte sie sofort. Sie kniete vor einem der offenen Fenster. Die Arme hatte sie auf die Fensterbank gelegt und ihr Kinn darauf gestützt. Leise schloß er die Tür hinter sich und ging durch das Zimmer. All seine Nerven waren zum Zerreißen gespannt. Ihm war gleichzeitig heiß und kalt. Die beiden großen Fenster standen offen, der Kamin war kalt. Es war kühl im Zimmer, doch nicht unangenehm, die Luft war frisch, und es duftete nach Frühling. Schwacher Duft von Blumen stieg ihm in die Nase. Er wußte, es war ein Duft, der von ihr ausging.

Neben ihr blieb er stehen. Sie starrte blicklos über das Land, verloren in einem Reich von Verzweiflung, das er nur erahnen konnte. Sie hatte ihr Haar geöffnet, es fiel ihr über den Rücken und hing hinter ihr auf dem Boden, wie ein Teppich aus Seide. Selbst wenn er tausend Jahre mit ihr leben würde, sagte er sich, er würde niemals müde werden, den Glanz, die Länge und die Struktur ihres Haares zu bewundern. Nie würde er sie anders sehen als wundervoll und schön und bezaubernd. Er hatte zu kurz davorgestanden, sie aus seinem Leben verschwinden zu lassen.

»Deliah«, sagte er mit rauher Stimme, dabei ballte er die Hände zu Fäusten.

Sie wandte den Kopf und sah zu ihm auf, doch ihr verträumter Gesichtsausdruck sagte ihm, daß sie ihn nicht wirklich wahrnahm. Er wartete einen angespannten Moment, dann sank er neben ihr auf die Knie. Der glasige Ausdruck ihrer Augen schwand langsam, und sie runzelte die Augenbrauen. Eine Mischung aus Vorsicht und Hoffnungslosigkeit spiegelte sich auf ihrem zarten Gesicht. Sie bewegte die Schultern. Er hörte ihren Atem. Beinahe hätte er schwören können, daß er ihren raschen Herzschlag hörte.

Ein zitterndes Lächeln erschien auf Winstons Gesicht, als er vorsichtig die Hand ausstreckte und ihr Kinn berührte. Sie blinzelte, versuchte zu lächeln, doch es gelang ihr nicht so recht. Er streichelte mit dem Handrücken über ihre Wange. Sie schloß die Augen und stieß einen schwermütigen Seufzer aus, der ihn bis ins Herz traf, aber ein angenehmes Prickeln durch seinen Körper laufen ließ.

»Hast du überhaupt eine Ahnung davon, wie wunderschön du bist?« fragte er leise.

»Hast du es?« gab sie zurück. Ein Lächeln erhellte ihre Augen, dann hockte sie sich auf die Fersen und sah in sein Gesicht, als wolle sie sich jede einzelne Linie für ewig in ihrem Gedächtnis einprägen. »Ich bin überrascht, dich zu sehen. Warum bist du hier?«

Statt einer Antwort legte Winston eine Hand in ihren Nacken und beugte sich zu ihr, während er sie gleichzeitig näher zu sich zog. Er sah, wie ihre Augenlider flatterten, als er seinen Mund in einem federleichten Kuß auf ihre Lippen drückte. Sie seufzte auf, ihr Atem war so sanft wie der Frühling selbst. Winston wollte sich gerade von ihr zurückziehen, als sie sein Hemd packte und ihn an sich zog. Sie drehte sich zu ihm, schlang die Arme um seinen Hals und küßte ihn voller Leidenschaft, während ihre Finger sich in seinem dichten Haar vergruben. Ein kühler Wind kam durch das Fenster und strich um sie, doch ihre Haut war so fiebrig, daß sie das nicht merkten.

Verlangen, so heiß wie Lava, stieg in Winston auf, bis er glaubte, es würde in seinem Kopf explodieren. Er brach den Kuß ab, löste ihre Arme von seinem Hals und setzte sich auf den Boden. Alles verschwamm vor seinen Augen. Als er wieder deutlich sehen konnte, erkannte er, daß sie ihn mit angespannter Erwartung ansah, und er wußte, daß sie glaubte, er würde wieder vor ihr davonlaufen. Er schüttelte leicht benommen den Kopf, dann hob er die Hand.

»Deliah, ich brauche ein Bad und eine Rasur.«

»Warum?«

Er lachte vergnügt auf. »Weil ich stinke, und weil mein Stoppelbart deine Haut zerkratzen wird. Ich kann es jetzt schon um deinen Mund herum erkennen.«

»Das ist mir gleichgültig. Und wenn du einen ganzen Wald in deinem Gesicht hättest, Winston, es würde mich nicht stören.«

Winston atmete schwer und zwang sich, aufzustehen, dabei wandte er den Blick nicht ab von den tiefen Schatten unter ihren Augen. Als er wieder sicher auf den Füßen stand, holte er tief Luft und reckte die Schultern. »Aber mir ist es nicht gleichgültig, Mädchen. Ich werde, verdammt noch mal, nicht mit dir schlafen, so lange ich stinke wie eine ganze Brauerei. Es wird nicht lange dauern, das verspreche ich dir.« Sie senkte den Kopf.

»Deliah?« fragte er.

Sie ließ den Kopf gesenkt.

In dem Versuch, seinen schwindenden Mut zu stärken, sah Winston sich im Zimmer um. Die Einrichtung, ganz in grün und beige gehalten und die schweren dunklen Möbel mit den geschnitzten Putten nahm er nur vage wahr. Bestickte Gardinen mit Blumenmustern hingen vor den Fenstern, eine dazu passende Decke lag auf dem Bett. Die Farben des Perserteppichs auf dem Fußboden aus Hartholz waren grün, gold und schwarz. Der Raum bot den perfekten Hintergrund für sie. Putten und Blumen. Frühling und geflügelte Wunder.

»Ich habe mich entschlossen, schon bald wieder an meine Arbeit zurückzukehren«, erklärte er wie nebenbei und starrte auf ihr nach wie vor gesenktes Haupt. »Das bedeutet, daß ich ab und zu verreisen muß und nicht immer zu Hause bei meiner Frau sein kann. Ich bin ein schwieriger Mann, und meine Arbeit wird es nicht leichter machen. Serienmörder aufzuspüren verdüstert die Laune. Ich leide normalerweise hinterher unter Depressionen, wenn ich unterwegs war. Außerdem bin ich dann nicht in der Stimmung, mit irgend jemandem zusammen zu sein. Hoffentlich wird sich das ändern, wenn ich weiß, daß eine liebevolle, fürsorgliche Frau zu Hause auf mich wartet.«

Er atmete tief aus, dann sprach er weiter. »Ich denke, ich sage dir das alles, weil ich dich nicht in eine Ehe drängen möchte, ohne daß du vorher genau weißt, was dich an schlimmen Dingen erwartet. Ich bin sechsunddreißig Jahre alt, und ich bin bis jetzt ohne jegliches gesellschaftliches Leben ausgekommen, ganz zu schweigen von irgendwelchen Intimitäten. Wenn ich heirate, dann wird es für das ganze Leben sein. Sie muß sich sehr sicher sein, daß ich es bin, was sie will. Sie muß wissen, daß es die Mühe wert ist, auf lange Zeit zu lieben. Ich kann manchmal ein sehr grüblerischer, chauvinistischer, elender Schuft sein, und ich kapsele mich oft ab, wenn mir sehr viel im Kopf herumgeht. Ich kann meine Gefühle nicht gut ausdrücken, offen gesagt wußte ich bis vor kurzem gar nicht, daß ich überhaupt welche haben kann.

Alles in allem sehe ich keinen vernünftigen Grund, warum eine Frau es mit jemandem wie mir überhaupt aushalten kann, geschweige denn, mich heiraten möchte. Aber mit weniger werde ich mich nicht zufrieden geben.«

Er war nervös, weil sie sich weigerte, ihn anzusehen, und aufgeregt, weil er, je mehr er redete, immer stärker begriff, was für ein erbärmlicher Preis er für eine Frau war. Dennoch sprach er weiter. »Ich erwarte, daß die Frau, die ich heirate, zu Hause bleibt. Es ist Sache des Mannes, das Geld zu verdienen, und das kann ich auch. Ich sage meine Meinung, und ich besitze auch nicht den Langmut, mich mit einer streitsüchtigen Frau abzugeben, daher erwarte ich, daß sie sich meinen Wünschen unterordnet. Ich liebe ein ordentlich gekochtes Essen, und ich möchte die Zeitung in Ruhe lesen. Und ich glaube, ein Mann sollte das Recht haben, seine Frau zu lieben, *wo immer* und *wann immer* er Lust und Laune hat.«

Winston nickte bekräftigend mit dem Kopf, dann ging er abrupt zur Tür. Er öffnete sie und schaute noch einmal zurück zu Deliah. Sie hatte sich nicht bewegt, ihr Haar verdeckte ihr Profil.

»Deliah, wenn diese Tür abgeschlossen ist, wenn ich zurückkomme, dann kenne ich deine Antwort. Wenn sie nicht abgeschlossen ist, dann warne ich dich, dann wird es kein Zurück mehr geben.«

Noch lange nachdem er die Tür hinter sich geschlossen hatte, blieb Deliah bewegungslos sitzen. All seine Worte dröhnten hohl in ihrem Kopf, sie verwirrten sie, je mehr Zeit verging und sich die Sekunden zu Minuten dehnten. Sie hatte die ganze Nacht nicht geschlafen, und sie versuchte sich einzureden, daß sie deshalb so durcheinander war. Doch dann begriff sie, daß alles, was er gesagt hatte, einen Sinn ergab, weil …

Sie hob den Kopf, wandte das Gesicht dem Fenster zu und schloß die Augen, als der Wind über ihr Gesicht strich. Sie zwang sich, ihren Kopf frei zu machen und tief einzuatmen, als wolle sie sich vollkommen von den dunkleren Gefühlen reinigen, die sich ihrer bemächtigt hatten, seit sie aus der Wurzel geflohen war. Als sie ruhig und gefaßt war, dachte sie zurück an jede einzelne Unterhaltung, die sie mit Winston gehabt hatte. Er hatte sie schon immer verwirrt. Sogar schon vor sehr langer Zeit, als er noch ein Junge war und sie seinem Verstand in der vierten Dimension begegnet war. Damals hatte sie nicht gewußt, daß er eines Tages in das Baird Haus kommen würde. Sie hatte nicht ahnen können, daß er sie eines Tages befreien würde. Daß er eines Tages sowohl Glück als auch Kummer in ihr Leben bringen würde, sowohl Freude als auch Schmerz. Als sie sich seine Rede von vor einigen Minuten wieder ins Gedächtnis rief, war sie erneut verwirrt. Warum sollte er ihr erklären, was er von einer Frau erwartete? Hatte sie ihm denn nicht versprochen, daß sie ihn niemals davon abhalten würde, die Liebe und die Familie zu finden, die er verdiente? Hatte sie ihn nicht inständig gebeten, ihr zu erlauben, ihn zu lieben, seine Geliebte zu sein, bis der Zeitpunkt kam, an dem er sie verlassen mußte?

Sie stand auf und lief in dem Zimmer auf und ab, ihre Gedanken waren weit weg von dem, was sie tat, wo sie war. Nach einiger Zeit starrte sie auf die Tür und runzelte die Stirn.

Warum sollte sie die Tür abschließen? Und selbst, wenn sie das tat, was für eine Antwort konnte es bedeuten?

»Alles in allem sehe ich keinen vernünftigen Grund, warum eine Frau mich überhaupt aushalten kann, geschweige denn, mich heiraten möchte.«

»Nun«, schnaufte sie und stützte die Hände in die Hüften, »was hast du denn von mir erwartet? Schließlich bin ich keine Frau, sondern eine weibliche Fee. Verdammt, Winston Ian Connery, was wolltest du mir damit sagen? Daß du bereits eine Frau gefunden hast, die du heiraten möchtest? Aber wann denn? In der Zeit, nachdem du mich in der Küche geküßt hast und jetzt hier?

»Oh, du lästiger Kerl! Warum lasse ich mich von dir so sehr verwirren?«

»Ich sage meine Meinung, und ich besitze auch nicht den Langmut, mich mit einer streitsüchtigen Frau abzugeben.«

»Ha! Eine streitsüchtige Frau ist genau das, was du brauchst! Und es ist das Recht eines Mannes, wo auch immer und wann auch immer seine Frau zu lieben, wie?« Ihr Körper bebte vor Wut, und ihre zierlichen Hände hatte sie zu Fäusten geballt. »Nun, es wäre wohl zu gütig, wenn Männer so konstruiert wären, daß sie eine Frau dann lieben, wenn *sie* danach verlangt. Dann hätte ich dich auf jeden Fall mehr als nur einmal in meinem Bett gehabt, dafür kann ich garantieren!«

Sie ging zum Fuß des Bettes und umfaßte die Schnitzereien des Bettpfostens. »Deliah, dir ging es besser, ehe du die Wurzel verlassen hast. Es ist an der Zeit, daß du aufhörst, mit dem Herzen zu denken!«

Ein schelmisches Lächeln umspielte ihre Mundwinkel, und sie zog die Augenbrauen hoch. »Du sorgst dich darum, daß du mein Gesicht zerkratzt, aber mein Herz kümmert dich nicht. Winston, du hast meinen Zorn geweckt, und es gefällt mir nicht, in welche Richtung meine Gedanken gehen, denn ich sehe dich in Gedanken als eine Kröte auf meiner Hand, die krächzt und krächzt und ihre kleine Brust wölbt. Und wenn ich grausam genug wäre, Winston Ian Connery, dann würde ich dich auf eines dieser feinen Kissen setzen und dich dazu zwingen, mir zuzuhören, wie ich von morgens bis abends an dir herumnörgele. Aye, ich denke, das könnte ich tun.«

Sie verschränkte die Arme vor der Brust und feixte verächtlich. »Noch besser, warum nicht gleich *drei* Kröten auf meinem Kissen?«

Ihr Zorn war plötzlich verschwunden, Tränen traten in ihre Augen, und ihr Kinn zitterte.

»Verdammt, Winston. Ich wünschte ...«

Als sie hörte, wie hinter ihr die Tür geöffnet wurde, wirbelte sie herum. In derselben Sekunde, als sie Winston auf der Schwelle stehen sah, drehte sich ihre ganze Welt im Kreis. Einen entsetzlichen Moment hatte sie das Gefühl, zu fallen. Sie klammerte sich an ihn, und der Schwindel in ihrem Kopf legte sich langsam.

»Was ist los, Deliah?« hörte sie Winston fragen, der betroffene Ton seiner Stimme fachte ihren Zorn aufs neue an. »Ist dir schwindelig? Möchtest du dich hinlegen?«

Ein beklemmendes Gefühl ergriff sie, dennoch konnte sie ihn von sich stoßen und sich ein paar Schritte von ihm entfernen. Sie fühlte sich eigenartig benebelt, doch ihr Zorn gab ihr die Kraft, sich zu fassen.

»Deliah?«

Langsam wandte sie sich ihm zu. Sie kämpfte darum, nach außen hin ruhig zu bleiben, doch sie wußte, daß sein prüfender Blick ihm verriet, daß sie verärgert war.

»Die Tür war nicht abgeschlossen.«

Sie fand, daß diese Bemerkung so chaotisch war wie alles andere an den Männern auch. Deshalb fragte sie irritiert: »Und?«

Er runzelte die Stirn. »Willst du, daß ich gehe?«

Es lag ihr auf der Zunge, ihm zu raten, schnell wegzulaufen, ehe sie ihn in eine Kröte verwandelte, doch dann betrachtete sie ihn genauer und stellte fest, daß sie sich beruhigte. Er war barfuß. Seine dunkle Hose hatte keinen Gürtel. Die Manschetten seines weißen Hemdes waren nicht zugeknöpft, auch die anderen Knöpfe standen offen und zeigten ihr seine muskulöse Brust. Er war glattrasiert, das nasse Haar hatte er zurückgekämmt, und seine Augen waren noch grüner als sonst.

Deliahs Mund wurde staubtrocken. Heißes Verlangen stieg in ihr auf und lockte sie, wie schon so oft in den vergangenen Wochen. Sie wollte ihn ausschimpfen, um sich das Herz zu erleichtern, doch es gelang ihr nicht, das innere Feuer zu finden, um es auch richtig zu tun. Statt dessen murmelte sie nur: »Ich hoffe, du wirst glücklich werden.«

Er schien überrascht zu sein und schob beide Hände in die Hosentaschen. »Ich hoffe, wir werden beide glücklich werden.« Er blickte zum Fenster. »Hast du etwas dagegen, wenn ich die Fenster schließe? Es ist k …«

Er hielt mitten im Wort inne, als sich auf eine schnelle Handbewegung von ihr die Fenster schlossen.

»Danke.«

Sie nickte.

Sekunden des Schweigens breiteten sich zwischen ihnen aus. Winston wippte vor und zurück auf seinen Füßen, während Deliah ihn unter gesenkten Augenlidern betrachtete.

»Also, wie soll ich das verstehen, Deliah?«

»Was verstehen?«

»Die Tür war nicht verschlossen, aber ich kann nicht behaupten, daß du glücklich scheinst, mich zu sehen.«

»Aye.«

Er verzog komisch das Gesicht. »Aye, was? Willst du oder willst du nicht, Deliah? Ich verstehe ja, daß du das Recht hast, mich hinzuhalten, aber es ist verdammt ungemütlich, deine Antwort nicht zu wissen.«

»Nun, alles, was ich sagen kann, ist, daß deine Frau alle Hände voll zu tun haben wird, mit dir fertigzuwerden, das ist sicher. Weil du nämlich manchmal ein grüblerischer, chauvinistischer, elender Schuft bist.«

Mit einem leisen, zynischen Lachen ging Winston um sie herum und blieb vor einem der beiden Fenster stehen. Mit dem Rücken zu ihr sagte er: »Ich denke, ich darf dir nicht einmal böse sein, wenn du versuchst, die Rechnung auszugleichen.«

»Ich habe keine Rechnung auszugleichen, aber ich habe die Absicht, dir einiges zu sagen.«

Er wandte sich zu ihr um und zog eine Augenbraue hoch, dann nickte er.

»Nun.« Sie seufzte, reckte die Schultern und hob das Kinn. »Eine Fee sollte sich auf keinen Fall mit weniger zufriedengeben, als sie verdient. Es läge nicht in meiner Natur, mir von irgendeinem Mann Vorschriften machen zu lassen, wann ich den Wunsch verspüre, mit ihm zu schlafen und wann oder wann nicht ich den Mund halten soll. Außerdem würde ein Mann, der mich gut versorgt, einen Koch einstellen, um den Mangel an Kochkunst seiner geliebten Frau auszugleichen, und ein solcher Mann würde auch niemals allein dasitzen und eine muffige Zeitung lesen, während seine Frau irgendwo anders ist und ihn vermißt.«

Mit einem lässigen Schulterzucken sagte Winston: »Alles machbar.«

»Machbar?«

Er nickte. »Sprich weiter.«

Sie fand, daß er in einer sehr seltsamen Laune war und wünschte, daß sie verstand, was er von ihr erwartete. »Ich frage dich, Winston, liebst du deine zukünftige Frau?«

Ohne zu zögern antwortete er: »Mehr als ich es je für möglich gehalten habe.«

Deliah schluckte und senkte den Kopf. »Dann bitte ich dich, freundlich zu ihr zu sein.«

Als er nicht darauf reagierte, sah sie hoch und stellte fest, daß er sie mit gerunzelter Stirn musterte. Dann aber änderte sich sein Gesichtsausdruck, er nahm einen Anflug von Hochmut an, der sie noch mehr durcheinanderbrachte.

»Freundlich, wie?« Mit ein paar großen Schritten kam er auf sie zu und nahm die Hände aus seinen Hosentaschen. »Freundlicher, als ich es zu dir gewesen bin?«

Ihr Kopf zuckte zurück. »Das hoffe ich!« keuchte sie.

Zu ihrer Überraschung lachte er auf, und seine strahlenden Augen ruhten auf ihrem Gesicht. »Weißt du, Deliah, als ich vor einer Weile dieses Zimmer verlassen habe, habe ich mir geschworen, daß ich mich nicht in dein Gedächtnis einschalten würde, um deine Antwort zu erfahren. Das habe ich auch nicht getan. Auch jetzt hätte ich es nicht getan, wenn du dich nicht so eigenartig benommen hättest.«

»Das ist halt eine Sache der Feen, dieses eigenartige Benehmen«, erklärte sie abwehrend, obwohl ein dicker Kloß der Unsicherheit in ihrem Magen saß.

»Hast du überhaupt eine Ahnung, warum ich hier bin?« fragte er neckend.

»Um mich zu quälen zweifellos.«

»Du wirst es wirklich schaffen, mich dazu zu bringen, nicht wahr?«

Erschöpft und frustriert fragte sie: »Was zu tun?«

Er sank auf ein Knie. »Vor dir auf die Knie zu fallen.« Er nahm ihre Hand und küßte ihren Ringfinger. »Deine Hand zu nehmen und dich zu bitten, darum anhalten zu dürfen.«

Deliah blinzelte verdutzt auf ihn hinunter. »Um meine Hand?«

»Dein ganzer Körper wäre mir allerdings lieber.«

»Mein ganzer Körper?«

»Wirst du mich heiraten?«

»Ich?« krächzte sie und versuchte, trotz des Summens in ihrem Kopf ihre Sinne beisammenzuhalten.

»Von wem, glaubst du, habe ich denn die ganze Zeit gesprochen.«

»Nicht ... von mir.«

Er schlang die Arme um ihre Hüften und hob sie hoch, als er wieder aufstand. Dann gab er sie gerade so weit frei, damit sie an ihm hinuntergleiten konnte, bis ihre Füße den Boden wieder berührten. Heiß stieg es in Deliah auf, und sie starrte atemlos in sein Gesicht, aus dem ihr Liebe und eine solche Hingabe entgegenstrahlten, daß sie sich zu fragen begann, ob er sie wohl verzaubert hatte.

Lachend schalt er sie. »Du hast dich an den grüblerischen, chauvinistischen, elenden Schuft erinnert, aber nicht daran, daß ich gesagt habe, ich wollte nicht, daß du dich in eine Ehe begibst, ohne zu wissen, was dich erwartet, wenn ich mich von meiner schlechtesten Seite zeige?«

Sie dachte darüber nach, dann errötete sie. »Das Erwarten der schlimmsten Dinge. Aye, jetzt erinnere ich mich wieder.«

»Und?«

»Winston, ich kann dir keine Kinder schenken, und ich kann nicht kochen!«

Er drückte ihr einen Kuß auf den Mundwinkel. »Du bist all das, was ich brauche. Und was das Kochen angeht ...« Er lachte und drückte sie liebevoll an sich. »Wie du schon sagtest, wir könnten einen Koch anstellen.« Er holte tief Luft und stieß die Luft dann behutsam wieder aus, während er liebevoll ihr Gesicht betrachtete. Als er wieder sprach, klang seine Stimme tief und rauh, voller unterdrückter Gefühle. »Ich war ein solcher Dummkopf, Deliah. Ich schwöre dir, wenn du mich heiratest, werde ich alles tun, was ich kann, um dich glücklich zu machen.«

Tränen der Freude rannen über Deliahs Gesicht. »Wenn du mich liebst, das genügt mir.« Sie legte ihre zitternden Hände um sein Gesicht. »Du bist mein Geliebter, meine Hoffnung, meine Träume, mein Leben, Winston Ian Connery. Ich schwöre, dir treu zu dienen mit meinem Herzen, meinem Verstand und meinem Geist.«

Jetzt traten auch in seine Augen Tränen, und seine Lippen umspielte ein zittriges Lächeln. »Heißt das, du sagst ja, Deliah?«

»Natürlich, mein lieber Schotte. Ich werde dich heiraten.«

Winston legte die Arme fester um sie und preßte sein Gesicht an ihres. Deliah schlang die Arme um seinen Hals und klammerte sich an ihn, sie genoß das Gefühl, seinen starken Körper an ihrem zu fühlen. Ihre Herzen schlugen im gleichen Takt, in einer Symphonie aus tiefer Liebe und Glück.

»Gott, ich liebe dich so sehr!« japste er und lachte ein wenig unsicher, als er sie ein Stück von sich schob und ihr tief in die Augen sah. »Wie ist es möglich, daß jemand, der so ...«, er streichelte mit dem Handrücken ihre Wange, »... perfekt ist, mich haben will!«

»Dich haben will?« wiederholte sie leise. »Winston, du bist meine Sonne und mein Mond, mein Atem und mein Puls. Dich haben zu wollen ist für mich eine Notwendigkeit. Ohne die Liebe ist das Leben nur ein brachliegendes Land, es existiert, ist aber nicht kultiviert. Ohne dich würde mein Herz öde sein, und ich hätte keine Hoffnung, meinen Geist zu hegen und zu pflegen. Dich haben wollen, Winston? Ich *brauche* dich!«

Winston küßte sie voller Leidenschaft und Eindringlichkeit. Deliah brauchte ihre Flügel nicht zu entfalten, denn sie flog auf den Schwingen der Liebe, in einem strahlenden Blau des Glücks. Egal was das Leben ihnen jetzt bringen würde, sie wußten, sie würden ihm gemeinsam gegenübertreten. Die Dunkelheit würde nie wieder einen Ort finden, an dem sie sich verstecken konnte, und Sorgen würden sie nie wieder lange berühren, um ihr Leben zu verdüstern.

Als Winston den Kuß beendete, war Deliah unendlich zufrieden. Sie sah verträumt in sein gutaussehendes Gesicht und dankte insgeheim ihrem Schicksal, das sie in seine Arme geführt hatte. »Winston, liebe mich.«

»Möchtest du nicht lieber warten, bis wir offiziell Mr. und Mrs. Winston Ian Connery sind?«

Obwohl seine Stimme beinahe übermütig klang, so hörte sie doch einen ernsten Unterton daraus hervor. Sie betrachtete sein Gesicht eine Weile, und als sie dann sprach, kamen ihre Worte nur flüsternd über ihre Lippen. »Unser Geist hat sich vereint, als du mich zum ersten Mal geküßt hast. Ich soll warten, verlangst du von mir?« Sie lächelte schelmisch, dann knabberte sie an seinem Kinn. »Ich schwöre dir, Winston, ich werde vergehen vor Schmerzen, wenn du dich nicht jetzt gleich mit mir vereinst.«

Statt einer Antwort hob Winston sie auf seine Arme und trug sie zum Bett. Dort stand er mit ihr lange und betrachtete versunken ihr Gesicht, so als könne er nicht glauben, daß ihm wirklich ein derartiges Glück geschenkt wurde.

»Und du hast wirklich keine Zweifel?«

Deliah lachte. »Oh, du bist eine Nervensäge, mein Winston!«

Sein Lächeln kam aus den Tiefen seiner leuchtenden Seele, aus den Tiefen seines liebenden Herzens. Und damit legte er sie unendlich vorsichtig aufs Bett …

BLANVALET

GROSSE ERZÄHLERINNEN BEI BLANVALET

Mitreißende Familiengeschichten
von Liebe und Haß, Eifersucht und Schuld.

J. Krantz. Wenn das Herz schweigt
35168

A. Rivers Siddons. Insel im Licht
35092

B. Taylor Bradford. Des Lebens bittere Süße
35001

S. Howatch. Die Sünden der Väter
35062